2018 中国散文年选

韩小蕙 编选

南方出版传媒
花城出版社
中国·广州

图书在版编目（CIP）数据

2018中国散文年选 / 韩小蕙编选. -- 广州 : 花城出版社, 2019.1
（花城年选系列）
ISBN 978-7-5360-8820-7

Ⅰ. ①2… Ⅱ. ①韩… Ⅲ. ①散文集－中国－当代 Ⅳ. ①I267

中国版本图书馆CIP数据核字（2018）第287047号

出 版 人：詹秀敏
责任编辑：蔡　安　欧阳蔄　李珊珊
技术编辑：薛伟民　凌春梅
封面设计：庄海萌

丛书篆刻：朱　涛
封 面 图：（明）边景昭　白鹤图

书　　名	2018 中国散文年选 2018 ZHONGGUO SANWEN NIANXUAN
出版发行	花城出版社 （广州市环市东路水荫路11号）
经　　销	全国新华书店
印　　刷	广东新华印刷有限公司 （广东省佛山市南海区盐步河东中心路23号）
开　　本	787毫米×1092毫米　16开
印　　张	17.25　1插页
字　　数	280,000字
版　　次	2019年1月第1版　2019年1月第1次印刷
定　　价	55.00元

如发现印装质量问题，请直接与印刷厂联系调换。
购书热线：020－37604658　37602954
花城出版社网站：http://www.fcph.com.cn

| 目录 |

难以释怀与理所当然
——序《2018中国散文年选》| 韩小蕙 ……001

古往今来

《诗经》,在旧中国是承重的(外二篇)| 穆涛 ……001
风马牛不相及 | 李国文 ……007
明斯克钩沉 | 梅岱 ……010
万念 | 潘向黎 ……021
我的认知再度崩塌了 | 施一公 ……027
漫长的等候 | 石厉 ……033
旷古之香 | 素素 ……037
无常 | 熊莺 ……043
女性与名联 | 杨闻宇 ……049
一片降幡出石头 | 叶兆言 ……056
细节的芳香——《红楼梦》独语 | 张曼菱 ……062

海北天南

外公的马尼拉 | 蔡益怀(香港) ……069
我与东北(节选)| 程绍国 ……073
四个人的牧场 | 杜卫东 ……078
澳门游思 | 蒋子龙 ……082

一个南方人是如何谈论煤炭的丨马叙 ……086
瓦尔帕莱索的阳光丨武歆 ……092
大山的呼唤丨熊育群 ……097
万物生长丨叶梅 ……101
洛舍·漾丨张抗抗 ……105
我就是山中那盏灯丨古清生 ……109

见素抱朴

皱褶丨冯秋子 ……111
百年不倒的协和丨韩小蕙 ……117
让我自由自在地凋落吧丨李美皆 ……126
花被片丨林那北 ……134
朝拜伟大的纸丨裘山山 ……137
像那块矿石一样活着丨唐朝晖 ……141
留在夏牧场岩石上丨阿瑟穆·小七（哈萨克族） ……147
我就不该录取你丨袁劲梅（美） ……153
不假思索丨朱蕊 ……158
三上观音山丨朱秀海 ……162

人在何处

文中龙凤　济南二安丨陈世旭 ……167
我的外婆陆士嘉先生
——在北航士嘉学院的开学致辞丨高晓松 ……173
博尔赫斯的内部宇宙丨黑陶 ……176
穿行在文明冲突地带（节选）
——英国诺奖作家奈保尔丨邱华栋 ……184

那条叫吴小如的鱼游远了 | 舒晋瑜 ……189
大树不倒——范伯群师印象 | 吴周文 ……195
仰望星空：霍金和他的先行者 | 徐刚 ……199
中国人的脸 | 许谋清 ……208
郭预衡 | 祝晓风 ……210

天高地厚

大地会烧尽吗 | 甫跃辉 ……215
村庄 | 葛水平 ……219
节气 | 耿立 ……225
大海中长出的路 | 黄文山 ……229
孤悬：岛屿生存叙事 | 孔见 ……231
阿克喀巴克的清晨 | 毛眉 ……239
心的方向，无穷无尽 | 彭程 ……245
沟里沟外 | 赵德发 ……251
立夏（节选） | 赵荔红 ……257

难以释怀与理所当然
——序《2018中国散文年选》

_韩小蕙

对于我这个没学过代数的人来说,这道题也是很简单的:采风散文和游记散文在今年的散文原创中,所占的比重又上升了,已经达到60%左右——至少,在我今年所阅读的数百篇作品中。

所以,我个人觉得另外那40%传统意义上的散文原创作品,每一篇都分外珍贵。我这么说,并无轻慢采文和游文之意,然而我确实执拗地认为,对于小说家、诗人、剧作家、评论家们来说,他们在创作之余写些游记,算是忙里偷个闲,挺风雅;可对于专门从事散文写作的诸文友来说,如果光写采风文章,当真有点对不住读者,更对不住自己。

文学的最高境界是哲学深度

在2018年的原创性散文中,还真是有一些上好的文章。而且我特别欣喜地发现,这些佳作的共同之点,在于其绽放在字里行间的花朵之上,都闪耀着哲学的蓝光。

冯秋子的《皱褶》从题目上看就很深奥,它以生活场景中有点独特的一个片段——三个舞者练习舞蹈启笔,要求用舞蹈语言表达出"两极"这个命题。题目是冯秋子出的,在她看来,人类生命可以说大部分都是在两极中消耗掉的,比如幸福与痛苦的共生与共融等。这当然是一个非常具有挑战性的探索,三位舞者的思考不同,最终殊途同归,渐渐切入探索人生意义的思考中。生活中不能只耽溺于人间烟火的层次而放逐自我,越是在商家大肆导入的全民娱乐、全民游戏、全民网购买买买等等的狂欢中,知识分子越不能缺失了形而上的尊严。若中国只剩下了吃喝玩乐的内容和目标,而全然忘记了人间还有高雅的诗歌、音乐、绘画、戏剧、雕塑、建筑,以及学识、境界、襟怀、抱负、建功立业、改造世界、推动天地人心的进步等等,那么,空气将变得多么稀薄,世界将变得多么黯淡,人生将变得多么无聊!

孔见的《孤悬:岛屿生存叙事》讲述了一个海南岛人对海岛、海峡、海风、海啸、陆地、天空、时间、空间、永恒等等的种种感觉。在我们这些一直生活在坚实大陆上的人看来,这种种感觉真是神奇的臆想了,比如"漂泊不定的海面,脚踩上去便立即塌陷,连一根抓拿的稻草都没有",又比如"大海总是喜怒无常的,它不知从何而来的愤慨,让你觉得这世上的一切,都不是理所当然的"(引自该文)。至于应该怎样解读人与海岛之间的关系,作者忽而人文,忽而地理,忽而庙堂,忽而江湖,忽而鱼虾鳖蟹,忽而弃妇逐臣,在略带忧郁的陈述中,表达出千百年来人与海、与岛、与大陆、与大自然之间的难言之言。而又正是这古往今来的穿透,使得作者的人生之旅,宛如红日跃出东海一般,步步登上豁然开朗的天梯。

潘向黎的《万念》很自然地勾连起我们对"万念俱灰"这个成语的重温,但幸亏她这里的万念不是"灰",而是"澈",明澈的"澈"。该文由一段段接龙式的思考片段组成,细细读进去,你会发现那个青少年时代就闪亮登上文坛的青葱少女,今天已经有了明显的变化,其字里行间不再是灵秀、轻扬、朗笑的一派冰雪聪明,也不限于一心只读圣贤书的学问情怀,而是向深沉的生活伏下身子,切肤地体会到了人生之酸甜苦辣种种。昔日只识静心与书斋为伴的女博士,如今也必须面对人人都逃不过的宿命,"终究还是要一寸寸活过今生"(引自该文)。也许正是这强烈的对比,使作者的体味尤其突出,思考尤其深邃,加上高超的文字表达,便格外有了动人心弦的张力。

生命的激情和诗意的表达

彭程的《心的方向,无穷无尽》同时兼具澎湃的激情和诗意的表达,这是一篇好散文所应具有的不可或缺的因素。该作是被饱含着生命激情的南国花木点燃的,越写下去,作者自己的生命之火也越燃越猛烈,思绪越来越深远,畅想越来越广阔,乃至生发出美丽的诗意,在胸中积蓄叠加,奔涌呼啸,终至破闸而奔腾直下,"心的方向,无穷无尽;在回想中沉醉,在沉醉中升起新的梦想"(引自该文),也便成就了这篇实在诗意的美文。

施一公是我最佩服的当代科学家，没有之一。世人皆知他是全球知名的结构生物学家，身兼中国科学院、美国科学院和美国艺术与科学院三院院士；而世人不知道的，他还是一位能写美文的文章家，2015年我就曾将其佳作《父亲是我最崇拜的人》收入散文年选，那时他还在北京的清华园里任职，现在他已是西湖大学校长。今年我为什么又遏制不住地将他这篇《我的认知再度崩塌了》收入年选呢？这本是一篇演讲稿，为我们介绍了全球的科学家们正在进行的寻找暗物质、暗能量和量子纠缠的艰巨工作。演讲形成文章发表后，不单在科学界，也在文化界引起热烈反响与追捧。细读之，吸吮之，不但被普及了科学观念，同时，也是文学（散文）的审美享受。比如请看最后一段《崩溃的内心世界》："科技发展到今天，我们看到的世界，仅仅是整个世界的5%。这和1000年前人类不知道有空气，不知道有电场、磁场，不认识元素，以为天圆地方相比，我们的未知世界还要多得多，多到难以想象。世界如此未知，人类如此愚昧，我们还有什么物事必须难以释怀？"

即便记述人物的散文，也可以写得激情与诗情并射，比如本书所收高晓松的《我的外婆陆士嘉先生》。这位外婆可真是不得了的人物，今天的北航士嘉学院原来就是以她的名字命名的。当年她边读北师大物理系，边勤工俭学，是该系唯一的女生，也是以全系第一名成绩毕业的高材生，巾帼碾压所有须眉。以后赴欧留学，考入当时世界顶级的德国哥廷根大学，原本选学的是物理，后听到日寇轰炸中国平民城市的暴行，决心改学航空报国，旋即投入世界空气动力学之父和现代流体力学之父普朗特大师门下，成为普师的关门弟子和唯一女博士。新中国成立后，陆士嘉先生一而再，再而三，又屡屡创出中国第一个流体力学实验室等数项第一。"文革"中某年，英国某公司欲趁中国急需，以大幅度抬高的天价售卖一批优质发动机与我国，中方洽买小组数次交涉不成，请来正在遭受不公正"审查"的陆士嘉先生，她马上投入"战斗"，以深厚的专业素养侃侃而言，据理力争，很快就扫掉了英方的霸气。英国人紧急调查陆先生底细，当得知她是普朗特大师的嫡传女弟子，不由仰天长叹，不得不以合理的价格与我国成交——哇塞，原来坊间神传的某某大师的中国弟子遏制洋人讹诈我朝的故事，竟然是真的，而且竟然，就是发生在高晓松的这位深爱和奉献祖国、人品高洁的科学家外婆身上！

关于旅游散文和采风散文

大概十年前，曾有一本文学刊物搞过一次读者调查，大多数读者在"您是否喜欢当下的游记散文"的问询中，回答都是相当否定的。当时，包括我们光明日报《文荟副刊》在内，也几乎所有的报纸副刊，都是拒发游文的。那么十年后，这种情况是否有所好转呢？

我个人感觉，是有了些微改变，正能量的。因为毕竟有很多作家包括名家在内，都参与到了游文和采文的写作中。量变决定质变，数量多了肯定会涌现出一些佳作，比如前几年出现的《阳光下的魅影》（王安忆）、《伦敦的兵气》（薛尔康）、《乌镇的乌托邦》（朱大可）、《初探湄公河》（张曼菱）等等。今年本书遴选的"海天一色"小辑诸篇，也是不错的佳作。

然而不可讳言的是，尽管游文和采文的数量越来越多，但让人期待的经典如史铁生《我与地坛》、余秋雨《文化苦旅》那样的大作品，却总是没有出现。游文和采文的整体创作状况还是不尽如人意的，表现在：①大多数作品表层化，只停留在外在景物的描摹上，缺乏震颤心灵的思考，从而浮泛浅白，缺乏感染力。②缺乏真情实感，空抒情、假抒情，被动地、挤牙膏一样地往外挤，看不到创作的苦楚与欣喜。③缺乏个性与新意，形成模式化套路，千篇一律。④缺乏文化深度和信息含量，没有识见和思想，很多是为写而写，勉强为文。⑤缺乏对时代的关注及对重大社会问题的思考，停留于游山玩水、浅读历史的层面……

那么，游记散文的出路何在呢？它的艺术性怎样提高呢？

其他原因种种本文不做探讨，我个人认为，当下最最要紧的是，一言以蔽之，必须端正创作态度——游文和采文也是极其艰苦的文学创作中的一种，更因其人人都写而难度倍增。故此，不能走马观花就率尔操觚，而必须是有了感觉，思考透了，达到不吐不快的程度而又找到了最佳的表达路径，方可动笔。

具体提几点个人建议，期望抛砖引玉，引起大家同道的关注：

（1）"思想最重要"，要表达思想，要关注国家、民族、社会，要表现出深刻的时代精神。（2）不要虚情、矫情，要真情，有了心灵的感动再写。（3）要观察自然，拥抱自然，理解自然，不仅用眼睛，更要用全身心去捕捉、去感悟、去发现。（4）增强知识的学习与积淀，力求在散文中增加科学的文化的历史知识的以及社会发展的信息含量。（5）关注地域独特的文化、风情与特色。（6）抓住大自然与人的共同点，体现出鲜明的个性。（7）遵循文学写作的一切规律，比如立意、结构、语言、创新、襟怀、境界、追求……总之是必须呕心沥血，绝不能原谅自己把它们写成《旅游指南》一类的小册子了。

要牢记我们是作家,有责任不负文学的时代使命哦!
不知读者诸君以为然否?

2018.11.1初稿,11.25定稿
于北京马连道蒔蔓居

古往今来

《诗经》，在旧中国是承重的
（外二篇）

_穆涛

　　《诗经》是孔子编选的，在三千多首诗中，删定出305首，旧称"诗三百"。这部诗集，在中国古代被奉为"经"。"古者，诗三千余篇，及至孔子，去其重，取其可施于礼义……三百五篇孔子皆弦歌之，以求合《韶》《武》《雅》《颂》之音。礼乐自此可得而述，以备王道，成六艺。"（《史记·孔子世家》）

　　经是治国宣化之书。从西汉汉武帝时开始，中国的老政府尊尚儒学，以儒家学说作为治国的指导思想，即"罢黜百家，独尊儒术"。既然是以儒学治理国家，政府官员，尤其是各级主官就需要懂儒学，并由此创新出一个"国家公务员"选拔制度：一个人如果想做官，先要熟读儒学著作，再经过考试，成绩优异者入仕，这就是"察举制"的由来。西汉的仕考用书是儒家的"五经"，《诗经》《尚书》《礼记》《易经》《春秋》。东汉时增加了《论语》和《孝经》，成为"七经"。到了唐代，这个制度进一步周密化，由"察举制"而"科举制"，考试用书扩充为"十二经"。《礼记》和《春秋》，在唐代得到特别重视。《礼记》

是讲中国人的规矩的，在古代人的观念里，治理国家的基础，是建立规矩国家。今天讲以法治国，古人讲以规矩治国。让老百姓遵守规矩，官员则须要懂规矩，并带头守规矩。《礼记》由一部细化为三部，《周礼》《仪礼》《礼记》，构成中国人的规矩大全，用以敬天、敬地、敬人伦物理。《春秋》是孔子著的史书，"孔子著《春秋》，乱臣贼子惧"。《春秋》也细化为三部，《春秋左传》《春秋公羊传》《春秋穀梁传》。再增加一部《尔雅》，成为"十二经"。宋代之后，又增加《孟子》，总为儒家"十三经"。明清两朝，在"十三经"之外，还有"四书"，即《论语》《孟子》《大学》《中庸》。"四书"是入仕的初级教材，是考"秀才"用书。如果想中举人，进进士，非啃完"十三经"不可。古代考场有一句老话，"三十老明经，五十少进士"，三十岁考个秀才已经老了，但五十岁中进士仍属年轻，由此可知通晓"十三经"是多么的不容易。由西汉直至清朝末年废止的"学而优则仕"选官制度，是中国人的制度发明。以现代的眼光看，有三个亮点：

一. 用中国智慧治理中国。中国古代的官员，大多数是传统文化的内行，其中多位还是行家，乃至大家。尤为可贵的是，用这个官员选拔制度，守护并延续了中华文脉。

二. 古代官员选拔有规范的制度标准，这个制度沿用了两千年，而且被不同的朝代传承袭用。古代社会尽管是"一朝天子一朝臣"，但这个制度清晰划定了一条中国古代官员文化素质的基准线。

三. 基本上是在全社会选拔人才，尤其是贫民子弟可以通过苦读书改变命运，甚至鱼跃龙门。给底层百姓以生活的希望之光，是这个制度带来的社会温暖。一个让底层百姓失去希望导航的社会，是极度危险的。中国古人讲的"书香"，其实书本身无香无味，这个香字，指的就是改变人生命运的希望之光。

《诗经》自西汉起被重视，奉为儒家经典，深刻影响中国社会两千多年。我们从出自这部诗集的数十个成语中，也可以知见这部经典深切的力量与劲道：进退维谷，如履薄冰，毕恭毕敬，爱莫能助，哀鸿遍野，不可救药，惩前毖后，斤斤计较，大发雷霆，耳提面命，高山仰止，忧心忡忡，信誓旦旦，衣冠楚楚，高高在上，新婚燕尔，硕大无朋，小心翼翼，天作之合，投桃报李，乔迁之喜，他山之石，战战兢兢，生不逢时，寿比南山，如此等等，不再枚举。中国的成语，是中国智慧的结晶体，如同舍利子一样，结实有力，内涵隽永，又晶莹鲜亮。

言者无罪，中国早期的民意调查

周代的采诗官，是中国最早的职业民调人员。

春天到了，农耕在望，百事待兴，又一个轮回的忙忙碌碌即将启动，在这个节骨眼上，各诸侯国的采诗官们开始了他们的工作。这些人"衣官衣"，手持木铎（铎是古代政府发布号令的响器，分为两种，"以木为舌则曰木铎，以金为舌则曰金铎"。宣布政令以木铎，发布军令以金铎，"文事奋木铎，武事奋金铎"，"天下之无道也久矣，天将以夫子〔孔子〕为木铎"）深入民间，沿途征集抒写民情民愿的诗，之后由专门的音律官员整理，配上音乐，由诗而歌，晋京唱给周天子，中国人称诗为"诗歌"由此开始。唱给周天子的诗有一个标准，"采诗，采取怨刺之诗也"，怨刺诗，即以民怨、民伤、刺政为主要内容。这样的诗中，可能有过头的话，却是真实的内心之声，周代的政治高层据此洞察民心动向。国家如没有重大的政德和军功事件发生，泛泛的歌功颂德作品被视为"下作"，不在征集采撷之列。古代的中国人，判断一件事情的是非曲直，首先考察"初心"，即做事情的动机。无端或没来由地恭维奉承他人，被认为是动机不纯。孔子编选《诗经》的时候，在艺术标准之外，还有一个道德人心标准，"诗三百，一言以蔽之，思无邪"，《诗经》三百零五首诗，用一句话概括，写作的初心都在人间正道上，不旁逸斜出，不走小道，也不抄近路。这是周代初年实行的"采诗制度"的基本内容。采诗，后人称为"采风"，采集民风之意。

《汉书·食货志》对采风制度的记载是，"孟春三月，群居者将散"（周代的历法，以冬至所在月份为一年的岁月正首，即今天的农历十一月。孟春三月，是今天历法的农历正月）。冬闲的群聚生活即将结束，人们要各自忙碌去了。"行人（采诗官）振木铎徇于路以采诗，献之大师（音律官员），比其音律，以闻于天子，故曰王者不窥牖户而知天下"，这个制度的核心是最后一句话，"故曰王者不窥牖户而知天下"，周天子不用出宫廷而悉知天下事态。

采诗官由年长者担任，中央及地方均有此职位，"男年六十，女年五十无子者官衣食之"。官衣，着政府官员制服；食之，享受官员待遇，但不是正式官员，用今天的话讲，比照公务员待遇，相当于事业单位。"使之民间求诗，乡移于邑，邑移于国（诸侯国），国以闻于天子"。采诗官由无子者担任，是防范民调人员的挟私之心。古人重男轻女，有女儿也视为无子。

大时代是由大人物开创的，并由一系列不平凡的制度构成的。在国家制度上有突破有建立，是大时代的标识。孔子终生念念不忘的"克己复礼"，礼就是指规矩和制度，旨在重返西周的制度时代。孟子在《离娄》中对采诗制度的兴衰做了总结，并透彻地指出了孔子超凡超常的智慧所在，"王者之迹熄而诗亡，诗亡然后《春秋》作"。诸侯国（地方势力）坐大之后，周天子对国家局面失去控制（指东周之后），支流漫过主流，采诗制度就终结了，之后《春秋》问世。孔子在写作《春秋》的同时，从三千多首采诗作品中，十中取一，精选出一部《诗经》，初名为《诗》，汉代之后称《诗经》。思想家的孔子，做了一回编辑家，应该理解为是圣人对采诗制度的致敬和缅怀。司马迁在《史记》中对此也做了记载，"古者诗三千余篇，及至孔子，去其重，取可施于礼义……三百五篇孔子皆弦歌之，以求合韶、武、雅、颂之音，礼乐自此可得而述"。

《诗经》在秦始皇时期，经历过"焚书"浩劫，《焚书令》规定："天下敢有藏诗书（《诗经》《尚书》），百家语者（诸子百家著作），悉诣守尉杂烧之。敢有偶语（私下谈论）诗书者，弃市（斩首示众）。"到了汉代，《诗经》成为治世之书，位列"五经"之首，并且开创了一个官员选拔制度（察举制），饱读"五经"的人才可以做官。这个制度到后来完善为科举制，这是汉代之所以成为大时代的一个重要根基所在。

白居易在唐代对采诗制度曾发出遥远的感慨，"采诗官，采诗听歌导人言。言者无罪闻者诫，下流上通上下泰。周灭秦兴至隋氏，十代采诗官不置。……君不见厉王（周厉王）胡亥（秦二世）之末年，群臣有利君无利。君兮君兮愿听此，欲开壅蔽达人情，先向歌诗求讽刺。"

天下有道，这个道，与克己复礼的礼，在内涵上是一致的。

刘邦发现文化的亮光之后

刘邦是率性而为的皇帝，不待见读书人，甚至见到儒生的穿戴都烦。起兵"闹革命"之初，有儒生上门投附，要么避而不见，"通儒服（叔孙通，汉初大儒），汉王憎之，乃变其服，服短衣，楚制（楚地老百姓服式）。汉王喜"；要么直接出手把冠帽摘下来当尿壶，"沛公不喜儒，诸客冠儒冠来者，沛公辄解其冠，溺其中"。《汉书》记载这些细节，用笔不忌皇帝讳，用心却大器深远，就是这么一位性格不羁的领袖，身边却吸引团结着多位重量级文化人物。汉定天下后，武将的命运多有不测，但文化人受到尊重，讲真话讲实话的，不仅不压制，还受到重用。"初，高祖不修文学，而性明达，好谋，能听……初顺民心作三章之约。天下既定，命萧何次律令，韩信申军法，张苍定章程，叔孙通定礼仪，陆贾造《新语》"。

陆贾是汉代"文化治国"的最初顶层设计者，因是近臣，顶撞刘邦也多，最典型的一次是，刘邦骂他，"老子是在马上得到的天下，和《诗经》《尚书》有狗屁关系！"（"乃公居马上得之，安事诗书！"）陆贾不慌不忙地说，"在马上得到的天下，还要在马上治理么？古代的贤君明主，均是文武并用。假如秦始皇统一天下后，行仁义，法先圣，陛下是没有机会得到天下的"。刘邦听后，"有惭色"，说，"你把秦朝失天下，以及古来治国成败之道全部写出来给我"。陆贾写一篇，刘邦认真读一篇，这就是陆贾所著《新语》（十二篇）的始末。据传《新语》这个书名，是刘邦所赐，对他而言，这些"老货"都是新鲜话。

叔孙通是大儒，学问在陆贾之上。原为秦朝博士，是秦二世的文化顾问。第一次见刘邦时因穿戴儒服遭到冷遇，但之后被刘邦封为奉常。奉常，后改为太常，位列九卿之首，主管国家意识形态，兼管教育、文化、礼仪工作。再之后，兼任太子太傅，做太子刘盈的师傅。汉初的朝廷礼仪、政策条例多由叔孙通牵头修订，并且带出了一个三十人的工作团队，均是他学有所成的弟子，这些人被刘邦任命为郎中，分派进入朝廷多个部门，成为汉代初年首批专职文化干部。叔孙通还有一个贡献，制定并实施"征书令"。秦始皇公元前221年统一全国，七年后，公元前213年下达"禁书令"，又七年后，公元前206年亡国。焚书范围包括各诸侯国史书，《诗经》《尚书》，以及诸子百家著作。汉代建国不久，即颁行"征书令"，在全国范围内抢救整理文化典籍。"汉初，改秦之败，大收篇籍，广开献书之路。"这项工作，被长期坚持下来，几乎终西汉一朝，至西汉末年，共修复整理书籍七个门类（六艺、诸子、诗赋、兵书、术数、方技）三十八种，约计一万二千多册书籍，我们今天见到的先秦著作，百分之九十以上都是经由汉代整理出来的。

张苍是天文学家，"苍本好书，无所不观，无所不通，而尤善律历"，也通数学，增订、删补《九章算术》。张苍原为秦朝御史，"明习天下图书计籍，则主四方文书"，被刘邦重用，任为"计相"，主掌国家计簿（人事、赋税、户口），汉初的历法、音律均由张苍主持制订。张苍在汉文帝时任丞相十余年，进一步完善典章制度。张苍长寿，享年一百余岁。但晚年牙齿全无后，主食人乳，成为后世人的褒贬谈资。"苍之免相后，老，口中无齿，食乳，女子为乳母。妻妾以百数，尝孕者不复幸"。

刘邦实际在位七年，汉五年称帝，汉十二年去世，享年六十一岁。刘邦个人没有文化，不按规则做事，长于打破各种框框，但识人，"能听"，善于吸纳多方有识之见，发现文化的亮光之后，转"打破"为"建树"，章程和制度建立后，他带头遵守，不反复，不出尔反尔，为西汉一朝扎实的文化生态预留了广阔的空间。

（原载《美文》2017.11/2018.2）

风马牛不相及

_ 李国文

这句成语出自《左传·僖公四年》,时为公元前656年。

春秋五霸之一的齐桓公,率联军侵蔡,蔡溃后,接着伐楚。那时,作战比较文明,先派人下战书,某月某日约战于某地。楚成王后起之秀,在中原诸侯不怎么看中的荆楚河汉地区,居然混得兵强马壮,时不时地进攻那些老牌然而比他弱小的诸侯国,体现一下存在感。齐桓公作为东周王朝的第一位霸主,自然认为自己为天下第一城管,而城管的"管",很不幸,其副产品必然要生出镇压别人的肌肉反应,动不动亮胳膊,早就想收拾一下这个暴发而不甚守规矩的边国。

楚成王很快探得齐桓公带领的八国联军,浩浩荡荡而来,声势甚是了得。参战者计有鲁僖公、宋桓公、陈宣公、卫文公、郑文公、许穆公、曹昭公各路诸侯,他掐指一算,假设每位出战车十乘,即为八十乘,每乘配足定员八十人,则为八八六千四百人,当时,打仗主要是车战,楚国统治区域湖泊沟洫多,车战非其所长,当下,楚成王就腿软了。于是,他对来使管仲有了下面这段弱弱的反问。"君处北海,寡人处南海,唯是风马牛不相及也。不虞君之涉吾地也,何故?"

《左传》,是一部古老,同时还是一部相当文学的史籍,现在大家读《左传》,看中的是它的文学价值,史料倒在其次。只因《左传》绘声绘色的描写,也就才有后来汪洋恣肆的《史记》,这两部正史,开中国史著"文学化"的先河。《春秋左传》据传为战国时盲人左丘明(公元前502-公元前402)所撰,也有人说先出自各国史官之手,由他总其成而已,与《谷梁》《公羊》合称"春秋三经传"。《左传》成书最早,约在战国中后期,所以它的文字古朴深奥,乃古汉语中老掉牙的古汉话,要比《史记》难读得多,啃动它不那么容易。

不过,楚成王的这番话,大体尚能明白。但其中"风马牛不相及"的"风马牛"一词,特别咬嘴,尤其这个"风"字,煞是费解。此词此事,同是据传出于左丘明笔下的《国语》卷六《齐语》就没有再现。而到了将近一千年以后的西汉,司马迁著《史记·齐世家》时,此节史实仍在,但此词被大师抹掉了。可见楚成王反问管仲的这句"风马牛不相及",已是不再流行的过时语言。显然,词语以及体现词语的文字,有其生存死亡的自身规律。

一个人口基数巨大、政治演变复杂的民族,其语言的生成过程,也是无比丰富的,秋风扫落叶,一大堆垃圾语言的消失,本应不必介意。直至近古的宋,可能因为《春秋左传》列为九经之一,成了圣贤书,开始重新定义这一古老词汇,这自然是文人吃饱了饭的无聊之举。先是北宋的陆佃(1042 – 1102),次为南宋的张世南(1225 – 1264),推翻旧说,别创新解。陆佃在其博物学著作《埤雅》中说:"楚子曰君处北海,寡人处南海,唯是风马牛不相及也,按牛走顺风,马走逆风,牛马风逸,往往相及,楚是以云耳。"而张世南的《游宦纪闻》,也是类似博物学的杂著,除了重复一遍"牛走顺风,马走逆风"外,更以其亲睹一次屠牛始末,证实陆佃所说"牛耳无窍,以鼻听之"的判断。这就是中国旧时文人缺乏科学精神的武断了。原来我还以为两位所说"牛走顺风,马走逆风"有些什么依据,当看到这两位坚信牛的听觉器官为鼻子而非耳朵,不禁哑然失笑,你能相信他们对古语"风马牛不相及"的解释吗?至于后来,更有宋末元初的俞琰,在《席上腐谈》中说"牛顺物,乘风而行则顺;马健物,逆风而行则健",就更是无稽之谈了。

其实,对于词汇的释义,愈接近其出现的时代,愈具权威性。设若一、两千年以后,那时的中国人,对于时下流行的诸如"抖音""娘炮""小鲜肉""油腻男"等新兴词语的解读,肯定不如活在当今的手机族理解得更为透彻。语境,也就是语言产生时的大背景,乃了解词义的入门。所以,楚成王的"风马牛",在西晋杜预《春秋左传正义》中,沿用东汉服虔的说法,"风,放也。牝牡相诱谓之风。《尚书》称'马牛其风'"。此言"风马牛",谓马牛风逸,牝牡相诱,盖是末界之微事,言此事不相及,故以取喻,不相干也"。应该是最接近于原意的准确解释了。宋以后,燕云十六州的失去,已成定局,马对中原来讲,便是稀罕之物,陆佃、张世南、俞琰之流,他们见过马吗?他们骑过马吗?他们的话,就更不可信了。

楚成王的"风",说白了,即现在所谓的动物发情期。古代没有这个名词,不等于古代的马、牛这些大牲畜没有发情期,肯定是一个粗俗不堪、难以启口的词。楚成王熊恽能用"风马牛不相及"六个字,认为公牛不会找母马谈恋爱,反之,雌牛发情了也不会与雄马相交配,故而"不相及"。他将这不登大雅之堂的"末界之微事",出乎礼,止于文,还不失幽默地表达出来,很符合他的君王身份。而且从"风骚""风流""风情"的联用语推断,从《尚书》所称"马牛其风"的用意设想,古义中的"风"字,很有可能是古汉语类似"发情期"这句粗话的隐语。

正如我们读《红楼梦》第三十九回,刘姥姥神侃白衣小姐草堆抽草,忽报东南火起,大家急出门看,才有人告知马棚发生火情,所有人都讳言"失火",而曰"走水"。显然,"走水"乃"失火"的隐语。在现实生活中,凡是急切要表述出来,又不能照直说出口,只好以他语代之者,就叫隐语。隐语,语言的一种婉转的表达方法,除了受到一定的时间和空间限制外,竟无规律可寻。所以楚成王的"风马牛"才有如此歧义。

记得当年在工地劳动时,炊事班所养的猪走失一头,数日后被发现在邻队的猪圈内,于是,派人用板车拉了回来。问题在于它不肯回来,问题还在于它趁人不备时又逃走回邻队猪圈,于是,将这叛逆五花大绑押解回来,此猪只当要杀它,死叫不已,立刻招来一群人围观。这时,一位民工班长挤进来,察看究竟,将此猪翻来掉去一看,说了"桃子红了"四个字走了。我向他求教,他嘟哝道:"这事让我怎么说出口,当着那么多妇道人家。"他是贵州铜仁人,我明白了,他说出的这四个字,是他们当地对于母猪发情期的隐语。由此看来,语言的奥妙,一在于其无穷的变化,二在于其无穷的出新,前者让人目不暇给,后者令人来不及适应。这两个"无穷",就成为以语言为职业的文学作者,活一辈子便要学一辈子的终生功课。

所以,我很敬佩当代那些词典编纂家,尽管他们未必采信宋人陆佃、张世南等关于"风马牛不相及"的见解,但仍以"一说",在书中留下他们的声音。如此雅量,真是值得我们所有人学习。因此,不要板着脸,不要装老爷,尤其不要撇嘴,不要否定,对任何新事物抱欢迎态度,对任何新名词持开放胸怀,如此为人,如此为文,斯为正道。

(原载《中华读书报》2018年9月26日)

明斯克钩沉

_梅岱

翻阅过往的笔记，看到二〇一三年秋天访问白俄罗斯的一些零星记录，思绪便回到那年在明斯克的日子。

一

明斯克，作为白俄罗斯的首都，名气不是很大，更算不上世界名城。没有举世闻名的胜迹，没有匠心独具的建筑，也没有令人陶醉的景致。不像有的城市名头大得盖过它的国家，人们可能对这座城市耳熟能详，可要问在哪个国家却答不上来。

第一次踏进明斯克的街市，使人眼睛一亮的新鲜感还是有的。宽阔整齐的林荫大道，比肩排列的"苏式"建筑，虽然单调古板了点，但气势还是恢宏的。临街楼房的阳台上，绽放着一簇簇艳丽的鲜花，可以体味到主人们热爱生活的情趣。街道交会处多是石块铺就的街头广场，或者是绿树红花掩映的袖珍公园，广场和公园中多有风格迥异的雕塑。城中有一条静静流淌的河，开阔的河面上，不时有白色游艇驶过，河堤被浓绿的草坪覆盖。

出了城，就是大片大片青松和白桦混杂的树林，这次入住的宾馆，就在密林深处的一个小湖边上。据说苏联时期，从莫斯科来的重量级人物，像赫鲁晓夫、勃列日涅夫、戈尔巴乔夫等都曾在这里住过。

一个国家的首都在很大程度上可以代表这个国家。道理很简单，它是国家的政治中心，是这个国家最具象征意义的城市。所以，一般来说，你到一个国家，十有八九先是来到其首都，像我们这些人因为公务到一个国家，其实多半也就是到那个国家的首都。这不，这次到白俄罗斯来，两天多一点时间，活动都在明斯克，办完事背包走人。如果有人要问对白俄罗斯的印象，可说道的也只能是明斯克的印象。

对白俄罗斯的确是既熟悉又陌生，讲熟悉，因为它曾经是苏联时期十五个加盟共和国之一，像我这样二十世纪四十年代出生的人，思想意识里大都有一种挥之不去的苏联情结。白俄罗斯是"老大哥"的一部分，自然就有一种亲切感。要说陌生也是事实，除了对那位留着一撮小胡子、满脸刚毅而又常常敢于对西方世界说不和叫板的卢卡申科总统有印象外，对白俄罗斯的其他，包括它的历史和现实知之甚少。因此，在出发前，还真做了一番功课，查阅了不少有关白俄罗斯的资料。

提到白俄罗斯，人们自然想到和俄罗斯的关系。按照战国时期诡辩家公孙龙"白马非马"的逻辑，白俄罗斯自然不是俄罗斯啦。可要追根溯源回望历史的天空，白俄罗斯与俄罗斯有千丝万缕的联系。翻开斯拉夫的历史可以知道，大致在公元九到十世纪，东斯拉夫人形成了古罗斯部落。后来在古罗斯部落的基础上分化出三个独立的民族，这就是俄罗斯、白俄罗斯和小俄罗斯（乌克兰）。这不就是一棵大树长出的三个枝杈吗？三个民族当然是同宗同源的三兄弟了。

小俄罗斯是与大俄罗斯相对而言，而白俄罗斯之"白"有两个说法。一说是这部分俄罗斯人爱穿白色的亚麻布，有点像我们瑶族中的白瑶、黑瑶，是以穿白穿黑为标志。另一种说法，这白字有纯正、纯粹的涵义，即是纯正、正宗的俄罗斯。用我们今天的话说，就是比俄罗斯还俄罗斯。

小俄罗斯就是今天的乌克兰，而乌克兰人对被称为小俄罗斯很不以为然，因为俄罗斯的源头是从基辅公国说起的，基辅被称为俄罗斯城市的摇篮，俄罗斯文化之母。斯拉夫人共同的宗教——东正教也是从基辅发源的。他们说，乌克兰是斯拉夫的起点，为何要冠我们一个"小"字呢？是啊，兄弟姐妹谁大谁小是按出生早晚、年龄大小来排行的，不是你个子高、块头大就可以当老大，也不会因为你个子矮、身体弱就成为老小。

在明斯克的几天里，我十分留意这里的生活习俗，包括人们的待人接物、举手投足，都与我先前到过的莫斯科、圣彼得堡、伏尔加格勒没有什么区别。一样的酸黄瓜、一样的红菜汤、一样的伏特加、一样的贴面拥抱，一样的"敖庆何拉少"，包括人们说话口气和神态都相差无几。我看过一位旅居美国的画家写的一篇俄罗斯游记，他说在俄罗斯城市，最亮的风景就是满大街的美女，他说到美国看美女只能到好莱坞，而俄罗斯街头随便看到的美女都可以做好莱坞明星。在明斯克街头，似乎有同样的风景，满大街来来往往的女孩，个个身段窈窕、妩媚动人，可谓美女如云。从这个侧面可以看出白俄罗斯人和俄罗斯人基因里的联系。

说到白俄罗斯与俄罗斯的关系，有一个绕不开的话题，就是发生在二十多年前影响世界格局变化的大事件——苏联解体。这件事还真能与明斯克扯上关系。苏联解体之初，白俄罗斯宣布独立。之后，俄罗斯总统叶利钦与白俄罗斯、乌克兰总统于一九九一年十二月八日在明斯克签订独联体协议，给苏联旧有体制以致命一击。十二月二十六日，苏联最高苏维埃宣布苏联停止存在。从建立同盟式的独联体也可看出，三国关系非同一般。尽管如此，但现在已今非昔比，白俄罗斯、乌克兰都已成为独立的主权国家。如今的乌克兰与俄罗斯更是兄弟反目，形同仇敌。

我曾几次和白俄罗斯政府官员谈及这个话题，不知是他们对那段历史的记忆已经淡忘、模糊，还是有什么不便启口的难言之隐，反正都没有引起他们的兴趣。倒是一位开汽车的年轻人回应了我的问题。小伙子生于二十世纪八十年代后期，虽然有过对苏联及苏联解体的经历，因为年龄太小而没有留下多少记忆，但谈到这类话题却毫无顾忌、颇有见地，有点像我们北京的"的哥政治家"，侃起来滔滔不绝。

我问他，人们喜欢现在的白俄罗斯还是喜欢苏联时期的白俄罗斯？他说，对苏联时期的白俄罗斯我没有发言权，对今天的白俄罗斯我当然喜欢，我们有房子，有汽车，有满意的工作，有幸福的家庭，有安定和谐的社会，大家生活得都很愉快，我当然有理由喜欢。

白俄罗斯有今天，是因为脱离苏联而有了自主和自由的结果么？我以为对这样的问题他不一定会有什么深刻见解。出我所料，他的回答没有丝毫犹豫：自主、自由都是好东西，但对于一个民族、一个国家来说，我们更看重的是自主，而不是自由。自己当家做主，自己的命运自己决定、自己安排，这是最重要的。没有自主，哪来的自由。你在那里整天折腾要自由，谁能给你自由呢？自己连自己的主都做不了，还谈自由，那不是南辕北辙吗？有自由没有自主，自由能牢靠吗？白俄罗斯有今天，就是因为我们的独立自主。你看看我们的邻居，自由搞得很热闹，无休无止，老百姓遭殃。国家动荡，谁为他们的自由买单？自由没搞成，自主也失去了。其实他们不知道，他们的"自由"不是他们做主，外国势力早就控制了他们的自由。

一席话很是让我吃惊，想不到这"的哥政治家"会有如此高论。可也是，苏联时期，白俄罗斯生活在一个庞大的家庭里，当然优势好处是有的，可最大的烦恼是一切都要听任家长的摆布指挥，就像一个有许多孩子的家庭，孩子长大了都希望另立门户、分家另过，家长可能担心失去控制的孩子们不能自立，可孩子们希望的是去自由自在地飞翔。现在白俄罗斯和俄罗斯已经是平起平坐的兄弟关系，既自主又自由，这是现实，令白俄罗斯人愉悦的现实。

好像是普京在谈到苏联解体时说过：谁不为苏联解体惋惜，就没有良心；谁想恢复过去的苏联，谁就没有头脑。普京是地地道道的现实主义者，在事实面前，无论是谁都要面对现实。尽管他惋惜，可毕竟大势已去，重振苏联帝国的雄风现实吗？有心无力的事傻瓜才会去做，花已凋谢，惋惜也只能无可奈何。

我很钦佩那位年轻的司机，他那一段关于自主和自由的见解至今难忘。就在我从白俄罗斯回来的第二年，他在谈话中讲到的他们的邻居乌克兰发生了新的动荡和剧变。总统亚努科维奇被搞自由的街头政治家赶下台，国家陷入混乱，六十年前赫鲁晓夫送给乌克兰的克里米亚又并入俄罗斯。曾经的工业重镇顿巴斯地区也燃起战火，岌岌可危。

这使我又一次想起"的哥政治家"的高见，完全应验了他的判断，令人痛惜的现实不幸让他言中。

乌克兰是和白俄罗斯一起从苏联独立出来的，谁先谁后记不起来了，反正也差不了几天。二十多年来，乌克兰和白俄罗斯走了两条不同的道路，自然也出现了不同的结果。本来，独立时，乌克兰在十五个加盟共和国中那可是数一数二的，就它的健全的工业体系、丰厚的自然资源、强大的军事实力，放在世界范围内也是令人刮目的，白俄罗斯根本与其不在一个量级上。然而，乌克兰吃错了药，没有抓住独立给它带来的机遇，而是玩起了旷日持久的民主游戏。西方人制定的游戏规则，西方人描绘的民主蓝图，当然游戏背后的操盘手也是西方，他们操纵木偶的提线，而不幸的乌克兰人像木偶一样地被表演。无休无止的游行示威、广场集会，没完没了地烧汽车、砸商店，自由变成无法无天，随心所欲变成"橙色革命"。虽然得到西方政客们的廉价赞扬，虽然受到西方媒体的狂热欢呼，但民主的结果成为国家的灾难、老百姓的灾难。自由的游戏最终落进了一个难以脱身的无底陷阱，一个好端端的乌克兰陷入了暗淡无望的泥潭。想当初，如果乌克兰也像白俄罗斯那样珍惜独立带来的自主，把自主的钥匙装在自己的口袋里，掌握自己的命运，走自己的路，踏踏实实干自己的事，结果肯定会是另一番景象。

可惜，历史是无情的，只有如此，没有如果。一切假设都没有意义。世界上没有卖后悔药的，倒了霉只能面对现实，自己买单。

二

早年读过联共（布）党史，但苏联共产党第一次代表大会是什么时候开的、在哪里开的却没有留意。这次到白俄罗斯来才知道，苏共（当时叫俄国社会民主工党）第一次代表大会是一八九八年三月一日至三日在白俄罗斯首都明斯克召开的，不是在圣彼得堡，也不是在莫斯科。这虽然是一百多年前的事了，但白俄罗斯人现在谈起这个话题似乎仍很得意，都引以为荣。

虽然曾经的超级大国在二十多年前轰然倒塌，虽然曾经是世界上一切进步力量所崇敬的政党一夜之间被解散，但世界历史注定不会把苏维埃社会主义联邦共和国曾经辉煌的一页彻底干净地抹去，全世界共产党人也不会轻易忘掉克里姆林宫红顶上那颗熠熠闪耀的红星。

在明斯克的行程安排得很满，但我还是挤出一个多小时的时间，参观了俄国社会民主工党一大会址博物馆。

博物馆坐落在市中心胜利广场的一侧，四周都是明斯克带有标志性的建筑，被称为明斯克母亲河的斯维斯洛奇河从旁缓缓流过。这是一座十九世纪俄罗斯独具特色的民居建筑，两面坡的屋顶，厚厚的木头墙，瓦蓝的颜色，房前是几棵高大的白杨树，四周被半人高的木栅栏围起，像是一处殷实人家，古朴宁静。

本来，原定这次会议在基辅召开，因为消息被沙皇警察知道了，大会就临时转移到明斯克来。为躲避警察的监视，会场就选在当时明斯克比较僻静而又很不起眼的私人住宅。房子的主人叫鲁缅采夫，在火车站做技术员，是明斯克社会民主工党小组成员。当时他三十多岁，出生在莫斯科商人家庭，因为在商校念书参加了民粹主义小组而被流放在西伯利亚服苦役。被释放后辗转到明斯克，他的夫人叫奥尔加，是一位思想进步而又能干的家庭妇女。

博物馆的一切都是按照当时会议召开时的情景陈设的。步入门庭，左侧是主人的客厅，也是最大的一个房间，中间是一张铺着白色绣花台布的长方桌，桌子上摆放着一把茶壶和九只茶碗，还有一副扑克牌。馆长向我们介绍，当年的九位代表就是围坐在这里开会的。为防被警察发现，聚会的名义是为鲁缅采夫夫人奥尔加过生日。当时的壁炉里火烧得很旺，如果警察来了，可以随时烧掉会议文件。靠后边的一扇窗户是敞开的，遇有危险，就可以跳出窗户，不远处就是茂密的森林。好在会议开得还算顺利，没有出现什么麻烦。三天的会议，通过了成立俄国社会民主工党（苏共前身）决议，选出了由三人组成的中央委员会。然而没想到的是，会议结束不久，九名会议代表中的六人，连同会场主人鲁缅采夫夫妇被沙皇警察逮捕。列宁当时被流放而没能参加会议，但对大会给予了高度评价。他说，代表大会宣告了俄国工人阶级政党的成立，标志着俄国无产阶级进入新的历史阶段。

毛泽东主席曾经说，上海石库门的中共第一次代表大会会址是中国共产党的产房。当然我们看到的这一间平常简朴的小木屋，就是苏联共产党的产房，在这里诞生了一个足以震撼当时世界的工人阶级政党，一件开天辟地的大事件定格在这里。

一九二三年，当新生的白俄罗斯社会主义共和国刚刚加入苏联，俄国社会民主工党一大会址就被确定为国家级历史文物，得以修缮和保护。一九四一年，德国法西斯占领了明斯克，在飞机大炮的狂轰滥炸下绝大多数建筑被夷为平地，一大会址被毁于一炬。一九四八年，在明斯克重建时，一大会址依照原来的模样，按照修旧如旧的原则得以重建。一九九一年"八一九事件"后，随着苏联共产党被解散，一大会址博物馆也遭到被关闭的厄运。一九九二年二月，博物馆被转交已独立的白俄罗斯国家文化部。一九九五年七月，应民众的要求，一大会址在尘封四年后，又重新对外开放。

一座小小博物馆的曲折变故，演绎成了白俄罗斯乃至俄罗斯历史变迁的缩影。

昏暗的灯光下，我一边静听博物馆馆长充满感情的介绍，思绪下意识地飞到我们上海的石库门和嘉兴南湖的红船，不由自主地对两个曾经和当今世界上最大的共产党的第一次代表大会作了对比。

都是在白色恐怖的环境中秘密进行的，为了躲避反动当局的骚扰，都是两易其地，甚至连会议的形式都相差无几，一个是以女主人的生日聚会，一个则是结伴而行的同伴们的游船派对，当然还有相近的会议内容和最后选出了同样是三人的最高领导机构。所不同的是会议的时间，一个在一八九八年，一个在一九二一年，跨着两个世纪，相差二十三年。历史常常有许多巧合，尽管这巧合带有偶然，但巧合中有规律，偶然中有必然。但凡一个新生事物的出现，都要受到旧势力的阻碍，进步力量的壮大都是在同反动腐朽力量的斗争中实现的。

中国民主革命的先驱孙中山，很早就提出以俄为师的口号。中国共产党从诞生就得到了苏联共产党的支持，也自觉地以苏共为师，学习苏联。联共（布）党史曾经是中国共产党人必读的教科书。

然而，遗憾的是，苏联共产党在她九十三岁的时候，连同她浴血奋斗建立起来的国家一起垮掉了。历史就是这样残酷无情，一部分人的葬礼，可能是另一部分人的婚宴。有人悲痛欲绝，有人欢呼雀跃。美国有个叫福山的日裔学者就近乎兴高采烈地断言，苏联发生的事件就是世界社会主义的终结，世界将成为资本主义的一统天下。他们想当然地预言：既然苏联垮了，东欧垮了，作为共产党领导的社会主义中国还能来日有几呢？

当然，事实证明是幸灾乐祸者的惯性思维出了差错，人类社会的规律是不受某些人随心所欲的情感支配的。大大出乎他们所料，中国共产党和她缔造的社会主义中国非但没有垮掉，反而阔步前进，且愈发强大。当苏联、东欧突然间解体的时候，中国共产党的领导们异常镇定。邓小平一段掷地有声的话，给中国共产党人和中国人民定了心。他说：一些国家出现曲折，不要惊慌失措，不要以为马克思主义就要消失了，哪有这回事？我们要吸取教训，使社会主义向着更加健康的方向前进。

中国共产党就是照着邓小平讲的做了。昔日以苏联为师，今天以苏联为鉴。

中国共产党人在扼腕叹息的同时，也在追问和反思，一个有着九十多年历史的老党，一个有着近两千万党员的大党，为什么会在一夜之间倒下？答案可从苏联当时的一张报纸上找到。早在一九九〇年，苏联西伯利亚报曾经做过一次"苏共代表谁"的民意调查，结果是，认为代表人民的只有百分之七，代表全体党员的有百分之十一，而代表官僚的则占百分之八十二。一个被人民群众认为不代表他们利益的党，实际上已失去了根基、充满了危机，在大厦将倾之际还会有谁站出来护卫她！尽管她曾经有过辉煌的历史，曾经受到人民的赞扬和拥护，但当一棵大树已被白蚁蛀空、一座大厦房梁已被抽掉，倒掉是必然的，霸王别姬也是必然的，雷峰塔的倒掉是必然的！

还是那句老话，水可载舟，亦可覆舟。一个政党，一个政权，当她失去人民就危在旦夕。人民是江山，江山是人民，一点不错。苏共脱离人民群众，遭到了亡党亡国的灭顶之灾。这不就是邓小平说的教训吗？

时间已经过去二十多年了，中国共产党和中国共产党人，对苏共垮台的教训的反思从没停止过。"秦人不暇自哀，而后人哀之，后人哀之而不鉴之，亦使后人复哀后人也"。我们党已执政六十多年，对脱离群众危险的警惕，一刻也没有放松过。"不忘初心"，这四个大字已经深深镌刻在每个中国共产党人的心上。

从博物馆出来，我特别留意，这里虽地处现在的市区中心，但门前冷冷清清。尽管门口赫然挂着"俄罗斯社会民主工党一大会址博物馆"的牌匾，但问津者寥寥，虽居闹市无人问，"门前冷落车马稀"。据说，光临这里最多的还是中国人。汽车开远了，我还是有点留恋地回望那座朴实无华的木头建筑，不知是凄楚、悲悯，还是遗憾、伤感，总之，心里五味杂陈。

就在这篇文章即将脱稿时，媒体报道了二〇一七年十月三十一日习近平总书记带领政治局常委到上海和嘉兴瞻仰党的一大会址和南湖红船。在一大会址，总书记带领其他常委同志重温入党誓词，举起右手庄严宣誓，这是党的十九大刚刚闭幕一周。作为中国共产党的一名党员，当我在电视里看到这样的场景，自然感动万分而热泪盈眶。在十九大上，总书记向世界宣布，中国特色社会主义进入了新时代。这意味着中国共产党又站在一个新的历史起点上，意味着中国共产党又要带领十三亿人民进行一次新的长征。此时此刻，我们的领袖，带领中央领导集体，应该说是带领着我们这个风华正茂、朝气蓬勃的党，又回到历史原点，回到我们党伟大的出发地，自然是要全党知道，我们从哪里来，往哪里去；自然是要全党清醒，我们不忘初心、牢记使命；自然是要人们知道，我们还是在这里重新启航，依然要在红船精神鼓舞下乘风破浪、一往无前，为实现中国共产党的誓言不懈奋斗。对历史的缅怀、向历史致敬，对历史的沉思、向历史追问，是一个民族、一个政党成熟而向上进取的标志。如果对历史健忘、麻木，失去历史记忆，更不去追问历史，那这个民族不会有血性、不会有激情，这个政党也不会有方向、不会有前途。

同样是两个共产党的一大会址，同样是两个马克思主义政党的诞生地，同样见证了两个党的历史风云变化，然而如今的境遇不同，展现给人们的情景不同，这自然折射出两个政党的不同命运，也自然会留给人们无尽的思考和耐人寻味的启示。

三

一个多次到过白俄罗斯的朋友对我说，明斯克这地方既没有风景名胜，又没有历史文化古迹，真没有什么可看的地方，不过斯大林防线倒是值得看看。

斯大林防线对我确实陌生，好在现在的互联网可是个百事通，要查找什么资料，要解答什么疑问，要了解什么信息，鼠标一点统统可以搞定。这一查才知道，明斯克很早就是波罗的海沿岸与莫斯科、喀山城市的贸易中心，明斯克的意思就是交易之镇。今天之所以看不到历史文化遗迹，全因为二战时被炸成了废墟。不过从网上看，斯大林防线的确还有些名气。

斯大林防线是苏联一九二八至一九三九年期间耗巨资在当年苏联的西部国界线上修建的军事防御工程，是为了抵御德国法西斯入侵建造的。工程规模浩大，北起卡累利阿地峡，南到黑海沿岸，纵贯现在的白俄罗斯和乌克兰，全长一千二百公里。沿线建筑了二十三个庞大的堡垒群工事，布局了四千多个永久性火力点，全都是由钢筋混凝土和其他特殊材料建成。

二〇〇五年白俄罗斯重新维修整理了位于明斯克附近的一段防线工事，开辟为斯大林防线博物馆。作为二十世纪重要的军事遗产，博物馆一开放就吸引了大批参观者。

到明斯克第二天的午后，在白俄罗斯朋友陪同下，参观了位于市郊不远的斯大林防线博物馆。从我们下榻的宾馆出发，也就是半个小时的车程。所谓博物馆，其实就是坐落在丘陵高地上的一处防御工事遗址，远远望去，像是一处饱经历史风霜的废弃城堡横亘在天际线上。已发了黑的钢筋水泥堡垒依稀可以看到当年战争留下的弹痕，工事坑道弯弯曲曲可以看得出经过重新整理，供参观者的步行道是新铺就的，各种指引牌匾也都是为参观者方便而新设置的。

为我们做介绍的讲解员，是一位曾经的苏联时期的退伍军人，可能是为了讲解效果，为了勾起人们对往事的回忆，特意穿一身当年苏联红军的军装，六十多岁依然身板笔直，声如洪钟，俨然是一位抗击法西斯的英武战士。他带我们钻进狭窄而阴暗的水泥地堡，向我们介绍里边的设施，七十六毫米火炮和马克西姆机枪，还有观察瞭望的潜望镜，一台一九三八年安装的发电机现在仍然可以运转发电。

书本上读历史，历史是抽象的，在历史事件的遗址，身临其境读到的历史是看得见、摸得着的，是真实的、有生命的。由此我想到，历史著作中的历史，难免要带上史家们的主观倾向，而学历史，最可靠的是那些历经沧桑岁月留下的历史遗物和遗址，这是可以重现真实、有生命的历史。

讲解员告诉我们，一九四一年六月二十二日，德国军队突然向苏联发动了战争。其实，就在一年多前的一九三九年八月二十三日，苏联和德国刚刚秘密签订了互不侵犯条约。同年十二月，希特勒致电斯大林祝贺其六十大寿，斯大林复电感谢，并表示苏德友谊将会继续保持并得到巩固。当年的苏联最高统帅误以为希特勒会信守诺言，起码不会这么快就会向苏联发起进攻。然而，历史又开了一个大大的玩笑。希特勒的诺言就是谎言，希特勒撕毁条约，发动了人类历史上最大规模的地面军事行动，对苏联猛烈进攻。就在这里，苏联红军与德国法西斯军队发生了激战，整整两天两夜。虽然苏联有固若金汤的钢筋水泥工事，但由于主力军未能及时到位，防线失守，德军闪电般进入辽阔的苏联疆土。战争是野蛮残酷的，无文明可言；战争是无情的，无诚信可言。防线不可靠，条约不可靠。可靠的是人民的力量，民族的精神，这是无坚不摧的，是胜利的根本。当然，希特勒低估了苏联人民不畏强暴、浴血奋战的精神和坚韧顽强的斗志。最终，苏联军队取得了反法西斯战争的胜利，但是付出的代价和损失是巨大的，光在战场上牺牲的人就达四千多万。

斯大林说过，没有攻不破的防线。可为什么还要举全国之力大兴土木修筑试图抵御德国人的防线呢？这不是自相矛盾吗？不少来参观的人都会有这样的疑问。

不过细细想来，也在情理之中。战争本身就是矛和盾的结合体，矛和盾的碰撞引发了战争，所有军事家们的战争观其实也都是矛盾的，这里很重要的在于你所处的地位，是进攻方还是防御方。方位不同，立场态度观点自然就不同。

没有攻不破的防线的豪言，这是一九四〇年苏联红军攻克芬兰曼纳海姆防线时斯大林讲的，显然他是不相信防线的。而面对虎视眈眈的德国法西斯时，又不得不修筑要塞工事，虽然是无可奈何之举，但毕竟还算是积极姿态。其实，不光是苏联，当时几乎所有与德国为邻的国家都在其威胁之下"深挖洞、高筑墙"，忙于战备。写进二战史的马奇诺防线，就是法国人为防御德国而耗时十年的巨大工事，其当时的名气，是斯大林防线难以望其项背的。只是耗尽法国人国力的马奇诺防线居然没有派上丝毫用场，德国军队穿越德法边境的亚登森林绕过马奇诺防线进入法国，当德国人的摩托化部队兵临巴黎城下的时候，法国军队还呆守在马奇诺防线上，守株待兔地等待德国军队的到来，成为世界军事史上的一大笑谈。

历史的细节容易被宏大叙事所淹没，而有些细节却是被写历史的人刻意抹掉或忽略的。不知令法国人尴尬和蒙羞的马奇诺防线遗址是否也开辟成了博物馆？不过我倒觉得，建立博物馆的意义和价值并不仅仅是要人们去回顾昔日的胜利和辉煌，不仅仅是要人们从历史的辉煌和荣耀中去寻找自豪和骄傲，重要的是尊重历史、敬畏历史，要让人们不忘历史，哪怕是失败、屈辱、羞耻和一切不光彩。这样，历史才会成为镜鉴，才可以使人们从历史长河中去寻找规律，寻找有益的精神，以使我们今天的人更智慧、更理性，更好地走向未来。有时候，一个民族，从过往的历史中寻找失败和耻辱，比寻找自豪和骄傲更有意义。

就要结束参观的时候，讲解员告诉我，来这里参观的中国人不少，希望我们向更多的中国人介绍斯大林防线，就像白俄罗斯人都知道中国的长城一样。

说实在的，把斯大林防线与中国的长城相比，我有点不悦，或不情愿。长城可是人类七大奇迹之一，那是中华民族对人类文明的重要贡献。就其历史价值，在文明史上的地位，两者怎么可以相提并论呢？

但又想，可比性还是有的，斯大林防线和中国的长城都是防御工程，大凡防御工程其初衷都是为了防止冲突、抵御侵略，是为了追求和平。这实际上都体现了人类热爱和平的共同价值追求。中国长城始建于秦始皇，在抵御外族入侵的两千年里，除了元朝、清朝，几乎没有停止过修造。但实事求是地说，长城抵御战争、防御入侵的作用是很有限的。因此，长城对于今天的中国人来说，价值在于它已经成为中华民族包容合作、团结一心、众志成城的象征。它横亘在中华大地，像一条巨龙，已成为引领中华民族生生不息、奋斗前行的图腾。

这倒使我想起，当今世界上曾经有过的、现在仍然存在的甚至还在不断修筑的各种各样的防线和"围墙"。二十世纪九十年代中期，我曾在德国参观过已经倒塌的柏林墙遗址，前些年从以色列乘汽车到巴勒斯坦拉姆拉，曾经目睹过冷冰冰的水泥板筑成的隔离墙。还有电视上看到的特朗普上台后，为防止墨西哥人越境，在美墨边界，美国人正在树起的高高的围墙……其实，这每一堵有形的墙后边都有一堵无形的墙。作为冷战标志的柏林墙，对阻止东西德人员来往发挥了一定的作用，但在东西德人民心里同时筑起的思想情感之墙，并没有因为柏林墙被推倒而消失。巴以隔离墙，可能在一定程度缓解了旷日持久的巴以冲突，而巴以之间的仇恨之墙却越筑越高。美墨边界的围墙，对阻止墨西哥人非法移民的作用有多大不得而知，但美国人树立的民族主义、保护主义、孤立主义的黑幕却令世界哗然。有形之墙阻隔的是空间有形的交往，而无形之墙阻碍的是人们思想的、情感的、精神的、文化的交流。这些似乎与当今这个已是"地球村"的世界有点不合时宜。无论初衷和目的是什么，这样那样的墙带来的都是隔膜、分离、芥蒂、纠纷甚至仇恨。世界需要包容，需要交流，需要合作，需要团结，而这些墙都是与之格格不入的。

  历史都是要烛照现实的。这个世界需要宏大的叙事，但也不要忽略了足以牵动大局的细节；需要明媚温暖的阳光，但也不要忽略可以污染朗朗乾坤的一团团雾霾。天下一家、世界大同、人类命运共同体理当是人类的共同追求。这就需要人们共同呼吁，把一切有形的无形的阻隔交流交融的形形色色的"围墙"一起推倒。当今世界应该是个修路架桥、互联互通的时代，而不是筑墙挖沟、互相阻隔的时代。

（原载《人民文学》2018．4）

万 念

_潘向黎

一

夏日里，台风将至的天空，透彻明亮得让人怔住的那种蓝，异常大朵而立体又压得特别低的云，爽快的风，梳理着尘世一切烦乱，面对一阳台带水珠的植物在风中的各种姿态，我突然想起了小林一茶著名的那几句：露水的世啊，虽然是露水的世，虽然是如此。

连绝望、连空寂都不能熄灭的对此生此世的恋慕。绝望过、超脱过，但依然还爱着，不能不爱着。

彻底看破，彻底"淡"，彻底"空"的人，也许是没有的。因为所有人毕竟只活在此时此刻。

纵使有来生，此生也不知道。终究还是要一寸寸活过今生。

人生的关注像一个光圈，只有关注的内容在强光中，其余的暂时隐没在相对的昏暗之中。

关注的内容可能依次是：升学、恋爱、求职、婚姻、孕育、孩子、老人、丧事、第三代……依次明灭。

直到光柱消失。

年轻时看花都挑剔，要挑最完美的才肯久久凝视。

中年之后，依然爱花。但觉得朵朵都好，各有各的好处，各有各的委屈处。

不，不只是对花宽容，人生到此时，已经是有花看花，无花看叶。

在西泠印社，有一种不陌生的伤感在心间升起来。有的地方总让人有点伤心。因为你不是来迟了几百年，就是来早了几百年。总之，这个地方让你联想到的历史氛围，以及它所强烈暗示的时代，和你的此生，永远地错过了。

黑白分明的人觉得明哲保身的人不洁净，不可敬。明哲保身的人觉得黑白分明的人不聪明，不可爱。

因为人人觉得自己对，所以对另一种类型总暗含怜悯，或者不屑。

基本上，每个人在怜悯或者轻视别人的同时，也都被别人怜悯和轻视着。

想到这一层，人世有一种淡淡的幽默。

二

"有情所喜，是险所在，

有情所怖，是苦所在。"

——《自说经难陀品世间经》

说得是。但，又如何？明白了，依然险，依然苦。

我们都像犯了重罪的人，虽然可以诚心诚意地认罪，但也不能减轻惩罚。

有些事是不可能用"忘记"来对付的。

或许，人只能将经历过的所有痛苦所沉积下来的黑，装进一个人生的小格子里，不再任它像墨汁一样，在人生的画布上四处洇开。

有时候疲倦又烦闷，就会渴望一个人待着。

不需要什么海边，不需要什么园林，只要在家里就好。也不需要有服务员招呼，更不需要家里人陪伴，只要一个人就好。

一整天，不需要考虑别人的存在，不需要照顾别人的需要和感受，大脑回归一种"空"的感觉，几乎就是睁着眼睛睡觉，这是最好的休息。

往往听着音乐休息个大半天，就会随手翻出一些书来看，这时候看的，都是真心喜欢而且让人放松的。就像一个人累极了，只能见见最知心的老朋友。

听到一个朋友评价一个人：此人比较混沌。

恍然大悟。过去总觉得那人是过于良善，有时是糊涂，有时是迟钝，原来是混沌！深以为然，可惜被评价的也曾是我的朋友，不便附和。

有的人很好，也不是不吸引你，但是没有合适的机缘让你们自然地接近，彼此也没有足够的冲动和心力去创造机会。于是这个人终究与你的人生无关，就像火车上经过的一片异常青翠的树林，一个碧清而幽深的湖泊。

有时候，人对人不深究，不是不想、不能，而是不敢。尤其是那种不能摆脱的关系，或者不能更改的感情。一探究，就会看到一口深深的井，黑洞洞，探究的人真敢探头张望吗？

这里面，并非善良，无关宽容，纯是怯懦。

三

咖啡厅里两个女人的对话："要死啦，我发现我真的老了呀，你不知道，那天我发现……"以下耳语不可闻。

"别提了，我怎么会不知道！我也是这样的！"

证明一个确实老了，而且另一个也是，这真是悲哀。

然而不知道为什么，她们两个是笑着的，旁边看着的我也是。

衰老是一个奇异的过程。就是它的发生始终是伴随着当事人的难以置信。

快。那么快。有一次，办公室的落地长窗外面，出现了一轮无比夺目的落日，像沸腾的钢水，像燃烧的红玫瑰，像巨大的正在融化的咸蛋黄。李清照所说的"落日熔金，暮云合璧"，一直也不觉得多么好，但是真要找一个比喻代替她这句，却又着实的不容易。

同事们纷纷惊叹，说要拍下来，其中的一个人，拿着手机走到窗边，就在他走过去的时候，太阳落了下去，消失在一团灰紫色的雾霾之中。

一个人的衰老，让我想起那天的落日。

衰老这件事很无情。特别无情。

原来自信的部分，最先剥夺；原来的缺点，不用说，立即放大。往右走，显得为了扮嫩失了分寸；往左走，更显得老上加老。

如果一个人足够幸运，半辈子都没有尝过失恋的滋味，也无须夸口，因为终究会尝到的，就是被青春、被年轻的一切抛弃的滋味。是你那么深爱的，那么习惯依赖的，那么不可缺少的，但是就这样毫无征兆地弃你而去，那么无情，那么猝不及防，那么头也不回，那么决绝。

难怪大部分中年人的脸上都没有笑容，原来都是失恋的人。

四

我的人生理想：

明月当空
水榭山亭
丹桂浓馥
素兰幽芳
茶泉两新
嘉朋三五
肥蟹一篓
九雌十雄
一口大锅
随蒸随吃
锡壶一把
陈年黄酒
生旦各一
游园惊梦
清风徐来
万念俱灰

五

有时候，有了一个好消息，想告诉一个故人，但是信息录入了一半，又一个字一个字删掉，因为不想打扰人家。这样的事情，扪心自问，每个人也都是有的吧。

这是成年人的无奈，也是成年人的好处。对于某个特定的人，我们动的念头，不再是亲近，而是体谅了。

所以，我会这样安慰自己，那么多没有音讯的故人里面，肯定也有一两个，是这样对我的。不是忘记了，只是出于体谅，没有来打扰我。

此刻的我，感到了一种深深的凄凉，混合着隐隐的暖意。这样与世无争、与人无碍地持一点妄断，即使有点自欺的可笑，也没有什么不妥吧。

心平气和。这个词不是一种状态，而是一个过程，心要平，气才会和。

但是心要平是一件多么难的事。飞鸟的心，走兽的心，我们不知道，人的心，是不容易平的。

长恨人心不如水，等闲平地起波澜。

人心就是水，人心就是险滩和乱石，所以随时随地等闲就可以起波澜。

"和家里人发生不和更辛苦，还是和单位的人不和更辛苦？"一个朋友问。

"和自己不和最辛苦。"

所有的人都沉默了。

中老年人看年轻人总觉得冲动，其实这正是年轻的特点，也是年轻的好处。

中老年人自己不冲动，是因为能量渐渐不足，更因为吃的亏多，已经满心怯意。

所以温和大方的年轻人、刚毅果决的中年人和热情单纯的老年人，都是具备了这个年轻通常不具备的优点，最是难得，也最值得珍惜。

六

有一种人，是天生的伤心人。

晏殊为官几十年，富贵荣华，妻妾美姬，亭台楼阁，歌舞欢宴，谁也不知他为什么能写那么多心事重重、缠缠绵绵的情诗。

还有李商隐、纳兰容若，那么深切的爱之哀伤、恋之凄酸，也并不全来自现实。现实中，他们的感情创伤不见得比常人多或者深。

可是，他们是天生的诗人。也许花谢、叶落、风过、雪化，也足以伤怀。一个梦，一个身影，一句话，一声箫，亦足以撼摇心魄。

何况，知己会离散，美人会离开，自己会老去，韶华匆匆，飞一般掠过的都是好时光。

元好问写下"问世间情为何物"，催生的并非他本人的感情，甚至不是人类的，而是飞禽的痴情。

因此，对诗词，苦苦追索所谓"本事"，是寻常人以寻常思路来探究，但这些伤心人都不是寻常人，因此，大可不必追索，只管沉入诗境，不辜负异代而一的伤心，也就是了。

林黛玉也是天生伤心人。或者说，曹雪芹是。这和家道败不败落没有关系。家道不败落，他也许写不出《红楼梦》，但他是宿命的"伤心人"，诗意地感受和对待这个世界，却是天生的。

《陶庵梦忆》中的朱楚生亦是伤心人,而且她也有个来路的。

《红楼梦》里第二回说:有一类人,来路是"正邪两赋而来的",禀灵秀之气与邪气于一体,"上则不能为仁人为君子,下亦不能为大凶大恶。置之千万人之中,其聪俊灵秀之气,则在千万人之上;其乖僻邪谬不近人情之态,又在千万人之下。若生于公侯富贵之家,则为情痴情种;若生于诗书清贫之族,则为逸士高人。纵然生于薄祚寒门,甚至为奇优,为名娼,亦断不至为走卒健仆,甘遭庸夫驱制。如前之许由、陶潜、阮籍、嵇康、刘伶、王谢二族、顾虎头、陈后主、唐明皇、宋徽宗、刘庭芝、温飞卿、米南宫、石曼卿、柳耆卿、秦少游,近日倪云林、唐伯虎、祝枝山,再如李龟年、黄幡绰、敬新磨、卓文君、红拂、薛涛、崔莺、朝云之流,此皆易地则同之人也"。

这一流人物!

《红楼梦》里,宝玉、黛玉是,妙玉、尤三姐、晴雯恐怕也是。张岱是,他笔下这样的人也不少,他所欣赏的"女戏"朱楚生,也正是。"楚生色不甚美,虽绝世佳人,无其风韵。楚楚谡谡,其孤意在眉,其深情在睫,其解意在烟视媚行。性命于戏,下全力为之。曲白有误,稍为订正之,虽后数月,其误处必改削如所语。楚生多坐驰,一往深情,摇飏无主。一日,同余在定香桥,日晡烟生,林木窅冥,楚生低头不语,泣如雨下,余问之,作饰语以对。劳心忡忡,终以情死。"

"多坐驰""以情死",这不是纯粹的诗人、天生的情种吗?

这个情,不一定限于对某一个人的,并非仅仅为了张公子李公子。所谓"一往深情,摇飏无主",就是天生一段痴情,至死方休。

张岱也是这一路来的人,所以是朱楚生的知音。

(原载《文学报》2017.12.7)

我的认知再度崩塌了

_ 施一公

本文是清华大学副校长、清华大学生命科学学院院长、中国科学院院士施一公教授的演讲。

01. 生命的本质和生命的极限

我们先看看人从哪而来？人的整个出生过程是这样的：

一个精子在卵子表面不停地游逛，寻找一个入口，找到合适位点以后，会分泌一些酶，然后钻进去。卵子很聪明，一般不会让第二个精子再有机会，所以一有精子进来，马上把入口封死。

你们可能知道也可能不知道，短短四个礼拜，胎儿开始有心跳。慢慢地，神经管形成了，脊椎形成了，四肢开始发育，通过细胞凋亡，开始形成手指头。到四五个月的时候，胎儿开始在母亲肚子里踢腾。

出生之前，胎儿的大脑发育非常快，各种神经突触迅速形成。然而不要忘了，这样一个鲜活的生命来自于一个受精卵。

生命开始之后，生命的历程很漫长，这里面有很多苦恼。我记得我看过一首打油诗是这样说的：

0岁闪亮登场，10岁茁壮成长，20岁为情彷徨，30岁拼命打闯，40岁基本定向，50岁回头望望，60岁告老还乡，70岁搓搓麻将，80岁晒晒太阳，90岁躺在床上，100岁挂在墙上。

02. 科学如何应对生命挑战

我们生命的历程饱受挑战，有很多来自于疾病，其中三类疾病和人类有很大关系。

其中心血管疾病是最重要的杀手，仅在中国每年就有303万人死于心血管疾病，占32%。

第二种疾病也很可怕，就是癌症，我们身边的人常常被癌症夺去生命，中国每年有265万人死于癌症，占28%。

第三类疾病死亡率不高，但是对人的困扰很大，严重影响生活质量，就是神经退行性疾病，有多位世界名人都曾受这类疾病的折磨。

此外还有34%的人死于其他原因，其中大部分是传染病，一小部分是交通事故和意外伤害。

我今天想告诉大家的是，我们如何运用科学去接受生命的挑战。

在古代，我们在黑暗中摸索，比如说当代的屠呦呦为找到治疗疟疾的方法，就是看了古典药学得到灵感，导致了青蒿素的发现。

后来弗莱明发现青霉素，已经是用科学的方法论来探索。

1985年以后，由于戈尔茨坦和布朗发现了低密度脂肪颗粒的受体，开启了真正的征服心血管疾病的历程。

人类始终用科学在应对挑战，从简单的摸索和经验积累，到最后通过基础研究驱使药物的发现。我有三个例子在此分享：

第一个例子就是心血管疾病。

研究发现，导致心血管形成斑块的低密度脂蛋白和受体结合以后会被细胞内吞，内吞以后低密度脂肪的颗粒会被降解，而受体会回到细胞表面，可以重生，再去把新的低密度脂蛋白拉到细胞内去，从而减少对人体有害的低密度脂蛋白。

1985年，戈尔茨坦和布朗两位科学家，就是因为发现了低密度脂蛋白的受体而获得诺贝尔生理或医学奖。

在戈尔茨坦、布朗和日本科学家 Endo Akira 等一大批人的努力下，很多降胆固醇的他汀类药物问世了，包括1987年问世的第一个心血管疾病的药物。

我们一直在用基础研究去探索最前沿的和疾病做斗争的方式，我们虽然有很多他汀类药物，但是很多高血脂的人仅仅靠吃他汀类药物，并不能阻止心血管软斑块和硬斑块的形成。

第二个例子我们讲讲治疗癌症的新的曙光，也就是大家听过很多次的

"免疫疗法"。

这个免疫疗法最有名的一个例子,是 2015 年 8 月 20 日,美国前总统卡特向所有世界上关心他的人宣布,自己得了晚期黑色素瘤,而且当时已经有 4 个 2 毫米大的肿瘤在脑子里,已经扩散了,他认为自己的时间不多了。

然而短短 3 个月以后,2015 年 12 月 6 日,他再次出现在大家面前,告诉人们,通过分子疗法,他脑子里的 4 个肿瘤已经完全找不到了。

第三个例子是神经退行性疾病。

现在世界上有 4700 万人饱受这种疾病的困扰,预计 2050 年时,每 3 秒钟就有一个新的病人出现,我们会有超过一亿三千万人受它的困扰。

神经退行性疾病中最有名的就是老年痴呆症,也叫阿尔茨海默综合症。得这个病的病人很痛苦,因为生活不能自理。老年痴呆晚期的患者大脑里面有一个个很可怕的洞,大脑被吞噬掉了。

虽然不知道到底是什么原因导致了老年痴呆症,但是大家公认,如果从分子水平上认识老年痴呆症,也许会为治疗带来曙光。

03. 认知生命有极限

我举了心血管疾病、癌症、老年痴呆症的例子,最后过渡到大脑。不要说我们对老年痴呆症的病因不清楚,对大脑这样一个神秘的器官我们也知之甚少,我们基本上可以说什么都不知道。

我们在用我们的五官,就是视觉、嗅觉、听觉、味觉、触觉理解这个世界。这个过程是不是客观的呢,肯定不是客观的。

我们的五官感受世界以后,把信息全部集中到大脑,但是我们不知道大脑是如何工作的,所以在这方面也不能叫客观。

我们人究竟是什么呢?仔细想一想,人是怎么样处理信息的呢?我们先来对信息也就是物质做一个定义。

我们有三个层面的物质:

第一个物质是宏观的,就是我们可以感知到的,直觉可以看到的东西,比如人是一个物质,房子也是一个物质,天安门、故宫都是物质。

第二个层面是微观的,包括眼睛看不到的东西也叫微观,我们可以借助仪器感知到、测量到,从直觉上认为它存在,比如说原子、分子、蛋白,比如说很远的一百亿光年以外的星球。

第三个层面就是超微观的物质。对这一类,我们只能理论推测,用实验验证，但是从来不知道它是什么，包括量子，包括光子。尽管知道粒子可以有自旋和能级、能量，但是我们真的很难通过直觉理解，这就是超微观世界。

但尽管如此，我们还是要想一想，这个世界是超微观世界决定微观世界，微观世界决定宏观世界。

我们人是什么？人就是宏观世界里的一个个体，所以我们的本质一定是由微观世界决定，再由超微观世界决定。

我们每个人不仅是一堆原子，而是一堆粒子构成的。原子通过共价键形成分子，分子聚在一起形成分子聚集体，然后形成小的细胞器、细胞、组织、器官，最后形成一个整体。

04. 量子纠缠是可以进化的现象吗？

所以，我想班门弄斧讲一讲量子纠缠。

量子纠缠的意思是说，两个纠缠的量子不管相距多远，它们都不是独立事件。当你对一个量子进行测量的时候，另外一个相距很远的量子居然也可以被人知道它的状态，可以被关联地测量，很不可思议。

但这样一个简单的现象既然存在于客观世界，我相信它会无处不在，包括存在于我们的人体里。是不是这样呢？当然是这样。量子纠缠怎么样影响我们的生命，其实我们不知道，为什么？因为这不是我们可以用直觉去感受的。

我要问你们四个问题：

第一个问题，你们相信有第六感官吗？很多人会说不相信。

第二个问题，有没有可能，两个人会以未知的方式进行交流？你会说也许，不会像第一个问题那样肯定地说不信。

第三个问题，量子纠缠是否存在于人类的认知世界里面？存在于大脑里？

第四个问题，量子纠缠是不是适用于地球上的物质呢？你一定会说一定适用，因为我们已经证明了。

但其实简单讲，这四个问题是完全一样的问题，倒推回去就说明一定有第六感官，只是我们无法感受，所以叫"第六感官"。

那么我们人究竟是什么？我们只不过是由一个细胞走过来的，就是受精卵，所有受精卵在35亿年以前，都来自于同一个细胞，同一团物质，一个处于复杂的量子纠缠的体系，就这么简单。

科学发展到今天，我们看世界完全像盲人摸象一样，我们看到的世界是有形的，我们自己认为它是客观的世界。其实我们已知的物质的质量在宇宙中只占4%，其余96％的物质的存在形式是我们根本不知道的，我们叫它暗物质和暗能量。

我认为人类的认知极限就在于，我们是一堆原子，我们处在宏观世界，但我们希望隔着两个世界去看超微观世界。那是一个最美好的、极其美妙的世界。

05．世界还有多少我们不知道的东西？

随着量子卫星上天，有关量子的事科普一下：当代科技最前沿发现了什么？竟然颠覆人类世界观！

我们的世界，因为几个最新的科学，全乱了！

一、搅乱了世界的3项科学成果

（一）暗物质

1．怎么发现有暗物质？我们原来认识的宇宙的形态，是星球与星球之间通过万有引力相互吸引，你绕我转，我绕他转，星球们忙乱而有序。

但后来，科学家通过计算星球与星球之间的引力发现，星球自身的这点引力，远远不够维持一个个完整的星系。如果星系、星球间仅仅只有现有质量的万有引力支持的话，宇宙应是一盘散沙。宇宙之所以能维持现有秩序，只能是因为还有其他物质。而这种物质，目前为止，我们都没有看到并找到，所以，称之暗物质。

2．暗物质有多少？科学家通过计算，要保持现在宇宙的运行秩序，暗物质的质量，必须5倍于我们现在看到的物质。

3．有没有观测到暗物质？现在没有真正的测到暗物质。只是能发现光线在经过某处时发生偏转，而该区域没有我们能看到的物质，也没有黑洞。

4．黑洞是不是暗物质？不是。黑洞只是光出不来，它发出其他射线，它仍然是常规物质。

（二）暗能量

1．怎么发现有暗能量？科学家观测发现，我们现在的宇宙，不仅在不断膨胀，而且在加速膨胀。如果匀速膨胀，还可以理解。但加速膨胀，就需要有新的能量的加入。这能量是啥？科学家也搞不清，取名叫暗能量。

2．暗能量有多少？科学家通过计算，通过质能转换方程 $E=MC^2$ 计算，要维持当前宇宙的这种膨胀速度，暗能量应该是现有物质和暗物质总和的一倍还要多。

3．有没有找到暗能量？目前为止，还没有。

（三）量子纠缠

现代科学发现，对物质的研究，在进入分子、原子、量子等微观级别后，意外非常大。出现了超导体、纳米级、石墨烯等革命性的材料，出现从分子水平治愈癌症的奇迹。而最神奇的是——量子纠缠。

1. 什么是量子纠缠？科学实验发现，两个没有任何关系的量子，会在不同位置出现完全相关的相同表现。如相隔很远（不是量子级的远，是公里、光年甚至更远）的两个量子，之间并没有任何常规联系，一个出现状态变化，另一个几乎在相同的时间出现相同的状态变化，而且不是巧合。

2. 有没有观测到量子纠缠？量子纠缠是经理论提出，实验验证了的。科学家已经实现了6~8个离子的纠缠态。我国科学家实现了13公里级的量子纠缠态的拆分、发送。

06. 搅乱了的世界

（1）搅乱了的哲学世界

我们原来认为世界是物质的，没有神，没有特异功能，意识是和物质相对立的另一种存在。现在我们发现，我们认知的物质，仅仅是这个宇宙的5%。没有任何联系的两个量子，可以如神一般的发生纠缠。把意识放到分子、量子态去分析，意识其实也是一种物质。

……

（2）坍塌了的物理世界

我们现在所有的物理学理论，都以光速不可超越为基础。而据测定，量子纠缠的传导速度，至少4倍于光速。

（3）崩溃的内心世界

科技发展到今天，我们看到的世界，仅仅是整个世界的5%。这和1000年前人类不知道有空气，不知道有电场、磁场，不认识元素，以为天圆地方相比，我们的未知世界还要多得多，多到难以想像。

世界如此未知，人类如此愚昧，我们还有什么物事必须难以释怀？

（原载《叶檀财经》2017.11.5）

漫长的等候

_石厉

人类最美好最让人生死难忘的事是男女爱情，最伟大的诗歌当然也是爱情诗歌。列在《诗经》第一篇《国风·周南》的《关雎》就是一首爱情诗，自古至今，并无太多歧义。这首诗，几乎天下人皆知，很多人对第一段都耳熟能详，"关关雎鸠，在河之洲。窈窕淑女，君子好逑"。在窈窕的比兴中镶嵌着直白的叙述，整个《诗经》诸如这般"乐而不淫，哀而不伤"写男女情爱的诗歌很多，但在《国风·曹》中有一首《候人》的诗歌，却超出孔子所定论的那种有节制的爱情诗歌，其所传达的哀伤与怨恨却一直未引起人们的注意：

彼候人兮，何戈与祋。彼其之子，三百赤芾。
维鹈在梁，不濡其翼。彼其之子，不称其服。
维鹈在梁，不濡其咮。彼其之子，不遂其媾。
荟兮蔚兮，南山朝隮。婉兮娈兮，季女斯饥。

这首诗之所以没有引起人们的注意，主要原因是由于解诗的人一开始就错解了这首诗歌。经历秦火焚荡，汉初说《诗》者，大概有以今文传《诗》者申培生、辕固生、韩婴三家及以古文传《诗》者毛公（毛亨）一家，宋以后以今文传诗的三家俱已不存，至今只剩以古文传诗的毛公一家。关于该诗大义，《毛诗序》曰："《候人》刺近小人也。共公远君子而好近小人焉。"毛公盖认为这首诗是讽刺曹国公远君子而喜好亲近小人的诗。关于"候人"一词，《毛诗传》曰："候人，道路送迎宾客者。"这种解释并非没有根据，《周礼·夏官·司马》曰："候人各掌其方之道治与其禁令。"《国语·周语》又曰："敌国宾至……行理以节逆之，候人为导。"看来此"候人"类似现在的交警，最大也就是交警队的队长。受这个官制名词的影响，汉以后对该诗中的"候人"一词都这样解释，后来方玉润《诗经原始》总结："僖二十八年春，晋文公伐曹。三月入曹，数之以其不用僖负羁，而乘轩者三百人，即诗所谓三百赤芾是也。曰'荟蔚''朝隮'，言小人众多气焰盛也。曰'婉娈''斯饥'，言贤者守贞反困穷也。"这当然是以《左传》僖公二十八年晋文公伐曹后，指责、数落曹国公不任用僖负羁，却纵容三百穿红色绑腿官吏坐车招摇的事为背景，来解释该诗。从此以后，古今阐释者皆以为这首诗中的"候人"就是在道路上迎送宾客的小官，这首诗，也就是讽刺这类在曹国气焰嚣张的小官的诗，包括那些穿戴红色绑腿（当时士大夫的一种朝服）的三百官吏。甚至像方玉润这样的清代学者竟然牵强附会到凭想象将"荟兮蔚兮"如此用作比兴的自然现象，也按此思路解析到离谱的程度。关键是，如果沿袭这样的解释，这首诗的意思处处乖戾暌违，且前后意思严重背离而断裂，以致语义混乱。事实上，这是解诗者只知其一、不知其二，舍近求远，忽略了"候人"这个词最朴素最基本的用法。

而这首采自曹国的民风，并没有那么多的政治含义，其实是一首既普通又不普通的爱情诗，就是描述一位少女，在等候她当官的情人，以至于等候到怨恨的地步，等候到忍饥挨饿的地步。"候人"，不是名词，是动词，意思是等人，"彼"就是指她，指这位等人的少女，即最后一段提及的那位婉娈少女。全诗大意是说：

她在等候人啊，就是（在等候）那个曾扛着戈与挂着皮毛的长杆守护过城门的人；她的那个人，曾经就在穿戴红色绑腿的三百官吏中。

想必那些在津梁上（捕鱼）的鹈鹕，它们的翅膀不会被打湿；但是她的那个人啊，并不配穿他的官服。

在津梁上（捕鱼）的鹈鹕，不会打湿（或弄脏）它的长喙；但她的那个人啊，不能完成他们的婚配。

草木多么茂盛，南山的清晨彩虹当空；（她）多么柔婉漂亮啊，这样一位少女却在忍饥（等人）。

只有这样解释，这首诗歌的寓意才是通畅而完整的。

说上面这首诗又非普通，就在于这首诗，与一首中国最早的爱情诗有着语言与形式上的关联。《吕氏春秋·音初》曰："禹行功，见涂山之女，禹未之遇而巡省南土。涂山氏之女乃令其妾待禹于涂山之阳，女乃作歌，歌曰'候人兮猗'，实始作为南音。周公及召公取风焉，以为周南、召南。"陈奇猷案："音与乐有别，音谓音调，乐指乐器、乐舞。"（见《吕氏春秋新校释》上海古籍出版社2002年第一版）从《音初》篇来看，音就是歌，歌就是诗歌，诗歌最初就是用来吟唱的，此篇的设立就是为了阐述诗歌的起源。根据《吕氏春秋》所述，大禹曾巡视治水之事，在涂山一带结识了涂山氏女，大禹未来得及与其婚配就巡省南方。涂山氏女让其女奴在涂山之南替她等待大禹，涂山氏女作歌并吟唱，"候人兮猗"。吕氏认为这是南方诗歌的开始，是《诗经》中《周南》《召南》的起源。

"候人"一词原本就是等人的意思，在周设立"候人"这一官职前就已存在，并且古已有之。而这首诗中的"候人"一词，绝非官职的名词，肯定是等候人的偏动词组，这一点毫无疑问，反而有歧义的是"兮猗"。许多人认为"兮"与"猗"皆为叹词，后世在解释这首远古诗歌时已成定论，这是错误的。其实"猗"可训为长的意思，比如《毛诗传》曰"猗，长也"（见《十三经注疏·毛诗正义》中华书局影印本）。如果按照"兮"与"猗"同为叹词，这首诗歌的大意就是：（我在）等人啊呵；如果按照"猗"为"长也"的训释，这首诗歌的大意又会更加丰富：（我在）等人啊，（时间是如此）漫长。我当然倾向于后者，因为古人言简意赅，在一句寓意隽永的话中，一个文字，皆有一个文字的意思，这是难以动摇的，况且两个句意或实词之间由一个叹词表示暂缓或相连，是上古诗歌语言的特点。既然这首由大禹恋人吟唱的"候人"一诗是南音的发源，是《周南》《召南》的起源，那必定也是《曹》中《候人》一诗临摹所据的底本，至少具有情结与诗义上的互文性。

而这首成为《诗经》中爱情诗歌起源的诗歌，无疑就是中国最早的爱情诗歌。关于这场发生在4000多年以前神州大地上传唱久远的爱情，古文献中不乏史料佐证。

《尚书·皋陶谟》记载禹、皋陶与舜帝对话时禹自叙："予娶涂山，辛壬癸甲，启呱呱而泣。予弗子，惟荒度土功。"这篇上古文献，经过几千年的传抄，文字肯定有所脱漏损益，但大义可如此表述：我娶涂山女，新婚四天后就出外治水去了，启呱呱坠地时我也不在他们母子的身边，不是我不要儿子，而是怕荒废了决土治水。这应该是大禹与涂山女婚后仍然长期分离的实况。《楚辞·天问》的发问更加彻底："禹之力献功，降省下土四方，焉得彼涂山女，而通之于台桑？闵妃匹合，厥身是继，胡维嗜不同味，而快鼌饱？"（引文见宋·洪兴祖《楚辞补注》中华书局1983年3月第1版）大意是说：禹治水功勋卓越，巡视四方疆土，如何博得涂山女（之爱），与之野合于桑间野地？与喜欢的女子媾合，他身后于是有了继承者（子启），那为什么人们的嗜好不同，而在男女之事上都感到快乐？显然屈原试图探究的是人性中更为普遍的道理。但就禹与涂山女之所以匆匆完婚大概可以这样理解：大禹忙于治水，或者情急所致，来不及筹办像样的婚事，就与涂山女野合于荒郊野外。就禹与涂山女初次交合前并未行正式婚配,屈原的叙述与《吕氏春秋》所载基本吻合。所谓他给舜帝汇报时说自己只与涂山女欢聚了四日,就赶紧巡行治水去了,这也应该是事实。

《史记·夏本纪》载:"禹者,黄帝之玄孙而帝颛顼之孙也,禹之曾大父昌意及父鲧皆不得在帝位,为人臣。"帝尧"用鲧治水,九年而水不息,功用不成,于是帝尧乃求人,更得舜。舜登用,摄行天子之政,巡狩。行视鲧之治水无状,乃殛鲧于羽山以死。天下皆以舜之诛为是。于是舜举鲧子禹,而使续鲧之业"。参照《尚书》诸篇,《史记》所记述的其中隐情也应可信。在这样的情形下,禹不敢张扬自己的婚事,只能埋头于治水的国家大事,以避免重蹈父亲的过失。所以"禹伤先人父鲧功之不成受诛,乃劳身焦思,居外十三年,过家门不敢入"。而在这十多年中,那位涂山国的公主涂山氏女,守望自己在外辛劳的丈夫禹,望眼欲穿的心情在"候人兮猗"的歌咏中表现得多么充分。文学作品中,那些刻骨铭心的等待一般都是绝望的,然而这首情歌的结局却是非常圆满的。经过大禹的努力,"东渐于海,西被于流沙,朔、南暨,声教讫于四海。于是帝锡禹玄圭,以告成功于天下"(以上引文参见《史记》平装本,中华书局1982年11月第2版)。治水之事大功告成,从此禹成为舜帝的股肱之臣,替舜摄行天下,然后在涂山女所在的涂山,也是儿子启生长的涂山,大会万国诸侯。《左传·哀公七年》记述:"禹合诸侯于涂山,执玉帛者万国。"其受万国诸侯朝拜的盛况与功成名就的喜悦可想而知,涂山女苦苦等待的回报竟是如此隆重。帝舜崩,三年后,大禹荣登天子位,他与涂山女所生的儿子启,又在大禹驾崩后,成为夏朝的开国之君。这样开万代之始的爱情及爱情诗歌当成为永世不灭的回忆与咏唱。

(原载《读书》杂志2018年第1期)

旷古之香

_素素

1

苍天无语,却给冷热分隔出经纬。自然有意,为万物造化出母土。于是,生南为橘,生北为枳。于是,梅花多绽放于南方,杏花多盛开在北方。

在传统的眼光里,杏与梅虽花形相近,却风情各异。梅花喜寒,且开在料峭早春,于是被认为品高气傲,画师也总是让它掩映在豪门大宅的后花园里;杏花追暖,花期迟迟,且有一种与生俱来的质朴和野性,农夫村人就把它栽种在私田的壕埂上或自家的院墙外。

杏花树下,种着我的乡愁。

我的出生地在辽南乡村。在我的记忆里,春天来了,杏花就开了。而且,河冰消融,燕子归来,都算不上热闹,只有杏花如雪,才是真正的锣鼓喧天。节气与花期,一直就如此这般,兀自成契。

其实,在四季分明而匆忙的北方乡村,杏花既是一种花朵,也是一种意象,有地理的标识感,也有人文的隐喻性。土生土长的杏花,不挑肥拣瘦的杏花,曾陪伴了无数乡村孩子的童年。直至今日,即使离开乡下好几十年,我也不舍得抖落发梢上的花屑,而且从不以小村姑身份为耻。老家屋后那一树杏花的姿影,一直在我的念想里婆娑着,那淡而清冽的香气,也一直在我的鼻孔里袅袅着。若正是仲春时节,影影绰绰的杏花,与河面的晨霭、屋顶的炊烟便混成了团,以不绝如缕的柔软,苦中带甜的坚硬,在心里的某个地方凝成一片化不开的离殇……

关于杏花,竟一口气说了这么多,就在于不久前去了一次汾阳。是的,我在汾阳看到了太多的杏花，只能用不吐不快来舒解它们带给我的紧张。

汾阳属晋。此行，也是我生平第一次入晋。

我知道，晋在黄河之东，所以古称河东。因太行东踞，故名山西。我还知道，河东也好，山西也罢，自古就属炎黄尧舜之率，禹夏殷商之土，周秦汉唐之源。所以，至今仍有人说，地下文物看陕西，地上文物看山西。唯其煌煌如此，巍巍如此，我这个自知行囊稀薄的辽东客在去的路上就摆正了姿势，既然你在上游，我在下游，那就高山仰止，尊而敬之。

好在此次来汾阳，行程非常简单，看杏花，喝汾酒。我不懂酒，也不擅酒，那就更简单了，只看杏花。当然，这个季节在哪里都看不到杏花。汾阳之殊，就是它让我看到了别处没有的杏花。

2

汾阳的第一片杏花，开在六千年前的仰韶时代。用专业一点的话说，如今的它们不是以植物的形式站立，而是以河滩淤积的姿态，隐身在望不到尽头的史前烟火里，深藏在深不见底的黄尘厚土下。

记得，去时已是日影西斜的晌午，来看杏花的却不止我一个。所有的车和人，都静静地伫立在那条繁忙的国道边上，目光迷离地向那片洼地张望。以前皆为沃土良田，如今已大多弃耕，只见大片的荒草野蒿丛中，浮出一块醒目的石碑。想走到近前看个清楚，却被路边围护的铁网拦住了，而且被告知，附近一带没有缺口。我便问，碑上写的什么？答曰：杏花村文化遗址。原来，遗址所在之处，属于今天的汾阳杏花村镇东堡村，故以杏花村名之。一下子，我也有了好多人都在说的穿越感。

我相信，六千年前，这里一定有杏花盛开。不止如此，这里还闪射出一道文明曙光：六千年前，这里不只有杏花，还有粟麦菽粱。细心的考古专家，在太多的陶碗泥盆里，拣出了一只小口尖底瓮，据此断言，在六千年前的汾水岸边，先民们就已经把蒸熟的谷物放入瓮中，酿出了华夏谷物酒的第一缕清香。就是说，六千年前的杏花村，既是华夏农耕文化的初始之地，也是中国汾酒的原乡和祖庭。酒的发明者，既不是仪狄，也不是杜康，而是一群无名的黔首黎庶。

六千年前的故事，虽然无法触摸得到，站在路边的我，却觉得隐隐地闻出了撒落在泥土里的米香，嗅到了窖藏在岁月里的酒氛。

汾阳的另一片杏花，开在一千多年前的唐代。它没有杏花村文化遗址那么古老，而且是以分行文字的形式，与一个诗人的名字一起，印刷在《唐诗三百首》里。诗云：

> 清明时节雨纷纷，
> 路上行人欲断魂。
> 借问酒家何处有，
> 牧童遥指杏花村。

此诗的作者叫杜牧，本想早一些走上仕途，却生不逢时。于是，在大唐晚季的某年某月，跌跌撞撞来到了汾州。却天不作美，被一场淫雨浇得狼狈不堪，只好问路寻酒，以释春愁。可是，他自己也断不会想到，不过是酒醉之后的随口一吟，怎么就成了千古绝唱？

然而，世上的事情往往就是这样，因与果，瞬间生成。尽管酒早就有了，杏花村也早就有了，可是杜牧没有来。它们只好耐心等一千多年前的那个雨天，因为牧童的一个手势，杜牧的一顿闷酒和一首诗，这个世界才有了一个诗酒相伴的杏花村，也才让一个快要谢了芳颜的杏花，就此定格为一枚古老的村徽，灿然千年，仍灼灼不凋。

杏花与酒，本不相干。因为杏花村的酒，并非杏花所酿。但是，如果不叫杏花村，即使有牧童遥指，即使杜牧也去喝了酒，也一定写不出好诗。正因为它叫杏花村，村里有窄巷，巷里有酒家，酒旗飘飘，酒客芸芸，小小的杏花村，俨如酒之重镇，才让大唐诗史上有了一首妇孺皆能成诵的《清明》。

不过，一千年前的杏花村生意再好，也一定是商俗弱而文风盛。杜牧入晋时，还是一个文学青年，踩着前辈的脚印来到祖上任过职的汾州。据载，唐代诗坛的教父级人物大都来过这里，最著名的就是李白、杜甫、白居易，诗冠天下，自不必说，还个个好酒，且都在诗里写过汾州佳酿。继杜牧之后，更有薛能、许浑、温庭筠等一干诗朋酒党接踵而至，豪饮之余，也是不吝赞美之词。其中，一位名叫司空图的本土诗人，还曾斗胆与杜牧的《清明》唱和，写了一首《故乡杏花》。诗云：

> 寄花寄酒喜新开，
> 左把花枝右把杯。
> 欲问花枝与杯酒，
> 故人何得不同来。

就诗而言，司空图肯定写不过杜牧。但是，我在他的诗里再次看到了唐代的杏花，或者说唐代汾州的杏花。一首诗，即是一个千古流芳的佐证，说明古汾州之地确实有杏花，说明自杜牧给杏花村打了广告之后，杏花已然成了当地的一道著名风景。此外，就个人气质而言，在司空图的青涩里有一股无拘和果敢，我反而觉得比杜牧要洒脱和俊朗得多。既是他们之间的唱和之作，那么诗中那个没有同来的故人，应该就是杜牧吧？

左把花枝右把杯——在这首诗里，此句最是不俗。右手把杯的时候，左手还要将杏花邀上，只这一个动作，就让我洞见了唐朝的风雅，唐朝的浪漫。有那么一会儿，我真想穿越到一千年前，把花枝握在左手，把右手的杯子斟满，喝他个不醉不归。

3

汾阳的杏花，已然是汾酒的代名词。

也是受了杏花的蛊惑，虽自知不胜酒力，却在去汾阳之前就做好了喝酒的准备。想不到，一入酒店大堂，便见签到簿旁边摆了四个青花瓷小杯，分别是汾酒、竹叶青、白玉汾和玫瑰汾。毕竟初来乍到，还要装作斯文，主人递过酒杯时，只浅尝了一口玫瑰汾。然而，后来的几天，竟喝上了瘾，四个青花瓷小杯，每一杯都尝了不止一番。真个儿是左把花枝，杏花带雨；右把酒杯，汾水微醺……

其实，早在唐以前的南北朝时期，汾酒就已经名扬天下了。史载，北齐的武成帝高湛，曾给自己的胞弟写过一封家书，说他自己平时喜欢喝汾清，劝弟弟也喝上两杯。这封家书，后来入典《二十四史》。彼时的汾清，即是现在的汾酒，也是汾酒最早见于文字记载的名字。毋庸置疑，被皇帝举荐的酒，就是理所当然的国酒，被编入正史的酒，更是名副其实的国酒。所以，后世有诗赞曰：老夫记得高王语，两字汾清补酒经。试问天下，试问古今，一千五百年前，有谁家的酒获得过此等殊荣？

由此可见，满腹经纶的杜牧，一定熟读过前朝编撰的史书，所以他一定要来汾州借问酒家何处有。尽管是姗姗来迟，尽管只写了一首七言绝句，杜牧此行的意义却是一次历史性的刷新。因为正是他的一首小诗，让汾酒和杏花村的知名度超过了北齐的武成帝时代；正是他的一首小诗，在中国人长达一千多年的语境里，杏花村就是酒，酒就是杏花村。想想看，这世上还有哪一种花，与酒的关系如此亲密、如此缠绵？

杜牧之后，还有袁枚。他的方式不是诗，而是随笔，一册《随园食单》，让汾酒之名达到了顶峰。袁氏是乾隆时代的大文人兼美食家，在他的食单里，细描详摹了流行于江浙的三百多种南北菜肴和饭点，而独独为汾酒正名曰：天下第一烧酒。

天下之大，酒类杂多，只有第一烧酒，能入皇帝、诗人、美食家之法眼。正如某君所言，有的酒只有过去，没有现在，有的酒只有现在，没有过去。汾酒的雍容与大气，就是它的源远流长，泱泱六千年，未曾有过空白。因此，说它是酒的活化石，一点都不为过，因为无酒可媲。

在汾酒的故事里，我看见了宝泉益。只是当年的宝泉益酒坊，已改叫杏花村老作坊博物馆。

它坐落在一条特别具有怀旧感的老街上，其实是一座完整的清代酒坊的旧址。我一眼就看到了，高大的门楣上，镌刻了三个红漆大字：杏花村。几天的寻访，好像一下子有了答案和归宿，我终于看到了传说中的杏花村！

此坊的东家姓王，其子孙因商而贵，至光绪一朝蔚为当地的望族。因为一个偶然的机缘，王氏族人决定在杏花村的卢家街开设酒坊，取名宝泉益。王氏东家之所以在此选址，主要看好这里有明清时代的酒坊遗存。古井是宋代文物，申明亭和杏花园是明清旧迹。整个酒坊，依照王氏南垣寨自家老宅的风格构筑，院门高大，院墙巍峨，至今仍然不失豪门巨户之仪。细看院内，格局严整，功能分明，商住有序，噪静隔离。院外面街，虽柱廊雕绘，匾额参差，亭台相望，铺面相连，却内敛而不外炫。观其规模和气势，不由得让我想起之前去过的几个著名的晋商大院。

王氏的宝泉益酒坊，当年曾在杏花村做得风生水起。它不只是卖酒，更重要的是酿酒。心高气盛的王氏东家不惜重金，聘请的掌柜和师傅都是杏花村最好的酒工，给予的待遇更是让受雇者死心塌地。在汾阳的城市档案里，有太多关于百年老字号的记载，肇始于清末的宝泉益既是其中之一，也是首屈一指。其不同之处，就在于它接过的是千年杏花村的香火，它传承的是千年杏花村的祖脉。所以，它不是百年老字号，而是千年老字号。

在老作坊博物馆里，展出了两款晚明山西籍名士傅山的题词。其一曰：得造清香。其二曰：清香天下。一看便知，这是他专为汾酒所题。他说得没错，由明末到清末，汾酒一直朝着这个目标向天下走去。公元 1915 年，宝泉益用杏花村古井水酿的酒，果然从大洋彼岸骄傲地捧回了万国博览会甲等大奖，在中国参展的白酒的谱系里，它是唯一以独立品牌获此大奖的白酒。

汾阳与旧金山，隔空相望七万里。汾酒的清香，真就越过了浩瀚的太平洋，飘向了全世界。所以，汾阳的朋友总跟我说，汾酒的清香，就是杏花的清香。因为杏花是汾酒的 DNA。因为杏花既是汾酒之徽，也是汾酒之德，既是汾酒之形，也是汾酒之魂。

言之凿凿，我却甚以为然。的确，每一滴汾酒里，都有杏花。那是绵绵了六千年的长香幽袭，悠悠了六千年的暗香浮动。

4

山西是晋商的发家之地。晋商之精英，有的留在当地，有的走向全国。在老作坊博物馆里，记录了许多走出去的晋商足迹。可以说，在中国所有的商帮里，晋商是最成功的一群。

某次小酌，曾听汾阳朋友说，当年的晋商离家之时，一定要把关公像背在行囊里，为的是不用说话，就让所到之地接受自己，相信自己。与关公一起上路，原本是想表达经商者的守诺重义，可当他们与关公一起留在了商旅之地，关老爷的角色却由红脸武神变成了红脸财神。直到现在，也莫不如是。不论南方还是北方，不论中国还是海外，凡是有华人的地方，就有关公在神龛里或立或坐。人们却不知道，最早把关老爷奉若神明的是晋商。

当然，与晋商一起走南闯北的不只有关公，还有杏花。他们在家的时候喝惯了汾酒，出门之后始终就馋这一口。原来就是酿酒出身的晋商，会在异地重操旧业，在他乡埋下地缸支起烧锅，有句谚语说得好：会做山西汾酒，腰无分文天下走。而那些不做酿酒生意的晋商，出门也没忘了带上酿酒的技艺，因为汾酒在哪里都是最大的商机。正因为如此，打开中国各地的名酒史，里面一定有晋商的影子。只不过一方水土一方味道，用汾水酿出的酒，有杏花般的清香，在别处用别的水酿出的酒，则变成了别的什么香。

在晋商的江湖里，有一支是来自汾阳的晋中商帮，也就是汾商。在汾酒博物馆里，曾有这样的记载，自明中叶以后，汾商在中国驰骋了五百多年，汾酒也跟着汾商在中国清香了五百多年。给我的感觉，汾商与汾酒，就像汾酒与杏花，三生三世，不离不弃，如影随形，举案齐眉，白头偕老，连理相依……

总而言之，在汾阳看花也好，喝酒也罢，都让我这个关外客感到了完全不一样的调子。或许，这就是站在源头与站在末梢的差别吧？就是此处杏花与别处杏花的差别吧？

（原载《作家》2017 年 12 期）

无 常

_熊莺

行 香

　　两座寺庙，山上山下，"住"在空山里。下面一层名下古寺，上面一层名上古寺。在上下古寺之间的陡阶上，一个十来岁的女孩，直着倒在阶上，她抽搐。身旁的两个大人，倒也不很着急。一位是她的母亲，一位是她的父亲。父亲背负白底蓝纹的双肩包，一个背影。母亲从塑料饭盒中取出一枚削净的荸荠，送到女孩嘴里。女孩被父母架着，一步一步往陡阶上面走。平静和睦的一家人，一个背影。

　　接引殿前，再次与他们相遇。母亲点燃一炷香，递给女孩，女孩用混沌不清的声音呢喃："怎么能这样？"身体往后退缩。母亲说："不怕，有妈妈在。"女孩从簇新的羽绒服里伸一只手，小儿麻痹症后遗症，留下的狰狞扭曲的一只手。母亲将点燃的一炷香，放在女儿手中，然后将女儿的手，小心含在自己掌里，她们向着殿里的菩萨作揖。

　　父亲终于展出一个笑容，上古寺大殿里的师父，迎迓出来，解栏，迎他们入殿。父亲将背包放在地上，白色的塑料袋，发出窸窣的脆响声，他取出一桶菜籽油，供于香案。女孩显然是认出师父来，她嗷嗷嚷，师父说："知道是你来了。"他在女孩子手心写字，传递某种密码一般，他抚摸女孩的头，示范女孩礼佛。母亲臂弯里的女孩，乖乖地双手合十，齐额，身子无法自控，头翻仰过去了，母亲扶正女儿的头，女孩突然安静下来，眼底一丝清明，清亮的光，眉清目秀。

被父母架着出殿，母亲叮咛女儿，"脚千万不能踏踩门槛哦"，女孩哆哆嗦嗦，铆足劲提腿。父亲回头跟师父打了一躬，"现在她（女儿）能走上山了，好多了。"父亲所指的是，希望。

师父送走女孩一家人，合上栅门，继续雒诵经文。经毕，以古法唱诵"回向偈"之后，我听见他对着殿上的神明说，"王杰龙的女儿生于2002年，请保佑这个女娃娃、天下父母众生，在2018年里，离苦得乐……"

这一天，四川凤栖山中，2018年的，元旦节。

莲　花

在成都，一群修行人，因缘际会，你也被拉入到他们这个"群"里。每一个夜里，你习惯进去看看：

"今日功课完成。回向给众生，回向给某某（自己或同修往生的亲人）。"祈祷表情。

因故功课未完成，她（他）会如实陈情，"今日功课未完成。忏悔，回向给某某"。祈祷表情。

若遇天灾，回向内容则统统改为回向给灾区所有有情、无情的众生。

暴雨天，留言最是让人着急：

@某某某，你走到哪里了？

@所有人，有谁需要搭乘我车？

@所有人，请提前到的同修，止语。在经堂静候。

有人远足，"出台北机场，遇到一位师父，我双手合十行礼，一旁人也在给师父行礼。真好。"有人回应，"随喜一路参学，见闻觉知，精进用功"。

作业也会布置在群里，某一段，他们正学习《佛法概论》。

他们人中有护士、律师、会计、职员，也有寻常人。新加入者往往在群里怯生生地问："我学识浅，请问寺外有残疾人行乞，需要行布施吗？"

有同修回："要。'下心含笑，亲手遍布施'。要起慈悲心，祛分别心。"

问者存疑："会不会助长行乞？"

同修回："行乞人，'着'了一个'相'。当'对境'显现时，我们的第一要义是要反观自己，是否生起慈悲心？""财，是一种布施，念佛回向也是。悉心听他说说话，也是布施。这叫大悲心！"

"下心含笑"，你赶紧起身去查典籍，语出《地藏菩萨本愿经》第十品，佛告地藏菩萨：

"是大国王等。欲布施时。若能具大慈悲。下心含笑。亲手遍布施。或使人施。软言慰喻。是国王等。所获福利。如布施百恒河沙佛。"

下心，即慈悲心，智慧心，纵然九五之尊布施，"示现"佛境之笑，发正念布施（非施舍），您才是在行"正"布施。

那个夜晚，于灯下抚手中经文，莲花处处，八方九垓，一派纯真。

烛　火

闹市之中，藏有一间不为人知的小寺？某日，我从成都市的德胜路往文武路方向驾车行驶，草市街口，红灯亮起，越过车窗，我看见一片旧厝的青瓦之上，有庙影，孤帆似的几笔。怎么从前我不知道这里还有这样一间寺院呢？

后来，我专程去了一趟。

寺院的山门不大，抬头望，"金沙庵"。原来，是一间尼众寺院。

山门殿的后面，私宅一般，一方玲珑天井。再进去，略开阔一点，一个小小院落。殿与殿之间，某些处，神灵下的须弥座与后门最仄处，仅一肩之宽。总有一种误入深宅大院的错觉。

服务生，多迟暮老人。她们捆围裙，戴袖套，踽踽行走。一张香案前，一位尼师正在摆放供果，洗净的苹果，她一枚一枚垒成一盘盘小山。

是不是因为是一间女众寺院，阶面、地上，满满的长情。香案上换下的半旧的黄菊、百合、紫罗兰、石竹，养在"藏经楼"前，清阶上的一排花瓶里，桂花、芭蕉、海棠、茶花、苏铁、昙花，没有土地，种在大大小小的各式的盆中。一个女子，端一盆清水正往花盆里浇，我们目光相遇。

她是义工。

初来这里时，她记得，那时如同串门子。她穿过一条小街就来了。孩子在一旁的案子上涂鸦画画，她坐在一旁帮寺里擦洗油灯。那时她刚刚离婚，婚姻应该是何模样，她不知道，但她知道一定不是现在的模样。她记得，每次走进来，从蒲团起身，一旁的尼师笑，递过一粒冰糖，看她慢慢含在嘴里。那年她二十九，女儿五岁。如今女儿也同样被一些问题所困扰，女儿移民国外，国外的生活到底该是何模样，女儿不知道，但她知道，一定不应如此没有方向感。女儿女婿如今一道在新西兰做油漆工，一道替人翻修旧房屋，还好，还好，如今，为娘的她每天有大把大把的时间来到这里，来抄经文，浇花，或许只是来坐坐。一小时的公交车程，从城外的新家，远远赶来。

后来知道，隔日，是2018年春节前的最后一个旧历十五。女子问我："明天你来吃斋饭吗？"

在成都繁华市区里，保留下来的这条古巷里的这间深宅似的古庵，那日，人头攒动，我与她背着对阳光烤太阳，繁星一样的烛火，星星点点，燃在我们身后的长案上。那日，不时有老人认出她来，她转过身笑，"啊，是从前的老街坊。街拆了，邻居都搬走了，但是这一天，再远，都会回来……"

是不是这些老人们，一如当年的她，起了心事，或者无事，换上清洁的衣服，从家里出门，几步路，串门子一样，走进来，走进来……

梨 花

又是梨花绽放时节，去年三月，我在四川的大山里看梨花，满山满谷，大雪封门一样的梨花呀。从前去看风景，带着新衣，带着游人心境就出发了。也看不出什么好来。如今似乎，仿佛你知道了一点什么，每到一地，你知道静静伫立，去看一些，你当下或许看不见的东西。

天下梨花都留在了诗里，"寂寞空庭春欲晚，梨花满地不开门""樱桃谢了梨花发，红白相催。燕子归来，几度香风绿户开""红袖织绫夸柿蒂，青旗沽酒趁梨花"……去年在四川的金川县，一个山岗上，朋友喊："别动，给你拍张照。"我举头佯装问天的样子，那一瞬，仿佛天空豁然撕开一道口子，我看见了一些东西，另一段时光：

土司之间，沃野平畴之争，变成一场社稷安危之患，帝王两用重兵，耗人60万，耗银7000万两，历时近三十年，在这，这片崇山峻岭之中，平定动荡。传说那时这片焦土，"唯余妇孺"。

再之前，一个充满早期女性主义意识的理想国，东女国，天国一样安放于此。这个国，有大小城池八十余座。女儿治国，男子去服兵役。"文字同于天竺"，国家盛行历法，美丽的女王，"每五日一听政"。那个国，以碉楼为宅第，女王居九层，百姓居四五层，美丽的女王，穿青布的毛领的绸缎长裙，长裙曳地，裙上缀满金花。

这个国，《旧唐书》里载，"境东西九日行，南北二十日行"，"中有弱水南流，用牛皮为船为渡"。

这个微妙香洁的一个国度，终究灰飞烟灭，化为尘泥，化为青藏高原深处，四川金川县，这座如今漫山遍野，梨花树下的连天黄土。

山中金川县里的梨树，每一年，没有任何大地醒来的征兆，枯山枯地枯流旁，蓦然间，没有一片绿叶的它们，一攒攒，一簇簇，乍然绽放起来。这些天，金川的友人，时时在朋友圈里"秀"梨花。再看那些洁白梨花时，因为知道万物皆"空"，知道这空山中梨树所植根的土地——日月盈昃，白云苍狗，沧海桑田；知道这个空，是"无常"。再去看那些梨花，只道是：惊心动魄，它们又一味地恬谧，离尘虚静。

清　霜

　　老者于家门前，相遇了这位年轻人，年轻人当时的感觉如同"触电"，写完《最后的儒家——梁漱溟与中国现代化的两难》，他成了美国声名鹊起的作家、汉学家，而直到此时，他才首次见到了书中主人公梁漱溟先生。一老一少相偕进屋。汉学家艾恺，开始了每日上午，长达半月对老先生梁漱溟的访谈。艾恺某次问：有今日成就，支撑您的原动力是什么？

　　梁先生回答：得力于佛，佛学。

　　什么是佛呢？先生讲：从原始生物起一直到人，都有一个相同点，向外取来满足自己——向外取足，在佛家看来，是丧失本性。本性是什么？是自性圆满，无所不足。这个自性圆满，无所不足，就是"佛"。

　　古人一般的促膝谈，而有了《这个世界会好吗？》这本书。书中有一帧照片，1926年，梁先生一家与友人一家的合影，长子培宽立于前排，幼儿培恕被妻子抱在怀里。一双乳儿名字连成，宽恕。

　　中国新儒家代表人物、思想家、哲学家、国学大师梁先生，16岁发心出家，未能如愿，他终生茹素。培宽的幼子梁钦宁，那日于四川的山中，分享祖父梁漱溟的日常生活：祖父用餐时会"止语"；祖父进庙不烧香，但会与庙里师父谈佛；晚年祖父每晚会诵《金刚经》，有时抄经文；祖父饮食清淡，某次自己往饭菜加酱油，祖父找来一本书，用笔做上记号递过来，"食盐过多等于慢性自杀"……

　　汉学家艾恺，那日一件黑色衬衫，眼目因出神而显得深邃。他看着屏幕上的自己在先生梁漱溟的墓前，长时顶礼。钦宁因回应读者提问，用PPT分享着祖父的一段话："真正的和尚出家，是被一件生死大事打动他的心肝，牵动他的生命，现在我来做乡村运动，在现在的世界，现在的中国，也是同和尚出家一样……我同样是被大的问题牵动，它整个地占据了我的生命，我一切都无有了。"

　　这座尼众寺院——四川白塔禅院的碧落书舍，住持与城里赶来的上百众生，一同坐在第一层的一间大教室里。夏日的这座山中，潮湿的地上如结着一层清霜,又恍若一面古色模糊的镜子,照耀古今。

空　林

　　清秋,桂花缀满大街小巷的枝头,碎金般一簇簇。这是老人最后一次回到故乡,成都。他说:我想去文殊院看看。亲人们侧耳听。

　　他换好一件蓝色中山装,又在上面罩了一件同色外套。下车,坐进轮椅里。车轮碾在1987年成都文殊院山门前的那条小街,他的身后,一弘照壁。老人若是抬头,应该正是一个几岁孩子仰望世间的角度,那时这个孩子几岁?父亲早逝——父亲曾任广元县(今四川广元市)知县,家里请文殊院里的师父整整诵了三天经。

　　这个大家,他排行老四,长兄、三哥都疼惜他。五进、三重,砖木结构的平房,青砖的院墙把一大片瓦屋静静合围。父亲过世,长兄为父。长兄开过书店,垮掉了,后来他将田产作抵押,以银行利息来养这个家,一场病愈起身,哪知银行全部倒闭。全家人的"养命根源已经化成水",长兄含恨自杀。自杀前夜,他去妻与小儿子睡的床前,撩开的帐子,不忍去。遗书与那份账单被发现时,人已冰凉。

　　在他看来,兄长和后来养家的三哥,都是被生活的重负压死的。三哥一生未娶,无钱治病,早逝于上海。他——巴金先生,后来将这些家事写进了他的《家》《春》《秋》里。

　　三兄弟之间的通信,巴老装订成册,"文革"前夕,又付之一炬。在一封遗漏的信中,他的兄长写:"弟弟,我回来(此前兄长赴上海与巴金相聚),我仍在我屋里设一间行军床,仍然不挂帐子,每夜仍然是照在上海时那个样子吃茶看书……"巴老将遗物移交给兄长的小儿子——今年已90高龄的李致先生。

　　李老赠我的《四爸巴金》书中,有几张照片过目难忘:葬礼上年轻的巴金先生为鲁迅先生扶枢、他于妻子的大体旁涕泪、他默然凝视床边柜上,那张朝夕相伴多年的妻子的骨灰盒,还有一张,便是于文殊院山门前,白发的他,坐在轮椅上的一个背影……

　　巴老家的故址,与寺院仅隔着几条小街。那日入得"山门"的巴老,重檐、歇山式建筑的"说法堂"前,轮椅里的他,不知是否也看见了有一重殿里,康熙所书写的二字:空林。

(原载《大公报》2018.1-9)

女性与名联

_杨闻宇

对联作为特定的文学样式,与古典诗文相互渗透,在文苑里属于独具一格的奇葩。有人估算,千多年来,见诸书刊的对联已逾 20 万副,从胜迹祠宇、市井行业、天地虫芥到节庆祝贺、哀挽伤悼,包括讥讽嘲评、谐趣妙对,所涉及的内容相当广泛。

对联起步时,汉字书法艺术就是对联的主要表现手段,二者相辅相依,华辇骏骑似的配套而行。意境广远、内容深刻的对联,自然地升格为名联。名联足力强健,播扬久远。书法与名联同体,有的书法凋落、湮灭了,名联仍在不胫而走,仿佛要走遍生活的各个角落。

巾帼里佼佼者稀罕,对联里的名联也鲜见,对联尽管包罗万象,而与女性有关涉的,更是微妙、有限。

一

个别女性,是因为借助于名联,便留下了姓名。

咸丰年间的京师名伶翠琴病故,众多挽联里有这样一副:

生在百花先,万紫千红齐俯首
春归三月暮,人间天上总消魂

夏历二月十二日为百花生日,翠琴生于二月十一日,病逝于三月晦日,这里将其生卒年月与其妍丽风姿、高超技艺融为一体,赞誉其演技,亦悼其早逝,切题切景,别成韵味。

扬州文士曹雨人寄寓南京,与秦淮歌妓小金交往密切,因赠以联,"小楼一夜雨，金粉六朝人"。此联的氛围开张雅逸，首尾不露痕迹地嵌入二人之名。歌妓要在秦淮河留下名字，谈何容易，这副联语十分之四为名所据，名胜、人名契合无间，浑然一体，步八艳之后尘，"小金"也留下名字了。

袁枚的女弟子金逸，有奇才，喜作诗，不幸新婚一载即病卒，年仅25岁。闺友汪玉轸写下这样的挽联：

入梦想从君，鹤背恐嫌凡骨重
遗真添画我，飞仙可要侍儿扶

上联说，我在梦中也想随从你，可又担心你所乘坐的鹤背负载不起我这个凡俗女子；下联谓，你的遗像应当将我也画上去，你已升为瑶池仙姬，很需要我做侍儿来服侍你。此联构思灵巧、别致，感情深挚、细腻。汪玉轸也是袁枚的女弟子，这副挽联笔涉仙凡两界，我是深深敬佩姐妹二人的青春才华、珍贵情谊。

二

俗话说"不是一家人，不进一个门"，有的女性与名人交集应对，或者名人为之撰联，致使她们也流传于世。

汤显祖年轻时即才名远播，张居正很为赏识，数次召见，汤显祖耻与权贵为伍，坚辞不去。"人不婚宦，情欲失半"，大才子却是避不过婚姻。新婚之夜，进入洞房，新娘是个才貌出群的闺秀，对新郎仅是耳闻，从未实见，便于同床共枕之前，微笑着说："苏小妹三难新郎，传为佳话。眼下烛明如昼，我想一难于你。"说罢，指着眼前的熠熠红烛，吟出上联：

红烛蟠龙，水里龙由火里去

烛体上刻的蟠龙，在蜡烛燃烧时渐渐销熔而消逝，是为"由火里去"。出题太突兀了，匆促之间，汤显祖难以为对，低头伫立时，猛见新娘足穿红绣鞋，便借机组词，遂得下联：

花鞋绣凤，天边凤从地边飞

飞天的彩凤被新娘穿在脚上，下一步行将进入新郎的怀抱。才子佳人入洞房，这无疑是风雅含趣的一副"绝对"。汤显祖著名的剧作是《牡丹亭》，剧中那位杜丽娘形象的形成,自这里也可窥得几分消息。

道光进士沈葆桢的夫人,是林则徐的女儿林普晴。妻子病逝,丈夫写下这样一副泣语连珠、感情凄恻的挽联:

念此身何以酬君,幸死而有知,奉泉下翁姑,依然称意
论全福自应先我,顾事犹未了,看床前儿女,怎不伤心

沈葆桢咸丰五年(1855)擢九江知府,后随曾国藩佐理军务,林普晴亦随夫参赞军机。林普晴辞世,曾国藩的挽联为:

为名臣女,为名臣妻,江左佐元戎,锦缎夫人分伟绩
中秋日生,中秋日卒,天边圆皓魄,霓裳仙子证前身

周瑜在九江的甘棠湖操练过准备抗曹的水军,夫人小乔似曾参赞过军机;沈葆桢任职九江知府时,林普晴参赞过军机吗?对此,笔者不敢漫猜。而沈葆桢、曾国藩分别在挽联里所表述的内容与情怀,难道还有更居其上的艺术方式可供选择吗?在这里,历史名人仿佛成为卓越女性进入名联的中介。难怪,传世之名联,不少是出自于历史人物里的艺术高手。可知名联之传世,自有其根柢,不是炒作、捧抬所能够奏效的。

三

有的女性,原本就是历史名人生命里的一个重要节点,她们是水到渠成地随着历史进程步入名联之林的。

韩信之墓在山西霍山,"生死一知己,存亡两妇人"的墓联,从历史紧要处触及朝野多人,简洁扼要地提炼总括了韩信的一生。

一知己指萧何:萧何月下追回韩信,劝刘邦拜其为大将,使韩信获得新生;10年后,吕后也是用萧何计,由萧何亲自骗信至长乐宫,斩之。两妇人一指吕后,一指漂母。韩信少时穷困,受辱于市井恶少,"有一母见信饥,饭信,竟漂数十日"。韩信当初没有变作饿莩,全仗漂母。倘无漂母而饿死韩信,楚汉之争的历史会不会重写呢?两个妇人,漂母没有留下姓名,可她的历史作用,当不在吕后之下。

岳阳楼东北隅的小乔墓,墓小,墓联却不少。其间有这样一副:

铜雀锁春风,可怜歌舞楼台,千古不传奸相冢

杜鹃啼夜月，也为英雄夫婿，三更犹吊美人魂

　　奸相是曹操，美人指小乔。浅显平易的文字背后，掩遮着奠定三国鼎峙前至为关键的赤壁大战。据郭沫若先生考证："在赤壁之战时有小乔参加。"（见《光明日报》1982年11月16日）英雄割据终归于一枕黄粱，抔土埋香能熏染名士胸襟——名联与文史诗词互为渗透的效用，这里体现得尤其圆融、到位，自铜雀台始，以美人魂收，史册里着墨不多的小乔，在这里似有"提纲挈领"式的艺术功能。

　　杭州栖霞岭的岳墓之前，有铁铸秦桧夫妇及万俟卨、张俊跪像。此处名联最盛，格外引人注目的是：

　　青山有幸埋忠骨，白铁无辜铸佞臣

　　拜谒岳坟者，谁能不读此联呢？此联看似随意，实则是意境辽阔，寓意深邃，概括力出人意想，超乎寻常。言简意赅是伟大精神的重要特征，可有谁能够设想，该联的作者竟然是清代一位姓徐的女子（上海松江人）。撰联者没有留名，在这里留下名字又有何用？能有这样一副墓联时时引人注目，满可以了——因为这是能够引起一代一代襟怀爱憎的有良知者驻足品味、反复沉思的墓联。

　　天上雁过长空，地表江河纵横。中国大地上的诸多名联，莫非早就是当今"微信"的雏形吗？对联步调徐缓、沉稳，似乎默无声息，并不像雁翔、流水那么迅疾，却会在人们的精神领域里走得很远，很远。

四

　　世人关注历史进程中出类拔萃的杰出女性，名联又岂能漏掉她们生命里闪耀着的绚丽光彩呢？

　　武则天是中国历史上唯一的女皇，执政期间，废除门阀制度、促使生产发展，可又滥杀文武臣僚，私生活不加检束，其功过是非实在难于评说。有人就选中乾陵墓园的无字碑，吟下这样的联语，"大功俱在史，小节不须书"，简洁、干净，以少少许胜多多许。

　　关于虞姬，安徽灵璧县城东有"虞姬墓"，墓联为：

　　虞兮奈何！自古红颜多薄命
　　姬耶安在？独留青冢向黄昏

上联用高明"红颜自古多薄命"句,下联取杜甫"独留青冢向黄昏"句,上下联之首字缀成"虞姬",设问作答,不着痕迹地蝉递成联,又极其自然地隐寓着东方女性难于破解的命运机密。

虞姬墓在安徽灵璧,其庙在浙江上虞。庙联是:

今尚祀虞,东汉已无高后庙
斯真霸越,西施羞上范家船

此联用典浑切,褒贬分明,开阖淋漓,弦外有音。高后就是斩杀韩信的吕后,至东汉光武帝时,即以薄太后配祀高祖刘邦,吕后已没有资格享受祭祀了,可虞姬的庙宇,至今犹存。下联又将虞姬与西施相比(西施和范蠡的故事人所共知),进一步肯定了虞姬展袖自刎的贞烈气节。

从这里也可以看出,所谓的名联,名人效应是极其强烈的——项羽是虞姬的生命背景、精神衬托,当年的项羽如果是觍着脸过了江东,虞姬的身份就会非常掉价,话说得难堪些,或许跟个"慰安妇"相去不远矣。

浙东女性之刚烈体现在名联里,还有近代女侠秋瑾。秋瑾1906年从日本归国从事反清斗争。有一天,她同几个革命党人来到天姥山,登上动石夫人庙。当地人为之介绍此庙的传说:金兵侵宋,赵构仓皇南渡,刚逃到天姥山,风雨大作,山石滚滚而下,金兵遭到猝然打击,狼狈遁去。赵构一伙得救,人们遂说是庙里的娘娘显灵了。嗣后,便称娘娘为"动石夫人"。秋瑾听到这里,想到清廷的腐败,列强的欺凌,山河的破碎,国民性的怯懦,心潮难抑,随即口述一联:

如斯巾帼女儿,有志复仇能动石
多少须眉男子,无人倡议敢排金

破庙里没有僧尼,秋瑾便从地上捡一尖锋石块,将自吟的联语刻画于庙墙。刚刚写罢,忽地泼下一阵滂沱大雨,"浙东飞雨过江来",瞬息间又雨过天晴。奇怪的是,秋瑾方才刻写的字迹没有被雨水冲刷模糊,反而像填润了墨汁,益发清新。在场的人深以为异,竞相传告,致使秋瑾此联才得以流传。秋瑾著名的词句是"身不在,男儿列;心却比,男儿烈",太姥山联语正是三年前的《满江红》一词的赓续。又过去一年,秋瑾被杀害于绍兴古轩亭口,被难之处的亭柱上,当即就出现了这样的联语:

> 悲哉秋之为气
> 惨矣瑾其可怀

"悲惨秋瑾",这是历史老人深长的叹息声。

五

蔡锷是近代军事家,辞世已逾百年。当年,究竟是谁帮助蔡锷潜出北京城的?至今论说不一,有人说是时在交通部任职的曾鲲化,有人说是澳大利亚驻北京的记者端纳,有人说是云吉班的小凤仙。

名联里挽联甚多,因为挽联是将文化长河里的一波波巨澜化作了历史陵园里的一峰峰碑刻,挟有盖棺论定的意思,经得起岁月的检验、打磨。蔡锷病故,众多挽联中,人们一致认为小凤仙的挽联是难得的妙品:

> 万里南天鹏翼,直上扶摇,那堪忧患余生,萍水姻缘成一梦
> 十年北地胭脂,自悲沦落,赢得英雄知己,桃花颜色亦千秋

蔡锷被袁世凯软禁于北京时认识了小凤仙,爱憎分明的小凤仙敢作敢为,帮助蔡锷潜逃回云南,起兵讨袁,赢得了中国近代史上著名的护国战争的胜利。孙中山的挽联是"平生慷慨班都护,万里间关马伏波",以班超、马援隐喻蔡锷之忠勇殉国。蔡锷积劳成疾,客死于日本。小凤仙的上联说:你是生长于南国的英雄,大鹏展翅,前程万里,但出于忧国忧民、心力交瘁而辞世,我与你萍水相逢的姻缘,终究是化作一场空梦;下联说:我南来北地十个春秋,沦落风尘,无限悲戚,想不到赢得了你这位英雄的认可、赏识,并结为知己,像我这样地位低下的一介女流,也将附骥尾而流芳千秋了。

这副挽联典雅悠永,挚情入骨,小凤仙就算是才女,能写出这等文字吗?有人考证,这副挽联是易顺鼎代笔而成。易为光绪举人,擅长联语,代笔之时,已年近花甲了。1916年11月8日的北京,为蔡锷举行隆重的追悼大会。挽联如雪海,挽联之下,跪着一身缟素、垂泪饮泣的小凤仙,这历史性的一幕,本身就是难于移易的一桩铁证。

34岁的蔡锷与17岁的小凤仙往来时,蔡有两副对联赠予小凤仙,其一为"此地之凤毛麟角,其人如仙露明珠",嵌"凤仙"二字于其间,称赞其媚丽过人;其二是"自古佳人多颖悟,从来侠女出风尘"。当年的蔡锷,岂是感情用事之辈!在他的手底,一字千钧,拟将一位妓女冠之为"侠女",可不是轻

易能下笔着墨的了。琢磨先后联语，忖度世情人心，笔者认为，当年掩护蔡锷者，小凤仙是功不可没。

面对天地日月，风云变幻，名联是言简意深，要么含有比格言、警语更深邃的哲理，要么概括着历史中寓意深邃、最为隐秘的人事情节，其美学含义的开放性、坦诚性、磊落性是独具一格的，这就是谁也无法限制、封杀、禁止的中国特色。行至20世纪，作为文苑里别致的一座山峦，是否可算是抵达了联语艺术之峰巅呢？

（原载《宝鸡日报》2018.5.15）

一片降幡出石头

_叶兆言

南京历史上的第一任皇帝孙权,埋葬在紫金山上,一千多年后,一个叫朱元璋的人也在南京当了皇帝,手下在城东为他修建陵墓,位置就在孙权墓附近。有大臣建议,将孙权的墓迁移走,朱元璋倒也很豪爽,说了一句:

孙权好歹也是条好汉,就让他在这替我看门吧。

这样的故事更像是一个传说,当然,很可能就是传说。朱皇帝是个不太讲理的人,天生一种山大王脾性。他的陵墓附近,原来肯定还有很多坟茔,有主的都迁走了,没主的自然毁掉。譬如宋朝的王安石墓就在附近,据记载,墓前曾有华表,有坟庵,两侧有树木拱抱。王安石的家人,除父亲王益和大哥王安仁葬牛首山外,生母吴氏,两个弟弟,儿子王雱都埋葬在此。明太祖眼里,王安石虽然两度为宰相,文章写得漂亮,还配不上替自己看门,朱也不想冒充什么文化人,在地下与书呆子为伍,统统迁走拉倒。

朱元璋的天下,几乎是依葫芦画瓢,完全照搬了孙权大帝才得到。没当皇帝之前,朱元璋也是先称吴王,然后一会儿小心翼翼,一会儿大刀阔斧,终于一步步获得天下。他学习孙权,却比孙权幸运,成绩也更大,东吴只是空做了一统天下的美梦,大明王朝则进了一大步,如愿以偿地北伐成功。

与孙权一样,朱元璋也是活了七十一岁,也是在生前就死了太子,也是因为孙子没出息,导致南京失去了首都位置。朱元璋孙子的皇位,被叔叔朱棣夺走了,孙权的孙子孙皓干脆亡国,成为南京历史上第一位亡国皇帝。

对于南京人来说,结局都有些相似,都是首都不再,首善之都的旖旎风光戛然而止。明成祖朱棣迁都北京,孙皓去洛阳当了归命侯。南京城的历史因为孙吴大帝开始，孙吴的王朝一旦不复存在，南京也就立刻成为一个废都。

公元280年，孙权离世的二十八年后，晋国大军兵临城下。关于这段历史，正史和野史都有精彩的记载，大致不差，只不过野史更好看，更好玩更传神，譬如《三国演义》：

> 却说晋兵克了牛渚，深入吴境。王濬遣人驰报捷音，晋主炎闻知大喜。贾充奏曰："吾兵久劳于外，不服水土，必生疾病。宜召军还，再作后图。"张华曰："今大兵已入其巢，吴人胆落，不出一月，孙皓必擒矣。若轻召还，前攻尽废，诚可惜也。"晋主未及应，贾充叱华曰："汝不省天时地利，欲妄邀功绩，困弊士卒，虽斩汝不足以谢天下！"炎曰："此是朕意，华但与朕同耳，何必争辩！"

这时候，三国到了真正的尾声。魏国的天下，经过和平演变，已到了司马氏手里。在《三国演义》这部小说中，司马懿被诸葛亮戏耍得厉害，事实上，老奸巨猾的司马懿，要论能力和智慧，并不比诸葛亮差。司马昭是司马懿的儿子，司马昭之心，路人皆知，正是在这个司马昭手上，蜀汉被消灭了。因此从形式上看，三国中最先灭亡的是蜀汉，从内容上看，最先灭亡的是曹魏，因为魏国的江山，事实上早在司马氏掌握之中。

司马炎是司马懿的孙子，司马昭的儿子，他和曹丕一样，等老爹一死，干脆也不再玩什么虚的，直接让魏元帝曹奂禅让给自己，立国号晋，建都洛阳，成了晋武帝。蜀汉没了，曹魏也没了，东吴的末日自然也应该到了。

> 却说晋将王濬，扬帆而行，过三山，舟师曰："风波甚急，船不能行；且待风势少息行之。"濬大怒，拔剑叱之曰："吾目下欲取石头城，何言住耶！"遂擂鼓大进。吴将张象引从军请降。濬曰："若是真降，便为前部立功。"象回本船，直至石头城下，叫开城门，接入晋兵。孙皓闻晋兵已入城，欲自刎。中书令胡冲、光禄勋薛莹奏曰："陛下何不效安乐公刘禅乎？"皓从之，亦舆榇自缚，率诸文武，诣王濬军前归降。濬释其缚，焚其榇，以王礼待之。
>
> 唐人有诗叹曰："西晋楼船下益州，金陵王气黯然收。千寻铁锁沉江底，一片降旗出石头。人世几回伤往事，山形依旧枕寒流。今逢四海为家日，故垒萧萧芦荻秋。"
>
> 于是东吴四州，四十三郡，三百一十三县，户口五十二万三千，官吏三万二千，兵二十三万，男女老幼二百三十万，米谷二百八十万斛，舟船

五千余艘，后宫五千余人，皆归大晋。

《三国演义》中引用的唐诗，与后来的流行版本略有不同，譬如"西晋"写成"王濬"，譬如"一片降旗"写成"一片降幡"。就意思而言，没有任何出入，总之一句话，孙皓降了，东吴完了。写到归降的场景，《建康实录》中一段文字更简洁更精彩：

后主以草缚，衔璧舁榇，见濬于军门。

用草绳将自己捆住，嘴上衔着象征国家权力的大印，扶着棺材，多么有趣和戏剧的画面。这样的画面，不要说是让南京人亲眼看见，就是在想象中回忆一下，也是情何以堪。从此说什么虎踞龙盘，说什么金陵王气，自从这位孙后主孙皓举手投降，跪在王濬脚下，石头城前上演过这样一幕戏，再吹牛都有些扯淡。

亡国皇帝永远是最倒霉的那个人，残暴多疑，粗暴骄盈，好酒色，荒淫，迷信，所有的脏水都可以往他身上泼。忠谏者诛，谗谀者进，亡国当然会有亡国原因，可是一旦真亡了国，基本上也没什么辩白机会。

孙皓被带离南京，带到洛阳的皇宫，登殿磕头，晋谒武帝司马炎，司马炎宽宏大量地赐坐，笑着说："朕设此座以待卿久矣。"

孙皓听了，竟然还敢这么回了一句："臣于南方，亦设此座以待陛下。"

翻译成大白话，晋武帝的意思是，"我这里早就给你留着位子"，孙皓的回答很突兀，意思是"我在南京本来也为你准备好了"。

《三国演义》和《建康实录》上都记载了这段对话，前一本书写于明朝，后一本写于唐朝，成书更早的《三国志》上并没有这段对话，由此可见，这段对话很可能是后人加工伪造，更可能是南京人自己编的故事，而且还参照了刘阿斗的"乐不思蜀"。

同样是亡国皇帝，东吴的孙皓与蜀汉的刘阿斗，完全不一样。在征服者眼里，蜀人"无携贰之心"，在孙皓身上，却还顽强地保持着吴人的野性，自己明明已经是阶下囚，嘴上还不太肯饶人。孙皓被武帝封为"归命侯"，有一天，武帝与手下大臣王济下棋，孙皓在侧，王济一边大大咧咧地下棋，一边心不在焉地问孙皓："我听说你当年惩罚手下，曾经将人的脸皮剥去，这到底是怎么弄的？"

孙皓听了，心里自是不爽，见王济此时双腿在棋盘下伸得很直，竟然戳在武帝面前，十分无礼，便冷冷地来了一句："人臣无礼于其君者，则剥之！"

王济听了直冒冷汗，赶紧将自己的脚缩回来。这个故事也充分说明了孙皓的桀骜不驯，亡国皇帝并不好当，老百姓难免会按照自己的意思来想象，史家写书的时候，也难免要按照自己的意思来加工。不妨分析一下刘阿斗的"乐不思蜀"，同样包含着今日川人的冷幽默成分在里面。这则故事《三国志》中并没有记载，裴松之注文中则引用了《汉晋春秋》上的一段文字：

  司马文王与禅宴，为之作故蜀技，旁人皆为之感怆，而禅喜笑自若。王谓贾充曰："人之无情，乃可至于是乎！虽使诸葛亮在，不能辅之久全，而况姜维邪？"充曰："不如是，殿下何由并之。"他日，王问禅曰："颇思蜀否？"禅曰："此间乐，不思蜀。"郤正闻之，求见禅曰："若王后问，宜泣而答曰'先人坟墓远在陇、蜀，乃心西悲，无日不思'，因闭其目。"会王复问，对如前，王曰："何乃似郤正语邪！"禅惊视曰："诚如尊命。"左右皆笑。

《三国演义》中的记录大同小异，只是更加传神，司马昭与刘禅的一问一答，更加戏剧。司马昭指责后主，说你荒淫无道，废贤失政，理宜诛戮。后主听了，面如土色，不知所为。司马昭又设宴款待，遂有"乐不思蜀"一幕。席间，后主起身更衣，郤正跟至厢下，好好地教导了刘阿斗一番，后主牢记再入席，酒将微醉，司马昭又问他："颇思蜀否？"后主就把郤正的话复述了一遍，装着要哭的样子，又挤不出眼泪来，遂闭其目。司马昭说这话怎么像是郤正说的，后主听了大吃一惊，连忙睁开眼睛，说：
"确实如此，皇上怎么知道的？"
于是司马文王深喜后主诚实，喜欢他的傻，不再疑虑，后人有诗叹曰：

  追欢作乐笑颜开，
  不念危亡半点哀。
  快乐异乡忘故国，
  方知后主是庸才。

其实这样的故事，除了淳朴老百姓，谁也不会真相信。成王败寇，自古就是这样，刘阿斗装孙子，孙皓反唇相讥，都是性格使然，都是"人为刀俎，我为鱼肉"，做做样子罢了。失败者没有讨价还价的余地，既然被打败了，国家已经亡了，说什么都没用。

唐代赵蕤写过一本空前绝后的《反经》，专谈经邦济世的纵横之术，引经

据典,他分析了蜀汉和孙吴失败的原因,很简单,除了占据中原,在其他地方偏安,注定都是没有前途:

> 自古圣帝,爱逮汉魏,受命而王者,莫不在乎中土。河出图,洛出书,圣人则之,以兴洪业,其不由此,未有不颠覆者也。

事实上,刘阿斗足足当了四十年的皇帝,他并不是一个傻子,更不是个傻孩子,诸葛亮的辅佐也不过十一年,要知道蜀汉真正称帝,前后一共也就四十二年,阿斗好歹也坚持了四十年。孙皓当过十六年皇帝,是孙权死后在位时间最长的一位君主。他在位期间,与曹魏打过无数次恶仗,一度还曾迁都武昌,甚至亲率大军出征。

成王败寇,亡国了,孙皓没有像后来的明朝崇祯皇帝那样,推卸自己责任,说什么"朕非亡国之君,臣皆亡国之臣"。不管怎么说,孙皓还是一个有担当的君王,在给舅何植的信中写道:

> 昔大皇帝以神武之略,奋三千之卒,割据江南,席卷交广,开拓洪基,欲祚之万世。至孤末德,嗣守成绪,不能怀集黎元,多为咎阙,以违天度。闇昧之变,反谓之祥,致使南蛮逆乱,征讨未克。闻晋大众,远来临江,庶竭劳瘁,众皆摧退,而张悌不反,丧军过半。孤甚愧怅,于今无聊。得陶浚表云武昌以西,并复不守。不守者,非粮不足,非城不固,兵将背战耳。兵之背战,岂怨兵邪?孤之罪也。天文县变于上,士民愤叹于下,观此事势,危如累卵,吴祚终讫,何其局哉!天匪亡吴,孤所招也。

什么叫担当?这一番话就是,孙皓说得很清楚很明白,不是没有粮草,不是城墙不够坚固,兵之厌战,民心涣散,孤之罪也,孤所招也。不怨人,也不怨天,只怪罪自己,只是一味自责,不停地认错,这是何等胸襟,这是多么不容易。

还是那句老话,江南人柔弱,应该是东晋南渡以后的事。在此之前,吴人本来是很强悍的,一片降幡出石头,孙吴的灭亡,给南京这个城市留下了两份哭笑不得的遗产:一是吴人不服输,明明被人家打败了,嘴还要硬,俗话说,鸭子死了嘴壳子硬;一是从此必须面对北方胜利者无尽的傲慢,我他妈天生就应该是王者,所谓王纲失道,群英并起,龙战虎争,终归真主,得中原者得天下,你们南京人不服也不行,不服也得服。

历史可以传承,文化就是历史。今天南京人性格中,常常会有不服输、不服输也得服,两种截然不同的心态。南京人喜欢吃鸭子,南京板鸭南京盐水鸭南京烤鸭。南京人都是鸭子,死了,嘴壳子还硬。

(原载腾讯大家专栏2017.11)

细节的芳香——《红楼梦》独语

_张曼菱

西方经典说，文学是一朵金蔷薇，由无数的金子碎屑合成。

《红楼梦》无疑是中国文学的"金蔷薇"。而"细节"正是形成"金蔷薇"的那些碎金屑。

没有细节的滋润，就不知道名著的芳香。

《红楼梦》里有些被当代人忽略的细节，是很美好，很感动人的。人性的气息犹如花香鸟语，读之陶醉。

悯妙玉

妙玉是一位佳人型的女尼。

第五十回"芦雪庵争联即景诗　暖香坞雅制春灯谜"，冬天赏雪，因宝玉联句落第，李纨罚他去栊翠庵向妙玉讨一枝红梅。"宝玉忙吃一杯，冒雪而去。李纨命人好好跟着。黛玉忙拦说：'不必，有了人反不得了。'李纨点头说：'是。'"

可见妙玉对宝玉"独厚"之意，众人尽自会意。

某日那妙玉在惜春处下棋，见宝公子来，便红了脸。

《红楼梦》一书及书中人物的可爱之处就在于：能"容情"。

大观园中的小姐们芳心剔透，无所不觉，但恻隐暗怀。能不点破时，尽量不点破。即使李纨说她"为人可厌"，也没有嘲笑她"对宝玉独厚"。黛玉的话中也含有关爱。

这是中国古人的一种做人原则，也是美学法则。所谓温柔敦厚，自《诗经》始。

眼睛干净，见"有"若"无"，乃真佳人。

此与袭人那种"无"中看"有"，无中生有，并用一些无凭据的话去进谗于王夫人，品性相悖，故袭人不能算"佳人"。

一会儿，宝玉便擎了一枝极丰美的梅枝归来。这边李纨已经准备了美女耸肩瓶，贮了水准备插梅。

人们对待妙玉，如对待正常青春少女。

宝黛恋情是被家长包容的

《红楼梦》第五十四回《史太君破陈腐旧套　王熙凤效戏彩斑衣》，史太君借听书说戏，痛斥当时说书人讲"才子佳人"故事的滥套。

她说："这些书就是一套子，左不过是些佳人才子，最没趣儿。把人家女儿说得这么坏，还说是'佳人'，编得连影儿也没有了。开口都是乡绅门弟，父亲不是尚书，就是宰相。一个小姐，必是爱如珍宝。这小姐必是通文知礼，无所不晓，竟是'绝代佳人'，只见了一个清俊男人，不管是亲是友，想起他的终身大事来，父母也忘了，书也忘了，鬼不成鬼，贼不成贼，哪一点儿像个佳人？就是满腹文章，做出这等事来，也算不得是佳人了。比如一个男人家，满腹的文章，去做贼，难道那王法看他是个才子，就不入贼情一案了不成？可知那编书的是自己堵自己的嘴。"

曹雪芹用贾母之口，对说书人"佳人才子"套路痛加批评。那个时代的流行文化也存在商业化的泛滥。

而有些评论者认为：贾母在这里是在指桑骂槐地说黛玉与宝玉，表明这位老祖宗将来不会支持宝黛结合的态度。这也成为"续书"炮制"调包计"的依据。

把史太君想得如此简单泼辣的，是没有读透《红楼梦》，没有书香人家的生活经验。

撤过残席，一大家人挪进暖阁后，贾母便说："都别拘礼，听我分派你们就坐才好。"她叫宝琴、黛玉、湘云三人皆紧依左右坐下。

在五十三回《宁国府除夕祭宗祠　荣国府元宵开夜宴》的宴席中，贾母也是让琴、黛、湘与自己同席的。

贾母最爱怜这三位女孩子。宝琴失母，黛湘都是孤儿。她们三位在姐妹中是个性清新、风韵深厚的。

放烟火时，黛玉禀气虚弱，不禁"噼啪"之声，贾母便搂她在怀内。

贾母深知宝黛感情。二十九回《享福人福深还祷福 多情女情重愈斟情》，黛玉与宝玉闹矛盾，一个摔玉，一个剪玉穗。那贾母见他们两个都生气，只说趁今儿那边去看戏，他们两个见了，也就完了，不想又都不去。老人家急得抱怨说："我这老冤家，是那一世里造下的孽障？偏偏儿的遇见了这么两个不懂事的小冤家儿，没有一天不叫我操心！真真的是俗语儿说的'不是冤家不聚头'。几时我闭了眼，咽了这口气，任凭你们两个冤家闹上天去，我眼不见，心不烦，也就罢了。偏他娘的又不咽这口气。"

贾母对宝黛之情呵护且至深。她送给两个玉儿的"不是冤家不聚头"，这句话里面多少理解、疼爱和智慧，令宝黛思量不已。

"冤家"在中国古典文学与戏剧中皆是指那种撕拉不开、"丢不下"的、灵魂中最重要的人。"冤家"也是戏剧中对至爱者的称呼。

老祖宗明白，他们之间那种深刻的情分，那就是"剪不断，理还乱，别是一番滋味在心头""才下眉头，又上心头"的相思情境。

宝黛吵架。只见凤姐跑进来，笑道："老太太在那里抱怨天，抱怨地，只叫我来瞧瞧你们好了没有。我说：'不用瞧，过不了三天，他们自己就好了。'老太太骂我，说我懒，我来了，果然应了我的话了。也没见你们两个，有些什么可拌的，三日好了，两日恼了，越大越成了孩子了。有这会子拉着手哭的，昨日为什么又成了'乌眼鸡'似的呢？还不跟着我到老太太跟前，叫老人家也放点心呢。"说着，拉了黛玉就走。

凤姐对宝黛关系十分关怀，对黛玉有一种不分彼此的情意。拉了就走，何等亲密。

二十五回《通灵玉蒙蔽遇双真 魇魔法叔嫂逢五鬼》，凤姐笑道："你既吃了我们家的茶，怎么还不给我们家做媳妇儿？"

宝钗在此处插话，但凤姐并不搭理，继续追着林姑娘不放。

凤姐笑道："你给我们家做了媳妇儿，还亏负了你么？"指着宝玉道："你瞧瞧，人物儿配不上？门第儿配不上？根基儿家私儿配不上？那一点儿玷辱你。"

这说明在这伙人中，凤姐是认可黛玉的根基家私与门第的，在凤姐心目中宝黛是良配。也说明宝钗的这些条件不如黛玉。

凤姐与贾母是某种聪明灵性的跨代"闺蜜"。

第五十七回《慧紫鹃情辞试莽玉 薛姨妈爱语慰痴颦》，听说林妹妹要回苏州，宝玉立即以痴情回报予以坚决的抵制。他喊出了这句千古奇言："凭他是谁，除了林妹妹，都不许姓林了！"

薛姨妈的反应是:"宝玉本来心实,可巧林姑娘又是从小儿来的,他姊妹两个一处长得这么大,比别的姊妹更不同。这会子热刺刺的说一个去,别说他是个实心的傻孩子,便是冷心肠的大人,也要伤心。"

宝玉与黛玉,没有贾母所斥责的那类戏目"鬼不成鬼,贼不成贼""做出这样事来"的不堪。并不是说书人所编造故事中的那种"见一面就托付终身"的私奔模式。

宝黛二人从来没有逾矩的事情和念头。他们都在期待着家庭与家长对自己情感的认可。所以这段爱情故事才会如此婉转哀怨,郁郁多愁。他们恪守"大家生活"的常规礼数。

贾琏与凤姐这一对,就是"亲上做亲"。薛蝌与邢岫烟,是在投奔贾府的一路上见过的,相互中意。薛姨妈在决策时,与薛蝌征求过意见。

"父母之命媒妁之言"中包含一份人情体贴,属于情理之中。

宝黛沿着这个模式,是可以走下去的,并不会形成对家庭的悖逆。

那种认定宝黛爱情一直受到贾府排斥的观点,不符合原著中所呈现的环境关系。

宝玉与黛玉幸运地完成了一个从儿童感情到青春萌动的爱情过程。《红楼梦》对于这种青春萌动的渐进描述是贴切和富于个性细节的。这是中国文学的经典。

第三回《托内兄如海荐西宾 接外孙贾母惜孤女》:这熙凤携着黛玉的手,上下细细打量一回,因笑道:"天下真有这样标致人儿,我今日才算看见了。况且这通身的气派,竟不像老祖宗的外孙女儿,竟是嫡亲的孙女儿是的,怨不得老祖宗天天嘴里心里放不下。"

这是凤姐的心里话。在她心里也从此认可了黛玉,认为是"自家人"。

宝钗 "待选"、被忽略的情节

宝钗进京是来"待选"的。这个细节基本上被评论家和读者们忽略了。

薛蟠携家人进京,为送妹"选妃"。一路上狐假虎威地横行。

这应是先探了"门路",不像一般小家碧玉盲目"候选"。"门路",只能是姨妈王夫人的长女元春。可能就是在元妃的示意下,选择家族中的淑女进宫的。

有一个解释,元妃为宝玉选中了宝钗,所以婚姻无法抗御。

仅用元妃配送礼品时,宝钗与宝玉同一个级别的事,不足于表明娘娘的旨意就是为宝玉"选妻"。娘娘也许另有深意。

贾元春人老色衰，眼看宫中新人出现，自己无子，必然会被边缘化。为了整个庞大家族的安全与发展，寻找"接班人"，也是宫廷惯例。

元妃送礼品一事，发生在《红楼梦》开头不久的极盛时代，情节上最近的衔接是宝钗进京"选妃"，而不应遥远地对接到后头的宝玉成婚。

薛姨妈一进贾府，就给上下送礼。一方面她是远亲，不似黛玉是"骨肉"。另一方面是为女儿"选妃"做些打点。宝钗在贾府处处做出一副标准的"淑女"状，装得没有看过那些"杂书"的样子，是为入宫作一种"贤德"的粉饰。

元妃礼品，以及对宝钗的仔细端详，都可能是在考虑"选妃"事宜。

最明显的是，在送礼之后，元妃指令宝玉也与姐妹们一同住进大观园去，这里就没有要规范宝玉情感的意思。

王夫人时常入宫禀告家事。元妃不可能不知道老太太的心意，和宝兄弟与黛玉亲近的事实。然而娘娘并没有阻止。

第三十回《宝钗借扇机带双敲 椿龄画蔷痴及局外》：贾母要拿出自己的银子来给宝钗过生日，有"待选"的因素在内。如此家族重大机密，是凤姐也不能参与的。所以她表现有些惊讶。

贾母在席上当着薛姨妈大肆夸奖宝钗，是有失身份的。只能解释为，宝钗已经走在去皇宫的路上了。

到五十回里贾母欣赏雪中宝琴，问及其婚事，有过"配宝玉"的念头。可见这才是动真情，而前面夸宝钗的话，是形势所趋。

在这次生日宴会看戏的时候，宝玉与宝钗开玩笑，说"怪不得他们拿将姐姐比杨妃，原也富态些"的话。

这里值得推敲，究竟是谁拿宝钗比杨妃呢？似乎正文里没有提及。这种比喻应该是对宝钗"待选"的小议论。

宝钗却当场勃然大怒。这也有失身份。想来正是"待选"中的微妙心理，被宝黛窥破，所以敏感翻脸。

宝钗"选妃"到后来没有下文，也有可能是与元春的早夭有关。

也许是哥哥不好，耽误妹妹"入选"。薛蟠官司连缀贾雨村，朝廷中焉能没有议论？

元妃如果要让宝玉娶宝钗，完全用不着那么含蓄，让人猜谜。"赐旨完婚"，就是最体面的恩典。

元妃如有这层意思，还需要编排什么"调包计"。贾政首先要忙碌起来，皇恩浩荡，名正言顺。

薛家营造着"金锁"的附会之说，这是"一石二鸟"，将宝玉当作"备份"。

看宝钗对宝玉的态度，也是若即若离的。后来住进园内，小儿女无不钟情于宝二爷，宝钗也不能免除。不过她深知宝黛关系不同一般，时常望而却步。

质疑后续本的"调包计"

后续本自九十六回《瞒消息凤姐设奇谋 泄机关颦儿迷本性》至九十七回《林黛玉焚稿断痴情 薛宝钗出阁成大典》、九十八回《苦绛珠情归离恨天 病神瑛泪洒相思地》用很多篇幅的精心编造，刻意描写，将构成《红楼梦》全书主线与核心的宝黛结局用一个"调包计"来终结——宝玉的婚姻。

由某几个内眷的阴谋手脚操作，以宝钗伪装黛玉，演出一场三个人的悲剧。

现在的电视剧和电影也沿用"调包计"的戏路，流传非常深广。一般人都以为这就是《红楼梦》的当然结局，也从这个结局给里面的人物定了调子。

一大批《红楼梦》的读者是先看了电视、电影，才转而去看小说的。

这种从"调包计"入手的阅读，使得读者从一个"阴谋"的角度来观察全书。他们从结局得到暗示，从而误解原著，以为包含一连串的"阴谋"。

"调包计"结局，极大地逆袭和损害了原著。

曹雪芹的悲叹"谁解其中味"，一语成谶。

我认为："调包计"不符合《红楼梦》原著演绎的丰富性，也不符合那个时代大家庭的情理。这个结局有许多疑点。

首先，将"金玉良缘"这种"和尚道士说的话"，当作贾府以此来处理继承人宝玉的婚姻之准则。

贾府是世代大族，"钟鸣鼎食"人家。虽然有贾敬当了道士，但主流是仕宦传家。儒家的文化和道统牢牢地占领统治地位。王夫人信了佛，赵姨娘依靠马道婆。然而这些都不能拿到台面上来主宰贾府的大事。

第三十六回《绣鸳鸯梦兆绛云轩 识分定情悟梨香院》，宝玉在梦中有一句反抗的话："和尚道士的话如何信得？什么'金玉姻缘'，我偏说'木石姻缘'！"

前一句话，是贾府的正统思维。

"金锁"之类的东西，是商人家庭里惯用的。迷信，是生意人最信的。因为他们要见机而行，所以运气之类很重要。这是被孔子视之为"怪力乱神"

一类的阴暗东西。薛家的文化，是不可能来统治贾家，和压倒贾家的。

宝玉是荣国府的继承人，他的婚事大典，岂有贾政忙得顾不过来，由着几个女人在捣鬼的？这样捣鬼一般的婚礼，是直接违背封建婚姻的神圣性的。不是贾府这种诗礼人家，官宦世家会做得出来的。

甚至《金瓶梅》《三言》《二拍》的商人世界，或者《梁祝》里的员外人家，也不可能在这类大典上做手脚。这是得罪祖宗与神明的。

《红楼梦》的最珍贵处，在我看来，无非"入心"二字。

从文字到情节、人物、说话，以及风景、什物，凡温润"入心"的，都是《红楼梦》真迹。而有隔涩的，则不是一个出处来的。

作品是有生命的，是灵魂，自然也有"遗传基因"。通过对这些基因的辨识，是可以知道它们之间是否有血脉关系，是否出自同一支笔了。

2013年由商务印书馆出一套《新批校注红楼梦》，主持者提倡"回归文本"。

其封底推荐词曰：所谓回归文本，就是追寻作者的创作本意，亦称"文本原旨"，这是最具学术可靠性的释义类型，是合乎学术研究的求真精神的。

人民文学出版社所出《红楼梦》新版，已经把续书作者称为"无名氏"。

此甚妥哉。

（原载《光明日报》2018年7月4日）

海北天南

外公的马尼拉

_蔡益怀（香港）

我没见过外公，但我知道他的存在。

小时候，我跟外婆住在乡下。家里的相框里，有一张中年男子的照片。外婆说他就是我的外公。我对这个皮肤黑黑的敦实男人没有什么特别的感觉，只觉得他在注视着我们。他会定期寄来侨汇，外婆和我都靠外公寄来的钱生活。那时候大人们说到吕宋，都带着脸上会发光的神色，像后来人们谈到香港一样。长大后读了一点书，才知道那个时候的菲律宾是亚州仅次于日本的富裕国家，华人在那里非富则贵。

这几十年来，我都没有特别留心外公在这个国家的情况。只是知道我们这个家跟菲律宾的亲戚一直有一些联系，比如通信、走访等，若即若离。大概是这个缘故，我对这个国度倒还保持着一定的关注，一种不需要倾注感情与心力的注视。我的外公是在那里土生土长，又在那里终老的华人，然而也是地地道道的菲律宾人。我的血液里有他的基因，这种血缘的关系自然让我对那片土地产生某种幽微的情意结。我想，有一天，我会到这个国家走走。

早前，当我和几位学生茶聚谈到暑期的旅行计划时，我说我会到马尼拉走走。几位女同学都很惊讶，怎么会去菲律宾？他们说到人质事件，说到一个香港人因为被指偷带毒品被判死刑的事，总之将之视为畏途。

不过，我还是去了，怀着一种血缘的意绪而去。或者说，那是外公这个意象的指引。意象，是的，那只是一个意象，一个心灵影像，有许多不确定的心念在其中。

走出马尼拉国际机场，竟无一种身处异邦的陌生感，相反有似曾相识的亲切与自在。或许在香港已接触过不少菲律宾人，以及外公的影像已深印在脑中的缘故吧，我对黝黑的南洋面孔同样有着熟识感。我们下榻在机场附近的一个花园小区，整洁的环境跟香港的大型私家屋苑也别无二致。这些年到那边寻找商机的中国人多了，处处是中国内地人的面孔，简体字的"南洋私房菜"霓虹光管广告显得格外张扬。当晚我们就到了马尼拉的金融区马卡蒂。正是华灯初放的时分，玻璃幕墙的摩天大楼栉比鳞次，一如曼哈顿暮晚的华厦景观，难怪马尼拉被誉为亚洲的纽约。中央大道宽敞整洁，两旁店铺灯火通明，一派和乐气象。徜徉在这绿化购物大道，消闲而轻快，享受到的逛街体验全然不同于香港铜锣湾。马卡蒂的摩登，完全颠覆了我对马尼拉的印象。后来，我才了解到，亚洲开发银行的总部就在这里，而菲律宾近年的经济增长也相当可观，正在成为区内新兴经济体。

不过，这不是我想探访的地方。我开始意识到，我要找的是一个古老的马尼拉，是寻常百姓生活的地方，我在不知不觉地追寻一个意象，那就是外公的影子。我明白了，一种不自觉的情意结在指引着我，去寻找祖辈在这里的足迹。但是，我又到哪里去探寻他的踪迹呢？

关于外公，我知道的并不多，最多只是从母亲生前的零星话语中去淘得一点记忆碎片，这些碎片并不足以重组出一块残缺的地图。母亲的忆述中，最完整的一段是，日本人占领中国及菲律宾等东亚国家期间，外公回到了福建老家。母亲说，她人生中最美好的岁月，就是跟外公在一起的时候。外公是一个乐天的男人，给女儿带来了一个终生难忘的快乐童年，他会唱歌，会拉二胡，他就像一座山一样将她高高地托起……战后，外公又回到了南洋，在这里讨生活，据说是一个活跃在社群中乐施好善的人。母亲说，外公开了一间的士行，自己开车，他会把女儿的相片挂在车玻璃前，有客人上车的时候，他会指着相片对客人说，那是他的漂亮女儿，脸上满挂着幸福的笑容。我能够想象到他的模样，一种南洋人的阳光笑脸。

当我向当地人描述这个情形时，他们告诉我，当年没有的士，只有吉普尼。我相信母亲的说法无误，她和外婆跟菲律宾的家人一直有联系，当然知道外公是从事载客交通服务的，只是她不知道菲律宾的具体情况，便套用香港的经验说成是的士。经过这一番更正，我的想象相反落到了实处，跟具体的物象联系起来了。当我再行走在马尼拉街头时，就会特别留意街上那些装饰得五彩斑斓的吉普尼。虽然已经不可能再有一辆属于外公的车，但我总觉得要寻找的影子就在其中，那是能够让我触摸到一点历史陈迹的实物。

为了触摸到更多的历史，我特别到马尼拉的王城区走了一遭。这确实是一个能够让时光倒流的古城，处处是西班牙殖民统治时期的古老建筑，也留下了日本侵略者与美国人的痕迹。圣地亚哥城堡、黎刹纪念馆、马尼拉大教堂、圣奥古斯丁教堂等等，都让人看到一个城市的不同面相与厚重历史。这是一个神圣与庸常奇妙组合的城市。当我坐在马尼拉大教堂旁边的咖啡馆，喝着咖啡吃着餐点，看着教堂高矗的钟楼，领受着静穆的遐思时，也看到了教堂后墙角不雅的一幕，一个老男人正在旁若无人地撒尿。显然，那也是这个城市的一种常态。

离开咖啡馆，我继续在城中城的小街里巷中漫无目的地闲逛，路过街边小摊档，花二十比绍买一瓶鲜榨芒果汁。一口喝下肚，那浓浓的果汁顿时唤醒了所有味蕾，整个消化系统都在贪婪地品味着那一种原汁原味的果香。我敢说，这是世界上最地道的果汁，绝对的鲜榨，而且毫无添加。之前家人提醒过我，不要随便吃街边的东西，但此时所有的忠告都像浮云一样随风而散。于是，我一路品尝起当地的食物，口渴了就买一牙西瓜；见到像皮蛋一样的煮蛋也买来一尝，一口咬下才知道那是几乎快要孵出小鸡的蛋。当地人说这种蛋有营养，我也硬着头皮将它吞落肚了。我就是用这种方式，来感受一个真实的马尼拉。似乎也只有这样，才能够让我更接近祖辈，了解他们在这里的生存状况。

走着走着，来到一座老建筑。走进去一看，庭园深深，回廊楼道，显然是一座旧时华庭。摸着那乌亮的木梯扶手，以及雕花的窗棂，我想起了老家的故宅。那个由外公和他的弟弟合资兴建的庭院大宅，是我儿时和外婆的居所。雕梁画栋、青石红砖、镂花窗棂，于今想来简直是精致的艺术宝殿。听长辈说，外公所修建的这座庭园，是当年的老家最富丽的民宅。看着眼前庭院的一梁一柱，怀想旧时的居庭，竟有不知今昔是何年的错乱感，仿佛看到了外公背着年幼的女儿在家中嬉戏的情景。然而，我外公在这座城市的故居又在哪里呢？

像许许多多在南洋讨生活的男人一样，外公在马尼拉还有一个跟当地人结合的家庭，而且儿女成群。听母亲说，她的异母弟妹都发展得很好。一个家庭开枝散叶，有的去了日本、美国，有的则还在马尼拉。那对于我来说，是另一个故事了，但我会想，如果生活是一座山，那个皮肤黝黑的男人如何肩负起这一切的？换一个思路，我的祖辈是如何远渡重洋，落脚于这块土地的？当我追寻起自己的来历，怀想多少年来走过的人生路，领受着生活的百般况味时，总是不免思及这些无解的疑问，且愧疚于对祖辈漂泊人生的忽视与无知。

那天，我专程跑到马尼拉的唐人街，游逛在王彬街头，吃街边的糯米糍，看华人的商铺，无非也是为了沾染一点地气，勾勒一幅祖辈在这里打拼时的生活画面。在回程时，我登上一辆吉普尼，那种在地的感受更为强烈。吉普尼是一种廉宜的交通工具，一程只需八比绍的车资，男男女女的乘客紧挨在一起相对而坐。坐在后排的人付车资时，交由前面的人传递给司机。司机的找赎同样以这种方式回传，分毫不差地传回各人的手中。我付的是一张二十比绍的纸钞，司机找回零钱时，坐在我对面的一位女生友善地示意这是找给我的。女生对着我微笑，有着菲律宾人的爽朗大方神情。交谈起来，知道她是一个大学高年级的学生，正在读商业管理。杂处在同一车厢中，声息相应，我好像也成了一个马尼拉人。再看看司机的背影，我想，我的外公也是这样的吧？我好像又看到了挡风玻璃前挂着的那张照片，好像又听到了外公的声音：这是我的女儿，她生活在中国。

外公，一个只在中国生活了两三年的菲律宾华人，对中国的了解应该不会有很多，但我知道他对故土并不陌生。他能讲流利的闽南话，还会拉二胡，据说常常会在夜深人静时拉上一段。当我面对马尼拉湾，面对那绚烂的晚照时，再想到这个黑皮肤的男人时，耳畔仿佛传来一道幽幽的二胡声。我不知道那是什么曲调，但我能从那悠悠的长调中，感受到一个男人心底最深层的声音，那是他的故园，也是他的乡关。

（原载《大公报》2018．7．29）

我与东北（节选）

_ 程绍国

读小学时，天天唱歌，唱的都是"样板戏"和《毛主席语录》歌，或者诗词歌。也有革命歌曲，比如打败国民党反动派的歌曲。有一天我的堂姐唱了一曲《松花江上》，她是不合时宜的，偷偷地唱的。堂姐还会唱《喀秋莎》，她也是偷偷地唱的。"东北"这个概念，就是那时给我留下的。"我的家，在东北松花江上"，我很奇怪，东北人怎么都住在水上的。

读初中二年级时，我的堂兄按照我叔父的意愿，到沈阳当兵。我叔父官做公社"贫管会"副主任，说堂兄倘在部队入党，复员了一定能谋到一职。我堂兄每周（有时是两三天）给我写信，没有什么内容，他可能就是显摆，他有不少朋友。我得给他面子，每信必回。他当工程兵，干很重的活，很苦。夜里却经常被军号吹醒，总说是苏联已出兵侵略，最后总是说"今天演习结束"。天寒地冻也一样，苦不堪言。这是后来对我说的，写信时开头是"今天阳光灿烂"，或者是"天上下起了鹅毛大雪"。他之所以后来对我诉苦，是他入党后复员回来，却还是个农民。相反，他的一个"战友"，没能入党，却吃了皇粮，管理公社农机站，原因很简单，他哥哥是市里的一个小官官。

2013年，我到了长春。当年"四野"围困，城内是"国军"和百姓，那场战争死了多少人？我不清楚。长春离四平不远，我一定要到四平看看。我便包了一部出租车。我为什么一定要到四平看看呢？是不是了解"四野"在四平吃了亏？不是，我对中国人打中国人没有兴趣——说来像是小说一般。我的乡下老屋，叫九间。我家一户邻居，两兄弟都死了妻子。哥哥有女，弟弟有子，他们合住在一起。大约上个世纪六十年代中期，我还不更事，哥哥的女儿就去当兵了。她叫金若兰，原来是温州勤俭中学的学生，因为太漂亮了，被一个文工团选去了，再后来就是被部队选去了。据说是不听话，本来是在省城或在京城的，忽然被划到吉林的军队里，地点在四平。她在四平应该有十几年，她生了一个女儿，随她的姓，叫金萍，后来又生了一个儿子，叫陈军。我当教师的时候，她父亲的回信都是我代笔的。有时她在信里直接和我说话，开玩笑称我为程老师。她要复员回温州，她要带一家人回温州，当然是温州城里。很快，她的老公带着女儿儿子先来。男人是四平城里人，一米七三四的个子，高鼻大眼，五官好看，白里透红，英俊能够和若兰般配。两个孩子大眼高鼻，漂亮极了，只是我觉得儿子陈军有点大口舌。我的堂兄笑我，说北方佬说话都是这样的，卷舌的。

组织上不知是什么缘由，把男子复员到我们公社，是党委成员。由于无限孤寂，他和我关系特好，他想不通，怎么会下放到乡下来。他经常到市委组织部去，谈调动，他经常在我面前叹气，说"你急他不急"。后来又经常说："度日如年呐。"一有喝酒的机会，我总叫上他，他好高兴。他进城时候，住在金若兰女同学家里，久而久之女同学老公不高兴。而我们公社所在地村庄，有一个吉林女子嫁过来的，他便经常去她那里坐坐，开始女子的老公还高兴，他总是公社干部，时间久了还是不高兴起来。他便给妻子写信或打电话，怨气很大。

金若兰请长假回到温州，他的脸春光荡漾。他很快调到温州电厂去了，他对我说是助理工程师。金若兰自己还没能调来。中国的人事调动，对于平民来说，是很摧残人的。一边是单位"放"，另一边是单位"收"。放要放的利索，收要收得妥帖，很难很难。还好，一年后，金若兰总算调来了，在温州市公安局，具体我记得是什么"三科"。金若兰父亲一天无意中透露，为了调动，夫妻俩花了一年多的工资。一年多的工资是多少呢？一年多的工资怎么花呢？他俩是连职干部，其他我就不知道了。

万万想不到，死亡离夫妻已经很近了。一天上午，我教完一节课，回到办公室，有同事说："若兰夫妻死了。"是淹死的，两船相撞，夫妻下水，死了。村里的人说，若兰是会游泳的，她是被老公拉缠着淹死的。的确，我们村在瓯江边，女子善泳，但被老公拉缠着淹死之说，没有明证。

事情后来清晰起来。温州海边有个叫里隆的渔村，那个时候非常有名，买卖走私货，基本是家用东西，非常便宜。金若兰和老公有了新居，新居里要置办家电什么的。为的省几块钱，他们偷偷乘船去了。他们是回来的船上出事的，他们买了什么呢？同船的说男的手上拎着收录机。究竟怎么样，大家也不清楚，但到里隆买走私货，这事确凿无疑，后来公安局有内部通报。

夫妻死后，这对漂亮的孤儿被姑妈带回四平。此后没有相见。

我的出租车绕城一圈后进市中心。中国的城市面目相同，没什么看头。日月如梭,金萍的孩子应该很大了,陈军应该也有孩子了。尽管找到他们非常容易,但我到四平就没有找他们的意思。见面毕竟是伤感和无趣的事。

我和文学结缘以后,结识了不少与东北有关的人。那时有个运动,叫上山下乡。"知识青年到农村去,接受贫下中农的再教育,很有必要。"当年的年轻人受了宣传,豪情万丈,于是乎,1600多万知识青年,即十分之一的城市人口,下到了乡村。说是乡村,一般是哪里荒凉到哪里。温州的孩子绝大部分去了黑龙江。温州一位叫杨振东的当年"知青"回忆道:

> 1969年"5.16"从金华出发的这趟专列,后半段几节车厢里的知青,是去黑龙江省莲江口农场的,前半段几节车厢里的知青,是去该省萝北县建设兵团二师的。我有个同班同学兼好友叫应长辉,此前我哥俩同时报的名,结果他分在了前半段车厢,我则在后半段。为什么,据说这和我们的政治"DNA"密切攸关,应同学及前半段车厢的哥姐们的"DNA",经校工宣队测试,断定透红或最起码不黑,而我们后边几车厢的多数弟兄姊妹们的"DNA",可能很黑或有点黑,包括被"文革"认定原红色、后"变黑了"的"走资派"子女。所以正因此,理由再简单不过:兵团地处反修一线,屯垦戍边须"根红苗正"的,若我们这些黑不溜秋的也混入兵团行列,万一跑到苏修那里去了,这事摊大了,谁负责?当然只能"发配"到普通的国营农场了。

"报的名",说明是主动走的。他有怨气,因为被当成另类了。其他没有什么。为什么是"5.16"出发呢?那是为了纪念发动"文革"三周年。次年的"5.16",又是一批。温州《鹿城文史资料》记载:

> 1970年5月16日,人民广场召开群众大会,欢送第二批(应为第四批——笔者注)温州市区知识青年830人赴黑龙江。当时广场进出口处人群拥挤,发生严重伤亡事故,受伤群众60名,其中重伤23名,抢救无效死亡16名(男3人,女13人)。

父母清楚得很,边远的农村不受苦受难那才怪呢。车子开动,父母没有不眼泪涟涟的,他们要多看一眼自己的孩子,于是出现意外。死的谁?我没有听说名字。——对于父母的心意,孩子是不能接受的,"广阔农村大有作为"嘛。

但,也有例外,有个知青,比我大几岁,逃避来到我的村庄教书了,后来成了我的朋友。他会唱一些"知青"创作的歌，用温州话唱。记得有两句是这样的："头、顶、蓝天——脚踏烂淤泥！"发"天"字音像是哭丧，而且无限长，起码有六拍七拍，而"脚踏烂淤泥"又非常短促而急切。还有几句是这样的："朋友们，我们走路应该走小路，不能走大路，因为大路姑娘多，把你掳走了……"想来边远的"知青"是多么想望一个姑娘啊。

想望姑娘而不得，这是小事。他们的苦难已有许多作品流传。我没有发言权。昨天晚上，朋友喝酒，作家陈河说，他的一个亲戚，是个16岁的小姑娘，到了黑龙江，一发热，很快就死掉了。诗人鲍伋说，他在勃利县当"知青"，勃利县原来属于合江专区管辖，现在属于七台河市。他说温州"知青"死在勃利的，有十几个，回来以后，很快死掉的也有好几个。在温州做客的评论家朱小如说，什么"青春无悔"，尽是自欺欺人。真正"无悔"的有几人？他也在黑龙江当过多年"知青"。

我分别问朱小如和鲍伋，南方人看北方，风景是很美的，你们觉得呢？他们说：苦难时，眼中无风景。

温州当代有两位大作家，一是林斤澜，一是唐湜。他们是少年同学。林斤澜的一个弟弟，当年"积极支边"，到了黑龙江，受尽苦难。这是"上山下乡"的前奏。唐湜"反右"时，被打入另册，在黑龙江兴凯湖农场监督劳动。十多年后，唐湜被允许回乡，途经北京，到了幸福大街林斤澜的家。唐湜一身浮肿，害的什么病？饥饿病！营养不良病！林斤澜指着他浮肿的双脚，问："怎么回事？"答曰："饿的。"林斤澜和夫人立即做了温州人最喜爱的八宝饭。林斤澜后来和我说，唐湜狼吞虎咽的吃相，不堪入目。林斤澜有小说《乡音》，其中"吃相"是不是以唐湜为模特，我就不清楚了。

    老年人都喜欢甜、软、热，满座都拿起了汤勺，先到小饭碗白水里涮涮干净，这也是这个小城市的古老习惯，吃甜食以前的讲究。或者是不讲究，十来把勺，才一小碗水。有两把动作快点的，先到八宝饭里为大家拌匀八宝。可是倏地又上来一把勺，这一勺挖走一座小山，连勺往大嘴里送，鼓着腮帮，那勺又去挖第二座小山了。别人都是三个指头轻轻捏着勺把，唯独这把勺是攥在拳头里的。这个拳头指甲破损，皱褶和裂纹分不清。这是一只长期干粗活的手，长期在恶劣的气候里，用原始的工具苦斗过来的手。这种吃法，不用说品味，连咀嚼也来不及，只有囫囵咽下去，还没有咽干净，第二勺又来到了。这是一种战斗，为了生存，出自本能的拼死拼活的战斗。这时候，什么书卷气，连影子也没有了。什么清谈，什么温柔敦厚的气息都不在意中，不在话下。

座上对"饭铲头"的吃相,大多早已发现,但都装作没有看见。过一会儿,他自己会知觉过来的。老同学们非常谅解这是一种"条件反射",面儿上装不理会,但心里禁不住沉重起来。

温州师范学院教授姜嘉镳对我说:"有回,两人吃汤面,我吃了一半就放下筷子。老唐问我:'你不吃了?'我说不吃了。他就把我的半碗端了去,呼呼倒下。"有一回,一个女孩拿着苹果吃前先玩玩,家长要培养她的好客,对她说:"递给唐爷爷吃,递给唐爷爷吃。"女孩凭感觉知道唐爷爷不会吃的,大方地递给了唐爷爷。不料,唐爷爷拿来就吃,害得女孩嗵嗵大哭。他不会社交,在熙攘温州,市政府不知道他是谁,连文联也很少留意他。他80寿辰时,由我提议,我们《温州晚报》的部室在顺生大酒店摆了四桌酒,为他祝寿。他一过来就吃,好像这个活动与他没有关系,最后没有一人打包的,就他打走一个包,却是两段排骨。2003年11月3日,"唐湜诗歌座谈会"在温州师范学院召开,林斤澜、牛汉、屠岸、邵燕祥、谢冕、吴思敬……济济一堂。林斤澜回到住处均瑶宾馆时对我说:"这老唐,哎呀哎呀,座谈会上只管吃糖,吃葡萄,吃苹果,好像是别人的作品座谈会一样,别人的座谈会,也不能这样吃啊。"

而且,唐湜有糖尿病,他夫人每天定时让他吃药。但是没法子啊,唐湜有北大荒饥饿的经历,对食物的攫取哪能由得他呢?由不得他。他的行为是他的苦难经历铸成的,如同江海而生鱼虾、阳光而生花木一样。

我不认为唐湜先生这种吃相有什么难看。

好在他已经回归道山,那里应该没有痛苦,没有磨难。

(原载《天津文学》2018年第6期)

四个人的牧场

_杜卫东

　　汽车拐进海清坝牧场旁的土路，行不多远，便看到草原深处的一顶蒙古包，像是一朵美丽的蘑菇云，降落在一望无际的草甸子上。远处，蓝天如洗、白云飘飘，蓝天下有几处移动的黑点，那该是觅食的牛和羊群吧？
　　四木一指车的前方，说主人来迎接我们了。我收回目光，顺着他指的方向，见一个汉族装束的中年汉子正挥舞着双手跑来。他四十来岁、身量不高，剪一个平头，肤色已被草原风吹的黝黑。四木停下车，探出头和他打招呼，那汉子向我们拱拱手，一脸灿烂的微笑。他的牙齿很白，双眸黑亮黑亮的，像一潭沉静的秋水，让人能感觉出他内心的纯净。
　　四木告诉我，他叫谭立波，是海清坝牧场的男主人。
　　谭立波转身一路小跑，搬开了牧场的栅栏门。然后又高举着右手，样子很是伟岸的引领我们的车开到蒙古包前。他的妻子和女儿正在那里等候。
　　这是一个有故事的男人。二十年前，他还是北京一家餐厅的厨师，手艺好却讷于言的那种，偶尔餐厅里的美眉和他开个玩笑，还会脸红。谁也没有料到，丘比特之箭偏偏就把他和一个蒙古族姑娘连串到了一起。那女孩儿叫通力嘎，高挑个儿、长发披肩、唇红肤白，是个叫小伙子容易产生想法的美女，暗送秋波或者直接发动攻势的想来不少。可是通力嘎偏偏就把要执子一生的手伸给了这个只有初中文化，长相一般的汉族小伙儿。直到今天，问起他们怎么走到了一起，是谁先暗送的秋波？夫妻俩都含笑不语，只是深情地对望一眼。
　　那一眼被我捕捉到了：温柔、默契、欲语还羞。像是荷叶上的露珠，吧嗒一声融进了清澈的池水里。我还是第一次看到，一个过了四张儿的大男人会有这么多情的一瞥。相知相恋的过程有多么温馨、多么浪漫，抑或多么坎坷都不重要了。重要的是，两个人的心早已连在了一起，像重新捏过的两个泥人儿，已经你中有我，我中有你了。

其实，让我心醉的还不仅仅是两个人的牵手，牵手后小情侣的选择更是让人瞠目结舌。他们服务的饭店本来很红火，作为后厨红案的头牌和男孩儿追逐的店花儿，两个人的日子令多少进城打工的同龄人羡慕？上班时一个掌勺、一个传菜，闲暇时，逛逛故宫、赏赏红叶、看看电影、压压马路，兜里的钱包也足以支撑起这些美丽的时光，那时的北京天还是蓝的，没有令人逃无可逃的雾霾。可是，这一对小情侣却做出了一个出乎所有人想象的决定：回内蒙古草原去创建自己的牧场。

北京——内蒙，繁华热闹——荒寂艰苦，这一切的反差实在太大了，天悬地隔。

那年月，还没有"创客"这个词，而他们应该是最先的创客。因为行色匆匆，我没有来得及深谈，不知道是什么点燃了他们心中创业的激情，或许是谭立波从饭店日益增多的客流上看到了人们对绿色食品的需求？因为他们饭店卖的羊肉都来自内蒙古草原。或许是通力嘎太思念那久违的奶茶了？总之，他们离开了北京，回到了内蒙古的巴林草原，用打工的积蓄创建了自己的牧场。

那个日子值得记取，是一枚镶进生命之册的金色书签。

由此，展开了一篇感人的童话。偌大的牧场只有夫妻两个，纵马跑出几十里地，看不到一个人影儿。偶尔有一只鹰在天边掠过，就会引发他们心中好一阵激动——千里草原上不仅有他们在牵着青春奔跑，还有许多高贵的生命与神同在。夜晚，躺在空寂的草原上仰望星空，他们更加浮想联翩：如果地上的一个人对应天上的一颗星，那么他和她在哪儿呢？牛郎和织女的爱情令人感慨，可是夫妻俩不愿意站在天河的两边，一年才有一次难得的相会。他们要做两颗靠得最近的星，彼此能听得见对方的心跳、感受到对方的体温。在这篇童话中，孤独一转身，化作浪漫爱情的坚守；寂寞一声吼，变成超然物外的旷达。原来只要胸中有爱，冬日的雪花就是一首纷纷扬扬的诗；夏天的酷热也会成为一副色彩斑斓的画呢！

童话中的王子和公主在巴林草原上搭起了那顶属于自己的蒙古包。它像一颗钻石，折射了他们青春的全部光华。前后二十个年头，两个人就在海清坝牧场用勤劳和汗水妆点着自己的人生。后来，一对双胞胎女孩儿在草原上降生了。冬去春来，如今已长成了十六岁的大姑娘。姐妹俩随妈妈，眉眼俊俏、身材高挑，从小就能歌善舞，现在就读于市艺术学校。寒暑假和逢年过节，她们依然会回到生养她们的牧场，帮父母放牧牛羊。面对着草原上叫不出名字的那么多野花，也会幸福地回味起童年难忘的时光。

两口子创业的故事是浪漫的童话，也是愚公移山式的寓言。一望无际的草原上,有牛羊、有鲜花、有牧草、有清风、有夫妻对唱的情歌,也有狂风、有烈日、有冰雹,有狡猾的狐狸和凶悍的狼。日复一日、年复一年,羊肥了、牛壮了、牧草茂盛了,两个女儿也像天使一样长大了。那么,幸福是像云朵一样被草原风吹来的吗?望一望谭立波黝黑的面庞、瞅一瞅通力嘎粗糙的皮肤和脸上细碎的皱纹——当年,那可是像水仙花儿一样灵秀呀!你就知道收获的来之不易。我问谭立波,苦吗?谭立波用手揉着因生活的磨砺而有些凸起的骨关节,说习惯了。正值国庆,牧草略显泛黄、野花也开始凋零了,想一想即将走来的冬季呢?地冻天寒、大雪封路,夫妻俩要穿越风霜与寒冷,该付出怎样的辛劳?况且,已是二十年一如既往的穿越,这其中的酸甜苦辣怎是"习惯了"三个字可以了得!只是,他们天性达观,勤劳坚韧,所经历的艰辛和即将面对的艰辛,不经意间,就淹没在他们不时漾出的笑容里了。

四木是内蒙古有名的诗人。他的诗有体温、有悲悯,有情怀。同时,他也曾经是一位忠于职守的乡镇党委书记,人如其诗,对草原、牧民有着一种永远也扯不断的情缘。他告诉我,如今两口子的牧场有五百多头牛,两千多只羊。不算羊绒羊毛和农产品贸易的收入,仅牛和羊每年出栏一项就能有二三十万元的进账。说这话时,四木特别高兴,不大的眼睛嗖嗖放光,嘴笑得合不拢。喜悦之情像烧开的水,顶得壶盖盖也盖不住。

作为诗人,他当然会为爱情感动;作为书记,他更有理由为收获骄傲。

为招待我们,夫妻俩特意杀了一只羊。这是草原上最隆重的待客之礼:烤全羊。谭立波当过厨子,自然使出了浑身解数。羊烤得正是火候,表皮酥脆、肉色焦黄,在嗞嗞冒油的肉上撒一层孜然和细盐,还没吃呢,口水便要淌下了。我们用刀子切一块鲜嫩的羊肉,喝一口美味的奶茶,感到这里的生活已经被爱和诗意浸润。

不是吗?因为通讯信号不好,电视节目不清晰,每年春节,通力嘎会自编自演一台家庭春晚。妈妈唱歌,爸爸拉琴,姐妹俩翩翩起舞。勾得星星都要探头探脑地向蒙古包里张望,弯月也会含笑向这一家人送来祝福呢。

难熬的是谭立波外出谈生意的日子。通力嘎想丈夫了,丈夫想通力嘎了,要通个电话可不容易。通力嘎要拿着手机跑到老远的小山包上去接。她知道,哪个山包的信号强,哪个山包的信号弱。能听到丈夫的声音,跑几个山包都乐意。谭立波呢,在车水马龙的闹市听到了来自草原深处的问候,心里也像抹了蜜一样甜呢!再累,也不会感到疲惫。

现在,夫妻俩在照料我们享用烤全羊,他们的笑容像抑制不住的泉水,从心里咕嘟咕嘟冒出来,荡漾在脸上。

我说,合唱一首草原的歌吧。四木刚才爆料:通力嘎能歌善舞,谭立波的男高音也颇有磁性，这个小个子男人虽然不爱说话，但唱起歌来很投入。谭立波望了一眼通力嘎，通力嘎笑着点点头。夫妻俩一点也不扭捏，谭立波唱低音部，通力嘎唱高音部，动听的《鸿雁》便在蒙古包里回响：

……鸿雁北归还/带上我的思念/歌声远琴声颤/草原上春意暖

真是琴瑟和鸣，夫妻俩的演唱令人动容。歌声里有不尽的乡愁，也有他们难忘的青春岁月。一壶酒，独对苍天；两个人，相依为命，寸心誓与长相守。想一想共同经历的那些日子，眺望一下明天即将升起的太阳，歌曲中蕴含的情感被夫妻俩演绎得悠远蜿蜒，直抵内心。

一曲未完，我的眼睛里已经含了泪水。

四木又提议，立波，你们的双胞胎女儿是学舞蹈的，请她们为北京来的客人跳个舞可好？正巧小姐妹进来献茶，在大家的掌声中，爸爸打起拍子，妈妈哼着曲调，姐妹俩跳起了欢快的草原舞，轻如飞燕、美若彩蝶。一时，我有点恍惚，竟不知置身何处。原来，枯燥寂寞的生活也可以过得这样有滋有味儿；天堂与俗世，并非隔着一条不可逾越的天河。两者的转换，有时只依人的心境而定。

盘桓半日，终要离开了。人生多有不舍，只是，春风杨柳离别路，毕竟车船留不住。

我们走出蒙古包，太阳正准备交班。它喷射着绚丽的余晖，一朵朵火烧云燃烧起来，弥漫了大半个天空，像是展开的一幅五彩锦缎。没有到过草原的人，真的很难想象夕阳下草原之秋的壮美与辽阔。谭立波和我们依依惜别，两个小姐妹站在爸爸的身后腼腆地看着我们，显出了少女的羞涩。通力嘎用"蒙普"——蒙古族普通话热情地招呼我们明年再来，说明年夏天的巴林草原一定更美。她把美字读成了一声，听上去充满民族风情，蛮有味道。

汽车启动了。我从后视镜里看到，一家四口站在那里一直冲我们招手。我们有我们的远方，他们有他们的牵挂。在他们的身后，是那顶绽放在晚霞中的蒙古包和一眼望不到边的海清坝牧场。

（原载《四川日报》2018年9月10日）

澳门游思

_ 蒋子龙

澳门是安静的。

澳门怎么可能是安静的？它应该是喧闹的，大喊大叫，乃至在烟气腾腾中气急败坏！因为它是世界著名的"四大赌城"之一，赌徒的情状谁还没见过？但，它确实是安静的。更像一个沉机默运的智者，平静、和厚、无所不容。

关闸大厅内的几十条通道都排满了人，潮水般的人流还在从关外广场上不断涌入，却并不嘈杂，大家静静地缓缓地前行。出入关手续办理便捷，几乎无须多停留。进入澳门后，人流疏导很快，又像潮水般散开，一辆接一辆的免费大巴把游人送往各个著名的地点或景区。对，是免费的。当你离开澳门时，从所在的酒店乘大巴到关闸，同样也是免费的。澳门是全球最发达、富裕的地区之一，属"福利社会"，也惠及外人。或者说是一种和气生财的智慧，知道这些人都是来给澳门送钱的，干嘛不尽力提供便利？

在我的意象里，总觉澳门像一串糖葫芦，处于顶端的澳门半岛下面，串连着氹仔、路环两个岛。但从观光直升机上俯瞰澳门，却形似"变形金刚"。三座跨海大桥以及连环状的环岛公路，将其铆固成一个顿挫有致、气势磅礴的整体，灵活而营运能力极强，且游刃有余。没有到过澳门的人，或许以为它不过是"弹丸之地"。可就是这个"弹丸之地"，每年却要接待三五千万的游客，几乎是本地居民的百倍。即便在繁华的闹市，并不宽阔的马路也通畅而洁净。路，就是效率，是发达的条件，也是发达的标志。不塞车，没有碰瓷的，人们便不烦不躁，不会有"路怒一族"。澳门每年还要举办国际F3赛车，成为举世无双的传奇赛事。足见它并非"弹丸之地"，而是极富弹性的福地。

所谓"福地"，即山水搭配与人文气象极致谐调，水土养人，人养山水，共生共荣。澳门面积不足33平方公里，平面面积是长乘宽乘出来的，那高呢？

澳门多山，自北向南，莲花山、炮台山、东西望洋山、妈阁山、九澳山、观音山、鸡颈山、叠石塘山……"山不在高，有仙则灵"，当年葡萄牙人第一次来到澳门，就是从妈阁山下登岸的，那里正是当地盛传妈祖娘娘显圣的地方。这或许令他们飘飘然有如临仙境之感。

澳门之"高"，还因鳞次栉比的巨楼太多太高。殿阁嵯峨，飞槛摩空，致使其天上地下浑然成为一个迷幻般的立体世界。楼凌绝岘，绮窗出尘冥；广殿峻阁，飞升蹑云端。黄金门，白玉堂，形态眩目，气象万千。或炫奇骇俗，或端崇雄伟。有的九重宫阙内藏深湖，神奇莫测，每晚都上演着世间各种水上大戏。有的在十里楼台里修运河，水光涟漪，船行其上，头顶蓝天白云，两岸店铺林立，游人如织。

四百多年前，汤显祖被贬广东，乘船换船颇费周章地登上澳门这个偏远的岛湾，见帆樯如林，珠宝成堆，虽刚刚遭受重击竟有了新奇的诗兴："不住田园不树桑，珴珂衣锦下云樯。明珠海上传星气，白玉河边看月光。"甚至连西洋少女在他笔下也情趣盎然："花面蛮姬十五强，蔷薇露水拂朝妆。"后来他还将在澳门所感写进传奇《牡丹亭》，这为我们了解澳门性格的形成，提供了经典性的文化视角。

澳门，古属百越。泊口，可称"澳"。《澳门纪略》载："东西五六里，南北半之，有南北二湾，可以泊船，规圆如镜，故曰'濠镜'。"后又引申出"海镜""濠镜澳"等别名。明嘉靖三十二年（1553），葡萄牙人从明朝广东地方政府租得澳门居住权，成为第一批进入中国的欧洲人。或许从那时候开始，澳门就在慢慢培养自己性格中最重要的特点——包容性。

就像那些世界一流的漂亮大楼，都是综合性购物休闲娱乐场所，谁都可以进去，到里面可以一掷千金，也可以一毛不拔、只过眼瘾。许多人带着孩子，还有用轮椅推着老人，整家整家的来到这个"花花世界"，凭自己的喜好，各得其乐。

社会永远都是有差异的。世界迎来了旅游时代，游人便是闲人。悠闲也是生命的必需品，悠闲中的人或许才是自然的人。澳门恰恰是悠闲者不可不去的地方。

说澳门是"福地"，却并不是因为它只有繁华。路环岛东侧，还有极其独特的休闲妙处"黑沙湾"。状如巨大的摇篮，铺满干净而柔软的黑色细沙，浸水则硬，水退则软，赤脚踩上去光洁而舒适。在海浪轻轻地抚弄下，如黑绸般掀起一道道皱褶，闪烁着一片片或一层层的金色光点。这就是大自然的奇妙，沙子是黑色的，发出的光却是金色的。黑沙似乎是对灯红酒绿、纸醉金迷的一种协调，不能不说造物主真是厚爱澳门。

黑沙湾背靠叠石塘山，登上制高点，站在妈祖像前，澳门五彩斑斓的景致便尽收眼底。当夜幕降落，另一幕"星光秀"就开场了，山下环绕着一片璀璨的灯海，远处则是黑沉沉凝固了似的大海。转头西望，隔着一条两岸如刀裁般齐整的水道，便是珠海的长隆公园，主楼通体放光，如同一座流光溢彩的古堡。这条水道就连着著名的"十字门"，1279年，大宋王朝便覆亡于此。

　　当时的十字门及门外的洋面上，漂浮着作最后一搏的十万宋兵的尸体，海战惨败，战船起火，血红的波涛沸腾着，狂风呼叫，海天变色，状极惨烈！宋景定年间的进士陆秀夫，"先驱自己的妻儿跳海"，随后背起宋朝最后一个仅有8岁的小皇帝赵昺，也投海殉国。与陆秀夫同榜的状元便是在距此不远的零丁洋上"叹零丁"的文天祥，所以后人才有"忠节萃于一榜"之赞。

　　转过黑沙滩，循小路进入九澳山，在面临九澳湾的山坡上，葱茏的林木掩映着一片错落有致的古村落。路边的古屋有所修缮，用的是现代材料，越往山里走，古屋保留越完好，里面生活着澳门的原住民。你面对他们及他们的老宅，什么话都不用说就会感受到一种历史感，一种神秘和好奇。在这样一个举世知名且不算广阔的发达之地，他们是怎样能闹中取静、完好地保留了自己的生活习惯及生存环境？据传在赵宋王朝灭亡后，有许多赵家后人散落在澳门和十字门对面的斗门镇，有的甚至被逼改姓。不知这九澳山的古村落中是否有赵宋皇族的后裔？

　　一个国家或一个地区的定力，来自它的历史积淀。有深厚的积淀，才有包容性。每天清晨，珠海农民可以划着小船，穿过十字门水道，来澳门卖花、卖青菜，卖完了再划小船回去。晚上，澳门人也可以通过莲花大桥，到十字门对面的长隆去看马戏。

　　——就这样随着时间的潜移默化，历经数百年，澳门形成了独有的包容性。而包容，是一个地区繁荣的良药。

　　既到澳门，就不能不说说"赌"。在每座辉煌的大楼里，都有博彩大厅。里面与我以前见过的同样是一些国际知名赌场大不一样，没有腾腾烟气，没有游荡于各赌台之间察言观色的放贷者……甚至比其他购物及娱乐场所更为安静。博彩原本就是智力游戏，众多赌客都在绞尽脑汁，功夫下在手与眼上，本无须多言。世界著名的赌城，竟变成了清雅之地。在我参观过的几家博彩大厅里，也都有一些空台，这一现象意味深长……

　　每年数千万来澳门的游客中，有一少半来自中国内地。近几年来曾备受诟病的"中国游客素质"，在澳门却没有这个问题，根本看不出谁是哪国的游客，皆泯然于众人之中。无论人烟多么稠密的热闹场合，没有人大声喧哗，地面干干净净，连去洗手间大家都在静静地排队。这或许就是一种入乡随俗的

"从众现象"。澳门自己能守得住魂、静得下心，自然就有非比寻常的净化力。

强大的净化能力，也是能够具有极大包容度的重要原因。在包容别人的同时也给自己创造了足够大的心理空间，以及精神与情感上的宽松。所以，澳门的人口密度很高，人均寿命也很高，居世界第二位。连中国内地报纸都曾报道过一个饶有兴味的故事，"赌王"何鸿燊家的马来西亚籍女佣，过生日买彩票中奖3000多万港元，却依旧留在何家做佣人。无论多少金钱也不能让她割舍跟何家的情分，而且在澳门也住习惯了，舍不得离开。

但，澳门最大的包容性，体现在对制度的包容上，有一种无为而无不为的境界。两种社会制度在这里相互包容，取长补短，又何乐而不为？

（原载《人民日报海外版》2018.3.23）

一个南方人是如何谈论煤炭的

_马叙

1

"煤炭"一词到达南方时,不仅仅是一个表述能源物质的名词,它沿途携带的信息有地域的、物质的、人性的,以及语言声音。

2

许多年前,有一次我在南京火车站,各省人等各色人等嘈杂来去,其中一个山西人,我听有人问他,去哪儿?他说去山西。问的人说,听你是山西口音。他说,是的我是山西人。我听这个山西人说话,我听了好久才辨别出他说的"煤炭"这个词来。我想,原因是他于我以及我于他都是一个陌生人,人陌生,地域陌生,语言陌生,"煤炭"本身于我也是陌生的,因此听他的话就会是混沌的,难辨的,不清晰的,陌生的。但是,在他的所说的话中,于我而言,最熟悉的是"煤炭"一词,这于我对山西的物产中一共勉强熟悉老陈醋、刀削面与煤炭三种事物有关。因此只要山西人说话,我就会特别地关注他说话中有无关于这三个词汇的发音。于是我才在那么难懂的方言中费力辨别出了"煤炭"这个词的发音。就在火车站广场中间,那个人问他,下过矿吗?他说,下过的。他说了这句话后就匆匆地赶火车去了。我本来还想在他们的对话中期待出现诸如老陈醋、刀削面的词语,但是他已经离开我所站立的地方,淹没在无限涌动的人群中去了。就这样,我乘坐在这列绿皮慢车中,车厢里充满了各个地方的人。这是一列每一个小站都要停的开往上海的慢车。从南京到达上海要十多个小时。车厢里坐着的更多的是江南一带的乘客。我因为在南京火车站广场听过山西人的对话，所以在车厢里坐着的十多个小时的漫长时间里，我会不自觉地回想起那山西人有限的几句对话。而我的脑子里竟然会反复出现"煤炭"这个与我其实毫不相干的名词。其实，在这个词汇反复出现的过程中，我同时会想象着"煤炭"的具体模样，与它的性质。我想起曾读到过的一首写燃烧的煤的新诗："啊，我年轻的女郎！/我自从重见天光，/我常常思念我的故乡，/我为我心爱的人儿/燃到了这般模样！"那个时候，我的家乡农村的燃料来源中并没有煤，所用的燃料都是从山上砍下的青柴晒成干柴后作烧火的燃料，从煮饭到打铁直至冬天烤火，用的都是木柴或木炭。对于有限的煤炭知识，我唯一知道的是它们从遥远的山西大同或长治运来。而我所乘的这列火车就是用煤炭烧蒸汽推动的。我还坐过温州到上海的长力号轮船。煤炭燃烧出轮船的巨型烟囱里向上冒出的滚滚的浓烟。这些钢铁巨型运输工具的源源不断的能源来源于巨量的燃烧的煤炭。我在列车车厢里，昏昏欲睡，思绪漫延，那一天，思维总是会很奇怪地几次绕回到了"煤炭"这个词汇上来。盖因为我站在南京火车站广场上听到一次山西人简短得不能再简短的对话。而对话中就出现过那么一次"煤炭"这个词语：块状，不规则，漆黑，闪亮，微甜；再是：燃烧，炽热，喷薄的力量。

3

更早的年代，乐清乡村白溪一带用煤的历史是从上世纪六十年代开始的，居民户口的，凭煤票可每月买到十五斤煤，那时父亲每次回家探亲的时候就拿着煤票去生资部门买煤。买回来的煤用箩筐挑回到家里。就有村民围上来说，这煤好吗？父亲说，好，怎么不好，无烟煤。村民说，烧起来没有烟还算煤吗？父亲说，煤好，就没有烟。那电影里的火车、轮船开起来怎么都有烟？没办法解答这个问题的父亲就埋头拿水浇湿了十五斤煤，然后用手捏煤饼。父亲对我说，你知道这煤是从哪里来的吗？是从山西运过来的。山西在哪你知道吗？在太行山的西面。父亲说，那里煤炭多得不得了，一车一车地没完没了地往外运，往我们这里拉。当更多的人知道煤球时，就有了一个说人脸黑的新比喻：这个人黑得像个煤球。父亲也开始从做煤炭饼转而把每月的十五斤煤做成一个一个的煤球。当用柴火点燃煤球的过程中，柴烟与煤烟混合着熏得人涕泪横流。由于最初父亲的关于煤的来源的话，后来每当看到煤炭，它所附着的想象就是——它们是从遥远的山西运送到这里的，那里有南方人眼里的山西三大件——煤炭、老陈醋、刀削面。南方人对山西的了解还有一首歌《谁不说俺家乡好》中的一句，人说山西好风光。那时我所知的山西仅仅是一个极其模糊的大山西，仅知太行山以西的地理方位，仅知煤炭、陈醋、刀削面。许多年后，我到达山西边界，在壶口瀑布的宜川县地界上望向黄河对面的山西吉县县境的黄河岸边。望一眼吉县的一角，离开。这一眼没有印证我对山西三大件的想象。但已经多少印证了一些那首《谁不说俺家乡好》中的部分歌词。

4

我一直对"煤炭"一词有着近乎执拗的想象，我的想象简单、恒定、固执。影像资料，文字描述，口头叙述，它们积累起了一个南方人的我对煤炭的简陋知识。当我到达太原武宿机场再从机场沿 G55（国家高速）经武乡县进入 S322（省道）往沁源县方向时，四周漆黑，道路向深夜无限进入。以致我的错觉是山西的夜特别陌生、漆黑、高深、质量紧密。我对山西，对太原，对长治，对沁源，我的判断被早年牢固建立起来的煤炭意象所捆绑。黑暗，紧密，沉重，质量与质量互相挤压、抵抗，黑暗与黑暗摩擦出炽热火焰。当我真正地置身这片土地之上，置身于暗夜中的省道，置身于快速行驶的吉普车后座上，金属、钢铁结构的机械纠结起惊人的力量突破黑夜的阻滞。我知道，我与真正的煤炭原生矿正在迅速靠近，逼近，再过几个小时就能抵达。对面疾驰而来的车辆远光灯炽白，仿佛两滴奔涌热泪，击穿着暗夜深处的时间。快速置换的景物，景物外面沿路向南同样在黑暗深处奔流的河流。我的错觉——只要一入夜，只要天暗下来，煤的颜色即迅速地染黑周遭一切事物。都是因为，在山西，煤的矿藏太丰富太深邃太庞大。

5

到达沁源的几天里，"煤炭"一词出现的频率是在人们的问询之中积累起来的。凡山西之外来的人，都会或多或少地问起煤炭与煤矿。这几天，"煤炭"一词偶尔会分别出现在餐桌上，车辆中，行走途中，偶尔的闲谈中。仿佛入夜就躺在"煤炭"上入睡，仿佛由煤炭来发动梦的力量反过来驱动睡眠、呼吸、苏醒、性爱与生死。暗夜是储藏与传递能量的最佳时刻——紧密坚实的煤炭，沉寂的能量，睡眠的火焰。

6

第三天，在去往七里峪的路上，我与兰州诗人人邻、山西诗人雷霆同乘一辆吉普车。煤作为一个共同的词语点燃了两人的谈兴，人邻与雷霆都是对煤熟悉的人。人邻因工作需要下过矿，好几次到过数百米深处作业层的掌子面。雷霆所在的原平也是产煤大县。他俩聊到数百米深处的人——矿工们。谈论矿工使人语速降低，谈论曾经接触过的矿工，谈论斜井、竖井，谈论矿工家属，谈论巷道路口老人以手摸顶的祈祷，谈论矿工的忧虑以及谈论过程中谈论本身的忧虑。言辞中蛰伏的忧虑在声调、快慢、节奏中互相传递着。在沁源的土地上进行着谈论着有关煤炭的人与事。在谈论深处，越往深处谈论，语言会慢慢地炽热起来，尤其直接谈论煤炭与矿工与劳动与生死，不管谁谈论，语言都会炽热起来，语词也会像煤炭燃烧。继续往深处谈论的时候，谈论矿难是一种必然。在中国大地上，极小概率的曾经的矿难却是大悲痛的惊世事件。每到谈论涉及生死，就变得庄严与沉重。它的具体情状是人所不愿想象也不愿直击的。所以无论矿主多么不愿意费资加固，增设人力物力，作为上层管理方是一定会严厉督促一切安全措施的落实与到位。谈论这个话题使人黯淡，悲悯，焦虑，激动。而车窗外的七里峪，真正是好风光。沁源的生态之美在深秋显出干净如洗的迷人景观，它调节了三个人的谈话的方式。赞美白杨，赞美土地与天空赞美深层沉默的煤炭。谈论逐渐变得平和开阔。

7

曙光矿、马军峪矿、常信矿，它们一改我在南方对山西煤矿的矿尘飞扬的具象想象，一改我想象中混乱矿区饕餮超强度劳动的景象。走近曙光矿时，整个矿区是宁静的。锅炉区使用的清洁能源，使得早年的重体力工种仿佛成了一支影子部队，其实现在只要一两人就能轻松作业。在曙光矿控制调度中心，巨大的电子显示屏幕上，我找到一连串的正在作业层作业的名字——王超、王龙龙、李曙光、权明明、路红杰、贾庆飞、史雪涛、白松淘、张云川、陈强则、雷守中、李峰、韩付光、成飞、杨建宏、张海秀、赵建中、杨浩林、连旭波——他们分别是采煤工、运输工、运输工、掘井工、电钳工、运输工、瓦检员、抽放工、采煤工、运输工、掘井工、掘井工、抽放工、皮带工、瓦检员——人员名单、工作状态在不停滚动中。名单长长地往上拉，后一排名字把前一排名字往上顶。这里是平静异常的电子名字的电子状态。而在五百米矿下作业层，显示屏上的名单中所对应的真实人员正在铆足劲做着每天的作业定额。而这一连串的名单的扩展部分是每个矿工的亲属：妻子，孩子，父母，亲戚，朋友。血缘，亲情，与人际，是一个庞大、鲜活、复杂的所在。自身之外的所有关系的综合，在地层深处作业面上的每个人，都会被看作比煤矿比一切物质更重要。那是血缘亲情的矿藏。

在马军峪矿主斜井进口，也有一块电子显示屏，具体显示的井下的现场状态：——马军峪煤矿产，井下作业人员公示牌——矿井生产能力120万吨——核定入井人数255人——实际入井人数86人——2017年10月31日09时38分——安全检查站1人——瓦检队10人（……滚动……）。在矿口，同样地显示着井下作业层的生产与人员状态。矿口是如此宁静。而此时,井下的86人,正在作业层聚精会神地作业。干满工时,升井,再换另一批人下井继续作业。在井口,两根运输轨道伸向矿井深处一直延伸到作业面的最深处,接近掌子面。"煤炭"——在这里不是一个词,而是正在地层深处被开采着的沉默物质。劳动,坚持,汗水,工时,工资,煤,产量,这一切,此时是如此地切近、真实,布满在矿井深处的作业面,远远超越了来自词语的对物质的命名。此时,他们是有力的,身体倾向掌子面,戴着风镜紧抿嘴唇鼓着腮帮子,目光有时被矿层的黑暗强劲地削弱着。尽管如此,目光仍然坚定,有力。目光咬到的地方,采煤机械工具也随之抵达。无限重复劳动,作业层,掌子面,头顶矿灯照射,机械黝黑强劲,人与机械与煤炭,名词、动词、形容词深度纠缠在一起。这一切组成了矿井深处的采煤劳动现状。此刻的一切,坚硬,克制,有力,早已超越了"煤炭"这个词语。劳动的人在最深处,几乎与工作层的暗黑融为一体,唯双眼闪着艰辛而又人性的光芒。

8

当我回到南方,在乐清湾海岸上,再次望见三座大型火力发电厂——温州电厂、玉环电厂、乐清电厂。耸立的烟囱,运煤的巨轮,煤码头,堆煤场,永不停歇的输送带。我会想到山西沁源,想到曙光矿,想到马军峪矿,想到常信矿,但是此时想到更多的是调度室里电子巨屏上不间断地持续向上滚动的矿井深处的人员名单,以及矿井深处的掌子面上的劳动情形。即使相对于孝义、沁源(还有山西地域内更多的产煤大县),遥远的乐清湾畔,同样显示着煤炭的热链条效益,通过华东电网输出巨大的能量,影响着中国东部人们的日常生活。而生活又是那么具体,通过细节的感触(旅行,写作,沉思。到达某一地方。住宿,交友,返回)——十月金秋,山西,沁源,菩提寺,七里峪,五龙川,沁河源,曙光矿,马军峪矿,常信矿,鹏飞集团,晚会,荷花舞,民歌手,小众,玄武,郑鹏,吕晓芳,张丽英,人邻,雷霆,郭俊明,韩玉光,吴佳骏,庞培,张二棍,张杰,朱萸,杨沐,梦亦非,施立松,麦阁,鄂晚多,病夫,王单单,石头,葛水平,赵野,张卫平,唐依……苹果木燃起马军峪之夜的熊熊篝火,酒、歌、舞,熊熊的火焰向着暗夜的苍穹,激情的歌唱向着暗夜的苍穹,人们手拉着手围着篝火跳舞,篝火的炽热烤着现场的所有人,热效益的传递无法阻止——热量与激情,暗夜与歌声,烈酒与舞步。它们构成了我2017年10月某一时间段里的山西沁源之行的各个细节。

9

　　回到上林村,穿过前方杭甬温高铁路基下的涵洞,站在辽阔乐清湾的北岸,再次想起小时候常常站在村子屋前空地上,等着看远处海面上巨轮开过。往往是好几天才能看到一艘巨轮缓缓地从远处海平面上横越大海航行着远去。看到了巨轮上巨大的烟囱。烟囱下——是炽热的煤炭,巨型蒸汽机,机械臂传动结构,巨大的螺旋桨(十八世纪,博尔顿,他一直坚信他和詹姆斯·瓦特所做的事——蒸汽机——有着无尽的潜力。当乔治三世问博尔顿正在忙什么时,他说:"陛下,我正忙于制造一种君主们梦寐以求的商品。"乔治三世不解地问那到底是什么,博尔顿回答:"是力量,陛下。"——美国巴巴拉·弗里兹《黑矿石的爱与恨》)。是炽热燃烧的煤炭与蒸汽机,是力量,推动着满载货物或乘客的巨轮,划破大海的皮肤,缓缓地航向远方。而少年时代的内心,仿佛一座深埋着的煤矿,内心的矿工还在沉睡着;而外部世界——父母,伙伴,牛羊,庄稼,季节,成长,正构成着一个万物蓬勃生长的处所。哭泣,蜜蜂,书本,游戏,叫喊,奔跑。直至青年时代来临,内心的矿工醒来,煤炭从地层深处被挖掘运出,迎接一个摧枯拉朽的激情时代的到来。

(原载《散文》月刊,2018.7)

瓦尔帕莱索的阳光

_武歆

一

我们知晓很多南美小说家，熟悉他们的名字和作品，对于大部分中国作家来说，即使遮住那些南美作家的姓名，只看他们作品的某个段落，也能猜出大致一二。不是吗？墨西哥的胡安·鲁尔福，哥伦比亚的加西亚·马尔克斯，甚至还有危地马拉的奥古斯托·蒙特罗索，他们的作品无不有着鲜明的个性。似乎对于诗人还不能如此熟稔，这源于我以写作小说为主的缘故。但是能够肯定，汉语诗人同样熟悉南美大陆的诗人。

在墨西哥诗人奥克塔维奥·帕斯和秘鲁诗人塞萨尔·巴略霍之外，说起智利的诗人，聂鲁达应该最为熟悉最为驰名了。他远离我们那么多年，强劲浪漫的诗歌风暴至今还是远远掠过同为智利的小说家罗贝托·波拉尼奥。

只要静默下来，我就难忘前往智利——世界上地形最为狭长的国家——遥远、枯燥的行程中，始终被聂鲁达"折磨"的日子，从开始飞行开始，从眺望机舱外的白云，就总是下意识期盼、遥想到达聂鲁达故乡瓦尔帕莱索后能否拥有新的思考，不仅仅是关于诗歌，还有关于人生、关于生命。

中国最为忧郁、伤感的华北冬季，却是智利一年中最好的季节。没有杂质的清风、干爽的阳光，还有一望无际的开阔视野，在所有的路上好像安第斯山脉永远在你的前方，不管走到哪里，只要视野足够宽阔，肯定就能一眼看到它，或是安第斯山脉永远笼罩着你。是的，山的那边就是阿根廷，那位晚年只能看见黄颜色还有明暗亮度的博尔赫斯，似乎正在隔山猜测所有到达聂鲁达故乡之人的心中遐想。博尔赫斯是书写空间的大师，他一定能够穿越无限宽度的安第斯山脉，洞悉聂鲁达诗歌缝隙间的人情冷暖还有人生况味。

瓦尔帕莱索，一个绕嘴却能一下子记住的地方。无论多少年以后想起来，肯定是因为聂鲁达的缘故。

二

就像日本作家东野圭吾小说《流星之绊》的讲述，"我们就像流星，毫无目标地飞逝，不知将在何处燃烧殆尽。但不论何时，都会有一根纽带将我们紧密相连"。

前往瓦尔帕莱索，真像是阅读《流星之绊》，其中关于"纽带"的寻找，却始终悬疑的荆棘到处遍布。总在想，瓦尔帕莱索给聂鲁达带来了什么？聂鲁达又让瓦尔帕莱索拥有了什么？他们之间的纽带又是什么？

无论是瓦尔帕莱索之前的"海上葡萄园"比尼亚德尔玛的短暂行走，还是之后的圣地亚哥的历史环绕，最后真正衷情的还是瓦尔帕莱索。

心中默诵着聂鲁达的诗歌，憧憬着聂鲁达生活的地方，联想他在怎样生活状态下、在数十年前写出了"我喜欢你是寂静的，仿佛你消失了一样。你从远处聆听我，我的声音却无法触及你……我喜欢你是寂静的，好像你已远去……"的轻盈情诗。

"寂静……远处……无法触及……远去……"这些敏感的情感词句，是怎样从聂鲁达的心中吟出的？是否与他的故乡有关？是否与他的居所有关？因为，我在阅读诗歌的时候，总是想到诗人的窗外。当诗人抬起头的时候，他看到的事物与他笔下的诗句肯定有着某种潜在的联系。诗人的窗外不仅代表着生活的心境，更是代表着思考的角度，就像陀思妥耶夫斯基的窗外永远都能看到"洋葱头"（东正教教堂圆顶）那样，所以伟大的《罪与罚》《卡拉马佐夫兄弟》才能拥有人类救赎的阔大远境。

三

走在瓦尔帕莱索老城。不，是在攀爬瓦尔帕莱索。

这是我迄今为止见到的最为陡峭的城市。几乎所有路面都呈40度角，站在某个街角的高处看下面驶来的汽车，好像一颗又一颗炮弹从山谷里面飞上来。汽车必须拥有极高的车速，否则无法行驶。那种轰鸣般的引擎声，吓得你不自觉地躲到边道上，而所谓的边道，仅能行走一个人，稍微比路面高出一个砖的厚度。这里的街道不仅坡度陡峭，拐角处也是极为局促、窄小，没有宽敞、舒缓的拐弯之处，无论坐在车里还是站在车外，心情犹如大难来临。

这座数百年老城的另一个特点就是涂鸦。

所有街道、所有墙壁都是巨大的画板，有的能够看出来画的内容，比如巨大的梵高画像；有的则完全看不出来是什么，纯粹的超现实主义绘画，梦幻与现实的完美融合。这里没有大商场也没有大餐馆，都是很小的店铺，或是小小的咖啡馆或是画店，都是极为逼仄的面积，站在门外，里面的情况就会一览无余。

偶然遇到稍微纵深一些的院落，也都是大门紧锁，院子里落满了枯败的树叶，似乎很多年没有打扫了，看不出有人居住的样子。街上也看不到行人，都是带着风声的汽车。也是因为街道过于陡峭，只能以车代步。据讲这里七八十岁的老人也是把汽车开得风驰电掣。

在"爬上爬下"的艰难行途中，终于来到了聂鲁达的故居。

聂鲁达在智利有四处故居，瓦尔帕莱索一处，圣地亚哥两处，还有一处在距离圣地亚哥一小时车程的黑岛，那里也是聂鲁达长眠之地。据讲"黑岛"还是聂鲁达起的名字，原来的地名叫卡维塔。我后来还去了圣地亚哥的一处故居，但是仅凭去过的两处故居来对比，我还是喜欢瓦尔帕莱索老城的这处故居，因为它独特、它安静、它与世无争，还有它面临着浩瀚的太平洋。

故居建在一处稍微舒缓的平地上。

一个不大的院落，房屋共有五层。看上去这个五层小楼像是一座微缩宝塔，越往上面、面积越小。所有的楼梯都是木质楼梯，很窄，只能上下一个人，颤巍巍的楼板的声音与脚步声音几乎同时响起，声音很大，感觉特别的异样。聂鲁达的故居，无论是写作的房屋抑或是客厅、卧室，都有一个共同的特点，全都面向大海。假如夜晚的话，肯定能够看见遥远之处繁忙港口的灯光。

在聂鲁达故居的每一个房间里，无论白人、黑人还是黄种人，只能剩下一个肢体动作——远眺。

只能向外面眺望，只能在眺望中诞生无尽的思索。什么都会在瞬间联想起来，无论多么遥远的往事都会没有阻挡地浮现在眼前。那一刻我明白了聂鲁达为什么能够写出《船长的诗》。

"你怎么了，我注视你，看到的只是两只平凡无奇的眼睛，一张和我吻过的更美的千唇……"

在这样一个路面陡峭的老城，在这样一个面朝大海的老城，所有的思想都是阔大的、所有的思想都会是飞扬的。所以……所以聂鲁达书写大海、船长、船帆、海浪……书写远隔大海的思念……书写无限阔远的情感。

"听凭你的要求，我的灵魂在水中荡漾。请用你的希望之弓，为我指明路程，我会在狂热中射出一束束飞快的箭……无言的你催促着我那被追捕的时光。"

站在聂鲁达故居的最高处，在极目远眺之时，不仅那些飞扬跋扈的诗句让你激动，那些朴素节俭的诗句也同样能让心中所有幻觉飞翔——"倚身在暮色里，我朝你海洋般的双眼，投掷我哀伤的网"——这些诗句，是经过海浪拍打的，是经过海风吹拂的，是浸透了湛蓝海水的。

从吱吱作响的小楼里走出来，站在幽静的庭院里，看着来自世界各地的不同肤色的人走进故居。我不知道是瓦尔帕莱索"陡峭的大海激情"成全了聂鲁达，还是聂鲁达激情的诗句丰饶了瓦尔帕莱索的内涵，不仅智利人热爱聂鲁达，聂鲁达也成了智利国家的象征。如今，聂鲁达这几处故居也是聂鲁达基金会的所在地，每年迎接着全世界喜爱诗歌、喜爱和平、喜爱自由的人们来此瞻仰。

聂鲁达曾经来过中国，与中国诗人艾青是好友，因为他们有着一个共同之处，那就是挚爱自己的祖国、挚爱脚下的这片故土。没有这些挚爱，怎么可能拥有火热的激昂诗句？

南美国家似乎格外钟情、敬重诗人，1990年帕斯获得"诺奖"消息传到南美大陆时，正在加拉加斯举行拉丁美洲八国会议的政府首脑，当即决定中断会议，联合向帕斯发出贺电，称他为"伟大的拉丁美洲人，我们大陆的骄傲"。这片阳光下的大陆，把诗歌当作他们生活的精神图腾。我无法了解聂鲁达1971年获得"诺奖"时智利乃至拉美大陆的反应，但从帕斯获奖后的反应来看，还有现今聂鲁达故居的完美保护以及基金会的发展状况分析，完全能够想象出来聂鲁达获奖后智利、拉美大陆的盛况。

已经落日了，已经黄昏了。思绪纷飞的时候，总是感觉时间飞逝。

眼前的大海，一派朦胧，一派悄然之美。瓦尔帕莱索的黄昏，浸透着伤感的美，但是这种伤感的缝隙之中又氤氲白日阳光下的温暖。

"俯视着黄昏，我把悲伤的网，撒向你海洋般的眼睛。那里，在最高的篝火上燃烧、蔓延。我的孤独，它像溺水者那样挥动着臂膀。我朝你那出神的眼睛送去红色的信号……从你的目光里时时显出惊惶的海岸。"

是的，"悲伤的网"之上，是"篝火的燃烧"。

四

智利历史就像聂鲁达的诗歌，同样拥有无尽的伤感。

从十六世纪三十年代开始到十九世纪初期，那些骑着高头大马的西班牙白人，殖民了智利将近三百年。那时候，这个南美大陆的"裙边国家"有着明媚灿烂的阳光，有着湛蓝而又幽深的大海，有着一望无际的葡萄园，但是没有奔驰矫健的马匹，淳朴的智利人从来没有见过这样一种飞驰如电的神灵。那些骑在马上、挥舞着战刀和火枪的白人，在气势上取得了绝对优势，也由此养成了他们从马上俯瞰智利大地的骄傲心理,当然与之对立的就是智利人仰视的屈辱。

聂鲁达又是怎样看待智利国家曾经的屈辱历史,又有着怎样的悲伤心情,从他一些爱情诗中,似乎也能看出些微的端倪。"在每个晨曦,带着泪滴醒来……总在梦醒时消失,只留下破碎的身影,我知道我又一次轮回沉沦于你的记忆里。游走于街头,看着人潮汹涌,想念你,一切成了你的影子。"

已经离开很久了,但想起在智利的那段日子,无论走到哪里,眼前都会浮现瓦尔帕莱索陡峭的魅力街道,都会浮现瓦尔帕莱索的阳光,都会在心中不由自主地吟诵聂鲁达的诗句——"当华美的叶片落尽,生命的脉络才历历可见"。

瓦尔帕莱索给聂鲁达带来了什么?聂鲁达又让瓦尔帕莱索拥有了什么?他们之间的纽带又是什么?要想知道其中的关联,那就立刻前往瓦尔帕莱索吧,只要站在聂鲁达故居上面向大海尽情地眺望,所有的答案立刻就会明晰——你会在瓦尔帕莱索的阳光下,看见空气中浮动着许多闪亮的诗句。

阳光,是的,就是阳光。她们就是聂鲁达和瓦尔帕莱索之间的"纽带"。所有到过这座陡峭城市的人,相信最大感悟就是这样吧。

(原载《野草》2018年第2期)

大山的呼唤

_熊育群

涪江源头,那里的雪宝顶曾被当作长江发源地,半个月前才爬摩天岭的王朗,如同着魔,现在又一次入川,直奔四姑娘山而来。

也许是弥补汶川地震那一年的遗憾吧,那年我走到了临近它的卧龙。大地震后,山体坍塌、撕裂,余震不断,路途阻断。挖掘尸体的机械刚刚停止作业。我走到九寨沟却没有进四姑娘山。那次是为写抗震救灾的文章来的。诧异的是,这次去王朗也是九寨沟地震发生之后。九寨沟即使国庆节也没有什么游客。王朗更加冷清,它与九寨沟只有一山之隔。

一次次来川滇,西南山地如此吸引我,滇西北我曾数次深入怒江、澜沧江大峡谷;四川盆地,我走过西部的锦屏山、邛崃山、岷山、摩天岭,那是雅砻江、金沙江、大渡河、岷江、涪江流域。我所到之地全都属于一个山系——横断山脉。四姑娘山属邛崃山脉,是横断山脉最东端的山,是青藏高原第一阶梯东部边缘,位于阿坝藏族羌族自治州小金县。

横断山脉从西藏北部那曲以东地区开始,山顶与谷地高差自北向南逐渐加大,在云南迪庆境内达到5260米,在四川甘孜州大渡河达到6000米!山脉走向自西往东,在昌都转向东南偏南,三大江河怒江、澜沧江、金沙江与伯舒拉岭——高黎贡山、他念他翁山——怒山、宁静山——云岭,几乎成平行线。

进入西南腹地,从东往西并列的山脉依次有中甸雪山山脉、云岭雪山山脉、梅里雪山山脉,它们再向南延伸出哈巴雪山、玉龙雪山、碧罗雪山、怒山、高黎贡山⋯⋯这片高山深谷,海拔4000米以上的山峰有211座。而川西大雪山山脉贡嘎山主峰四周,海拔五六千米的冰峰就有145座之多,天地间,群峰簇拥,雪山相接。

我迷恋横断山脉,缘于本命年的一次冒险,那一年决绝地投身荒野,试图从一种精神的惑乱中解脱，我渴望着旷野的洗礼。雄壮的山脉与巨大的山体能祛除妄念，让人心神安宁。那些立于云端逾越季节的大山，昭示了生存的真相，走近它就是走近自己，是自我的发现——人的渺小、生命的短暂与永恒的靠近。精神的虚幻，在亘古不变的巨大山峰面前就像冰雪一样消融。

那一年，在翻过昆仑山、念青唐古拉山、冈底斯山后，我由西往东，从阿里沿着数千里的喜马拉雅山脉，走到了然乌湖，划出弧线的喜马拉雅山脉、念青唐古拉山脉在此交错，也到此终止。而横断山脉却由此开始。然乌湖就是大地的一个地结。

地貌大变！像飞上了另一个星球。我钻过地道一样的公路，红得发紫的岩层刀削斧劈，带来外星球似的荒凉，似乎生命的痕迹被抹去了。

翻第一座大山业拉山，我进入怒江上游。再翻东达山、脚巴山，进入澜沧江大峡谷。走过雅鲁藏布江大峡谷后，早已见山不是山，但滇藏线上地貌的变化还是令我震惊。站在世上最宏伟最庞大的山脉之上，万山攒聚，罡风浩荡，令我心旌摇荡。一种陌生的熟悉，熟悉中的陌生，陡然间的壮阔与明朗，升腾起人生巨大的惊喜。

四姑娘山作为横断山脉东部边缘地带，我一直想象它海拔低垂，雄奇险峻的高山不过是强弩之末。然而，恰恰相反，一座巴朗山陡然间就使海拔骤升，从大盆地到高原不过一百多公里路程，却是两重天地！这里竟然到处是冰雪之境，奇峰耸立，峡谷深切，落差之大，令人震撼。特别是山谷古木森然，奇花异草遍布。突然觉得，以天下最美丽的词语来描写四姑娘山，才能唤醒词语的本意。

四姑娘山有双桥沟、长坪沟、海子沟三条大峡谷，峡谷幽深，两面雪山危岩耸峙，花岗岩、砂板岩、灰岩、玄武岩、千枚岩的山体，被冰川雕塑而成的刃脊峰岭，其锐利的角峰，或如刀劈斧削，或如乱绳纠结，或一座山为整块巨岩，雄伟无比。这里海拔5000米以上的山峰达52座之多，最高峰幺妹峰海拔6250米，属横断山脉第三高峰。

如果不用海拔，以山的相对高差，眼前山峰的高度，与昆仑山、念青唐古拉山、冈底斯山、喜马拉雅山的高山相比，一点也不逊色。后者雄壮浑厚，四姑娘山却巍峨高耸，挺拔俊秀，甚至有几分妩媚，其势欲飞，山峦如一双待举的翅膀。它天鹅般降临，仙子般楚楚动人，山谷森林就是她的后花园。

大山是西部文化重要的特征，它既是现实的也是精神的，具有物质与精神的双重属性，因而其精神是可以体验的。冰雪之境中的四姑娘山，兀立于蓝天下的陡峭岩体，在日月光照下泛着泠然凛然之光，亿万年巍然屹立。我体验了藏民面对高山时的情感——从四姑娘山到珠穆朗玛峰——那里都有巨大的目光与更加宏阔的注视,让人心魂慑服。这目光悲悯、慈祥,无远弗届,让人心生虔敬,尘埃一样地皈依。

我沿着喧哗的溪流,一路向着幺妹峰前行。峡谷里森林茂密,高大的红杉、岷江柏、皂柳、川杨、洪桦、沙棘,遮天蔽日,虫虫脚瀑布、呷绒嘟瀑布,白色哈达一样高高悬挂于山腰。

四姑娘山从远眺到一步步靠近,直到她位于我的头顶,隐没于山脚巨大的岩石之上。在上干海子坡地上,我长时间仰望她。我躺在草地,享受正午温暖的阳光。溪水奔腾,长风在云杉上空拂过,一种依偎,一种皈依,一种苍冥的召唤,一种灵魂的秘语,只有神女峰具有如此的魔力。

第二天,站在海子沟的朝山坪,我再次遥遥眺望,虽然离四姑娘山更远了,她却恍然近在眼前,我们目光对视,那一刻她仿佛动了。

山坡下杏黄一色的红杉林、桦树林,秋色如此浓烈,天空高原的蓝,四姑娘山银汝素裹的白,那么圣洁、纯净、澄明,她照见了我,让我瞳仁光明盛大,她的美是宏伟而娇艳的,在寂静而又玄妙的时刻,她让我感到了羞惭。

在这如诗如幻的山谷,群山静默,秋末的阳光照耀着山峦起伏的轮廓,无数的树木也呈现了它们的外形,万物都在光芒之中闪耀着自身的光泽,连空气也在发光。自然的深奥与无穷美妙,荒野的气息,深刻的精神触碰,这一刻无异于精神漫游。我如漂浮的蒲公英,身体轻盈有一种飞舞的姿态,我仿佛能够飞翔。无数的错觉让我融入自然的神性,从一个社会人变成一个自然人。

看到了极小的花朵,开在朝山坪的龙胆花,深紫的花朵铃铛似的,一串串一丛丛开在草地里,那么小,那么娇嫩,它们迎着阳光迎着山风开放。一朵开在双桥沟沙棘树草丛里的报春花,脚趾甲大小,有人采了,她红得发紫,花瓣小又薄,不忍触碰。她在一个错误的节令开放。沙棘树在这里是高大的乔木,形如古松,结满枝头的红色小果亦如一簇簇怒放的花束。还有肋柱花,更小的绥草,像草又像花,摇曳于风中……

这是一个小的世界,是巨大山体里的小,发现和珍惜她,正是对自身的一种怜悯。俯身于龙胆花的世界,她娇艳、完美、自足,开得隆重又热烈。而孤单落寞不过是人投射的感情。大千世界在一种神秘秩序中展开,大与小不过是相对。四姑娘山的花哪怕最小,洋溢的都是山野之气,高原之气。

这里仍是藏区,生活着嘉绒藏族人。邻近的王朗是白马部落地区,有说他们是藏族的支系,有说他们是另一个民族。小金人说阿坝地区生活着三个藏族支系:嘉绒藏族、安多藏族和白马藏族。生活在邛崃山脉的嘉绒藏族人给四座连绵的雪山取名为四姑娘山,把最高的一座峰取作幺妹峰。

西部众多的神山,许多神奇的传说来自于它们。四姑娘山是藏民族的一个神话故事，藏民爱把那些终年冰雪封裹的大山想象为女神。高原神女峰多过男性神山，如果说这是男性世界的原因，但他们分明又充满了神圣和崇敬的感情。

经幡飘舞，白塔肃立。藏传佛教的喇嘛寺建到了长坪沟。山腰上，石头的碉楼建筑，彩色的窗和檐，屋顶凸起的四角，向着四方神灵敬拜。山坡上，走动的牦牛、马和羊，它们晃动铃铛，声响清越可闻。夜幕下，大碗的青稞酒，嘉绒藏族青年的祝酒歌飘扬着……我仿佛又回到了西藏游历的岁月，灵魂飘荡。感慨既深切而莫名，从横断山脉最西端走到了东端，二十年的时光已经悄然流逝，我已鬓发染霜。想起那年春天，在怒江大峡谷听傈僳族人的一首情歌：

　　猎人的牙齿缺了
　　是因为咬断过老虎的骨头
　　你的头发白了
　　是因为走遍了雪山峡谷
　　……

不得不感叹如风的年华，羡慕嘉绒藏族的年轻人，他们与我已是两代人，什么时候青春跑到他们身上去了呢？雪山峡谷，我这一生也许走不完了。当我迈不动双腿时，我愿意隐姓埋名，终老于某座山谷。

我带着一幅唐卡离开了四姑娘山。唐卡画面色彩绚丽，祥云朵朵，四姑娘山低低伏于地平线上，比一朵云还小。山神是永远年轻的，在天空上，他骑着白马逡巡于万山之巅。远远地，大山似在呼唤——向着天地日月，向着浩瀚时空，大地上灵魂战栗。

（原载《青年作家》2018年第8期）

万物生长

_叶梅

老罗说,西双版纳要看的地方太多了,最值得看的是勐仑葫芦岛上的植物园,规范的名字是"中国科学院西双版纳热带植物园"。老罗是版纳当地人,他说勐仑是傣语,意思指"柔软的地方"。传说当年佛祖走累了,就地坐在一块石头上休息,坐着坐着感到那石头软软的,非常舒适,就欣慰地将这个歇息过的地方叫作了"勐仑"。

能让佛祖身心柔软的地方,万物生长。

本来,西双版纳的每一处地方都活跃着蓬勃的生命,从人到大自然的动物、植物。俗语说独木难成林,而在此地,独木成林的景观却非天方夜谭。位于省级口岸打洛镇及中缅边境附近,就有一棵高达 28 米,树龄 200 多年的大叶榕树,腰间生出密密的气生根,顺着树干而下,相互交缠,盘根错节;于左右两侧的主枝上,又有几十条气生根垂直扎入泥土,又再次钻出大地,发出新芽,造就一树多干,那由母树生出的树根像列队的骑士,一排排守望着母亲,经年累月。

西双版纳生长着各种榕树,有高榕、薄叶、歪叶榕、小果榕、平叶榕、聚里榕、气达榕、枕果榕、金毛榕、黄葛榕等几十种,这些榕树不择土壤,不怕干旱湿热,既可在雨林中、沟谷内茁壮成长,也能在寨边道旁山梁上枝繁叶茂。而且,在众多的榕树中有 20 多种擅长所谓"气生根",就是它们,长成在热带常见的茂密树帘,还有成片的树林。

气势旺盛的榕树生出的细根,有的还会飘浮在空中,初生时细如麻线,飘飘悠悠,宛若拂尘,渐渐找到根基扎稳,然后就像一道帘幕挂在了树上,粗细不等的树根曲曲卷卷,犹如一道飞瀑从高处跌落,被称作"树帘",或"树瀑"。

大地母亲给了万物生长的乳汁，无限慈悲地让它们依照自己的天性，在这片土地上尽力成长，尽情绽放。常年气温热烈、雨量充沛的西双版纳本来就是一个天然大植物园，著名的植物学家蔡希陶于上世纪50年代领头创建的"中国科学院西双版纳热带植物园"，更是汇集了天下的奇花异草。在这座我国目前面积最大，植物最丰富的绿色王国里有12000种热带植物，保存了大片的热带雨林，共有棕榈园，榕树园，龙血树园，苏铁园，野生蔬菜园，稀有濒危植物迁地保护区等38个专类园区，许多珍稀物种为世人罕见。

走进这绿色的王国，让人目不暇接。

千年的"铁树王"堪称稀世珍宝，3株千年铁树，一雄二雌，是从野外引种而来，还有老茎生花、树干结果，神秘果、跳舞草、红豆树，各显出不同的生命奇迹。

只见那绿生生的捕蝇草，一瞬间就能合拢叶片，将不幸停留的蝇虫牢牢捕获。开着白色或红色小花的茅膏菜，看去很漂亮，但叶片更不可以触碰，那些误以为可随意停歇的昆虫，飞上去即刻就会被粘住，再也飞不起来。还有一种瓶子草，瓶型的叶子就像一个个陷阱，昆虫一旦掉落，瞬间就成了它的猎物。类似的食虫植物还有猪笼草、捕虫堇，吸引了一群群好奇的游客。还有一些叫洋名的植物，海伦福拉、达林顿尼亚等，它们来自异国他乡，但跟版纳土生的食虫植物有着相同的习性，这些植物本身有叶绿素，可以进行光合作用，但根系极不发达，因此靠捕食昆虫来弥补氮素养分的不足。

神奇的大自然隐藏着无穷的奥秘，植物与动物之间，谁比谁的智慧更多，由此看来很难比较。万物生长，相互依存，又相克相生，或许这是宇宙之初就有的法则吧。

浙江东阳人、植物学家蔡希陶先生，早年毕业于北平静生生物调查所，精通英语、德文、拉丁文，在植物分类等专业领域研究精深，他扎根勐仑五十年，打磨出这块巨大的绿色翡翠。

著名作家徐迟先生曾在刚刚写完关于数学家陈景润的那篇脍炙人口的报告文学《哥德巴赫猜想》之后，即刻专程赶往云南采访蔡希陶，陪同他的周明先生现在还清晰地记得当年的情景，他们的行程抓得非常紧，因为蔡希陶已经得了重病住进医院，徐迟和周明先是在昆明医院里采访了蔡先生，接着又奔赴西双版纳，在植物园里住了好些天。徐迟采访了一批曾与蔡希陶并肩工作和劳动的技术员、工人、农民，最后写出报告文学《生命之树常青》。

徐迟先生长期生活在武汉，上世纪90年代，我有幸亲身感受到他对年轻一代作家的提携，还曾得到过徐迟先生的赠书，其中就有报告文学集《生命之树常青》。后来我几次搬家，好多书都搬得不见了踪影，但所幸这本《生命之树常青》一直完好保存于书箱里。

走近版纳植物园，不由思念起徐迟先生的音容笑貌，他笔下描绘过的绿色浓郁，万千植物繁茂鲜活，而他描写过的科学家蔡希陶则在这片浓绿的背景下，静静屹立。那是人们为蔡先生所立的雕像，他像一位老农，带领着拓荒者，手抚摸着树木。人们说，这位科学家一生的研究不是写在纸上，而是写在了祖国大地上。他在仅20岁时，便一人徒步金沙江，进入小凉山采集植物标本1万多号，并发现油瓜引种成功；接着又引进名贵烤烟大金元、红花大金元，育成云南一号得到普及种植，后来的云烟便是由此而来；1955年他在瑞丽的深山里找到了两颗橡胶树，经过嫁接育苗成功，在版纳大规模种植橡胶林，使中国跻身世界橡胶国的前列。

他带人乘坐独龙舟，横渡罗梭江进入葫芦岛，用大砍刀在林海中劈荆斩棘，将一片片蛮荒之地建成植物的乐园。蔡先生写得一手好文章和诗，曾豪情奔放地面对罗梭江在勐仑坝子勾出的葫芦形半岛，写下"群峦重重一霍平，万木森森树海行"的诗句。一把锄头、一把带有长柄的芟刀、一顶遮阳避雨的竹帽、一件用白帆布做成的围腰，便是他上世纪50年代的拓荒装备。

"科学研究最基本的条件是自然界的对象，我们决不能离开这个条件去奢谈其他辅助条件。"他后来在回顾往昔时这样写道。在葫芦岛上，蔡希陶带着一群人拓荒种植，从三间茅草屋，到苗圃和菜园，再到试验地、标本馆、药物区，几年之后，勐仑坝子葫芦岛上魔术似的建成了我国第一个热带植物研究基地，从国内外引种栽培的3000余种植物在这里生根开花。

"在西双版纳，一屁股坐下就能压倒三棵药草，一打开窗户就可以找到研究课题。"当年，蔡希陶就是用这些最实在的话激励年轻科技人员的。事实如他所言，植物园不光栽种了几千种植物，还进行了一系列科学研究，在大地上书写下"立体文章"：云南烤烟，云南茶花，国家急需的天然橡胶，用于石油开采的重要原料"瓜胶豆"，国产血竭，抗癌植物"美登木"等。

1981年蔡希陶离开人世，按照他的愿望，他的亲人将他送回到植物园，从此他安睡于自己亲手栽种的那棵龙血树下。龙血树生长缓慢，几百年才能长成一棵树，几十年才开一次花，产生的红色树脂就是中药里的一味重要南药"血竭"，而今经过50多年的培育，已成为城市多用途的绿化林木。蔡先生创建的植物园早已成为国家重要的科普基地和旅游景区，目前正在研究的国家重大项目就有900多个，完成项目已达600多项，并与50多个国家有着广泛的交流合作。

当年蔡希陶与徐迟，两位智者的相逢和交谈，共同倾注着对绿色及生命的深切关爱，如今两位智者虽已离我们远去，但徐迟先生以他的作品依然活在人间；蔡先生亲手栽种下的那一株株琼棕、贝叶棕、木荷、珙桐、龙血树……青枝绿叶，繁茂旺盛。它们延续着智者的生命，朝着无尽的时空有力伸展。

植物园犹如一块绿宝石，镶嵌在椤梭江边，它们相互依偎，见证着人间的悲欢离合。往前只有几公里便是老挝，人们在口岸边穿梭往来，生生不息。

这一天，又逢欢乐的泼水节，道路上赶集的人络绎不绝，傣家人的愉悦就像热带迅速生长的植物，浓密而又昂扬。穿着筒裙的姑娘，傣语叫"哨哆哩"的妙龄少女，扭动着细腰，高耸的发髻旁插着一朵芍药花，或是一根长长吊坠的银簪子，三三两两地穿过树林。她们担着水，那水桶也仿佛是为少女的婀娜特做的佩饰，一前一后随着行走而俏皮地晃动，步子稍快时，桶沿便溅出一点点细碎的银色水滴，就像盛开在少女脚下的小花。

人称"猫哆哩"的小伙子，早早地藏在路旁的绿树后边，大叫一声跳出来，吓唬一下姑娘们，在这幸运的泼水节，欢庆的村寨里漂亮傣家姑娘和小伙集聚在一起，跳起各种盛大的节庆舞蹈，然后，开始泼水。

起初，我也兴奋地参与到他们的行列里，但不一会儿就招架不住了。一个个如花似玉的"哨哆哩"举起小盆，用力将水朝人的头顶泼去，三两下便把人浇得透湿。姑娘们兴奋地嬉闹，在小伙们的围攻下毫不示弱，他们站在水塘里，排成两个对峙的阵营，用盆，用手，甚至用脚，将水泼将起来，激荡起来，满天都是水花，到处都是欢笑。小伙子大多手下留情，乐意被姑娘们泼成落汤鸡，假装溃不成军，噢噢直叫，姑娘们则越加使劲地将一盆盆清水劈头盖脑地泼去。

活力四射，万物生长，在这片土地上，生命之树长青。

（原载《文艺报》2018年3月5日）

洛舍·漾

_ 张抗抗

洛舍，杭嘉湖平原一个水乡小镇。

洛舍是个喜乐的名字，北宋宣和年间，此地曾有"乐舍"之称，意即江南富庶宜居之地，也有说指南迁至此的洛阳人集居地，至近代终定名"洛舍"。小镇位于湖州市德清县境内，距著名的莫干山尚有27公里，距新市古镇也有30公里左右，因而另成一隅自得其乐。小镇很小，一条街就走完了；小镇很老，史考早在新石器时代此地便有古村落聚居。小镇史上农桑稻米渔业丰衣足食，安逸闲静与世无争。但洛舍的与众不同，在于镇北有一个"大漾"，其水面浩阔，水波森森。我小时候站在大通桥头瞭望"洛舍漾"，觉得它像大海一样，坦坦荡荡望不到边际。那边——大人指着漾的远处说：岸北边就到邻县吴兴了。

"漾"——水流长、水摇动貌。《辞海》"漾"字解：泛、荡之意。漾水，古水名。漾漾，水波动荡。那首著名的苏联歌曲"山楂树"歌词：歌声轻轻荡漾在黄昏的水面上……

由此可知洛舍漾湖面宽泛、流水灵动。这个"漾"字用在这里，一字尽得风流。漾以洛舍得名，洛舍以漾为荣。洛舍漾水域条件优越，清康熙《德清县志》载"鱼菱之利匪鲜"。据《德清水利志》记载，洛舍漾面积2000多亩，南起洛舍镇，北迄湖州市东林乡，北过湖州而入太湖。东苕溪从德清穿境而过，洛舍漾为东苕溪水系形成的湖泊，而东苕溪来自东天目山。古往今来，水就这么来去自由地荡漾着。饱满充盈的漾水，经过镇东的大通桥，与小镇的河港连成一体。在我幼年的记忆里，一条条河港穿镇而过，房屋被四通八岔的河湾环绕，家家的后门头都有涤衣洗菜的河埠。石阶下的水中立着系船的木桩，小河埠停小船，大河埠停大船，大大小小的河埠，就像小镇的门槛，船是小镇人的鞋子，上船出门，每一条河港都通往洛舍漾也通向大运河，我的妈妈就这样从运河跑到外面世界去了。

曾经的洛舍小镇，是温暖的外婆家。外婆离世很多年，小镇依然是外婆家。我离开小镇半个多世纪了，小镇依然是永远的外婆家。半个多世纪之前，从杭州去洛舍，坐摇橹的木船在大运河走一夜、后来是时长五小时的小火轮、再后来，通了汽车、再后来，是高速公路。河港一年年少下去，楼房一年年多起来。上世纪六十年代起，小镇填河铺路填河建房，水乡成了平地，失去河流的小镇，就像饥渴多病的躯体，有了衰颓之相。每次回去探望它，心里都有隐隐的痛。

幸好还有一座碧水盈盈的洛舍漾，安静地守护着小镇。湿润的水气从湖上飘过来又散开去，犹如甘霖洒在小镇的上空。幸好洛舍是洛舍漾的小镇，洛舍漾用它丰沛的水滋润着、养护着小镇，于是，很多年后的一个春天，小镇苏醒过来。

我有几年没来外婆家了呢？变化恰恰就是在这几年里发生的。当我再次踏上洛舍镇的大通桥，我见到的是一座秀雅的小镇，临河一长排高大密集葱翠的香樟树和整洁的石板路，拉开了水乡情韵的序幕：白墙黛瓦的古镇老屋，保留了老镇的房屋风格，白墙上搭建着精致的黑瓦雨檐，是老房子的格调。房檐屋檩都是老款，细格子木门木窗，一线光亮从遥远的时光里透过来。宽敞的木栈道立在水中，沿着外河的岸边延伸，像我小时候见过的石板"塘堤"，凌空架在河里。一个湾又一个湾，从西墩到弄里，把整个洛舍镇的河湾和水墩环成了一个整体。江南多雨，木栈道上设有古色古香的木质长廊，还有供人休息的靠背长椅，让人想起早年洛舍小镇"南海"的廊棚。河埠头是必须有的，设计成了一条带篷顶的方头船形状，有妇人蹲在水边洗涤，河水一圈一圈荡漾开去。从洛舍漾来又到洛舍漾去的河水，清粼粼慢悠悠，像水乡人悠闲散淡的性格，更像一幅幅烟雨朦胧的水墨画。对岸的土墩也是从前的样子，从葱茏的树林竹园里，隐约露出房屋的一角，树下的河埠拴着一条条小木船，随时可解缆出门。在这幅图画中，河埠与船是不可缺少的，它们代表着水乡活着的生命，以及一种未被侵犯或改变的生活方式。有老家的亲戚笑吟吟从屋子里走出来，亲热地和我拉着手说话，可知这老房子不是用来参观，而是有人住的。再往前走，脚步停下了，一幢砖房门楣上写着"洛舍站"三个字。认出这是哪里了吗？当年你从杭州来，就是在这里下船的。哦，是轮船码头！码头依稀还有旧日的影子，一级级通往河里的石台阶，或许留着我幼年的脚印儿。尽管不再有轮船往来，小镇却保留了这个码头。我看见了多年前的洛舍站，从大运河来的客轮渐渐靠岸，雾气中隐隐可辨出码头上那个等候我们的熟悉身影，河上的风，掀起外婆带襻扣的衣襟……

我惊讶我欢喜。洛舍不再是原来那个洛舍，却更具水乡小镇的情致了。这是洛舍人多年来"精心策划"的老镇改造行动，既不伤筋动骨更非大拆大建，只是依着洛舍河湾的走向顺势而为，将多年的老河道进行疏通，让流水更通畅；路跟着河走，道路所经之处，临河的老房子都露出了外墙，再略加休整装饰，凸显出杭嘉湖农家的建筑元素。等于在洛舍老镇的外围，以河为界，以水为媒，置换出一个生活与休闲多用、民众可参与可共享的湿地公园。这个新洛舍综合治理的设计方案，具有相当的审美品位，规划方案出自年轻的镇领导班子的集体智慧。中国美术学院的一个设计团队，提供了与之默契的图纸。既然过去的老镇已回不去了，能尽可能多留住一些水乡的风采和神韵，是今人责无旁贷的使命。

我的目光被栈道拐角上一个木制垃圾箱所吸引。这个垃圾箱的与众不同之处，在于它的箱檐上有一排黑白两色的琴键。确实是琴键，钢琴的琴键。它被巧妙地绘制于垃圾箱上，提醒或炫耀着钢琴制作与洛舍小镇的关系。这或许是一个略带传奇色彩的故事，平凡的小镇并不甘于平庸，闲适的小镇人也能创造奇迹。上世纪八十年代中期，小镇开始生产一种钢琴，初名"伯牙"，是专门从上海钢琴厂聘请来退休的老师傅，常驻洛舍精心研制打造出来的牌子。钢琴音质不错，价格适中，很受学琴的家庭欢迎，知音和声者众。前几年网上流传一个小段子，说去洛舍购琴，在展销大厅遇一大妈，给他们讲解洛舍钢琴的种种优点，并随手给他们弹了一段钢琴曲，手法流畅娴熟。大家以为她是钢琴厂的导购员，最后发现她竟是钢琴厂的清洁工，可见洛舍钢琴的普及程度。30年过去，洛舍钢琴顽强地繁衍发展，如今多家民营企业并存，年产钢琴达5万台，演绎出"农民"造钢琴的传奇。优雅的琴声打破了小镇上空的宁静，琴声如流水、流水如琴声，钢琴与古镇、音乐与洛水，就此结缘。

短短几年，小镇的变化令人吃惊。当年我插队的陆家湾村，环村皆水港，从镇上走水路，小船穿过洛舍漾，得大半个小时，或步行穿过砂村和张家湾，也得近一个钟点。而今陆家湾与张家湾已合并张陆湾村，从镇上开车过去只几分钟。陆家湾的大樟树依旧繁茂，村中心那个终年水量丰盈的大水塘，用条石砌垒加固，周围配有石凳长椅，成为村民的休闲场所。当年木条凳的俱乐部，改建成了舒适的文化会堂，旁边还有一个小型村史馆。村里的小河小桥都在，想起我和两个同班女生在河里学习划船，那条木船歪歪斜斜地一次次撞击着两边的河岸，却怎么也划不进洛舍漾。

是的，那一年我19岁，正是"诗和远方"的年龄，小村子已容不下我的理想。我至今清楚地记得，那个月夜，我辗转坐上长途汽车回到杭州，报名去北大荒。然后又返回陆家湾村，收拾完行李后，叫了一条小木船，把自己的私人物品运去洛舍码头。我几乎像逃离一般告别了陆家湾，当时外婆正在杭州，我却没忘记把生产队分给我的那只竹榻送去了外婆家。小船穿过苍茫迷蒙的洛舍漾，看不见前方的岸在哪里。灰色的水波一浪一浪地拍打船舷，唰的一声，船底擦过了湖上的鱼寮，金色的鳜鱼从水面上跃起。那一刻我听见了洛舍漾的心跳，如同我青春慌乱的激情。洛舍漾终究没有留住我，但我在离开后的很多年中，洛舍漾却像一幅模糊而又清晰的黑白照片，从未被记忆覆盖。

半个世纪之后的这个春天，我们去一个叫作"洛漾半岛"的地方吃鱼。洛漾半岛据说原是洛舍漾南端的一座风水墩，经过规划整治，变成了一座绿草茵茵鲜花烂漫的水上公园。

迎接我的是一条古色古香的木结构画舫，不是当年的小船，而是一条气度轩昂、可观景亦可用餐的大船。它泊于洛舍漾岸边，静候八方来客。人在其中，几乎感觉不到洛舍漾水浪的晃动。从窗口望出去，洛舍漾辽阔的湖面依旧烟雨朦胧，是我多年前熟悉的水景。漾水平静而淡定，冷眼察看着世事沧桑，波澜不兴处变不惊。很久以前的日子渐渐从水的深处浮上来，那时候，老镇的小街商铺盈客，临河有一长排茶馆面馆，房屋都站在水里，底下用一根根圆柱撑起来，像一只只长脚鹭鸶。从河上摇来小船，叫卖青菜鲜鱼，从窗口把竹篮放下去，提上来是菜，再把钱币放在竹篮里放下去付账。小镇往昔的日常风景，那些安逸的旧时光已不复再现。那一刻，我领悟了洛舍漾的温情与柔韧。它拥有宽大包容的胸怀，咽下了也盛下了历史的所有苦难。

如今的洛舍漾一如既往地荡漾着，慷慨地用它所有的气力，把一条条大船托举在湖面上。洛舍漾有自己应循的水道，它终究要经太湖入黄浦江而汇东海。

（原载《人民日报》2018年8月22日）

我就是山中那盏灯

_古清生

有一次去木鱼拉茶叶，出发前关照了工人，下班时锁好院门，打开院子的灯，我可能要晚上九点钟才能回。自2012年起，我经管木鱼石槽河和红举村两片茶园，木鱼那边的茶园，请土桥沟村的村民帮我采摘，采罢拉回红举村加工。在公路修好以前，从木鱼到红举村70公里盘山公路要开上三到四个小时，这让我疲惫不堪。但还是要感谢我的威麟X5，一款超级强大的国产奇瑞越野车，后备箱最多装过400斤新鲜茶叶。铺上一床巨大的专用白棉布单，搁一层茶叶，码一层冰冻矿泉水，这种保鲜运输法一直沿用至今。有研究我茶叶的茶界人士认为，我的茶叶有特殊香气，与这种冰藏运输后加工或许相关，此暂且不表，在乍暖还寒的春天的森林夜晚，车上有百多瓶冰块，冷得人发抖。

车过漆园，过一个山口到回头线之上，就可以看到我的院子。蓦然看到黑暗的峡谷中，有一束明亮的灯光探向夜空。长长的舒一口气，穿过茫茫密林，在悬崖峭壁上一车宽的坎坷公路上行驶三四个小时，终于回来了。那一盏明亮的灯立即令我心情宁静，温馨和舒展。接下来，自然是一个灯火通明的不眠之夜，我要一个人将新采的茶叶加工完毕。

当我发现我也是茫茫夜色里山中的那一盏灯之后，脑海闪现曾经的在山中夜色里的行走。印象深刻的是有一次在夜里翻越大别山，车行在那雄险的大山中，星空下大山凝重的轮廓被勾勒在夜空上，路下面是无尽的深渊，车像一个小甲壳虫蜗行。举目远眺，忽然看见对面山梁上一粒闪烁的灯火，那盏灯火几乎要被夜色冻住。然而，随着车的颠簸，它依然顽强地亮着。那山中的灯火下，是谁人在那里？该是多么的孤寂？一粒欲灭还亮的灯盏，下面该是一个人或一家人的漫漫的寂寞人生？刹那间，我的心里涌起一股绝望之情，我从灯火斑斓的城市里来，我不是那一盏孤独的灯。印象深刻，在北京时写过一篇

《车过大别山》。

另一次是车过吕梁山。从太原过离石，去往陕北的佳县。黄土高原的盘山公路，路旁稀疏的森林，刀削的红铜色绝壁。夜色降临后，只有两束车灯晃动在黄土崖上。蓦然地看见一盏灯，发出蓝紫色的光。渐近之际，又发现那灯在移动，离公路越来越近，看上去是一个人打着手电在行走。车到灯光的近前，只见一个人影站立，蓝紫色的灯光强烈地照过来，就是一个人，没有面部，肩上顶着一团蓝紫色的光。我觉得如果不是在车上，会大骇一跳，这分明是传说中的一个鬼！有人介绍，这一般是吕梁少年，他们头上那盏灯是紫外灯，在山上抓蝎子用的。在夜里，紫外灯照在蝎子身上，蝎子是红亮的，好抓。抓了卖掉筹集读大学的学费。这吕梁山中的一盏灯，霎时令人读出人世沧桑。

然而，我仍然对那亮在山上的神秘的灯火感觉到困惑，我觉得它亮得孤独，在寒凉的夜色里弥漫着绝望的清寂。星空下夜色中的山梁或峡谷里的一盏灯，我很想但永远不能去探望的一个人家，会不会有一个美少女在灯下读书呢？还是有一位银丝白发的老奶奶在灯下缝补？或有一个老汉在灯下独酌？李白诗中有"举杯邀明月，对影成三人。月既不解饮，影徒随我身"。总之，山中的那一盏灯永远是一个不解之谜。

2007年的夏天，跟着美国来的凯文硕士考察两栖类动物，我们走在东溪河畔的羊肠小道上。凯文会一些汉语，但仅限于"这条蛇是男的，这条蛇是女的"这类表达。穿过芒草和灌木丛密布的河边小路，下到卵石和沙子陈铺的河滩。天上一个月亮，水中一摊被浅流揉碎的银色月光。抬头，对面巨大而凝重的大山山梁上，亮着一粒灯火，微弱到近乎熄灭，却顽强亮着。那是一盏森林中的灯。我看见凯文硕士手执装蛇的布袋，抬头仰望山中的那一盏灯。他说，那有一盏灯。是时，我想到他的北卡罗莱那州，在美利坚的大地上，会不会也有同样的一盏灯？我想会的，在地球上，任何的一个国度，大山里面的夜色中，都可能会有这样一盏灯。只是这样的灯下，会是各种各样的人生。

唯孤寂是同样在夜里发亮。

（选自《我就是山中那盏灯》，花城出版社2018年9月出版）

见素抱朴

皱 褶

_冯秋子

二〇〇〇年六月中旬，文慧从美国回来，生活舞蹈工作室恢复正常训练。六月二十八日，是她回来后我们第三次集中。下午下班后，我赶到全总文工团排练厅。按时到的有文慧、郑福铭和我三个人。王玫所在的北京现代舞团、王亚男所在的东方歌舞团各自有排练，晚些时候结束团里的排练后赶过来。我们三个开始热身。

文慧让我出一个动机，就这个动机，三个人做练习。她说，冯是作家，有想象力。

以前我们常做类似的练习，文慧依照在国外学习训练的心得，设置和规划出我们的训练内容和方法，拿出她学来的、体会到的，和我们不同程度具备的内容进行整合、提炼与实施。以我的感觉，练习难度，每一次都达到那一次的极限。早先，文慧出国期间，王玫、王亚男和我只要不出差，下班后分别赶到排练厅训练，人们自觉地扮演和承揽起角色，轮流提出练习题目。我有过一些想法提交给大家讨论和练习，也想每一次能够不同以往。这一回，我心里没底，但又无法逃避，提出人处在两极的中间地带情况下的问题。

我说，两极，是问题的一个方面；两极涉及一个不可或缺的环节，就是连接两极的中间部分，不是绝对化的，或者非此即彼的，而是处在中间地带，囤积、发酵，又蓄势待发、随时可能向着某一个绝对方向发展的那些状况下的东西。

面对一件纷繁复杂的事情时，我希望停顿下来，专注地探望一下事情的中间环节，它们既含混"这样的东西"，又杂糅"那样的东西"，既有这边的元素，又有那边的元素，不容易去说清道明，也许需要琢磨一阵子，甚至琢磨一辈子，而它们不排斥胶着，实际上也排斥不了胶着，矛盾纠结，互为敌友。即使像烦躁和安静，这一对矛盾体也不容易找到平衡，何况是揣摸处于对立双方中间地带的混合情状。我希望大家也能关注一下夹在这二者之间的模糊内容。还有，比如有和无，也存在着中间性质的似有似无、又有又无的情形。

设想一下，当你长时间处于安静和烦躁、有和无这样的中间状态时，有一天，你突然收到一个出乎意料、其实一直等待的电话。打电话的是多年前的朋友，很特殊，与你的关系不是一句两句能够表述清楚，而且关键在于，你以为自己这些年已经放下了她（他）——文慧和我把那个人想象成男性，福铭把那个人想象成女子——当她（他）的电话进到你的房间，在这个你以为很安静的空间和时间里，遥相千里，声音突然抵达而且已经成为事实的时候；在你以为完全忘记她（他），能够在没有她（他）的世界上安静地生活，并能够正常行使自己生命的时候，她（他）其实没有离你远去，她（他）一直存在于你心中，你能感觉到她（他）带给你的温暖和激励，也感到了失掉她（他）的哀伤，她（他）与你患得患失之间，因她（他）曾经的存在，你有了存在的乐趣，你的勇气也比认识她（他）之前更多，你的潜意识里，让她（他）分享你的快乐这一概念从未消失过。你在最快乐和最忧怅的时候，首先想到的是她（他）。尽管你最终的结果仍旧是失去，但是，有过她（他），和没有过她（他），在你是不一样的。你和她（他）散失的时间里，你们的意志仍旧能够相互弥合，欢欣、悲苦能够与共，而且灵魂交流触及的深远境地，双方都能到达，以致你竟以为是你独自一人在路上。就这样，你在没有准备的情形下，听到了她（他）的声音。

我要你们两个此时此刻的身体感爱。我提出了题目，给出特定情境。

好，抓住两极中间的东西，人处在这个地段时可能有的境况和心理感受，试试，去发展一下。我说。

我坐在排练厅的长条木凳上，看着他们，等待着。

他们试着进入。看得出来，文慧和郑福铭都有点不知所措，不能很快进入状态，因为这些词语不够形象、直观，不是直截了当的，它们比较抽象，有些模糊，甚至显得空洞，是一些看不见摸不着的思维、心理、精神层面的提示，这样的词语，在我看来也是变化多端的、琢磨不定的，通常情况下是靠不住的，而现在我竟把它们拿来，指望我的朋友能够创造奇迹。

于是，我在没有准备的情形下，开始了参与。

我以叙述加入进去。他们两人，或纽结变幻，或独自起舞，而中间双人舞蹈的部分，我是说那一段关于烦躁的话题，他们的反应和表达简直有点神奇，那种内在、醇质的肢体叙述，那种肢体的自然张力，出乎我的意料。而我无法用语言描述它的美好。只在心里暗暗悔恨，没带摄像机来。

这段奇妙的舞蹈，在全总文工团排练大厅里挥发，久久不散。

现在，我试着把参与其中的时候、自己的叙述记录下来。

沉默的状态，内心沉浸。挺好，是安静、谐和的时刻。平常人们总是意识到要去帮助谁，对谁怎么样，其实让他在他的状态里没什么不好，他也许需要时间面对自己。人活得比较明白，或者活得比较沮丧的时候，没有额外那么多辅助、附加和装饰性的东西，相对简单地运转，人比较自由、自然，这个时候他的省醒、内秀与和善也有机会流淌出来。我觉得，美和善跟人们接近时，某个通道，应该是清理得比较干净清爽的，那样，通道才能打开；那个时候，人们可能见识到深厚的理路途径。大美之光映照过来，传递过去，清理了人的内部尘杂，也梳理了身心建筑的程序，直至人的灵魂，人突然感觉到内心通达安好，麻烦少了，困扰没有了，之前堆积的烦恼瞬间消散。美好至诚，也许并不激励人非要怎么样，它只是让你更加地空阔，身体空灵，心似空门，这个世界看起来更加虚幻——从形式上看，是有一栋楼，有人，有车流，但这些物质都能被另一种物质——枪炮打穿，所以这个物质也可以说是不长久的，或者不存在的，是空泛、虚饰的，可有可无的，可以消灭掉的。而灵魂是用什么枪炮也消灭不了的，它持久、远卓，赋予人类觉悟的能力，去感知世界辽远而丰富的存在。换言之，假如我们双目失明了，视觉出现了障碍，那些物质在你眼里便不存在——而双目失明仍然是一种物质现象，它局限和阻止了你对这个世界的直观认识，局限和阻止了你身体力行更远之境，因为目不能识，你和世界的关系大打折扣。而你的觉悟假若辽远深邃呢？景象将会不同，但那是心灵帮助你完成了抵达，而不是你的眼睛。所以你从心里把这些屏障你的物质的东西剔除掉了，它也就无法阻拦你心灵的透视力和觉悟力。

当这种虚无缥缈的感觉在你心里流动了很久以后，自然就不存在你需要帮助，有求于其他的什么。也许不同的时空会有那个时候、那种境况下的另一种真实、那个时候的幸福或者伤悲也会很真实，也未可知。暂且设想，一个人正处在这种真实的处境中。

你意识到，你很安静。但是，于无声处，烦躁汹涌而至，力量空前地强劲，而且没有规则，没有任何外化的表现形式。人安静的时候，常剔除掉外部方式，比如说不需要去找朋友诉说，也不需要借助其他方式疏导自我，如通讯、交通、电子网络，都不去选取；甚至回想起一个面孔，回想起一个场景，来寄托你这个时候的情绪，也不需要。也许你明白这些都是徒劳的，即使如此了，以后又怎么样呢？所以这个时候涌现的烦躁，全部蕴藏于你的内部，像地心的熔岩，在内心剧烈运动、寻找薄弱处，以不可阻挡之势向外喷突，力量悲壮、强大，然后发出、落于地面，冷却后凝固成岩石。此时，你顽强的理性又一次试图去平息烦躁，但烦躁像每天的太阳一样，怎样努力地去平复，该升还是升。也许你会想，烦躁是不是也是你的质变的量化呢？说明你还有对生命的要求，这种要求是不是生命还有质量的一种表现呢？烦躁是不是也是美好的呢？烦躁是释放阴暗或者邪恶的一种渠道吗？是不是清理自我杂质的一段时光、一个阶段？是与安静遥相守望的兄弟那样的关系吗？

是这样。

不要指责烦躁，不要蔑视它的到来，平和地对待它，接受它，既然它不期而至，它兴许就是你体内的温度、你身心的呼吸，它跟你身体的血液流动息息相关。烦躁的时候，尽量想到保持平静——这又涉及两极的命题。烦躁总是极力要打破你内心的均衡，喷射出一些伤害自己、也可能伤害他人的汁液；然而烦躁又能萌发某种与你相互衔接的东西，促使你在烦躁中保持自觉的反省和思想，加深信念、珍惜想往，维护住内心的平衡，这使得烦躁的人，表现出更加多的沉默，而沉默又可以帮助你沿着内心的宁静往下走。如果能让安宁最终消解烦躁，下一回，被抑制和降服过的烦躁来势也许会更加凶猛——它的强大，只有你自己能够体会，因为消受它的难度、承担它的过程里所有的不易和挑战，只有你自己清楚。历经艰苦，求得和解，能够平复下来的时候，你会感觉到自己拥有了更多的力量，而且经受磨炼后你又有所成长。

有时候，真觉得生命大部分是在两极之中消耗掉的。即使倒头昏睡，不管自己的身体蜷缩成什么弯度，你以什么样个人化的姿势睡去，你仍然处在表面弯曲而内心舒散的两极中。在任何状态下，两极都在那里辩证地、确实无疑地存在着。

人一生有不少时间去体会幸福和痛苦这两件事情。对待它们尽可能不要有或少有投机的心理，不去奢望得到更多，不去拿取不是自己的东西。争取到的这个东西，它如果容易得到，也便容易失去，而且容易得到和容易失去本身又成为两极真实地存在着。反过来,幸福的感觉有多少,有多长久,有多深远,伴随其后而来的痛苦就会有多少,有多长久,有多深重。生活和生命对于世界的意义不外乎这般如是,即使最后你消失了,仍然留下你对于生存不愿意放弃的历经磨炼的照耀。生存过程的每一件小事,比如,在办公室突然遇到一些事,骑着车每天来回走一趟,都是一种积累和消释。而今天走到路上能够看到一些别样的什么,会庆幸自己活着,否则这一切美好的东西就看不见了。那些美好没有在你心里头,但它在这个世界上一直是存在的,而你还是为你曾经看见了这一美好而快乐。所以我以为幸福是让我们生命里明亮的一瞬间,明亮的一刹那,明亮的一段时光。明亮使我们有愿望继续存在下去,珍惜"活着呢",努力想要往好了生活。或者即使不存在了,但曾经明亮过,为此也不去后悔曾经活着。

　　大概幸福带给我们的就是这种感性知觉。而痛苦带给人更多的是理性思维。幸福的人一般不太有耐性进入理性思维,而痛苦的人不得不多一些理性,从理性思维中获得更多长进、成熟,变得更为结实和可靠。我以为痛苦使人更加放松,放弃,放下自己,放下许多事情,痛苦能让人更加自然地、自觉自愿地回到生活的起点,回到我们原来的模样,回到……哪里呢?应该是回到真实的地方。一个痛苦的人,如果他的痛苦是来自自然体会的话,他会更多地为别人着想……而不觉得他的母亲丑陋,不觉得自己的父亲不够高大,不觉得兄弟姐妹他们的光亮没能反过来照耀自己,不会觉得谁是什么,自己是什么,不去虚张外部世界或者是自我膨胀。痛苦的时候,人往往能公平地对待自己,公平地看待他人,把自己放回到人人平等的地平线上,而你看世界的眼睛也会是朴素的、诚实的、温善的。

　　痛苦好不好呢,它解除了你的武装?

　　但是,有一天,你的电话铃响了,你心里有一种感应,突然间把从前几十年来已经放下来、埋葬掉的一个什么人,一个什么内容,揪出来了,觉得会不会是她或者他呢?其实这个人早已脱离了你的视线,在这之前你根本没想到她或者他在这一天出现。一听电话,果然,是的。你发现自己在轻微地颤抖,甚至不会说话了。你的大脑出现一瞬间短路。你想说心里的话语,但是说不了。她或他也是,谁都说不出能让人放松的、动听一点的话。脱口而出的尽是平常之极的言语。又好像双方都能谅解。这是一段折磨人的光阴,它不能持续太长时间,因为两人都明白,各自的问候停滞不前的话,人就暴露出脆弱,就可能不堪一击。你的手跟身子抖动着,对方也一样。你们的声音告诉对方,此时你们处于怎样一种极力平和而又不能自持的境地。

我的练习完毕。

文慧说，你说烦躁那段，我站在那儿的时候，像一个东西……跳着跳着，我觉得我怎么那么笨呢，没带录像机。

郑福铭跳的前边一段舞，以及跟文慧的和舞都非常出色，但后来好像意识有些出来。我以为是他不好意思当我的面跳，所以我不看他们，当是自己在叙述人物台词。

他们在我叙述平静和烦躁、幸福和痛苦互为因果的时候，身体感觉朴素、到位，令人震动。

我们沉浸在创造以后的疲惫和欣悦中。

我说，人的状态，好多时候该是平静的。但会有很多东西和平静相抵触，进入不了完全的平静。进不去的时候，心里通常会有另外的东西，仔细感觉，又像是有很多真实的存在。我也说不大清，虽然我老在体会人。我现在的感觉和刚开始叙述的时候有了距离，刚开始，我觉得需要帮助你们进入，我先给你们把武装都解除了，先让你们回到人什么都没有的状态。你们就此开始进入了，嘿，发现我被你们打动了。我没想到在这儿给舞蹈"伴奏"呵。

三个人傻笑了半天。

（原载《黄河文学》2018 年第 1 期）

百年不倒的协和

_韩小蕙

风风雨雨,创办于1917年的协和医学院,已走过百年历程。巍然屹立于中国医学之巅,"协和"这块金字招牌,何以能够百年不倒?综合一些权威人士的意见,又加以资料研究,我归纳为"两方面+五个宝"。

先来说"两方面"——"最高标准"和"崇高的医学观念"。

最高标准

协和医学院坚持实行精英教育,学制长达8年,先要读3年预科,每年一共就招几十名学生(一直到当今还是,即使别的医学院扩招到数千人,协和医学院还是每年只招90人),可说是尖子中的尖子,学霸里的学霸。当年的考题之难,简直是今天各大学名校都绝对不敢想象的,比如1949年的英语考试,其中的一道大题,是要求用英文写出《桃花源记》,既考了古文底子,你首先得会背啊,又考了快速译成英文的能力。

3年预科读下来,从数、理、化、文、史、音乐、美术、书法诸方面的知识积累,到树立起"患者至上"与"奉献"的医学观念,再到心理学上的适应与认可,大约就只有三分之二的学生能够转升到医学院本部,开始进入医学专业的学习。这回是全英文教学了,像在美国大学的课堂上一样严格,直到1950年以后才改为中文教学。

1949年以前的协和医学院老毕业生同时获得美国纽约州立大学的医学博士学位,协和护校毕业的老护士们拥有美国注册护士资格。1924年,协和医学院的第一届学生毕业,入学时招收的是9人,毕业时只剩下3位:刘绍光、侯祥川、梁宝平。协和追求的就是"小、精、尖"的育人体制，实行的就是残酷的逐年级淘汰制度，为建立起中国培养现代医学人才体系趟出了一条路。

从1924年到1943年的20年间，协和医学院总共只毕业了311人，平均每届15.5人，数量少得"可怜"，然而质量高得"可怕"——从这里走出了张孝骞、林巧稚、黄家驷、吴英恺、曾宪九、吴阶平、诸福棠等一批医学大神，就是他们，日后在全中国各地创办医院，培养学生，为中国现代医学的发展做出了筋骨性的贡献。

崇高的医学观念

老协和的医疗观念是"患者至上"，其使用频率最高的字眼，为"白衣天使""大爱""一切为了病人""人道主义"等。

名医吴阶平曾说："我认为做一个好医生要不断从三方面努力。一是全心全意为人民服务，有高尚的医德；二是有精湛的医术，能解除病者的疾苦；三是有服务的艺术，取得患者的信任。关于第三点一般人并不很重视，不认为其中大有学问。我感到有经验医生的突出之处就在这第三点上。"

这三点是百年协和能够百年不倒的不二法门。这里似乎不用再展开详述，只再复习一遍林巧稚是如何被协和医学院录取的吧：

1921年夏，林巧稚从鼓浪屿动身，赴上海报考协和的医预科，那届只招25名学生。最后一场英语笔试时，一位女生突然中暑被抬出考场。林巧稚放下试卷就跑过去急救，结果她原本最有把握考好的英语却没有考完，以为自己这回必定落榜了。可是一个月后，她却收到了协和医学院的录取通知书。原来，监考老师给协和医学院写了一份报告，称她乐于助人，处理问题沉着，表现出了优秀的品行。协和校方看了报告，认真研究了她的考试成绩，认为她的其他各科成绩都不错，于是决定录取她。

令协和百年不倒的还有"五宝"。传统说法是协和有"三宝"，我认为不够，至少是"五宝"：名教授、病案室、图书馆、内科大查房、八年制教育+住院医师培养制度。

名教授

看到有人这样说，"协和之宝有多种版本，但为首的总是图书馆"。对此，我不能同意，而且坚决认为，为首的应该是"名教授"——人什么时候都是第一位的，有了人才能有一切，没有人就没有一切。老协和传统能薪火相传到今天，靠的是百年来有奉献精神的"协和人"。

例如著名内科专家、医学教育家、中国消化病学的奠基人，长期担任协和内科主任的张孝骞教授身上，就发生过太多故事。作为杰出的临床医学家，他从1921年7月开始看病，到1986年7月看完最后一个病人，在整整65年的临床诊断中，显示出极为高超的技术，拯救了无数重危病人。有的病例在世界上只发现过几例。1977年10月，张教授确诊了一例间叶瘤合并抗维生素D的低血磷软骨病，这种病在世界上极为罕见，这一例报道是全球第8例。这个男性患者多次发生病理性骨折，站立困难，被诊断为腰肌劳损、风湿性关节炎，服用大量维生素D和钙剂均无效，长期医治不愈。张教授仔细研究临床记录，又检查到病人右侧腹股沟有一个小肿物，立即想到这肿物可能分泌某种激素物质导致钙磷代谢异常。手术切除后患者钙磷代谢恢复正常，症状很快消失，一年后随诊无复发……

前面讲到老协和的学子们都是学霸中的学霸，精英里的精英。而他们的老师，高徒的名师们，你想，更得厉害到什么程度？

举一例：张鋆教授的课只要上过一次，会终生不忘。这位著名解剖学家就是我们协和大院36号楼的"张老爷子"，我见到他的时候他已经上了年岁，瘦，高，严峻，腰杆老是挺着，像一块行走的木板；头发花白，已见稀疏，但梳得一丝不乱；走在大院里，既不快，也不慢，从不跟人打招呼，只按照他自己的节奏行事。据说他给学生上课时也是不苟言笑，不怒自威，令人生畏，不但学生怕他，就连助教们也都诺诺。但他语言逻辑严谨，没有废话，又精通日、德、英三国外语，讲课时不仅表达自如，而且旁征博引，深入浅出，把十分枯燥的解剖学等课程讲得妙不可言。最惊倒学生的是他授课时不用带挂图，讲到什么地方需要图像演示时，马上就在黑板上画，有时两手各持一根粉笔，同时发力，左右开弓，瞬间就画出来了，真是胸有成"图"——要知道，那是德国著名解剖学家索波塔编写的国际通用教材《人体解剖图》，三大卷彩色图谱，全清晰地存在他心中，真是大神啊！

无独有偶，在生物学界享有盛名的胡经甫教授，在讲无脊椎动物时，要求学生全神贯注听讲，不许记笔记。他也是一边嘴里说，一边动手画，既条理清楚又引人入胜。

听过吴蔚然教授课的学生也会念念不忘，说他讲肛肠疾病，从直肠齿状线开始，讲到肛瘘的形成，从解剖到临床，循循善诱，深入浅出。虽然这些专业医学名词咱不懂，但内里那种叫"气质"的东西，外行人还是能感悟到的，顿觉有一种感动袭上心头。

更让人感动的是，教授们不仅教医学知识，还教应该怎么做好医生。协和医院外科原主任钟守先回忆说："有一次，我们正在查房，一位护士跑过来说，隔壁病房有一位病人突然不行了。曾主任带着我们迅速赶过去，这时病人已经停止了呼吸，曾主任一个箭步冲上前，毫不犹豫地为病人做口对口的人工呼吸，这一动作激励了周围所有的人，大家争相上前交替加入抢救，最终使病人脱离危险。原来这是一位肝硬化门脉高压行分流术后的病人，因肺动脉栓塞而突发呼吸骤停。"他说的这位曾主任，乃著名外科学家、我国现代基本外科奠基人之一的曾宪九教授。

类似这样的事，在老协和，在协和老教授们身上，多多矣！面对这样崇高的"协和第一宝"，谁能不为之动容！

病案室

协和医院在创建时复制了约翰·霍普金斯的病历系统，从1921年至1951年的全部住院病人的10万份病历，以及门诊病人的55万份病历，都是用英文写成的。从1921年建院至今，保存着近300万册患者的病案，其中有孙中山、梁启超、蒋介石、冯玉祥、张学良、宋氏三姐妹、林徽因、溥仪、斯诺等许多名人病案，还有一些记载世界、中国首例疑难重症及罕见病例的珍贵病案。

老协和非常注重对病案的系统管理，也非常重视培养医学生采集病史、写好病案的训练，因为这些历史性的病案，对疾病治疗和科研起到了重要作用。比如在一次考试中，林巧稚教授要求学生们观察孕妇的分娩过程，然后写出一份病历记录，以此来评定他们的临床能力。结果只有一份病历被评为"优"，其他均不及格。学生们惭愧不已，自我检讨，但左思右想，不得其解。林教授严肃地说："你们的记录没有错误，但不完整，漏掉了非常重要的东西。""漏掉了什么呢？"学生们反复查看，实在想不出漏掉了什么，便去研究那份"优秀"病历。结果他们发现，各项记录都没有区别，只是那份优秀病历里多了一句话："产妇的额头有豆大的汗珠……"原来在林教授眼里，这就是"优秀"与"不及格"之间的距离。

张孝骞教授对下级医生的病历书写，也是要求极为严格的，"不仅内容要准确齐全，而且单位要标准化，字迹不得潦草，绝对禁止自编的简化字和缩写。要求忠于事实，在重要的地方还要做分析，不能写成流水账"。

确实，老协和的病历皆观察仔细，记录翔实，有的叙述中还带有文学笔法的描写，非常引人入胜，因而留下不少好故事。比如1972年，协和医院来了一位特殊客人，这是跟随尼克松总统访华的一位女士。不经意之间，她说出自己是1949年在北京协和医院出生的，中国友人就建议她到协和医院去找找当年的出生记录。协和真的给了她一个大大的惊喜，医务人员很快就找到了她当年的病历，里面还有她出生时的小脚印……

我知道这个故事一定是真的，因为2000年我因病住进协和医院，我也看到了自己从20世纪50年代在协和出生后的全部病历，上面也有我出生时候的小脚印。我饶有兴趣地一页页翻着我那厚厚的病案，里面还有一段我小时候把一粒扣子塞进耳朵里的记载，医生的记述简直用的就是美国著名小说家欧·亨利的笔法，从我被送进医院，到手术掏出扣子，环环相扣，层层叠加，最后一句是"掏出来一看，原来是一枚纽扣"。哈，看得我都笑了出来——不过，越看到后面就越笑不起来了，因为自从"文革"浩劫之后，病例的书写就越来越简单和潦草，有的字体变成了"天书"，跟老一辈协和人的书写真有"优秀"与"不及格"之别。甚至还出现了致命的错误，比如把"浅浸润层"写成"深浸润层"，据说是"实习大夫给抄错了"——想想，如果这种事发生在旧时，还不闹翻了天，老协和医学院曾有一个学生在考试中答错了用药剂量，结果，竟然被留级一年！

一百年来，协和医院病案室的命运随着时代的沉沉浮浮，这数百万册病案能完整保存，实属万幸，堪称奇迹。据说在1949年以前，唯一失窃的病案是孙中山的，是在抗战时期，日寇进占北平后，到协和医学院大肆劫掠实验和医疗设备，还扬言要烧毁所有病案。时任病案室主任的王贤星坚决反对，全力护持，并劝日军说这些病案即使对他们也有用处。"幸运"的是，或者是"天佑协和"，日本少佐松桥堡战前曾在协和医学院进修，了解病案的价值，所以最终放过了这批珍宝；但鬼子仍以"借阅"之名，把孙中山的病理检查标本、肝脏检查标本都强行拿走了。

在其后年月的多次政治运动中，协和病历还经历了好几次濒临销毁的危机，但都被幸运保存。

图书馆

协和医学院图书馆曾被誉为"亚洲第一医学图书馆"，当年馆藏的外文原版书刊数不胜数，许多难得一见的西方医学专著、图谱和千余部珍贵的中医古籍，均被妥善保管。比如自1824年创刊到今天的每一期《柳叶刀》杂志，在馆里全能找到，想想，已经快200年了，远隔着千山万水，穿越了多个历史阶段，一直持续接手，不啻奇迹！

在一百年前的时代，知识容量有限，通信手段落后，医生们只能倚重图书馆来学习更新，提高自己的医疗水平，对付恶疾，救治病人。百年前的协和人，只需来到协和图书馆，足不出户，便可接触到世界最前沿的医学知识，由此看来，老协和的缔造者们为了让协和成为医学领跑者所做的努力，可谓高瞻远瞩，功德无量。

在当今的互联网时代，世界医学知识的膨胀速度堪比爆炸，藏书数量的多寡，已经不再与知识更新的速度挂钩，临床医生们更多依赖于网络医学数据库了。协和图书馆也紧跟时代的步伐，融入大数据潮流，还定期开办文献检索与数据库使用讲座，使得优秀资源不断指引着医生们的临床决策，协和图书馆依然是超一流的。

内科大查房

说是内科"大查房"，其实差不多是牵一发而动全身的全院大医学行动，每次都撩拨着全院各科医生们的神经。请看有关资料的介绍：

"大查房"最早称为"大巡诊"。那时医生人数少，病房即可容纳全部医生的巡诊。后来，协和内科医生越来越多，内科大查房的地点从病房转移到了能容纳百余人的老楼10号楼223阶梯教室。到了今天，内科大查房场面更加壮观。内科各专科医生几乎全部到场，同时还会邀请放射科、病理科、检验科、外科等科室参加，有时还有基础学科同仁和外院医生出现，各病房的护士长和护士也会参加。查房一般持续两小时，参加人数多在百人以上。每周三下午3点，内科的医生们从各个病房赶往会场，如果晚到可能就没了座位。

大查房的第一步是选择病例，先行公布。所选的病例是较复杂疑难或是罕见的，或在诊断和治疗中有不易解决的问题，或有某种新的经验教训值得总结。大查房时，病人被带到大查房现场，医生现场对病人进行体检和病史询问。随后进入自由讨论阶段，这是大查房最精彩的部分。申请大查房的专科医生先发表自己的看法，其他科室医生就相关问题做出解答，发表意见。最后是大内科或专科主任总结性发言，并指示下一步的诊治措施。未尽的问题留做进一步观察、检查，或等待外科手术的发现。如病人不幸死亡，则可能从尸检中得到答案。如有新的资料，在以后的大查房时做追随报告。大查房洋溢着学术自由的空气，方圻教授回忆，常常是病历摘要一下来，很多教授就跑图书馆，然后在会上争论交锋。年轻人也有发言的机会，主任们会随时站起来点名让年轻医生发言，同时也鼓励大家提问题。

大查房对总住院医师提高现场组织学术活动的能力，提高住院医师掌握病情、文字书写和口头报告能力，都是很好的锻炼，对做中心发言的主治医师也是很好的培养方式。一次成功的大查房，会给参加者留下深刻印象。科主任的赞许，往往激励年轻医师奋发努力。如果在大查房中被指出不该发生的遗漏或错误，教训也令人终生难忘。

近年来，随着协和医院与美国加州大学旧金山分校住院医师交换培训项目的进行，国外各级内科医师不断受邀来北京协和医院访问，他们出席"内科大查房"后无不惊讶与赞许，因为在美国也很少见到如此高水平、如此热烈的临床病例讨论景象。

八年制教育 + 住院医师培养制度

一代代协和人留下了独特而厚重的遗产，其中有一项即协和医学院的八年制教育，"三年医学预科再加五年临床教学及研究"是协和教育的核心。而当一个协和的毕业生来到患者面前时，他的医疗人生只不过才刚刚走了一小步，前面还有千山万水等待他（她）努力跋涉，一辈子！

已然经历了一百年的"也无风雨也无晴"，协和医学院可以说是中国现代医学教育体系的奠基者和推动者，她开创了中国第一个八年制临床医学教育体系、第一个高等护理教育体系、第一个住院医师培养体系、第一个公共卫生教育和实践制度、第一个医学研究生教育体系、第一个"MD + PHD"双博士培养制度……

百年来，虽然经历了三次停办与复校，协和人却始终坚持这个办学理念，并不断加以总结完善，形成了协和的育人特点。从协和源源不断走出的学科奠基人和名医大家不胜枚举，证明了八年制医学教育体系是科学的、成功的、正确的。

协和对维持其顶尖地位的八年制极为珍视，在长达25年的时间里，拒绝扩招，拒绝了三到五制的课程设置，同时也付出了巨大代价。原中国医学科学院黄家驷院长、张孝骞副院长一直是八年学制的坚定维护者，在协和医学院三度停办后，他们不顾个人安危与得失，上书党中央，在医学界呼吁，为恢复协和的长学制医学教育奔走操劳。1965年，黄家驷被下放农村，对他的指控之一就是"一直对八年制教育念念不忘"；"文革"中，张孝骞被戴上"反动学术权威"和"特务"帽子,打入"牛棚",直到1972年经周恩来总理亲自过问,才被"解放",恢复待遇,搬进红霞公寓。

"文革"后再次恢复协和八年制,黄家驷和张孝骞仍然痴心不改,坚持做积极践行者。1979年国家批示,恢复协和医学院,改名为"中国首都医科大学",设医学专业,学制八年,医预科三年在北京大学就读(现已改为清华大学)。1985年后改为"中国协和医科大学",恢复高级护理教育。这一回"复苏"的时间最长,悠悠然已经过去了39年,黄、张两位院长都"走了",幸好两位前辈都是看着八年学制顺利实施而含笑九泉的。

那么,八年学制为什么这么重要呢?它到底好在哪里呢?且请看吴阶平副委员长回忆自己在协和医学院做学生时的状况:

> 早8点从宿舍到学校,12点过后下课,赶回宿舍午餐,午休不超过半小时又赶回学校。下午2点开始实验课,规定5点结束,有时却拖得很晚,有一次直到午夜1点做出实验结果才罢手。6点晚餐,饭后到图书馆自习,晚10点图书馆闭馆,回到宿舍继续学习,到12点以后才休息。考试前更是紧张,有的同学通宵达旦复习功课。由于学习过分紧张,同学们的健康状况普遍下降,还有的得了结核病,学校方面为此提高了伙食标准,并补贴了伙食费。

老协和实行"残酷"的逐级淘汰制:一门必修不及格必须补考,两门不及格留级,三门不及格就要被开除,而那里的及格线不是通常的60分,而就是协和"霸道"的75分。八年制的学习,两门挂科不给博士学位,三门以上不及格连硕士学位也不给了。残酷淘汰的结果是,能笑着毕业出来的,后来差不多全成为中国现当代医学界的栋梁——吴阶平一辈1949年以前毕业的"老协和人"是"大神"和"大医",1966年以前毕业的"中协和人"是"大腕",80年代以后毕业的"新协和人"还是中国医学界中的"大咖"。

毕业后,严格而规范的住院医师培养制度,是协和继续推着年轻大夫往"名医""大医"路上走的一条必由之路。老协和实行住院医师必须住在医院里,在上级医师指导下,对所管病人实行全面全程负责制;如今虽然受到各种各样客观条件的限制,但医院千方百计保持这项制度的"原汁原味",必须参加完住院医师培训,通过激烈的竞争才能当上总住院医师,总住院医师的严酷竞争遴选,是协和住院医师培养制度的重要一环。

因此,你只要进了协和的门,这辈子都别想天马行空地过好自己的小日子了,这是我的亲眼所见,惊心动魄!我31号楼的邻居曾经是协和外科的李士英大夫，他是协和1966年以前的八年制毕业生，广东书香门第出身，家教好，人忠厚，心善良，智商高，在学校时优秀，在医院时优秀，做科主任时优秀，在家庭中也优秀，在哪儿都优秀，一贯的优秀，就没哪儿不优秀的。可是他真辛苦啊，不管多晚下班，不管白天看诊多少病人做了多少台手术，晚上回家吃完饭就马上拿起书，一年365天，天天如此，没有节假日一说。他的最奢侈的娱乐也就是看个电影，但连这也不能保障，有时看上一个开头就被医院叫去了，没办法，这就是医生的宿命，一切必须病人至上，手术等着呢！住在我们31号楼一层的冯传宜教授，是1949年以前的老一辈协和人，我早年从他那儿学到了一个词——"听班"，即人虽然在家，但没有行动自由，不能出门去，得随时听候医院的召唤。

而现在，仅就给我看过病的、我知道的，有两位老协和人行医一辈子了还在出门诊，一位是口腔科的赖钦声大夫，85岁，给患者治牙，一站就是一上午，年轻人都觉得吃不消，你说老爷子能不累？另一位是神经科的郭玉璞大夫，90岁了，还不能把自己歇在家里颐养天年。劳远琇大夫生前也是90岁还出门诊，张孝骞大夫90岁时还参加大巡诊，吴阶平大夫当了国家领导人还坚持每周一天回医院参加大查房……在我看来，他们这医生当得太苦了，终身绑在医院的战车上，一天也不能平平静静地喘口气；可这些高尚的医生都不以为意，乐在其中，孜孜矻矻，兢兢业业，从头发黑亮熬到斑白、花白、雪白——能"妙手回春"，能"起死回生"，能治病救人，能多救一个是一个，能给患者消除病痛，就是他们的最大满足了！

高尚的医生们啊，向你们致敬，鞠躬！

（原载《光明日报》2018.9.14）

让我自由自在地凋落吧

_李美皆

在时代洪流裹挟下的百年中国女性，留下了许多历史叹息，也留下了许多难言的教训，但可以借鉴的精神资源并不算多，要找出一个十分认同的女性精神形象，也不容易。所以，当陈布文出现在视野中时，我真是为之一振。从眼前一亮，到越来越明亮。

我走近她的过程有一点迂回。首先是从《萧军日记》中读到一个有点讨厌的陈布文，由此去百度陈布文，却发现了王蒙奉为"女神"的陈布文——陈布文（1920－1985），著名艺术家张仃的夫人，作家，曾任周恩来秘书——这就是《女神》一书封面勒口上陈布文的简介。欲罢不能，又按图索骥地读了她的儿子张郎郎的两本书：《大雅宝旧事》《宁静的地平线》。陈布文的精神形象越来越清晰，她从自由的旷野中向我走来，越来越近。在我自以为熟悉的、并未远去的这段历史中，竟然深藏着这样一位女性！

在运动频仍的年代，有一种另类的活法，叫陈布文。她是边缘的，非主流的，但她凝聚着我想要的一种主体精神：自由且自在。我愿意视她为精神上的姐妹，与年龄无关，与生死也无关。

读萧军延安日记时，我并没有特别留意这个叫陈布文的女人，我只是在一个方便的时机，顺手百度了一下她的名字。然后，我发现王蒙曾以她为原型写过一个中篇小说《女神》。

且看王蒙对她的介绍：

你的生活可以说是前紧后松。17岁结婚与革命。18岁到达延安，研究鲁迅，写作文学。而后步入领导的高层，从事文秘。32岁离开了火热的高层文秘岗位。34岁彻底回归家庭，36岁又发表了一些作品。37岁仍然英姿勃发。然后,你以一去不返的不存在的方式,静静地,然而是热烈地存在着。

她生活的转折点,是"32岁离开了火热的高层文秘岗位"。

1952年,全国进行共产党员全面登记,这个时候,谁不愿意把自己的履历做得更荣耀呢?可是,当组织上要陈布文填表时,这个周恩来身边的机要秘书一脸无辜地说,我还不是共产党员。组织上蒙了,在她这个岗位上的人,绝对应该是共产党员的。组织上表示,她那么早参加革命,还在非常重要的岗位上呆过,无疑早就符合共产党员的标准了,填上一个入党时间就是。她坚持实事求是。她说,我只知道说实话。领导说,真话并不等于真理。她说,真话,总要比假话离真理更靠近一点点吧?组织很无奈,动员她:就从现在开始入党吧。她说,现在开始的话,我认为自己还不够格。组织一定没见过这么不知好歹这么较劲这么一根筋的人。陈布文在这个问题上的态度,萧军延安日记中所写已见端倪:陈是看不起高阳再入党的。看来她是一以贯之的。她并不是反对入党,她的丈夫张仃就是党员,她自己也是心向着党的,不然她不会去延安参加革命。她只是坚持每个人要考虑好再入党,要纯粹,要心诚,要避免反复或心口不一,她对自己的要求是非常高的。

这件事的后果是陈布文离开了那个光荣的前途不可限量的工作岗位。要知道,在那个火热的年代,"半边天"们哪个不急切地争取着进步呀,她这种早早参加革命的,居然打了退堂鼓!更加匪夷所思的是,她去学校教授了一段文学后,淡然回归家庭做起了全职主妇。一个有着辉煌革命履历的人,居然主动选择还原为白丁了!那布满血泪的光辉的一页,就这么轻轻地翻过去了。每一步,她都要用自己的头脑思考,做出自己的选择。可想而知,她这样的人,到后来即便不是丈夫被打倒,也绝不可能盲目地上街游行或山呼万岁的。苏格拉底说,未经思考的人生是不值得过的。可是,那个年代,多少人在过着未经思考的人生呀,因为一切都有一个"伟大的头脑"替你思考好了。她未必懂得存在主义哲学,然而,她以自己的生活践行了存在主义所主张的个体生命的自觉选择。

陈布文做出"退步"的选择时,多少人为她抱憾呀。可是,"文革"到来时,大家才会发现,陈布文的撤退简直是顺乎天道的智慧,是具有前瞻性的高明,"文革"中她基本无事。

邻居兼朋友赵昔写的陈布文传略中说她:秉性刚直,洁身自好,即便被误会,亦不屑争辩。是的,对于自己的退隐,她就是这样的态度。多年之后说起,她仍不愿事后诸葛一般显示自己的智慧,只是说:我不想以假乱真,我想多支持张仃，我想好好看护孩子，我是六个孩子的母亲啊，我喜欢做饭与擦玻璃。你不喜欢让污渍一道道的玻璃变成全然的光明与透亮吗？为什么越是简单得如同一加二等于三，明白得如同吃饭喝水一样的事情，你们越是觉得捉摸不透呢？

她的"坦白交代"，可以由儿子张郎郎的话得到旁证——她非常理性，上世纪50年代，我父母面临的选择是：家中两人必须有一个做出牺牲，否则都会一事无成。母亲毅然辞去工作，专做家务，自称为"伙头军"。

陈布文的重大转折没有故事，就是一个明白的选择而已。但，没有故事的往往更加益智，正如真正开启民智的不可能是没完没了的肥皂剧。

风轻云淡的通透，使她有着四两拨千斤的强大。她不纠结，所以举重若轻，那么重大的转折，轻而易举就完成了。或许她的书法里，渗透的就是这种底蕴？有的人，是努力要把自己打造成一个不简单的人，而她是省心省力地遵循简单。她要的就是"让污渍一道道的玻璃变成全然的光明与透亮"的简单，她就以最简单明快的姿态来面世，不会故作高深莫测，也不会把自己涂抹得多么复杂。这样多好，自己不累，别人也不累。当然，简单所具有的力量，只有达到通透境界的人才可以驾驭。从原初的意义上来说，简单是一种天然；但人被社会生活裹挟过之后，简单就成为一种境界了，所谓大道至简。

从社会回归个人生活的陈布文，回到了赤子阶段，恢复了她如初洗婴儿般的率性和干净。她离开的，是国家机器，是体制秩序。别人所迷恋的，她衣袖都不挥就抛在身后了。她的果决的理性，使她删繁就简地成就了最大限度的美好人生。

无疑，陈布文是因为珍惜而放弃的，放弃了该放弃的，才能珍惜该珍惜的。放弃之后的陈布文，开始更纯正地活着。有评价说她是一个"安于诗书家务、同时又纯真地执着于理想信念的女性形象"。其实，家务不可能使陈布文沦陷，她家一直是有保姆的。她相夫教子，却并非传统的贤妻良母，她即便不是李清照式的，至少也跟《浮生六记》中的沈芸属于同一女性脉络。她是一个主妇，还是一个书香女人。理家持家之外，她学唱京剧、写日记、写信，她的生活不可能枯燥。与张仃夫妇都很熟悉的黄永玉在热烈颂扬过张仃之后，提到了陈布文："夫人陈布文从事文学活动，头脑黎明般清新，有男性般的愤世嫉俗。和丈夫从延安走出来，却显得十分寂寞。"黄永玉真的是没有看懂陈布文，在大开大合的酷烈之后，她进入风轻云淡的生活，是多么自在安适呀。黄永玉还说："可惜了她的头脑和文采。"她自己可能真不认为这是可惜，她写作是为了活着，而非活着为了写作。如果她已经活出了生命的价值和光亮，写不写作还有那么重要吗？

说陈布文从此成了一名全职主妇是不恰当的，应该说，她是一名自由职业者。她并没有闲下来，据张郎郎回忆："50年代起先是《新观察》的特约记者，写了许多报道，后来也给《人民文学》写了小说。60年代给儿童剧院写了剧本《害群之马》（未上演），给木偶剧团写剧本《黑风洞》，这个戏上演了，爸爸为这个戏做的舞台设计和人物造型。"如果不是"文革"，她可能还会继续写。而在"文革"当中，还有谁能写作呢？她因是化外之人而未被直接搅进运动机器，已经使自我的人生岁月幸免于被糟蹋了。

她纯真的理想信念，也传给了自己的孩子，这等于乘六了，难道不是一种巨大的精神建树吗？张郎郎在《大雅宝旧事》中写到，母亲挂在儿子床边的是诗人拜伦像，母亲还给儿子朗诵土耳其诗人希克梅特在监狱里写下的诗：医生，我的心不在这里，它现在在黄河之滨……每次到这句，母亲声音就哽咽了，儿子心里也涌起热流，对母亲的朗诵百听不厌。这是多么美丽的人间图景！

陈布文不重物质生活而重精神生活的基因也传给了孩子们。张郎郎在回答从小的艺术氛围对自己的影响时说：本质上都影响着我们家六个孩子，好像都不食人间烟火。过去叫理想主义，现在叫云里飞，生活在自己的抽象世界里，社会属性特别差。不知道官的重要，不知道钱的重要，不知道怎么营造自己的地位，你关心的东西，你觉得你是精神层面的无冕皇帝，那是最珍贵的，但社会并不那么看。所以你跟社会之间有一个互相不理解的鸿沟。但我们这些人自己活得还挺高兴。

陈布文的理想之光，一直保存在孩子们的灵魂中。张郎郎后来到了国外，依然承认自己是一个"残剩的理想主义者"。"无论放逐者的心态，还是文学的情结，都源于这个理想主义病根。有人调侃道，这是你们心中无法消灭的魔鬼。"（《宁静的地平线》）他读雷马克的《流亡曲》，受到流亡文学的蛊惑，对于苦难和流亡总是赋予理想主义和革命浪漫主义的理解。

陈布文并非只活在文艺之美中，生活中对人对事，她也奉行着自己的真善美，令儿子深深感念："哪怕只有两屉菜包子，她也要让寥寥给扫院子的吴妈送去一屉，那时吴妈家吃的都是野菜。母亲去世的时候，吴妈用野花和青草编织了一个花环，花朵上洒满了感激的泪水。"她的真善美也许很平凡，但她保证使自己远离了假大空。

生活中有诗，孩子们自然会写诗。写诗较多的是张郎郎。他在《宁静的地平线》中写，写诗，朗诵，组织秘密文学沙龙。而且，沙龙的形成就得益于他的母亲陈布文。"她和我们沙龙的每个人都见过，与其中几位经常长坐恳谈。"因为她自己年轻时创作，始终觉得无法畅所欲言，希望自己的遗憾在下一代弥补。她亲手帮孩子们改诗改文,也常在读书上给他们忠告。

她喜欢与年轻人交往和写信,像林徽因,但比林徽因的风雅更加朴素本真。张郎郎写:"她在中央工艺美术学院教文学,和许多文学青年成为朋友。周末,家里经常挤满她的学生。"她的教书生涯很短暂,却给她留下不少年轻的朋友。

她认识也喜欢自己孩子们的诗友,比如食指,她喜欢食指的诗,并对爱诗的儿子说:年轻人的诗,更好。又说:读你们的诗,比我自己写还好。"说这话的时候你流出了眼泪,你想到了些什么呢?相信未来。当然,那就是相信儿子与女儿,相信下一代。"——当然这是王蒙的想象,但我相信这就是真实的陈布文。

甚至张仃的学生,也跟她走得很近。丁绍光写:

> 她是个很特别的人,张仃很早就是党员,但她不是。……后来干脆在家,非常低调。她的文笔很犀利,对世俗看得很透。我跟她的交往很密切。
>
> 真的对我帮助很大的是陈布文。她的思想,她的为人,她对人类的同情。她心怀慈悲。不像我们一般画画的,仅仅因为会画两笔画就自我膨胀得不得了。

丁绍光写到了她的低调,是的,她的高傲都是低调的。

陈布文一直肯定自己的快乐。透明的人是快乐的,跟年轻人在一起的人是快乐的。张郎郎写:

> 这一时期的文学沙龙活动,她差不多都参加了,只是她不知道,后来我们要搞组织。当时,我们沙龙许多人读书,都是向她借。

可以说,这个沙龙的精神导师就是陈布文。

陈布文在言谈中,"对官僚的蔑视,对文化界党棍的鄙视,直言不讳",张郎郎从小就耳濡目染。"例如说,周扬是一脸死人白。当时周扬如日当空。"张郎郎知道,在延安的时候,陈布文就不怕周扬,敢跟他抗争。"这样的故事,我听得多了,年少气盛,不但不怕,反而觉得,搞艺术的人就得有这么个气魄。"

张郎郎他们当时不懂一个简单的规矩:非政府的组织都是非法组织。他们成立的组织也是一个文学组织,除了搞沙龙,还想自己做手抄杂志。他们知道做手抄杂志是非法的,"所以,这是在我家小规模地试行。我父母也参加了,他们的思想在当时,也实在超前了"。

孩子受到的家庭熏陶和继承的精神基因,使他要用自己的脑袋去独立思考,要自由地发出声音。结果,张郎郎就被抓了。他说:"自己的最大过错,不过就是为自由二字而已——自由的创作,自由的思想,自由的话语,自由地活着。"作为死刑犯,他被拉到父亲的单位中央工艺美术学院批斗,而且父亲和弟弟要在台下陪斗。张仃知道儿子被判死刑后,一夜白头。陈布文怕张仃想不开,让孩子一定要陪伴在父亲身边。陪斗完之后,张仃找了个地方,发出狼嚎一般的哭吼,然后擦干眼泪,对孩子说,不要让妈妈知道。父子若无其事地回到家。陈布文不问什么,只是在夜晚给张仃朗读,安抚他遭受重创的身心,激励他活下去。这样的一个在黑夜朗读的陈布文,这样的一种超度劫难的方式,是多么美丽!

张郎郎写道:

很久以后,我听说在同一天,我家的居委会主任和两个警察赶到我们家,他们要找我妈妈谈谈。他们知道我们家孩子多,万一有人想不开,会有更恶劣的后果,所以我妈妈首先得想得开。妈妈一个人坐在阳台上望着远方。警察走上前来,说:"你孩子犯了大事儿了,又赶上点儿了,你可得想开了。这会儿谁都没办法,你们家的人,可别胡思乱想,别出了岔子。"妈妈平静地说:"我小时候听说过车尔尼雪夫斯基他们,因为写东西被判处死刑,那时候他们就是我心中真正的英雄。没想到我儿子也成了这样的人,我没什么想不开的,我为他感到骄傲。"

她在一张椅子上眼神空空坐了一整天。最后总算得周总理相助,保下了儿子的命。当消息传来时,她说了一句话:好想去日内瓦,看看周总理住过的地方。

丁绍光写道:

"文革"的时候我串连到北京,当时张仃被整得很惨……晚上我去看张仃。……我去,叫张郎郎买了一条鱼,一起吃顿饭。吃饭的时候,张仃拨了一点菜在碗里,蹲在旮旯吃。怎么拉他到饭桌他都不来。我感觉他当时的心态,我没有资格与你们坐在一起。我就端着饭碗蹲去他边上吃。张郎郎,我们三个,就蹲在旮旯里。陈布文脸上的表情我印象很深,那种说不上来的,高度的悲痛。就这样吃了一顿饭。

倒是陈布文比张仃坚强，她从来没有被打垮过，因为她比张仃达观。张郎郎在《大雅宝旧事》中写，我妈早就告诉我：遇到劫难的时候，你要学会灵魂出窍，跳出来看自己的傻样，你就不那么难受了。所以，我的童话底子伴我度过多少长夜漫漫……

在张仃被红卫兵揪斗时，陈布文勇敢地站出来保护丈夫。面对淫威，她毫无惧色。当自己受到张仃牵连而受辱时，她也是凛然面对。她的儿子张寥寥深感到母亲的定力是多么了不起：母亲在受尽屈辱时高昂的头，在被造反派剃光头之后仍能镇定自若生活、上街，毫不理会旁人的非议，让他深刻体会到坚强和毅力对一个人有何等重要。赵昔写的陈布文传略中说："颇能领悟鲁迅先生之精髓，这使其做人态度、文章风格、精神气质都浸透着鲁迅精神。"是的，她身上正是有鲁迅先生所赞叹的"中国女子的勇毅"。

陈布文只活到65岁，但她迎来了曙光，配得上她的生命的曙光。"文革"结束了，张仃解放了，她也解放了。张仃重新风光，而她不需要风光，她的风光在她心里。她活得明朗而惬意，她组织过京剧雅集，她的风雅终于不折不扣，为时代所允许。她的晚年，有许多人要她的书法，她爱写"快乐"二字。她给去了美国的女儿的信中说："从照片看，你的服饰，还是很简单朴素。——当然要有选择，有标准，但，不必找便宜的，要上等的……总之，我们只希望你过一阵快乐的、美好的、人的、有情趣的生活……"这是多么美好的、永远年轻的妈妈，她绝不会像九斤老太那样唠叨，她只会鼓励儿女去过更美好的生活，享受自己没有享受过的。年轻，就是一种明亮而干净的心境，如她这般。

她也在写作，张郎郎写：70年代末80年代初她也给香港《大公报》写稿。稿子也都是用毛笔抄写，似乎成了她的特有名片。

据王蒙所写：1985年11月一场早来的大雪中，你一个人去了景山，你说漫天雪花里疾走让人想起战争与革命的年代。你说下着雪上山，让你懂得了另一个世界。你说你这次才想起来早该好好看看景山。你说对不起景山、故宫、北京。你说北京真好。回来后你就病了，你不要去医院，斩钉截铁。你愿意安安静静在家在亲人身边走。你说：我对我的一生满意，没有冤屈，没有懊悔，没有遗憾。你苦笑着说，你明白，到时候了，你将像立冬后的树叶一样地凋落。你说你大雪天去登景山，就是为了告别。

你写下最后的书法作品：让我自由自在地凋落吧！

读到这句话，我感觉有一枚重锤，砸开了心中的金蛋，胸中豁然透亮。从陈布文身上，我平平静静地为自己找到了一个欣悦的尾声，一种脱离尘世的满意的走法。她启示我一个风清月朗的晚年,她在我心里铺开一场为了告别的漫天大雪。

陈布文的凋落,让我想起《约翰·克利斯朵夫》中的一句话:连死亡都已经死亡了。

我心里是一片汪洋。时空漫溢了,世间所有的篱笆,似乎已失去作用。时空无界,生死无界,宇宙是一片混沌,一片令人激动又令人安宁的混沌。我向前辈致敬,向人类绵延的精神山脉致敬。

读《女神》和陈布文,我确是正色正容地感动了。我再次确认了:青春万岁。青春,可以是每年一度的春天,也可以是一种理想的人格和品性。后者,必将因抽象而永恒。

张郎郎说:如果不是王蒙先生写这篇小说,很少会有人想起她和她的字。其实,就算写了,可能仍然不会有很多人记住她。但那又怎么样呢?我想,她不是为了让人记住而活过,她只是要自己的生命该有的那份美好。我感谢并庆幸,在需要精神支援的时候,这位清纯又超拔、我行我素又不"秀"清高的、如永恒春天一般的女性,出现在我面前。我的过去、现在与未来,都愿意以她为比照。人类的精神是无界的,愿人格之美复活并永存。契诃夫笔下的"三姐妹"永远渴望着:到莫斯科去!那么,自由,就是我们的"莫斯科",就是我们共同的家园。

我也想去日内瓦。

(原载《广州文艺》2018 年第 8 期,有删节)

花被片

_ 林那北

很久才知道楼下那五棵树的名字,"久"是四年。四年前家搬进来时,树也刚种下,并排站立那里既枯瘦无助又拒人千里,月饼大小的树身像行旅战士小腿般扎着一圈圈草绳,又被四根竹竿东南西北用力撑住,没叶,枝丫也稀松潦草,弥散着一股万念俱灰的颓废。在森林覆盖面积居全国之首的福建,它什么都算不上,行来过往,谁也没空腾出眼光赐过一瞥。

树的旁边是一片空地,白灰划出一个个长方形格子,不用说,是公共车位。每天下班回来,我习惯性地把车停在中间那株树的左边或右边,熄火,下车,走人。那时也是四月,阳光乍暖,但还未尖利,所以对遮阴尚无需求。过了两个月,日头像发酵起来的酒一天比一天烈性,我早上只要稍微迟点上班,车子就已经滚烫得接近火炉,坐进车就是献身烤肉机。这时候不满就徐徐生出来了。叶子呢?对啊,不长叶子好意思做树吗?

叶子过了一冬后才迟疑地往外冒,刚开始应该是半透明状的青黄色,然后一点点变成粗糙而坚硬的深绿。这个过程它们自己肯定很竭力,我却多半只是靠猜测。每天从旁来去,我的眼皮并没往上抬,偶尔目光掠过,也没有停留。所有生命其实都一样,初始时荡漾人心的呆萌稚嫩,总是敌不过岁月的磨损消耗,再可爱也终会以不可爱收场,这五棵树的叶子当然不会例外。

花匠是小区里最神出鬼没的人,这会儿我努力想着,也没记起他的模样,一则因为一年未必见得到几次,二则即使见到了,他的脸也与花草混为一体。有次遇到他正拿大水管狂浇树木,连路面都受益良多,遍地水汪汪。车从旁驶过时,他恰好侧过头。我踩下刹车,向他笑着做个手势,他马上明白了,欢喜地把水龙头掉转过方向,水喷往车身,前窗玻璃刹时虚了,窗外的他也糊成一团。水停下时,我按下了车窗向他致谢,他已经又转身浇他的水去了,那五棵并排而立的树就在我眼皮底下纷纷受益。

即使不是夏季,南方的旱也是说来就来,树身四周的土在阳光下干渴得变形,从黝黑眨眼成为灰白或者淡褐,风过就扬起一层粉尘。有几次我上班离家时,恰好发现有矿泉水空瓶,就顺手装满了水带下楼浇给树。当然不够。二三十米外有个水龙头,如果不是特别急着走,就过去装了水再浇下,如此而已。四年里此事究竟做过几次呢?做时没过脑,现在自然脑中一片空白。倒是记起有次购得一包花肥,对家中几盆枯瘦零丁的花草进行一次恩赐,然后特地余下一撮带到楼下,用钥匙在树根处戳了一个小洞,把肥料埋下。雨露没有均沾,关照到的都只是中间那一株。

四年之后又是四月,一夜风雨。早上雨停了,我边低头看手机边走到车身旁,手伸向车门时猛地一惊。车把、车窗上挂着一道道长条状的东西,淡黄或者米白,不脏,但湿漉漉地暧昧着。再一看,车顶、车身也都是,横七竖八厚厚的一层。第一反应是车子长虫了,像趴着无数肥大的蛆。下意识松了手,后退一步。神一定下来,也就看清楚了。不是蛆,是树的排泄物。拿起细看,它们有叶的形状,但没有叶的质地,更缺少叶脉。那么是花?可是四年里它们可曾有过一场哪怕最微不足道的花事?从来没有。

绕着车围一圈,再仰起头对着树上下打量。整整四个四季过去之后,我才第一次如此仰脸向它。树身已经有碗口粗,被雨淋过一夜后,像刚敷过面膜的脸,非常滋润饱满,细看却不细腻水嫩,到处凹凸虬劲,没有一寸是光滑的。叶子很参差,大都是新长的,是油画颜料里永固浅绿再加三分之一的铬柠黄才可以调出来的那股怯生生的半透明青涩,中间夹杂着几片陈年老叶,沉着脸强调自己的辈分。我拿出手机,找到那款识别植物的APP。它早就下载,并且醒目地摆在页面上,心血来潮时到处拍照,劳驾它告诉我路边随意遇到的那些花草树木的名字,可是身边这五棵却从未有过这个待遇,我对它们居然一直没有好奇。

黄葛树,这三个字跳出来。换个角度再试一次,还是这三个字。马上搜索,原来属落叶乔木,别名很多,黄桷树、大叶榕、马尾榕、雀树,在佛经里还被称为菩提树。原产地是我国华南和西南,不过东南亚、非洲和澳洲北部也有分布,寿命极长,上百年小菜一碟。有花吗?有,花期在五至八月间。居然还有果,黄色或紫红色的果实球形的,会从叶腋里生出。

这有点像别开生面的古怪相亲场面。我站在离树一尺外,抬头看树,又低头看手机里热心肠媒婆摇头晃脑滔滔端出树前世今生的优点。而我和树其实是四年相见不相识的彼此,我甚至根本没见过花,更勿论果。以为已经被写作逼迫成尖利的眼光,就这样瞬间坍塌。

按百科所言，黄葛树被划伤时，树身会分泌出白色黏糊液体。上前用指甲抠几下，那么粗糙的外形，皮却是柔软纤细的，薄薄的一层褐色下是另一层脆亮的绿，然后就露出内里洁净的乳白。果真有液体，缓缓从里头往外顶出，汇成珍珠状。用手指抹下，又对搓几下，指尖在黏糊糊中渐渐变黑。举到鼻子闻了闻，一股淡淡的青草气息。那么都对上号了，是黄葛树无疑，悬而未绝的只剩下落到车上的那些蛆般的东西究竟是什么？

俯下身扭头向上看，树上找不到任何一点白色，但车身上白花花的一片又分明不可能来自树以外。愣神呆立，忽然记起一个词：花被片。马上用手机又搜索了一下：当萼片和花瓣长得很像而无法分辨的时候，萼片和花瓣被合称花被片。就是它了！多少年了这三个字一直沉在记忆深处孤寂地美艳，一直以为与我无关，忽然却这么关上了，它们竟锦衣夜行，一古脑都落到我车上。

这是黄葛树对我的深情回应？几瓶水，一小撮肥料，原本不足以被如此温柔以待啊，但植物界也许不这么认为吧？点滴恩惠，它们铭记一世，并终要择机回报。

我上了车，没有按常规打开雨刷。前窗玻璃上横七竖八的花被片其实并不会对视线造成毁灭性的阻碍，但我还是开得非常慢，比十五六年前第一次进驾校、第一次爬进驾驶室还蹑手蹑脚，方向盘在手中沉甸甸的轻易不敢拨动。今日车与往日任何时候都不同，它等同于披上花冠的新娘，我得和她一起缓缓咀嚼这幸福之光。

车出小区大门五六十米后，以往都得右转，那是通往单位的拥挤狭窄道路，但现在我不转了。直行是更车少人稀的宽敞江滨大道，我打开窗，踩下油门，车喊叫一声威猛前冲。风来了，是江上湿潮妖娆的风，它们肯定也很少见过这种阵势，于是立即参与进来，把车身上的花被片呼地卷起，向上向左向右次第弹射——如果有摄像机，如果加进特效处理，此时我的车肯定金光闪闪啊。

我坐在车内独享这一刻。世象退远，车和人都被托起，冉冉飘浮到另一个永远没有伤害的春天。

(原载《人民日报》海外版2018.4.28)

朝拜伟大的纸

_裘山山

我有恋纸癖。看到好纸，会忍不住拿起来摩挲。做编辑时，印刷厂拿来几种纸商议来年用纸，我总忍不住想选最好的，哪怕成本高一点。在宾馆开会，桌子上通常摆放着宾馆信笺，我舍不得在上面做记录，随手记在稿子上，把纸带回家。我的抽屉里攒了许多宾馆信笺，大都很考究，有的雪白，有的米黄，有的光亮如上了釉，有的则压着浅浅的皱纹，凭直觉，都在五十克以上吧。我还存了一些单位上早年的稿纸，有十六开的，还有八开的。年代久远，已经有点儿发脆了。但我还是喜欢放着。偶尔，我会把这些纸拿出来，像女人看珠宝那样欣赏一番。

其实我对纸的感觉始于童年。那时候父亲在铁道兵学院教书，晚上总在台灯下备课，我会向他讨一张纸来趴在一边写写画画。那时就对纸有一种莫名喜欢。父亲对纸很珍惜，正面写过教案，背面就拿来做演算草稿，正反面都用过了，就裁成两张扑克那么大，放在卫生间，让我们如厕用。我蹲厕所时会拿起来看，正面看不懂，反面也看不懂，就揉巴揉巴，用掉。有一天父亲很喜悦的拿回一张布满细细小格子的坐标纸，他说是从教研室废掉的纸里捡回来的，还有半张好用。父亲说，这可是很好的道林纸。道林纸这个词，就这样进入我的童年。后来父亲用这张坐标纸，给我和姐姐记录年龄和身高，至今依然在。

等我做了编辑，才知道道林纸就是胶版印刷用纸，因为最早是美国道林公司生产的，故得此名。再后来我又知道了双面胶铜版纸、蒙肯纸等各种好纸，还知道了纸是分类的，包装用纸，印刷用纸，办公用纸，工业用纸，生活用纸，加起来有上百种吧。买书时也会发现，纸越来越好了，质地细密，还很轻，越来越让人喜欢了。我做主编时曾规定，所有的纸必须用两面，尤其打印校对稿只能用废纸。寄刊物用的牛皮信封也要翻过来再用。

但即使如此,我却从来不知道造纸的过程,或者说,从来没目睹过造纸的过程。作为一个爱纸的人,这是一大遗憾。

终于有了这一天。

这一天我们来到温州瑞安,来到瑞安芳庄,来到芳庄东元村,来到东元村的"六连碓",去朝拜造纸的遗迹。下雨,山路很滑,我们不得不小心翼翼地一步一步地缓慢前行。这样的行走显得颇为庄重,很符合朝拜的心境。

温州造纸历史悠久,而这个"六连碓",则是瑞安山区屏纸生产的典型所在。在宋应星所撰的《天工开物》中就有记载。所谓"六连碓",简单地说,就是六座顺着山势而建的纸碓房,即生产屏纸的作坊,是目前保存最完整、历史最悠久的造纸作坊,与2000多年前我国的古造纸术紧密相连。

追溯起造纸,肯定要说到东汉人蔡伦。我们从小就知道蔡伦造纸,却不清楚详情。有个不那么积极的说法,说蔡伦当时造纸,是为了讨好太后邓绥。邓绥是个才女,喜欢写写画画,同时又很节俭,觉得用帛纸太昂贵了,希望能有一种质地好又便宜的纸。蔡伦当时是宫里太监,位居中常侍,他的靠山窦皇后去世了,他急需找到新的靠山。得知邓皇后这个愿望,立即表示愿意去完成这个任务,以至于屈居主管御用器物制作的尚书令。为造出纸,蔡伦可谓殚精竭虑,冥思苦想(我觉得还应该加一句"群策群力",因为当时的皇宫作坊,原本就聚集了天下的能工巧匠)。当然蔡伦原本天资聪颖,肯动脑子,他在西汉造纸雏形的基础上,改进技术,采用树皮、麻头、破布、渔网等原材料和新的制作工艺,终于生产出了可以书写的纸。他将造出的纸和奏折一起,呈给了汉和帝,龙颜大悦,即封他为龙亭侯,故后人也称那纸为"蔡侯纸"。

虽然蔡伦最终因汉和帝去世、在宫廷斗争中失宠而自杀,但他发明的造纸术却流传下来,一直福泽后人,并沿着丝绸之路传向世界,成为中国四大发明之一。纸的诞生,令人类文明有了质的飞跃。

也许蔡伦自己都没意识到,他发明的造纸术有多么伟大。在纸诞生之前,我们的祖先是将文字写在兽骨上,写在树皮上,写在石片上,写在青铜上……再后来有了竹简和木牍,但都是些既稀少也不易携带之物。西汉虽然有了纸的雏形,原材料却是丝帛,成本昂贵。是蔡伦第一个生产出了植物纤维纸,让纸有了广阔的来源。所以无论初衷如何,蔡伦都是一位了不起的发明家,是我们的纸神,值得永远铭记。

再说回到芳庄。芳庄的屏纸,在工艺上与蔡伦的古法造纸术一脉相承,始于唐宋年间。只不过他们采用的原材料更为单纯,因居住的地方水多竹茂,故全部用竹子,水竹。据史书载,同一时期的其他地方,皆因地制宜造纸,四川是用麻,北方是用桑皮,沿海地区是用海苔,制作过程也大同小异。

我们细细参观了芳庄屏纸的制作，为表达敬意，我将其过程如实写下：先将水竹斩成 1 米左右，再劈成指头粗的小条，再用锤子将竹子锤裂晒干，扎成捆，俗称"刷"。这道工序叫做料。再将"刷"叠排放进石灰塘，压上石块浸泡 3 到 5 个月。这道工序叫腌刷。其间还要上下翻动，称为翻塘。翻塘很累，且容易引起皮肤溃烂，不得不随时用草药敷胳膊和手。"刷"沤熟后捞出，用清水浸洗一个月，再晒干。这道工序称为晒刷。再将晒好的"刷"放进水碓房的捣臼中，利用水碓将其捣成竹绒，这道工序称为捣刷。最后将捣刷好的竹绒溶进水里，搅拌均匀，再用细竹丝编成的纸帘在浆池中轻轻一荡（捞），滤掉水便剩下一层薄薄的纸浆膜，重叠起来称为"纸墙"。这道工序叫捞纸。最后用三米多的压秤压干纸墙中的水分，切成三节或四节，称为压纸。最后才是分纸、晒纸、折纸、打捆、包装。

多么不易！整个工艺流程往大处讲至少有八道，往细处讲，得有 70 多道甚至上百道。从竹子到纸，至少需要半年以上的时间。毕竟，它是将一种生命形态，造化成另一种生命形态。

我们沿着山势向上走，虔诚地朝拜了每一个碓房。这碓房，即是其中一道工序"捣刷"的所在地。只见强有力的溪水顺山冲下，带动起木制水轮，水轮再带动起轴木，轴木上镶嵌着大石头，然后"水激轮转，则轴间横木，间打所排碓梢，一起一落舂之，即连机碓也"（《晋书》）。原来所谓连碓，就是连续地舂，一下一下地不停地捣，捣碎竹梢，直到将竹梢捣成竹绒。说来汗颜，我最初还以为六连碓是六个水碓连在一起的意思呢。

我们一直向上走，从六碓房走到一碓房。其中一个碓房正在作业，那是为了让我们观看而特意作业的。我看到大石头下的竹梢，正在被一下下的捣碎，我却忘了问，一批竹"刷"要捣多长时间才能成绒？我估计，至少需要两天吧，至少需要捣上千下吧？我们还发现，那水轮的设计也很科学，有一根竹子悬在高处，专门用来引水冲刷轴承，以免过热出现故障。劳动人民的智慧随处可见。

上到山顶，再从溪水的另一侧往山下走，一路上，便看到了许多用大石头凿成的浸泡竹梢用的石槽，也叫石塘。每个都有小书桌那么大，闲置经年，生满绿苔。但依然能想见当年它们浸满刷（竹梢）的蓬勃样子。原来这座葱绿的山坳，就是一个大大的造纸厂，是一个挨一个的露天车间。再往前，我们终于看到了最后一道工序，捞纸：一个工匠正用极细的竹丝编成的纸帘，从浸泡的竹绒浆池里，轻轻地一捞，滤掉水，便成了一层薄薄的纸浆膜。据介绍这道工艺很考手艺，是决定纸的质量的关键一环。

真是来之不易的纸呀！我心里一遍遍地感叹。

细看那"捞"起来的纸，便是我们通常称其为"马粪纸"的草纸，还无法用来书写，只能做一般生活用纸。若要把它进一步造成可以书写的纸，还不知需要多少道工艺，下多大功夫。

　　原来，那天天与我相伴、书房里随处可见的纸，那从写第一个字就开始使用、用了几十年的纸，是这样诞生的。其间融入了多少人的智慧，多少人的汗水，还有多少人的生命。回望那葱绿的山坳，就像一个孕育生命的子宫，经年累月诞生出一张张伟大的纸。

　　虽然现在屏纸已停止生产，虽然我们有了现代化的造纸工艺，虽然因为电脑输入对纸的需求开始下降，但面对这久远的造纸遗址，我依然心怀敬意，心怀感激。我在细雨中，默默地向这个深藏山坳的造纸作坊致敬，向发明了造纸工艺的先人致敬，向传承了造纸工艺的芳庄人致敬，也向那些为了成为纸而奉献出自己的树木、竹子、芦苇、桑麻、麦秸、棉花、稻草、海苔等所有的植物致敬，你们不仅是纸农的衣食父母，也是我的衣食父母。

　　如今，造纸业还在不断创新。比如，研究出了用废弃的污泥造纸；又比如，研究出了用废弃的香蕉杆造纸。这些原料经过新工艺后变废为宝，为我们的纸世界锦上添花，继续为人类造福。

　　忽然想，为了对得起伟大的纸，我们每个写字的人，都应该好好地练字，以便让自己的字，配得上一张张来之不易的纸。

（原载《人民日报》海外版2018年9月22日）

像那块矿石一样活着

_唐朝晖

  杏山铁矿以前是大石河铁矿的一个采矿车间。1966年开始露天采矿,四十年后,转为地下开采。杏山铁矿现在的主要生产流程有八道工序:开拓掘进、喷浆支护、中深孔穿孔、回采爆破、运输破碎、主井提升、地表干选。

  工人给你拿来了一套新的装扮。一套衣服,一双布袜长到膝盖,一双防水长靴,安全帽里有一个定位仪,一件有反光标志的马甲,斜挎在身上的手电筒,防尘口罩。矿工的所有装备,你几乎都穿戴整齐,安全帽里装有警报器和跟踪器,出现意外,地面上可以发现你的位置,你现在的代号就是"开拓3号"。

  下井有两条道,你先从斜坡井下去。

  你上了辆改装过的越野车。车子在一个类似于隧道前的洞口,慢了下来,洞上方有"主斜坡道"四个字。越野车慢慢地开进洞里,没有停车的意思。

  司机说,开车下去。

  这超越了你的想象,没想到可以直接开车到井底。一路往地底下开,主斜坡道从海拔103米的洞口向下延伸,目前井巷掘进到了负330米水平的地下,从井洞口到井底,垂直高度433米,主斜坡道5公里长,坡度10%到15%,宽4.13米,高4.8米,让车并不显得狭窄,路左侧是井下设备供水的水管,右侧是光纤和电缆,把信号和电送到井下。电缆和水管像水浪一样,与井巷顶部的白色灯光一起,伸向不见底的前方。巷井地面已经硬化,巷道弓形,能支撑30年左右,上面装有照明,包括测速的仪器。

  井巷干净,无一物。

  弯道,转弯。

  前方是铲运机,矿崩落石,需要铲走、运走。铲运机横着走,与螃蟹一样，驾驶室在顶棚，横向驾驶，便于井下灵活拐角。车长 11 米，这是采产区，还有一个流程区，专门负责破碎、提升、运输到地表。井底主要设备都是使用的国外产品：

开拓掘进采用瑞典阿特拉斯公司制造的掘进台车和美国卡特公司制造的 6 吨柴油铲运机。

喷浆支护采用的是瑞典诺曼尔特喷浆机组。

中深孔穿孔、回采出矿、矿石破碎设备是瑞典公司制造的。

主井采用德国西门子公司制造的提升系统。

井不断地往下挖，后面的洞就慢慢地成为工人休息的地方。食堂，就是曾经的一个洞，工人用小铁板焊接了一扇对开门，漆成蓝色，挂点绿色塑料植物，让水泥和石头洞里，多了点温情。你推开铁门，一个小伙子与你一样穿戴整齐，拿着一个小扫把，在洞里打扫卫生，你像在村子里，进了一户农家，主人在家做零碎家务。你们打着招呼，你找到了串门的感觉。从铁门进去，一个近百米长的洞顶，挂满了葡萄藤，枝繁叶茂的塑料花，灯光没日没夜，无区别地亮着，枝蔓的影子散落在桌椅上，四张桌子拼成两组，每组八条凳子。水泥地，水泥墙，水泥顶，洞的那头，是山体的石头。

工人通过公司内部网络点菜，食堂里送饭的车子来了，后车厢门打开，每个地方的工人并不多，七八人，领了各自订的餐。

斜坡道盘旋下来，跟山道一样，有让车道，7 米多宽，便于上下错车。前面有红绿灯，这是单行道，现在是红灯，说明下面上来车了，你们的车停住做好避让。每个水平上，都有这样的红绿灯。来的是辆拉物料的车。这条道不拉矿石。

岩石凿了后，巷道都织护过，用混凝土进行喷浆，把顶部护住，防止塌落，部分区域用麻网和钢架支撑。物资靠刚才相遇的车运到井下，生产材料，包括钻具、水管、风管都靠车拉进去。

到了负 75 米的地方，接下来是负 103 米，采矿工艺就像切豆腐块，把矿采掉。经过一个大的检修洞，从这头进，那头出，洞室设两个出口，万一有事，可以逃跑。

有数字 30 米的标志，这是车的速度限制。到了一个岔路口，一边往火药库方向，炸药放在井下。下车，井巷墙壁上挂着 −218m 水平的牌子。

你嘀咕着，到了负 218 米的地下，身心灵，也没起什么变化。

井道里有水，灯光虚幻成一个个圆点，从你头顶延伸，远处的，像月亮，照在沼泽地上，再远处，就分不清上下了，白色的光铺满前方，在水上形成光柱,一长线,模糊了井巷里的工具。

车子掉头,往另一个方向开,你要求,拐进右边一条井巷里看看,这里没了灯光,没了电缆,脚下是细碎的石子路。往前面走,到了井巷的最尽头。

在井下,你与见到的每一位工人都会待比较长的时间,随意地聊天说话,这一个作业区的工人,他们的任务是打井,把井巷道挖进去,这是矿工作业的第一步。你到了打井的机器前,也就是这个井的最前端,这是一台价值约二百六十万的机器,两个九零后的大学生工人正在操作,机器像枪,直接抵住前面的石头,钻孔,安放炸药,石壁上零零碎碎地画了些点和线,这是打孔机对准的点。整台机器,十多米长,车架黄色,运动的四肢为黑色,流线型身材,就是一只黄色的螳螂,前肢锯齿集中在最前方的一个点上,水电风都没过来,就靠机器前面两盏灯,把前方石壁,照得如同白昼,细丝分明,机器的后半身,没有光照的部分,就慢慢地沉没在黑夜里。

井里大部分是九零后工人。

你问:今天几点上的班?

九零后工人答:7点多开的班前会,7点40下的井,到底下7点50多,维护设备,然后开始工作。

在负400米的地下,井的最尽头,这里没有水泥,没有钢丝防护网,没有路灯,没有电缆,没有……只有石头,只有那两个在这里工作的九零后小伙。他们在石头里打洞,他们钻在石头里,他们四周都是石头,他们在一块块巨大的石头里呼吸,一整天,见不到阳光,灰色的石头与他们作伴,脚下,一层浅浅的石头粉末灰浆。两个小伙子还有一位相伴者是这台281掘进台车,瑞典产,其冲击、定位、回转和缓冲采用各自的液压泵,独立控制回路,自动防卡钎功能,长长的钻臂,像工人的手,伸向前面的岩石。

巷道,随着他们的掘进而向前延伸。

他们的身后,是石头里的黑夜,因为弯道,你看不见来时的路灯,一点亮光都没有,只有掘进机头顶的白光,照着往前的方向。俩小伙子同样的装束,安全帽、头灯、反光马甲、工作服、手套,最显眼的是防尘口罩,两个巨大的呼吸阀,粉红色,向外突出,远远超过了脑袋和帽子的宽度,很夸张的模样。

前面的石头,石头后面有什么?凿岩机把这层石头凿穿,后面就是阳光?似门一样的前方,给出了严重的幻觉。科学的说法是,石头后面还是一模一样的石头,同样的石头,几百、上千次地钻透——他们还是在石头的里面。

两九零后小伙,瘦高个的戴着眼镜,稍矮点的青年,壮实些。头灯照着细长的钢钎，撞向石头，握着的手，有点沉，虎口微微胀疼。两小伙配合着，把石头击落下来。路在石头里，一点点向前挪步。

你蹲下来，捡起一块棱角分明的铁矿石，沉沉的，边角线很锋利。

井巷里没有光，只靠你们手上的电筒，照路。光，在高浓度的黑里，显得有些散漫无力。

路过另一井口，你问，这通向哪里？

主任说，前面是目前为止，巷井的最深处，也是最危险的地方，一个小时前，还掉下来很多石头。

你用手电筒往里照了照，只有石头，洞里的水比其他巷井里的水都多，再前面，就是黑。

同来的人说，不能去，不然矿里领导和主任会批评我的。

走了不多远，你想了个小办法，支开井里的人。你一个人，往工人刚才说的最深处走。转弯踏进井道里，就是一摊的水浆，井巷上，掉下来的石头，像开着的花，巷道上一堆大大小小的石头，有花瓣，有完整的花朵，有花簇，延伸到井的尽头，往巷井顶部看，花朵硕大，灰白色，到处都是，你以为在深井里，缺氧，产生的幻觉。后来，明白了，你手电筒的光移到哪里，那里就成了花蕊，石头的纹路、石头凿过的痕迹，在光影深浅不一的照射下，随光影的浓淡，形成花瓣。你随意找了块石头，坐下来，想象着工人在这里凿岩的样子，这些工人，其实就是你，你如果没有离开工厂，你就是他们中的一员，你不担心石头会掉下来，不担心会砸在你身上。四十岁以后，你喜欢上了石头，溪水里的、大山里的，你给石头写了无数的诗歌和文字，你听到外面有人在说话，在找你，你没有动，你想多坐一会儿，这是你人生第一次，坐进石头里，从石头的里面，看里面的石头。

你在一些石头的里面，

你坐在另一些石头的外面。

巷道比较黑，这地方不能装照明，爆破的冲击波太大。

主任后来解释说，不要你去的那个地方，昨天我12点去过，那里的石头都没有掉下来一块，我今天上午去了，那里开始陆续冒顶。冒顶，就是顶板塌下来，井下80%都来自这种事故，伤人、伤设备。

井里有冒水、冒石的地方。你们穿的靴子，防6000伏电压。

海拔负四百多米，你到了井的底部。

如果不是主任告诉你，你想不到井道旁堆出来的一个个土堆，下面是深不见底的垂直溜井。你往1#溜井上面看，似乎看见了井外的天光，其实是上面的灯，溜井旁，用碎石子堆起来了一个小小坡度，用两根小铁丝拦着，红色的光照着，下面黑漆漆的。

井道里的维修车间，只能放一台机器，这也是利用先前的一个坑道，把要维修的机器搬进来，把一些工具搬进来，就叫维修车间。这个洞不深，放着一台正在修理的凿岩掘进机，是瑞典阿特拉斯公司生产的，工人们称它为安百拓，占了洞里长度的三分之二还多。洞里三面井壁，摆着蓝色铁柜子，放工具，柜子两米的高度，洞的最里面，横着放了一排桌子和椅子，面对洞口，有点像法庭的审判席，法庭一般挂着"公正、廉洁、为民"的字样，这里挂着"清洁、精细、钻研、创新"八个红字白底的铁牌，在井洞里最为醒目。他们在审判什么？审判来维修的机器？审判自己？工人坐在那里吃饭，你也坐过去。

快出井了，司机提醒你，把眼睛闭上一小会儿，不然外面的阳光会伤害到眼睛。

第二天，你乘罐笼下井。

罐子车升上来，罐帘升起。开罐笼车的老师傅很热情，有另外五六个工人也要下井，站在他们中间，抓着罐笼里的扶手，与地铁里悬空的把手无异。

罐笼中途停了两次，下去了三个工人。罐笼最后下到井的最深处，负480米。

一根承重绳就能吊动整个罐笼安全运行，现在是六根，一根是300%的安全系数。

副井设备出现任何故障，不会造成急停的状态，罐笼不会一下停住，它会先刹车，等减到每秒0.5米的速度，才会停。

井底有一个蓄水池，称之为水仓，工人在里面养了很多鱼，最多的时候有50多条。你去的那天，池子至少有二十多条，大的一斤左右，小的也有半斤大小。长方形蓄水池，宽三米，长约300米，水池旁有灯光，半明半暗地照着水池，照着水里游着的红色的、青色的鱼，看上去有些诡异。水池一边是井道，是路，一边是井的墙壁，上面盘满了各种管子。

小屋子里有一个取暖设备，主要不是用来取暖，这里太潮湿，驱散潮气，只要有人的地方都有这个。房子四平方米大小，像这种房子井下有五个，这是最底下的一个，负330米，每个房子里就一个人，要待八小时。井下工作不能超过八小时，劳动法有规定。这里有地压，你下来的时候有些感觉，耳膜有点鼓。

你与井下最老的一位师傅，聊了很久。

老师傅说，我一开始在矿业其他单位，到铁矿二十多年了，1991年过来的，那时候老师傅还多，现在都是八零后、九零后。

老师傅显得很年轻。

他说，主要是不见太阳，也没愁事，但我们心理压力特别大，干这工作，必须保证罐笼百分之百的安全。我的师父就是这么传给我的。罐笼运行，哪儿的动静不一样了，在哪个方位上，我们就赶紧往上报，有些故障，我们就靠听声音，不是靠眼睛。

老师傅说，煤矿有一个传统，原先下井底没有检测仪器，都是带一只活物，或者一只老鼠搁小篮里，只要动物能活，人就能活，主要是检测一些气体，现在井里就有老鼠，工人把剩饭带井下。咱们这里的耗子不怕人，人看见活物也比较新鲜，不伤害它，已经是一种习惯。

老师傅说，这里能看到的活物有老鼠、苍蝇、蚊子、蝙蝠。"480处"还有一条很长的蛇，是工人带进来的，放巷道里放开了养，工人养着，吃老鼠，吃活物，也没人伤它。凡在地下，就是这种习惯：很少伤害活物。"480处"目前为止不算最深的，还有508，原先有水磨工在那看守，现在也都无人值守，都是远程操控。

老师傅说，地震，井下相对安全，唐山大地震，煤矿没啥问题，死亡率特别小，在地下，所有洞都防震，地上晃得厉害，地震是一个波，波浪到洞这，就断了。

老师傅说，原先水带不下井的，人都是喝豆浆，只要早上喝饱了，全天不会渴。这是一个孤独的地方，还有更孤独的地方，就是一个人一个岗位，手机不能带下井。

你去了那个最孤独的地方。

出井，今天陪你的主任很惊讶地看着你。

他说，你在海拔负400多米以下的井里，一点惧色也没有。

你知道有危险，但你相信带你去的人，你也相信生命的无常，更相信，自己的力量，你心无所惧。有人说，下井的人，几乎没有不恐惧的。最深，也是最暗的地方，你每一脚都踩在水里，你没有想到恐惧这个词，你自己都有点意外。

你后来才知道，你在井下的这段时间，工人们把机器都停，也没有开通风机，不然，井底会有很大的噪音。四百多米深的地下，你们在石头洞里穿行，没有阳光，但有光亮。

走进小小的罐装车，叮叮咣咣的响声开始，车子往下，井底滴水的声音，黑暗的井道，远处的灯光，铁泡在水里。

（摘自《螺丝钉简史》，唐朝晖著，北京十月文艺出版社2018年出版）

留在夏牧场岩石上

_阿瑟穆·小七（哈萨克族）

晚秋时节，一个雨后的下午。五点刚过，库齐肯和孩子们整理完一切——她们准备第二天出发，转场迁往冬牧场。从昨天收拾家当开始，她的嘴就是紧抿着的。她时不时放下手中的东西，站到高一些的土堆上，把手搭在额头前，向着远处张望。她这么做了许多次，有三四十次了吧，好像。看起来，像是什么珍贵的东西遗漏在了那儿，或者有重要事情等着她去处理。这让孩子们感到不安。

这回张望之后，她松开身上的帆布花围裙，团了团，塞进一个羊皮口袋。"我该去那面走走看，"这话既是对孩子们也是对她自己说的。"我得去走一走。"

"一起去吧。"孩子们问，"有什么东西丢在那儿了吗？"

"不，我只想随便走走。"她摇了摇头。

"给您，"一个孩子跑着拿来棉衣，披在她身上。"妈，快些回来啊。"这个季节，太阳落山之后，冷得刺骨。

她徘徊在草地上、山坡上。没有，没有什么东西遗漏。可是，她的心中总是牵挂。她走过山坡，走过草原，停留在一大片岩石前。它们大多发着铁灰色的光芒，另一些是干血般的红色。那上面有许多非自然的陈旧痕迹，她看着那些牛、羊、骆驼、鹿，还有展翅翱翔的老鹰，这是哈萨克先民原始动物崇拜的遗迹。库齐肯用手抚摸这些草原岩画，在她准备离开时，不远处岩石上的痕迹吸引了她的眼睛——那是被人用小的石块一点点敲击上去的数字和图案。这些痕迹新鲜而清晰，非常容易辨认——这是丈夫每天放牧的地方。

那么，这里记录了什么？

她俯下身子，认真查看岩石上的痕迹。最前面的岩石上刻着——七月十三日。哦，这个日子，他敲击的这个日子，她知道。可是笔迹对她来说有些陌生——颤抖、扭曲，又很小心无力的痕迹。而以前他记下家里的每一笔收入和购物单上的字迹全都挺直而大胆，不过还看得出来跟从前充满力量的笔迹间的模糊联系。嗯，是他的笔迹。

也只有她知道他敲击"七月十三日"时的心情。就在这个日子的清晨，他们从城里医院回来。医生说他的生命只有两个月。虽然，每个人都瞒着他，但他的眼睛告诉大家——他心里头明白着呢。他跟她什么都没说。

"一切都已经过去，"回到家，她耸耸肩，装出什么都不会发生的轻松模样，告诉他："现在你需要和正常人一样生活。"

"嗯，哦。"他答应着，他完全能够理解她的心情。他赶着羊群，去山坡上转悠。他需要阳光。他总是觉着冷。他在暖暖的草地上坐着，望着眼前的世界，怀着惶恐和孤独的心情，等待那个日子的来临——他已经感觉到了。事实上，任何走动对他来说，都是一件痛苦的事。疾病已经侵袭到他的内脏、骨骼和血液。稍微动一下，他就气喘不止。他肥大的衣服松松垮垮地罩住他苍白无力的躯体，他浓密蜷曲的、泛灰色的头发已经脱落得稀稀落落。那个妻子和孩子们依靠过的象征着力量的肩膀，也不见了。

他的灵魂时常像个游魂，在他不知所措时出走。

我该留下点什么呢？给我热爱的草原。他想。他左右看看，捡起脚边的石块，走到不远处的岩石边，一点点，慢慢地，艰难地，把这个日子敲击上去——七月十三日！

旁边是两匹马和两个人的模样。这个，她一看便懂。每天，她都会骑着马儿和他在草原转悠一会儿，陪他一起看草原，看日出日落，尽可能不让他感到孤独。

她骑着马，走在他旁边，夸张地笑，大声说着孩子们小时候的事儿。草原上开满金黄色的野花儿，青草疯长，她哼唱起那首他追求她时常唱的《可爱的一朵玫瑰花》：

> 可爱的一朵玫瑰花，塞地玛丽亚，
> 可爱的一朵玫瑰花，塞地玛丽亚。
> 那天我到山上打猎骑着马，
> 正当你在山下歌唱婉转入云霞，
> 歌声使我迷了路，我从山坡滚下，
> 哎呀呀！你的歌声婉转入云霞……

这是一首欢快的哈萨克族情歌。她这么做，是想让他想点曾经快乐的事儿。她怀念以前的丈夫，奢望看到他的笑容和活力。真的啊！现在这个时候，他要是笑一下，那可真是她的幸福。

不管她多么努力，发出的声音都是那么的极不自然。他们不看彼此，但他们是连通的，这种连通就像草地上的小径一样平常。它存在于他们的灵魂深处。她知道他心里明白，他也一样。可是在这种时候没人会说出口。就让日子这么过下去吧！他们都这样想，哪怕表面开心，也还不错。

是这样吧？是啊！

有时，他们骑在马上会突然默不作声，他们在轻微的晃动中眺望远处起伏的山体，在这个幸福一生的绿色草原上默默前行。这时，以前的生活仿佛年代久远的无声电影在眼前跳跃、闪现——儿童时代，青少年时期，还有他和她一起度过的幸福时光——他们感到生命如此短暂，仿佛一瞬间。

一个毡房进入她的视线，毡房前跑着一只狗。这是他们生活的毡房，狗是他们的老牧羊犬，它叫"将军"——它的确是一名将军，统帅羊群的将军。它跟着他放牧十五年，立下汗马功劳。现在老了，身体虚弱，跑不动了，他把它安顿在毡房休息，好好享受晚年。

她想起来，将军曾经杀死过一只小小的野兔，这让她感到困惑。她觉得对不起那只兔子。"这是狗的天性，它要锻炼自己，我们不在的时候它可以照顾自己。"他说，"同样，你也要锻炼自己，假如有一天我消失不见了，你能……""不会，"她说，"你一直在这里。"她打断他的话头。

她幻想过，他不再接受消耗体能的化疗方式之后，奇迹就会出现。显然没有。

"你说得对……"她自言自语，"你瞧，我没有垮下去。"她对着面前根本没有人的空气说话。他的这种思想，才不致与，他的离开使她感到熄灭世界的最后一盏灯。她没有被悲伤压得全身无力，胃口和睡觉也还行。嗯，她还能应对接下来的生活。

他赶着牛羊走在回家的小径上，远远看见毡房小窗里透出的灯光，烟囱里的炊烟，他知道自己的辛苦并不是毫无意义。他觉得心里暖洋洋的。尽管是在暴风雨的季节，在充满雾气的空气中，那依然是一个温暖的神话。是的，从山坡上走下来，首先进入他视线的就是它，它是白色的，显得纯洁朴素。清晨，草地上的草儿绿油油，衬托着黄色的花明亮亮的，在这些颜色中的白色更显得温馨。哦，老牧羊犬晃悠悠跑过来了。它的耳朵在风中摇曳，夕阳照耀着它闪亮的皮毛。那是他永远的朋友，永远的家人。它永远会拿出十二分的期待，等待他的归来。它黑溜溜的大眼睛里流淌着真诚和虔诚。它抬头，瞅着他，蹭着他的腿打转转,把温暖圈在他周围。

呃,一个小孩。一个圆圆的头,两根横线代表胳膊,两条竖线代表腿。尽管在石块的敲击下小孩显得那样笨拙,但是,一眼看去,她便知道那是他们最小的儿子——那是他最喜欢的孩子。他一定在敲击中回忆这个孩子的从前,那个吃饭时总坐在他膝盖上的小人儿。他的头发像一簇簇打湿了的骆驼毛,柔软地粘在头上,脸白得透明,像白腻腻的肥皂雕刻出来的。小人儿仰头望着父亲的脸,他咖啡色的眸子同父亲的一样漂亮,但眼神更加深邃,深不见底。他看看父亲的脸,跟随周围的声音左右一顾一看。那小脸,秀气而恬静。他的睫毛又长又黑,宛如描出来的一般,当他垂下眼睑的时候,乌黑的睫毛在白而透亮的面颊上投下一层浓密的阴影。

往事已经模糊。早年的事儿就像演过的一场电影。后来,过了好久——中间的那段时间到哪里去了呢?——那些年,他们努力挣钱养家糊口。他们有四个孩子。草原上的青草茂密,他们有一山坡的羊。然后,在第二年把羊卖掉。价格降了。他们还是希望再一个第二年的价格好起来。然后又降了。他们整天为钱发愁。他们坚持了一年又一年。直到最后,她在他头上拔掉几根白发的那一年,他们手头宽裕起来。她清楚地记得某段艰难的生活,但无法将之拼成一幅完整的画面。

孩子们长大了,有两个已经大学毕业。家里的牛羊多了起来,有好几百只羊,十几头牛。他们不愁吃喝。劳累了一辈子,到了享福的时候,他却得了绝症。那一阵子,她不敢看他。他瘦极了,皮包骨头,又苍白,又困惑,看上去不知所措的样子。

几只羊,那里还有几只羊。那是他的羊,他生命中的珍宝。在岩石上敲击出它们的模样之前,他一定温暖地望着它们。天、地、空气、白色的羊群。他看着它们从身边走过,看着它们低头吃草,听它们闹哄哄地发出各种各样的声音。这些对于他来说就是享受。在蓝绿空间中,羊群显得如此醒目而灿烂。那时,他一定蓦然领略到生命的绚丽,一定痴迷地望着强大的蓝绿中那点点滴滴耀目的白色,在手起手落之间留在岩石上。

咦?下面,那么下面又是什么?她无法辨认,眼前模糊一片,就像溺水的人透过湖水看人生——她流泪了。透过泪水,她努力往下看,越过许多来自他生命中的符号,她凝望着"小母牛"这三个字。那是二人世界里,他对她的昵称。他还会叫她"小野马",有时又叫她"野山果儿"或者"小羊羔"。但是,他最喜欢叫她"小母牛"。那么,后面是什么?她往后看去,哦,后面还有"我一生的爱人"这几个字。这些字让她窒息,她跪倒在草地上,亲吻那些笨拙的、颤抖的图案和文字,抚摸它们。她伏在那些字上,吻了又吻。

她穿过岩石群，踩着伏倒在地，干萎的草丛，躲进雪松林。她内心的某个角落，总是渴望独处。独处的时候，她可以让往事浮现。现在，她处于一个安全而隐秘的世界。她左右看看，担心有人看到。实际上周围根本没一个人。她在一块潮湿的石头上坐下，坐了很久，脑子很乱。

她尝到了咸味，才发觉自己一直在流泪。自从他走了之后，她第一次放任泪水不停止地滑过冰冷的面庞——这段时间，太忙碌了，她甚至没有一点自己的时间用于思念。她不敢回忆那天发生的一切，可那些偏偏刻进她的脑子。那天，他突然想吃烤馕。她烤了热腾腾的馕饼。他靠在被子垛上，慢慢咀嚼，吃了大半个——他已经一周吃不下东西了。然后，他慢慢坐直身体，喝干碗里的奶茶。喝了茶，他突然来了点人气儿，他的嘴里开始絮絮叨叨说起话来。他问刚刚吃的馕饼是今天的吗？然后他自己回答，是今天的馕饼啊，明天就是明天的了，这个还值得拿出来说吗？他又说，那么，奶茶也是一样啊。他还提了好些个问题。他问棚圈门上的木头栓子是不是被羊挤得掉下来了。他问牧场上的草长多高了。他问奶牛是不是跑到后山，找不到了。他还说替代他放牧的儿子早就没耐心了，是吧？他用一种空洞的没有聚焦的眼睛盯着前方……这是一双已经充了血的眼睛，乌黑的被病痛折磨的痕迹就像伤疤一样圈在这双眼睛的四周……天哪，他时而清醒时而糊涂，说出的话儿时而飘忽时而现实。她还没回答他的问题呢，他的手抬起又落下——他那是让她扶他躺下。他躺在那儿，喉咙里咕噜噜的，像是冒泡的水管，不过，似乎还在说些什么。她俯身趴到他身边，凑近了，凝神倾听。"好了，好了……没时间了，没时间了……就这样吧，就这样吧……"那个声音催眠一般，一会儿，她疲惫地睡着了。她有三个多月没好好睡觉了。

第二天清晨再看时，他仰面躺着，脸颊凹陷下去，嘴张着，看上去就像是故事结尾的句号。医生赶来了，从被子里拿起他的手，手指搭在他的手腕上，又把另一只胳膊朝上伸了一下，露出手腕上的表。医生看着秒针慢慢走着——他在善良而耐心地尽他于事无补的义务。过了一会儿，医生松开他的手腕，摇了摇头，叹了口气，转身告诉她和孩子们："已经走了。"

"走了"意味着"永远离开"。她懂。然而在听到这话的一霎，她看到的是他赶着羊群往山坡上渐渐走远的背影。她多么希望他像以往那样，回头，朝她挥手，对她绽开温暖的笑容。那个笑容里没有一丝困惑，仿佛相信他在她眼里一直是一个依靠和希望，而她在他眼里也是。但他没有回头，没有挥手，更没有微笑。

他走了，永远离开了！

夜幕降临，天似亮非亮，似冥非冥。风漫不经心地从湿乎乎、黑沉沉的雪松间穿过，夹杂着潮冷的冬天气息。她走出松树林，看着夜影逐渐向四周蔓延。她安慰自己说，悲伤会自动离开，这只是时间的问题。她努力让自己想点高兴的事儿。她计划着，转场迁入冬牧场之后，卖掉大部分牛羊。孩子们该上学的上学，毕业了的，可以去找喜欢的事做。家里虽然算不上多么富裕，但眼前的日子还是有把握的。

她自己呢，在飘雪的冬季，天不亮就起床。呼吸着健康而冰冷的空气，给棚圈的食槽里铺上新的干草，然后，坐在木头小凳上，头靠在奶牛温暖的体侧，看它给予她们一家注入满皮桶的牛奶。她想让自己轻松一些，过这种没有灾难和恐慌的舒适生活，一种美好的生活。

可是，无论她如何幻想，悲伤的情绪重又在她四周弥漫开来。他经受的苦难、他的离去，在她记忆的某个点、某个地方痛苦地鼓起山脊——他走时的场景重新袭上心头。唉！没有经历过，如何去理解离去的人心中的孤独和无助呢？她爱他。但是她无法想象，在漫长而短暂的两个月时间里，他是如何与死神交流，如何孤独地迎接死亡。而死神又是怎样的呢？它像蛆虫一样吞噬他的身体吗？它时不时抓住他的肩膀往黑暗中拖拽吗？它掐着他的咽喉让他无法呼吸吗？它丑陋无比吗？它面目狰狞吗？哦！无法想象！无法理解！无论怎样，在走之前，无论身边陪伴多少亲人，他都要孤独面对，无人陪伴。

他在与死神交流的日子里，在夏牧场岩石上留下这些。在他伟大、庄严、神秘莫测的最后日子里，他心里的景色是这些，只有这些……

（原载《散文选刊》2018 年第 3 期）

我就不该录取你

_袁劲梅（美）

近日，美国克瑞顿大学（Creighton University）开除了一位来自中国的研究生。这位被开除的研究生的导师袁劲梅教授，郑重地写下了长长的一封信，坦言：我就不该录取你！

以下为袁劲梅教授致被开除学生的信件原文。

XX 同学：

接到你要求"保留学籍"的上诉被研究生院董事会驳回的消息，我想告诉你：这是你的失败，也是我的失败。你很难过，我也很难过。一个教授，一辈子培养不了多少研究生。

你崇拜的 Y 教授，刚去世，他一辈子也就培养了九个"东西方比较哲学"的研究生。

我创建的 C 大"东西方比较研究"，从第一个研究生到最后一个研究生，一共十一个。你是第十一个。现在，第十一没有了。因为项目停了，以后也不会再有。

在美国，或在 C 大，遍地都是西方文化，加开一点中国文化研究项目，很不容易，全是教授自愿做出的无偿贡献。所有的研究生，都是教授的作品。

我用同一个标准要求所有的研究生，我希望每一个作品都是杰出作品。你被取消学籍，第十一个作品报废。你没达到标准，是我和你的共同失败。

你想到的是：你的前途中断了。这是不对的。你的前途依然有无限多的选择。你可以从商，在网上办你的杂文网站，或回中国办公司，再换一个能收你的项目学习，等等。我希望你在别的行业和地方能有成就。

如果，你下了决心要在学术界做学问，我下面写的东西，是给你的临别礼物。如果你不想做学问了，下面的话，你根本不用看。

世界上路很多，不一定要做学问，做个好人，就值了人生。你可以就看到这句为止："你当个好人，我祝你好运。"

如果你往下看了，那我假设你想知道为什么你刚开始往"做学问"这条路上走，就失败了的原因。如果，你还想走做学问的路，下面的话会对你有用。我对你直话直说。

事实上，我从来没有跟你绕过弯子，也没有改变过对你的要求。你失败的原因，有些是你自己的责任，有些是那些把你教成这种样子的教育模式和社会环境的责任，有些是我的责任。

先讲我的责任。我的责任是：我不应该录取你。

因为你想要的东西，我无法给你。

你想要的是到美国来见识一圈，和教授搞好关系，使一些点子，让教授按着你的设计，给你一些作业，你轻轻松松得到一个学位；再靠这个学位，说自己成为学者了，然后在中国或美国找个挣钱多又体面的工作。

你说你将来想在大学当教授，你还对我说过不止一次，你必须得到这个学位。我懂这个学位对你的重要性。

但是，我能教给你的，是做人和做学问的基本原则，让你成为一个尊重知识、热爱真理的人。

在学术领域，你必须不为任何利益撒谎，只说真话，且对自己说的每一句话负责任。

你必须脚踏实地，一步一步去寻找未知，没有捷径可走。

你还必须知道自己的局限和无知，把你个人的角度和判断低低地放在"公正"之下，这样，你才能开始做学问。

要想从我这里得到学位，你必须达到这些标准，我不卖学位。我的知识可以无偿贡献给愿意跟着我一起寻找真理的学生，但不做交易。

这是我们之间的误区。我是在你选了我的两门课之后，才认识到我们之间的这个误区。

这个误区，造成我们之间的所有冲突。我认识到，把你录取来，是我犯的错误，也是对你犯的错误，让你错误地计划了前景。

其次，讲你的责任。

讲你的责任，其实是我对你的最后评价。或，是我给你的解释——为什么你不适合做学问。

你可以成为一个很好的商人、公司老板或其他什么职业人士。搞学术，和经商或当清洁工，没有职业高下的不同，但明显有职业要求的不同。

做学问，要有品格，最首要的是，得做人。我前面说的误区，与其说是学术上的，不如说是如何做人上的。

你在 C 大期间，做学问的技术，我时时刻刻在教你，那些技术都详细写在你的每一篇作业和论文上了。但是，关于做学问和做人的关系，我没跟你讲透彻。在谈你的责任时，我会讲这个问题。

因为你本科成绩不好，我亲自在北京对你面试后，才决定录取你。录取你，是我拍的板。当时，我对你的判断是：人很聪敏。但是，那是一个错误判断，因为那个错误判断，我得分担你失败的责任。

现在，我对你的评价是：你不聪敏，你没有一点儿做学问的人所必需的聪敏。这种聪敏就是苏格拉底说的"我知道我的无知"。

你一进校的时候，就认为在美国上大学很容易，你知道怎么能玩得转。你不停地显出你什么都懂，参加讨论，不懂的事，你也常常不懂装懂，胡说一通。

上课，你原著不读，必读书不买，看一些网上第三手的书评、简介，就敢宣称：书读完，懂了。就敢狂加评论。

你有种种理由认为你是对的，所以，你可以轻而易举地宣称，你懂了，你比同学教授都懂得快。你有你的机巧。但你的读书"机巧"我完全不看好，那是做生意的机巧，不是做学问的技术。我对你的判断是，在我的前三门课上，我要求的必读书，你不是没读，就是没读懂。你真正开始认真读的一本书，是我的第四门课"比较逻辑"上的《逻辑》。这本书，目前，你读懂了 60%。这是你的进步。

我想告诉你：你这种很坏的学习方法，至少得为你的三个"C"和两个"I"，负一半责任。用你那种学习方法做不了学问。你可以东找一点西找一点猎奇的信息，放到你的网站上，让大众读着玩（这是你的权利），就像旧时茶馆里说书的、传小道消息的人，目的就是吸引听众兴趣一样。这没什么不好，也是一种传媒方式。但这种方式绝不能用来做学问。做学问，不是猎奇，也不是快速地搜罗信息。

做学问，是一点一点地积累，在他人工作的基础上，拨开前面让人看不清楚的杂草，细细地分析；用理性拷问自己，拷问先人；然后，向前小心翼翼地放一块小小的新石头，让后人踩着，不摔下来。这就是为什么维特根斯坦将能不能把思维说清楚看作是一个道德问题。你很爱说，也总是在说。但是，你很少能把问题说清楚。在做学问上，"凡你能说的，你说清楚；凡你不能说清楚的，留给沉默"（维特根斯坦，Tractatus）。在一知半解的时候，你胡说，那叫"扩散无知"，是害人、误导，是浪费别人生命。做学问的人，要对自己说的每一句话负责任。如果你不能，或不想负这个责任，你别走这条路。我不培养产品推销商（不会），也不培养哗众取宠的网络编辑（没能力）。

因为你学识基础很差，你得弥补这个致命缺陷，才能去做学问。学识基础差并不要紧，你从基础开始好好补，是能赶上去的。但是，你却用了一些奇怪的、与学者品格不相容的方法来掩饰你的致命弱点。第一个例子，你刚来的时候，和我谈话，动不动就扯出一些社会"名人"，这个，那个，你跟他们都认识。你说的这些"名人"，我半个也不认识，也不知道你为什么要把这些人的名字夹在你和我的谈话中。我也不想认识这些社会"名人"。

如果他们有成就，我为他们高兴，但是，他们与你我都无关。你要做学问，好好跟我学，不必去追啥社会"名人"。学术不是社交，不是出名，是坐冷板凳。你做学问的目的，必须是对真理的热爱和对未知的好奇心。名不名与学者无关，得奖也是天上掉下来的馅饼。对学者来说，做学问本身，就是乐趣所在。想用社会"名人"来衬托你自己的地位，你要么是骗人，要么是骗自己，都是想掩饰你先天的不足，没有自信心。如果你不想用你自己的人格魅力赢得他人的信任，你也不能做学问。

再一个例子，就是你在 XXX 课上的抄袭问题。你可以跟我解释，从网上复制了东西，贴下来当作业交给我，不叫"抄袭"，是我"误解"了。事实上，我也没真报告你抄袭。你也用不着解释来解释去，说你不是存心要抄袭，怪我不理解。我理解或是不理解，其实都不是关键。关键是：一、我没有报告这事件；二、不管我"误解"不"误解"，事实是你交来的作业，7%以上绝对与网上他人的东西一样，这就叫"抄袭"（按C大校规定义，7%以上雷同就叫"抄袭"）。这件事，是我坚决反对你想找捷径、借以掩盖你的基础差和没有治学能力的缺陷的开始。我就此警觉并反对你的走捷径，一直和你对抗到上周的最后一次考试。对你第一次"抄袭"这事本身，我只希望你说一句话："对不起，我再不这样做了。"然而，我得到的却是一次又一次的抱怨：为什么我不理解你的解释——那不是"抄袭"。我没有报告你抄袭，甚至都没有取消你的奖学金，这是我所能做到的对你的最大保护，是给你改正机会。但，你要我接受"那不是抄袭"，这是你在指鹿为马，还公然要求你的教授跟着你一起自己骗自己，真是滑天下之大稽。你可以赖掉一个错误，我可以不追究，但你同时也失掉了我对你的信任。如果，你还想做学问，你永远要有能力和勇气认识和承担自己的错误，不然，你不能做学问。

你自己要承担的责任，还包括你的人格分裂。这一点，不能全怪你，人格分裂是畸形教育的结果，这也是我最后要讲的你的社会背景的责任。你是我见过的最自相矛盾的学生。当我想到你的社会背景，我对你的人格分裂抱有同情。但是，我还得指出，这是病态。你应该尽快找心理学家帮助，治好这个毛病。做学问的人，必须里外一致，言行一致。

（原载《西门论坛》9月15日）

不假思索

_朱蕊

达斯汀·霍夫曼饰演的班恩在电影《毕业生》临近结尾的时候，终于飞奔至教堂，在凯瑟琳·罗斯饰演的伊莱恩正举行婚礼的当口，隔着巨大的玻璃墙大喊"伊莱恩——伊莱恩——"，此时，凯瑟琳·罗斯回过头来，镜头对准了凯瑟琳·罗斯的美丽长睫毛大眼睛——凯瑟琳·罗斯的眼睛将伊莱恩的心事毫无保留地呈现出来：惊讶、喜悦、兴奋……以至于可以不顾一切。于是，达斯汀·霍夫曼和凯瑟琳·罗斯摆脱阻拦、追赶的众人，在上演了一场"教堂大战"以后，一路狂奔，继而跳上一辆刚巧驶来的公共汽车，将追赶的人群甩在后面……

他们在路上了。然而，他们要去哪里？目的地何处？电影不再给出回答，一如所有的童话故事一样，王子和公主历经挫折，有情人终成眷属——他们过上了幸福的生活。什么样的生活才算是幸福的呢？没有人再回答这样的问题，幸福的生活，抑或不幸福的生活。无论如何，生活才刚刚出发，正在路上，不管你用的是何种交通工具，汽车、轮船、高铁、飞机，这关联的只是速度，以及搭乘感受，而非不可预测的未来。

读过一篇文章，说到海明威的一篇小说，小说里一位老人，每天去咖啡馆喝一杯，给老人端咖啡的女孩很年轻，每天都是这个年轻女侍端一杯咖啡过来，老人有礼貌地说声"谢谢"，继续埋头读报。每天一杯咖啡的日子，18年过去了，女孩从十多岁的青葱年华转而已经三十多岁。18年以后的那一天，女孩端来咖啡时终于开口对老人说，您是否可以暂时拿开报纸看我一眼？18年了，我为您端了18年的咖啡，您除了说"谢谢"，其他什么都没跟我说过。但我明天要离开了，我想向您告个别。我还想问您一个问题，您为什么从不看我一眼，也不跟我打招呼？

老人告诉女孩，18年前踏进这家咖啡馆，看到女孩的瞬间，就被女孩的纯真青春所惊叹，每天过来喝一杯，就为了在女孩身上寻找于自己来说已经远去而无从寻觅的年轻生命痕迹。一点一滴逝去的东西，永不会回来，女孩也长大了。说到这里，老人流泪了，生命逝去，有时并不是决然而然的，它每一分每一秒的撤退，令人不寒而栗，更无可奈何。

文章没说篇名，但觉得像是海明威的风格，简洁而有力。海明威的作品那么多，一时也难以查对，但这种宿命感和悲剧意识，这种对生命的敬畏，总是让读者惊心。也只有海明威，1961年当他发现自己的生命不再旺盛时，一种强悍的人生不可想象自己不能掌控自己身体和思维的样子，恐惧随之而来且无法驱除，因而只能强行终止这种时间的流程。海明威选择了双筒猎枪，据说海明威在前一天晚上留下了遗言："晚安，我的小猫。"意味深长。而大洋这一边的川端康成在1962年写道，"无言的死，就是无限的活"。十年后，他践行了自己的愿望。他们以终止自己人生旅途的方式宣告他们对于目的地的自由选择权，只有他们知道自己要去往何方。

也有人必须等待那个宿命。

肖斯塔科维奇的一生，据说都在等待枪决。每当沉浸在肖斯塔科维奇的音乐中，那如旷野中咆哮的凛冽和坚毅，那种抗争命运磨难砥砺的雄心，搭载如疾风暴雨般敲击灵魂的音符，直指人心，让你感受到音乐家思想的锋利如刃。1941年12月，肖斯塔科维奇在德军的炮火声中完成了《第七交响曲》。1942年3月5日，他逃往大后方古比雪夫，在空袭警报声中进行《第七交响曲》首演。1942年8月，《第七交响曲》的乐谱被战斗机空投至列宁格勒。此时，被德军围困的列宁格勒已经饿殍遍野，据统计当时因饥饿而死的人有60万之众。饥饿的列宁格勒凑不全一支完整的乐队，排练时只来了20个人，有的是被担架抬来的，甚至，乐队指挥连指挥棒都拿不动。就是这样一支乐队，在排练了15分钟后，在列宁格勒大剧场演出了《第七交响曲》。《第七交响曲》的演出成功，极大地鼓舞了被围困的军民，同时也鼓舞了盟国，在盟国的演出也获得巨大成功。肖斯塔科维奇身着消防制服的照片登上了《时代》周刊。

然而，晚年的肖斯塔科维奇却对年轻友人伏尔科夫说，"等待枪决是一个折磨了我一辈子的主题"。伟大的灵魂不会真的被压抑，肖斯塔科维奇在自己的作品中呈现了真实的自我。并且，晚年，在年轻朋友伏尔科夫的帮助下，他口述了回忆录，将真实的自己和真实的历史告诉读者。在他离世以后，回忆录被出版，真实的历史才被《见证》。

特殊历史阶段中人的路途倍加艰险。即使伟大如肖斯塔科维奇也没有选择道路和目的地的权利。

即使没有任何外加因素的阻挠，生命里程本身就充满了激流险滩或者丛林迷途。生命会在哪条路上演进，会以何种方式、到达何处终点，都无法预知和选择。还是《毕业生》，本恩大学毕业了，家里为他举行聚会，长辈们祝贺他，同时也对他的未来颇多建议，他有些迷茫。此时，他父亲的朋友罗宾逊先生的太太——罗宾逊夫人——几乎是强制性地诱惑了本恩，而本恩一面逃避，一面躁动，他曾经是好学生，有过各种荣誉，他也很有道德感，他知道对和错，也知道应该做什么和不应该做什么，电影细致地描绘他的内心交战，描绘他的抵抗，但是他没有战胜自己，成了罗宾逊太太的囊中物。这就是他要为成长付出的代价——他的恋情将因此坎坷——他爱上了罗宾逊太太的女儿伊莱恩，他的父母也希望他能娶伊莱恩，伊莱恩也爱本恩，原本理想顺当的年轻人的爱情，却因为有了和罗宾逊夫人的苟且变得混乱和复杂，因而遭到罗宾逊夫人和罗宾逊先生的强烈阻挠。伊莱恩在知道了本恩的事情后，也伤心离开——到此为止，本恩的情路似乎走到了头，打上了死结。

但是爱情有自己生长的逻辑，不会为寻常所左右。当本恩经受着痛苦煎熬，不断地追寻伊莱恩的时候，伊莱恩虽然已有了男朋友，对本恩却还是有回应，伊莱恩不能割舍对本恩的感情。这样纠缠夹杂的感情直至伊莱恩和男友到教堂结婚，本恩历尽曲折，找到伊莱恩结婚的教堂，才有了本文开头的场景——本恩拐带别人的新娘逃跑，上了自己的路。

电影在每个关键的时刻总会响起优美而忧郁的斯卡波罗集市的旋律，乐音绕梁，久久回旋。无论如何，爱情是美好而值得渲染的。有爱相伴的路途再曲折遥远也值得走下去。

帕斯捷尔纳克在《邂逅》中这样写道：

> 会有一天，雪落满了道路/盖白了倾斜的屋檐/我正想出门松松脚——/是你，突然站在门前//你独自一人，穿着秋大衣/没戴帽，也没穿长统靴/你抑止着内心的激动/嘴里咀嚼着潮湿的雪/树木和栅栏/消逝到远远的迷雾中/你一个人披着雪/站在角落里一动不动//雪水从头巾上流下/滚向袖口缓慢地滴落/点点晶莹的雪粉/在你那秀发上闪烁//那一缕秀发的柔光/映亮了：面庞/头巾和身影/还有这薄薄的大衣//雪在睫毛上融化了/你的眼里充满忧郁/你的整个身形匀称、和谐/仿佛是一块整玉雕琢

这是他赠与爱人伊文斯卡娅的情歌。在他的自传体小说《日瓦戈医生》里，或许尤拉和拉拉就是读着这些诗句伴着炉火，在避难的瓦雷基诺熬过漫漫长夜的。在瓦雷基诺短短的十二天里，他们感觉就像倾尽了一生的时间。

啊，为了这些回忆/愿雪中的夜加倍地延伸/在我们两人的中间/我不能划开一条分界线//当我们在世间已不再存在/只剩下那些年心灵的审判和创伤/还有谁想去追问：/我们是谁，又来自何方？

当尤拉失去了拉拉，他也便失去了生命，他倒在莫斯科街头，眼见一个像拉拉的女人远去。"不再有死亡，生命老了，我们已对生命厌倦了，我们需要新的东西，这新的东西就是永恒的生命。"

永恒的生命和永恒的爱，一路相伴，生生不息。

而作为永恒生命过程一部分的生命个体，却无法了解我们最终会去向何处。就像我们选定了一个目的地，然后，我们上路了。可是，一路上那么多路牌，那么多岔道，在听着导航左拐右弯的时候，可能，我们就被某个路牌吸引，偏离了原来的路线，向新的目标驶去。其实看上去可以选择道路的我们，更多时候是被道路所引导的。

那么，我们只要不假思索地上路，在路途上发现爱和诗。

并且发现在路上的喜悦。

（原载《香港文学》2018年第6期）

三上观音山

_朱秀海

应当给观音山写点东西了，来过三次了。第一次似乎没写什么；第二次写了一首旧体诗，勉强搪塞。第三次再不写点什么，连自己都觉得对不住朋友了。

不是不想写，是这些年间，各种机缘，到的佛家圣地太多了。每一处都名扬四海，有的还在中国佛教史上占有极为特殊和光荣的地位，但我自己，并没有成为佛教徒。

洛阳的白马寺。年轻时我在它附近当兵，其中有差不多一年在距它不远的龙门石窟奉先寺卢舍那的莲座下度过。白马寺不用说，公认是佛教传入中国后建造的第一个寺院，真正的白马驮经，释教的祖庭。龙门奉先寺的卢舍那大佛更被认为是佛教在盛唐时达到它极为光辉的顶峰地位的象征，因为据说这位大佛的形象就是照着金轮圣皇武则天的面貌雕出来的。

五台山。因为《乔家大院》的关系，我被山西的朋友带上了这座被称为文殊菩萨道场的名山，过程却不十分愉快。甫入山门，就有和尚催着置办香烛供品，价格不菲。是时偏逢我初读了一位朋友馈送的经书，执迷于众生平等即心是佛之类概念，只想参观，与佛平等，于是对那和尚说了一句狂妄的话：我也是佛。和尚当即大为惊恐，陪同者亦大惊失色。于是兴味萧然，匆匆归去，不复回头。

还有一年，渡海到了作为观音菩萨道场的普陀山，本想静心观瞻，体悟精微，偏偏遇上一个归国侨领在那里做法事，超度什么人的亡灵，请来一院子的比丘比丘尼，连同上百名佛学院的小和尚。法事做完，那些小孩子们正在那里数钱，互比各自分到的红包。两位比丘尼因为钱的事还吵闹起来。于是寻佛之行不了了之。

再有一次到了某座名山，为了地藏王菩萨我还是不提它的名字了。还在山门之外，我的生命就开始受到威胁，以后无论欲步入哪座佛堂，总有真假和尚拦门断喝，不买香烛，破财消灾，你将难逃一厄！他们不知道我这个两上战场又曾于一天内三次趟过雷区的老兵最不在乎的就是生死，这些差不多是诅咒式的语言，除了引起我的恶毒对抗之外几乎完全失效。我坚持看完每一座佛殿让一路小跑跟在身后不达目的绝不收兵的和尚完全绝望。此次寻佛问道直到今天想来仍然气沮。

有的时候，同样的事情也会呈现另一种结果，人的心情也大不相同。某年到了苏州，专程去参观寒山寺，庙门前的和尚一如既往地瞪着铜铃式的大眼盯着我，问我要入寺的门票。我因为当地许多景点都对军人免门票而向他出示身份证，那和尚似乎见我这类人多了，头立即摇得如同风中之旗，大声说我们不认那个。我规规矩矩地买票交给他，心想你们是谁们？寒山寺是寒山之寺，是佛祖的福荫，你不过是个混吃僧饭的俗虫罢了。但是当日的寒山寺之旅留下的印象仍是愉快的，也可能是托这位守门和尚之福，寺内十分安静，几乎没有随喜的施主，我一个人看了大殿、藏经楼、钟楼、碑廊、枫江楼和霜钟阁。枫江楼和霜钟阁都源与唐代张继的那首《枫桥夜泊》诗，我在江边久坐，试图体会一番月落乌啼霜满天夜半钟声到客船的惬意。夕阳西下，薄雾朦胧，我要离开了，几乎觉得自己体会到了。

人生而有涯，知也无涯。忝为读书人，多年游历大山名刹，虽不做佛教徒，经却不能不读。所以不愿在众目睽睽下跪拜礼佛，一缘于己，即知道自己虽在读经，但法理难通，与佛无缘，礼佛的愿望既不发于心，假装就算了；二缘于众。无论何处名刹，谁家道场，一入佛山，看见的不是求名之徒，便是求利之辈。即如名刹高僧，七宝袈裟，法相庄严，香烟缭绕，信徒繁众，一旦你认真了，要请他为你辨一下经，解一字惑，则颜色大变，口未言而人已遁。再看那些信众，一入山门，长拜不起，虔敬则无人过之，然所求之事，无非升官发财之类，但凡世间一本万利之事，全都要拜托菩萨。于是哂然而笑，不明白这些人怎么能够如此冥顽不灵，从哪里得到的信息，可以让他们相信凭一炷香的功德，佛祖和菩萨就会放弃对芸芸众生应持有的公平，对他们行如此之大私。真这样则世间哪里还会有佛祖、菩萨和佛教！

多年将佛经当作闲书来读，其实也有省悟，一部《圆觉经》甚至成了我的至爱，因为里面有佛祖和菩萨太多的思考，读者和说者平等，可以倾听，也可以辩论。其中的警句譬如"地狱天宫，皆为净土""得念失念，无非解脱；成法破法，皆名涅槃；智慧愚痴，通为般若"等，充满智慧，也对读经者充满了挑战，每读到这些地方，都会让你不觉对当年菩提树下的那位乞食者心向往之，懊丧自己生错了年代。然而对另外一些文字，也常有屡经熏陶不得其解之时。譬如"万缘皆空"一句。既然皆空，佛缘也是缘，当空，则学佛者其缘是空，虽有因果，是空是有，已难证矣。尽管如此，但对于这一类深具辩论色彩的话题，自己仍会心驰神往，知佛祖必有言说，只是自己愚昧不通罢了。

2015年夏天，受朋友之邀，来到了甘肃武威的鸠摩罗什寺。在中国佛教史上的众多高僧大德中，鸠摩罗什是我极为景仰的一位，他几乎是使大乘佛教中国化的第一人，其成就和影响甚至可能超过后世名气更大的玄奘。这次我真是得其所哉，遇上了一位从佛国外邦留学归来的佛学博士方丈，痛快地将我读经的大部分不通一一道来，而他也极为认真且被我认为是有力地对我的每一个迷惑讲出了一番佛家的道理，我虽不全懂，但第一次有一位佛教人士和我这样一个俗人严肃地讨论佛教，不但包括"万缘皆空"，还包括既令我敬仰又令我迷惑的鸠摩罗什，他在自己的晚年甚至接受了皇帝的要求，和女人交合，为的是在人间留下他这位智慧之人的种子。但也就在这里，我又遭遇到了别处经常遇到的事情：刚刚对我大讲鸠摩罗什和佛理的方丈天天在为有人对功德箱的贪念发愁。他能够口若悬河地解答我的困惑，却解决不了自己在俗世中遭遇的最普通的难题。不过这一次，我不再会惊讶和失望了。我的经历已经很多，反而例外地同情起这位年轻的和尚来。

到了这里，似乎与观音山无涉及，其实不然。前面两次来到观音山，所以没有写下点什么，原因我自己是知道的。我的执念在于法界与尘世之间，在经书中我们进入的是法界，而一入尘世，哪怕是名山宝刹，我们满眼看到的也似乎只是一个俗字。入法界是愉快的，入俗世犹如读一本俗书，却是不那么愉快的。但是我的执念并没有妨碍我一次再次甚至第三次登上观音山，因为每一次的登临，事实上都是愉快的。

在百度"东莞观音山森林公园"的条目下，我们看到的文字是：观音山位于广东省东莞市樟木头镇境内，距镇中心1.5公里，是集生态观光、娱乐健身和宗教文化为一体的国家级AAAA旅游景区。观音山其实历史悠久，据说是观世音菩萨初抵中华时停留之所，后梁时期就建有禅寺，至今已有1100多年的历史，只是后来因战乱几经荒废。今天为重现盛景，观音山国家森林公园又在山顶恢复了观音寺，供奉起一尊高33米、重达3300吨的世界最大花岗石雕观音圣像，古朴典雅，栩栩如生。观音山对我这样一位不是佛教徒却时时与佛有缘的俗人来说，最愉快的是入了山门没有人会逼着我违心地去烧香礼佛，而面积达18平方公里的广袤森林则又给了我一次乘兴登临、寻花问境、呼吸负离子含量极高极洁净空气的机会。

当然不止于此，第三次登临观音山，我的收获和快乐还在于某一瞬间发生的如同禅宗讲的顿悟。《华严经》卷二有言：华藏世界所有尘，一一尘中见法界。有人将它浓缩成一句话：入尘世即入法界。法界者，佛界也。法界即尘世，反过来尘世也是法界。这样想来，我在自以为的法界，那些曾经走过的佛界名山——其实是尘世，但终究还是法界——遭遇的所有不快和愉快，都是我的不通罢了。

观音山至今已经成为珠三角包括港澳地区人民修养身心的胜地，而每年在这里举行的全国相亲大会到今天已经令近千对有缘人成了眷属。做的是尘世的事，入的是观音菩萨大慈大悲救苦救难的法界。我也有了自己的收获，于是借主人的笔墨，为观音山留下了三个字——

无俗世。

(原载《人民日报》海外版 2018 年 7 月 5 日)

人在何处

文中龙凤　济南二安

_陈世旭

题记：济南地灵，名泉倾国：四大泉域，十大泉群，七十二名泉，八百天然泉……生生不息；济南人杰，"二安"盖世：李易安、辛幼安一代词宗，文中龙凤，济南因成文学之国。戊戌春日，有机会访济南，得遂寻访二安故地的夙愿。不揣浅陋，谨以有限的才具寄予无限的崇敬。

天下英雄谁敌手
——凭吊辛弃疾

济南城北，小清河边，遥墙镇上。

苍然万山色，忽拥岱宗来。

四凤闸。辛弃疾故居。磅礴的仿宋建筑群。巍峨的四柱三门石。庄严的六角碑亭。历城特产"绣川绿"花岗石雕像。

石头来自山上，在这里站成宏伟的姿态。英雄倒在了路上，历史把他高高托起。饮恨苍天的目光，在云端下面闪烁。

我久居赣地，更切近地触摸到辛弃疾遗留的脉息。

曾经在郁孤台，注视词人的背影。远山沉入暮色，隐隐传来鹧鸪的啼号，一江清水多少泪：西北望长安，可怜无数山。

曾经在黄沙道，跟随词人的足迹，看明月和清风怎样惊动树枝上的鹊和蝉，听无边的蛙声中农人诉说稻花香里的丰年，溪桥边的茅店外，数头上的疏星，山前的雨点。

曾经在博山庙，感受词人的落寞，饿鼠绕着床脚乱蹿，蝙蝠围着青灯翻飞，秋夜的疾风骤雨撕裂了窗纸，仿佛是命运在自言自语。塞北江南辗转了一生，归来已是白发苍苍。在单薄的布被里醒来，眼前依稀是梦中的千山万水。

曾经在鹅湖寺，想象词坛挚友的长歌相答，极论世事。青山欲共高人语，联翩万马来无数。极目天地方圆，内心的鸿鹄一次次飞扬，"男儿到死心如铁，看试手，补天裂"。

二十年的闲居，二十年的忧愤，二十年的壮志难酬。即便是"文墨议论尤英伟磊落……笔势浩荡，智略辐辏，有权书衡论之风"，即便是"风节建竖，卓绝一时，才气纵横，可吞吐八荒"，"而机会不来。每有成功，辄为议者所沮"。不为权臣所容，不为王朝所用，报国无门，经纶委地，或"浮现闲居"，或"沉沦下僚"，"一腔忠愤，无处发泄"，"自诡放浪林泉，从老农学稼"而号"稼轩"，将万字平戎策，换东家种树书。至国难思良将，诏命到达的日子，已老病不起。

走过少年，走过壮年，走进老年，从不曾失去慷慨壮烈。渴望荣誉的决战，在最深的淤泥里挺拔。秦时明月现苍穹，壮岁旌旗拥万夫，白骨骷髅血流成河，马革裹尸千秋一梦！明知这样的结局，也决不庸碌一生，无可追忆。

"……呜呼，以孝皇之神武，及公盛壮之时，行其说而尽其才，纵未封狼居胥，岂遂置中原于度外哉……呼而来，麾而去，无所逃天地之间；挠弗浊，澄弗清，岂自为将相之种！公没，西北忠义始绝望。"

"以气节自负，以功业自许"的一世之雄，"抱恨入地，赍志以殁"，再也不会回返。只留下语言的金戈铁马，在中国的文学史上气吞万里如虎。

这是真正的英雄末路：本该一剑横空，令后世动容，怎奈烽火扬州路，不堪回首。舞榭歌台，风流总被雨打风吹去。千古江山，斜阳草树，寻常巷陌。拍遍栏杆，无人会，登临意；无人问，廉颇老矣，尚能饭否；更无人，唤取红巾翠袖，揾英雄泪！酩酊中挑亮残灯观看兵刃，细数着点点殷红；睡梦中回到当年的营帐，士兵的呓语在诉说血腥的征程。草苍苍风猎猎，号角声接连响起，在秋日的战场阅兵。坐骑像飞快的卢马，弓箭似霹雳。给部下分送炙热的牛肉，让琴弦奏起塞外的乐曲。不知不觉，韶华似碧水东流，属于征战的岁月已经过去。对于一个志在寥阔的豪杰，闲散便是囚禁，弃用便是扼杀。

天色开始昏暗。不屈的毛发日益枯干，终于你只能沉默。倔强的头颅疲惫了，那里曾翻卷过咆哮的风暴。黑夜降临之前，太阳颤抖着说了再见。身躯像岩石一样风化，曾经像山一样站立，后来像山一样倒下，巨大的声响惊醒沉睡的人群。裂缝中的身影隐藏着无声的悲鸣：谁的刀斩断了牺牲的激情，封存了辉煌？

斑驳的时间屏住呼吸。这个时刻，一切化为了忧伤。天空和鸟，阳光和风，以及色彩和芬芳，以及树下的荫凉，以及所有的温暖平静，都变得空空荡荡。

一代王佐之才，百无聊赖以诗鸣，唯落得以词人终老。醉卧历史的纵深，用不甘的吟唱赢得生前身后名。纵然被奉作词宗，"大声镗鞳，小声铿鏘，横绝六合，扫空万古，自有苍生以来所无"，千载之下，亦不能不为人浩叹！

是一个时代的悲剧，更是一个民族的悲剧。

八百多年后的一个过客，依然不免潸然。

战士不会死亡，在一个残酷的时代，保留着烈火浓酒，热血悲歌。"英雄之才，忠义之心，刚大之气"弥漫在史册，永远不会消失。对于他，所有的头衔冠冕都无足轻重。当时的帝王将相，早已尘封无息，而英名辛弃疾永存。其色笑如花，其肝肠如火。来自历史深处的耀眼光芒，从来不曾暗淡。他的性情与风骨，他的豪放与婉约，他的刚拙自信，他的宽厚仁慈，他的铁血传奇，他的旷世文字，人们俯仰已千年，还将一直为后世珍爱。

痛失的历史，也许只能用岩石来呈现。永恒的固态，让所有后来者的疼痛无法释放，只有深情的凝望。把道路擦亮，把花枝插满，把所有的痛碾碎，随风飘散。只要春风吹到的地方，到处是蓬勃的生命。

"我见青山多妩媚，料青山见我亦如是。"

是最大的失败者，是最大的胜利者。

是最悲惨的哀曲，是最昂扬的颂歌。

热衷不朽的人，把名字刻上石头，但名字比尸首烂得更早。而英雄挥动天才的如椽巨笔，在岁月的原野耕云播雨，在时间的城池守护梦想与光荣。每一个世纪过去，都会有人翻开古老的卷帙，赞叹山岳一样的丰碑。

（原载《人民日报》海外版2018年5月30日）

梦里的兰舟
——访章丘清照园

　　章丘，千年古邑。齐长城，汉城垣，明清古村，绵延于漫漫历史；战国邹衍创始五行学说，唐房玄龄乃是赫赫名相；书法，黑陶，彩绘兵马俑，皆领一代风骚。

　　李清照，就在这样的土地上，诞生，成长，走向风云激荡的天下，也让文学的天下风云激荡。

　　轻轻地，放慢了脚步，走近百脉泉清照园。小阁藏春，闲窗锁昼，画堂无限深幽。生怕惊动了一种难言的愁绪，一种无边的寂寞，一种旷世的优雅。

　　书香门第，早不是九百多年前的模样。堂皇美艳的庭院，消弭了经史子集的肃穆；精雕细刻的匾额，遗忘了诗词文赋的感伤。

　　穿透千年的，依旧是黄昏时分梧桐雨的点点滴滴，依旧是三杯两盏淡酒的朦朦胧胧。

　　雁行在斜阳里长叹离别。地下的泉水，像九曲柔肠。隐秘的心事，涌动在空寂的石窟。苦涩的忧愁，才下眉头，却上心头。悠闲的白鹭，从容漫步，挽起盛装，陶然在藕花深处。情真意笃的神仙眷侣，天各一方，唯有冰冷的悔恨。梦中柔柔的眼神，浅浅的微笑，暖暖的爱抚，都在无眠中寂灭。

　　月亮，轻轻太息，穿过丝绦，把心思留在柳梢头。兰舟载不动许多愁，在时光的水面，划出暗淡的痕迹。明月三千里，丝弦上颤着细细的蛩声，如泣如诉。隔帘的竹影憔悴，人比黄花瘦。

　　一蒿独去，天涯陌路，是那么遥远。裙裾临水，一袭清香摇曳一个尘外清梦。看你看过的云，听你听过的雨，走你离去的路，羞怯的思念，是锥心的疼痛。颤抖的情感沉入浓稠的夜晚。一个又一个朝朝暮暮，等待云中的锦书，纵使轻解了罗裳，又何以承欢。月满西楼的时候，心已残阙。

　　以故为新，以俗为雅，炉火纯青，仙姿独秀；不为题束，不为意苦，直如行云，舒卷自如；纯用浅俗之语，尽发清新之意，不受前人约束，不以辞采取胜，信手拈来的口语，全无雕饰的痕迹，朴素而天下莫能与之争美，让一代代后人吟咏不衰。

　　如果这就是命运的全部风景，那李清照仅仅是多愁善感的贵妇。锦衣玉食的日子，难免无病呻吟。所有喧嚣的寂寞，所有甜蜜的愁苦，所有娇嗔的幽怨，都不过是五味杂陈的咀嚼，一种奢侈靡费的品味。绝顶的聪慧，只是养尊处优的华丽妆容。

而遥不可及的云端,风暴正在咆哮。

所谓世事无常,所谓天妒英才,所谓国家不幸诗家幸,所有这类魔咒,没有放过李清照。自是花中第一流,在阆苑绽放,在俗尘凋谢。浩浩阴阳移,年命如朝露。

国破家亡,流离奔命,暮年飘零,卒于江湖,以至于"猥以桑榆之晚景,配兹驵侩之下材";以至于"不终晚节""然无检操""晚节流荡无归"为腐儒们诟病。

这个世界上没有一个人能读懂她的内心。才情冠绝当时,声名撼动京华,却只有一院独守的冷清,一门在秋风中盘旋的黄叶。曾经的清丽,典雅,"别是一家",只剩了沉郁,悲怆,"凄凄惨惨戚戚"。

无情的岁月,在脸上写下沧桑。背负一生的疲惫,抖落星光,不再乞讨意境。心如止水,包容世间的丑陋;一灯如豆,标注世间的混浊。静夜如此漫长,斟满没有尽头的凄风苦雨,与孤独的烛火干杯。

世界空空荡荡,只能回到自己的内心,只有自己的眼睛照亮自己,不被黑暗吞没。语言堆积成残破的尺牍,在黑夜里揉碎为落英的缤纷。

国难、家难、婚难、业难,一个女人可能遭遇的磨难,集于一身。而这并不是非人的不幸。李清照最大的悲剧在于,人格像作品一样清高:作为女人,处在社会底层;作为诗人,立于文化巅峰。见人所未见,达人所未达。以平民之身,思公卿之责;以女性之身,求人格之尊。决不迁就,决不苟且,决不妥协。

这样的孤独唯其超越时空,因而无法解脱。

"易安体"高标一帜,卓尔不凡,有巾帼之淑贤,兼须眉之刚毅;语尽而意不尽,意尽而情不尽,将婉约进行到极致,又笔力横放、铺叙浑成,"不徒俯视巾帼,直欲压倒须眉"。同为词坛双璧,辛弃疾时称"效李易安体"。惺惺相惜,只有天才深知天才。

对于一种绝代的风华,所有的辩诬其实都属多余。

也许恰恰是那个十岁的女孩说出了朴实的道理:"才藻非女子事也。"如果一切可以重来,我愿她是——仅仅是妩媚尤物、幸福女人,而不是什么"第一才女""词国皇后";我愿她是——仅仅是小鸟依人、春情荡漾,而不是什么"词压江南,文盖塞北";我愿她是——仅仅是绿肥红瘦的婉约唯美,而不是铁板铜琶的雄健豪放;我愿她是——仅仅是永远住在天下所有尊贵男子的梦中,而不是供奉在那些金碧辉煌却庸碌不堪的堂馆神祠里。

去过青州洋溪湖,去过济南柳絮泉,去过金华八咏楼,去过杭州清波门,去过大明湖藕神祠,一一寻访清照的踪迹。但我最想做的是穿一袭古时的长衫，乘着一叶兰舟往访，听舟子在平静的夜晚摇动久远的想象：明月清风中，有一阵惊喜宽慰她茕茕孑立的等候、依依凭栏的渴望。露水敲响荷韵，洗却年深月久的忧烦。云帆高挂，桂棹如风，欸乃声中，青衫薄履，长箫独引，踏波而去，一枕青山到白头。

晓风残月，踟蹰在杨柳岸，迟迟不肯启程。不敢回头，看一眼那个名叫易安的女子，那个对欧、苏、秦、黄不以为然的词人，那个柔如弱柳的倩影，那双风中含泪的眸子。一个有关诗词的故事，人们讲了一千年。主人公的衣袂，飘然为书卷，满是无可高攀的文字。追慕虚荣的我们，只能搜索枯肠填写浅薄的词句，徒劳地遥望迷茫的烟波。

流水的尽头，早已消失了梦里的兰舟。

（原载《人民日报》海外版 2018 年 6 月 9 日）

附注：

1. 《天下英雄谁敌手》文引号中的文字除"男儿到死心如铁，看试手，补天裂"、"我见青山多妩媚，料青山见我亦如是"出于辛词，余皆出于南宋刘克庄《后村先生大全集》。
2. "青州洋溪湖，济南柳絮泉，金华八咏楼，杭州清波门"，皆有李清照纪念馆。"大明湖藕神祠"即李清照庙。
3. "欧、苏、秦、黄"指欧阳修、苏轼、秦观、黄庭坚。
4. "才藻非女子事也。"参见陆游《夫人孙氏墓志铭》

我的外婆陆士嘉先生
——在北航士嘉学院的开学致辞

_ 高晓松

很荣幸有机会来到北航,来到这座以我的外婆陆士嘉先生命名的北航本科书院,分享一些有关外婆的点滴。

外婆生于中国风雷激荡的辛亥年。出生仅仅几个月,全家便惨遭灭门。她的爷爷陆钟琦是晚清最后一任山西巡抚。当时外婆的父亲正以留日同盟会员的身份劝其革命,起义独立,不料被山西新军突袭巡抚衙门,外婆的爷爷、奶奶、父亲、堂兄同时被杀,外婆被她母亲抱着躲在假山石后幸免于难。

外婆跟着她母亲回到北京,艰难度日。中学时读了《居里夫人传》,遂立志投身科学。为节约开支,外婆勤工俭学,读了当时不收学费的北师大物理系。身为物理系唯一女生,外婆不让须眉,以全系第一名的成绩毕业。

1937年8月,日寇刚刚发动侵华战争一个多月后,外婆和外公离开祖国赴欧洲留学。当那条载着留学生的最后一班英国班轮拉响汽笛,离开上海港时,留学生们回望炮火连天的祖国,许多人痛哭失声,发誓学成归来建设这个悲怆的老国家。外婆与外公订婚时送给外公的钢笔上就刻着"勿忘祖国"。

外婆考入当时世界顶级的德国哥廷根大学,原本学习物理,后来听到日寇轰炸中国平民城市的暴行,决心改学航空报国,投入世界空气动力学之父和现代流体力学之父普朗特大师门下,成为普朗特的关门弟子和唯一女博士。有趣的是,与此同时,普朗特的第一位博士生,大弟子冯卡门教授,刚刚在美国加州理工学院带出一位中国博士生,同时也是外婆的小学同班、中学同级同学,他的名字叫钱学森。所以后来钱先生见到外婆,常开玩笑叫她"小师姑"。

新中国成立后,外婆在清华大学航空系任教授。1952年国家决定成立北京航空学院,外婆担任北航筹建委员会委员,是北航的主要筹建人之一。她自费买了一大堆肥皂,和教师们一起制作北航规划模型,如今的北航老校区,最早的蓝图就出自那些肥皂块。

外婆是北航第一任空气动力学教研室主任，也是建立中国第一个空气动力学专业的主要奠基者。她创建了中国第一个流体力学实验室，就是今天以她的名字命名的"北航陆士嘉实验室"，此也是中国第一个以女科学家名字命名的实验室。感谢北航饮水思源，不忘春晖。

1955年，我的外公当选中国科学院第一届院士（当时叫学部委员）并担任清华大学副校长，因此外婆继续住在清华园。后来因为外婆身体不好，北航为外婆配了一辆轿车，每天去接外婆上下班。外婆为了不给国家增添负担，每天坚持坐公共汽车从清华往返北航。轿车司机没办法，只好在公交车后面跟着，成了当时清华一景。外婆在北航还有一景，就是授课时可以双手同时板书，有周伯通双手互搏之能。外婆不但上下班坚决不坐小汽车，就连她担任第一、二、三届全国人大代表以及晚年担任全国政协常委期间，凡去开会都坚持坐公交车。以致于发生了哨兵误会不许外婆进会场，经解释又说不许带包进会场，导致外婆站在大会堂外等熟人的车存包的事故。

外婆留学德国期间，曾住在哥廷根大学著名物理学家 R·Poll 波尔教授家中。波尔为人正直、坚决反对纳粹。二战期间兵荒马乱，波尔教授用一生积蓄买了750克铂金，托付给外公外婆，因为他们是盟国公民，战后比较安全。并声明乱世颠沛之中，如有遗失，绝不索赔。外公外婆带着这块铂金辗转归国，途径瑞士、法国，到当时的法属越南，在越南西贡还被关进难民营。外公外婆为了保护朋友的财产不被搜走，专门把这十几片铂金藏在我母亲的尿布里。最后被中国使馆营救，转道香港回国，一直保存到1958年，通过一位东德教授找到了留在西德尚在人世的波尔教授，托这位东德教授将铂金带回德国，完璧归赵。没想到"文革"期间，除了"反动学术权威"的帽子以外，这也成了外公外婆的另一项罪状，曰"偷运战略物资出境"。

"文革"期间，外公下放江西农场养猪，外婆也靠边站。家被抄，工资被停发，只有极少的生活费，家中的房子中还搬进了好几户人家。外婆在仅剩的斗室里，坚持翻译导师普朗特的著作，以致我母亲怀我的时候只能去舅公家待产。忽然有一天，外婆被叫走参加一项机密工作，原来那时国家想从英国罗尔斯罗伊斯公司引进飞机发动机（罗罗公司今天依然是世界三大飞机发动机制造商之一，包括战斗机和民航机发动机），但当时学术权威都靠边站了，参加谈判的人员专业能力不够，导致英方打算高价卖给我们劣质产品。主管领导最终决定把外婆找回来参加谈判。当英方得知对面的这位老太太是普朗特大师的关门弟子时，态度大变，外婆以深厚的专业素养据理力争，最终，英方以合理的价格卖给了我们优质发动机。

1981年，中国科学院补选院士（学部委员），外婆被多位重量级院士推荐列为候选人，在大家都认为外婆当选应无悬念的时候，外婆向学校提出自己年纪大了，应该把机会留给年轻人。当时北航校领导气得批评她缺乏组织观念，说这不是个人的事，而是北航的大事，因为当时北航总共只有沈元校长一位院士。在组织上多次做工作之后，外婆勉强填了表。然而当她得知自己在第二轮继续作为候选人后，外婆考虑再三，并征得全家人的支持，直接给中国科学院写了一封信，信中说："年纪大的同志应该主动设法为中青年同志创造条件，应该让他们在前面发挥作用，我们这些人不当学部委员也会提意见、出主意，绝不能由于我们而挡住了他们，这样对中国的科学事业发展不利。"最后，她终于力排众议，恳请有关方面从候选人名单中删去了她的名字。中国科学院在回信中深深赞誉她的高尚情操，认为信写得非常感人，体现了一位老科学家虚怀若谷的精神和作风。当时推荐外婆的著名科学家严济慈老院士说：别人打破头请我推荐我都推掉了，我推荐士嘉，她自己却给辞了，真是可惜。

如果说不爱金钱、不要待遇是那个时代大部分知识分子的节操，但不做院士却是绝无仅有的新闻，当时许多媒体纷纷报道，都觉得院士是对一个科学家的最高肯定和荣誉，大家众口一词，都觉得难以理解而又非常可惜。

别人觉得不解和可惜，外婆却觉得自然而然。她之后再没提起这件事。这件事就与她大学时勤工俭学、留学时心系祖国、归国时毫不犹豫、受人之托须完璧归赵、身处逆境仍为国分忧……一样，都是自然而然的事情。

每个人心里都有一份召唤，因了这份召唤而做的事情，都是自然而然的。越纯粹的人，内心的召唤越远大，越坚定。

北航从创建那天起，就是当之无愧的国之重器。承担着星辰大海的辽阔使命。北航士嘉书院的上千名学生，都是堂堂中国名校生——名校生不仅仅意味着闪光的校徽、锦绣的前程，名校生还意味着召唤与使命：让世界更加文明，让国家相信真理。无论世界前进还是倒退，无论科学昌明还是黯淡，都努力站在人类的最前列，披荆斩棘，捍卫真理。达则兼济天下，穷则独善其身。须百折不挠，才不负此生。

（原载2018年9月15日"北航士嘉学院"微信公众号）

博尔赫斯的内部宇宙

_黑陶

豪尔赫·路易斯·博尔赫斯,和中国距离遥远、在地球另一端的阿根廷人。1899年8月24日出生,1986年6月14日死亡,虚岁活了88岁。在他的死亡之年,我进入位于中国太湖东岸、有着古老方塔的苏州大学求学。

博尔赫斯给他所有作品注入的,是幻象,是诗与哲学的幻象。

东方。初夏的清晨和夜晚。窗外苦楝树密集的淡紫色花云,送来浓重香味。读另一个大陆的人。中年的失明者。阿根廷,尖锐的大陆之角,如驶向南极洲的破冰之舰。

进入博尔赫斯的内部宇宙。一个心仪作家的只言片语,就会照亮你的创造空间。激发你个人的思想火药库。不对,是点燃,而非激发。

"人群是一个幻觉。它并不存在。我是在与你们个别交谈。"他说。

什么是诗?

"我说不准我的作品是不是诗,我只能说我所召唤的是想象。"

诗,即召唤想象。文学中,想象之极端重要性。诗,人类展示其内在宇宙的唯一方式。俗世生活中不存在的内在宇宙。展示的力量之源,是想象。

博尔赫斯分析过自己的小说和诗:

"我的小说,在一种意义上,是在我之外的。我梦想它们,塑造它们,记下它们;之后,一旦被散发而进入了世界,它们就属于别人了。"

"我所独有的一切，我的朋友们好心宽容我的一切——我的喜爱与厌恶，我的嗜好，我的习惯——要在我的诗中才找得到。"

所以，博尔赫斯判断："长远来看，也许，我的成败将取决于我的诗篇。"

博尔赫斯对诗歌的推崇，要绝对高于小说。他期待自我在诗歌中赢得不朽。

有论者称：博尔赫斯不属于时间。他有超越时间的特异能力。

他对于自己必将随时间流逝，这一可悲的宿命，抱着一种微笑的怀疑、超然和嘲弄。

博尔赫斯并不看好长篇小说：

"我不是长篇小说的读者，所以我很难成为一名长篇小说作家，因为所有的长篇小说，甚至包括最出色的长篇小说，总有铺张之嫌。"

"长篇小说对于我，至少对于一位作家来讲，会令肉体困乏。"

博尔赫斯的这句话非常牛叉：

"我并不虚构小说，我创造事实。"

"我创造事实"——文字的君王之气。君临之气。由此，写作者获得内在的大自由。

他斩钉截铁地认定："依我看，在事实与虚构之间，没什么不同。"

年轻时的博尔赫斯，喜欢"文学圈套"。

在人们费尽力气查阅他的文字所涉及的事件之后，最终也许发现：有两件是真事，而另外三件，则在任何地方无法查到。

对于这种真实与虚构交织的写法，博尔赫斯如此辩解：

"我们生活在这样一个神秘的宇宙里，每一件事都是一个谜。"

"我想我的命运就是与文学打一辈子交道。从我还是个孩子起我就知道这将是我的命运。"

"我知道我命中注定要阅读，做梦，哦，也许还有写作。"

博尔赫斯，很早就知晓自我的命运。然后实现了，所以他很幸福。

他说："这是宇宙的安排，命运的安排。"

即使失明了，博尔赫斯仍然热爱旅行。

博尔赫斯对中国充满渴望和想象。有人问:"为什么你想去中国旅行?你希望能在那里找到什么?"

他回答——

"我有一种感觉,我一直身在中国。"

"我多次读过《道德经》的许多种译本。"

"我读过《红楼梦》……我可以肯定地告诉你,《红楼梦》这部书就像它的书名一样好。"

"我总是重温我读过的旧书而不大阅读新东西。"

博尔赫斯的读书法。

"我一生中读的书不很多,大部分时间都在重读。"

博尔赫斯教导具体的写作方法:

"错误的方法是写出第一段就进行修改,然后再写出第二段。但这使得整个作品写得破破碎碎。我想真正好的写法是尽量一口气写下去,然后再修改。不应当修改完一句,然后再草草地写出下一句。你应该将整个作品的草稿一气呵成。"

好像和鲁迅的写作方式类似。

"我个人认为:所有的作家都是在一遍一遍地写着同一本书。我猜想每一代作家所写的,也正是其他世代的作家所写的,只是稍有不同。"

所有的作品,都在展示、描绘作家这个人。只不过,部位不同,角度不同而已。

"我所有的作品……或许只有几页得以流传。"

清醒感。

"一个诗人需要坏诗,否则好诗就显不出来。"

"只有二流诗人才只写好诗。你应当写坏诗,我说这话并非不礼貌。"

——泥沙俱下?对我的激励。

"依我看写作诗歌的地道方法是把自己交给梦。"

"我们几乎每天夜里都要做噩梦,我们的任务就是把它们变为诗歌。"

——诗即人类之梦。梦的重要性。

1955年，博尔赫斯失明。虚岁57岁。

"1955年我的视力弃我而去"。

"因为我发现我是在逐渐失明，所以我并没有什么特别沮丧的时刻。它像夏日的黄昏徐徐降临。那时我是国家图书馆馆长，我开始发现我被包围在没有文字的书籍之中。然后我朋友们的面孔消失了。然后我发现镜子里已空无一人。"

晚年：我真想倚在黑暗上，溶进这黑暗。

似乎是他的诗句。

博尔赫斯有他不读的东西——

"我从不读别人写我的传记。"

"我想我一辈子也没读过一份报纸。"

"我写书但不重读它们。"

"有时我睁眼躺着问我自己，我是谁？或者甚至问，我是什么？我在做什么？我觉得时间在流动。"

典型的博尔赫斯风格。现在，已经很少有人如此关注自身的这个宇宙。

"我们存在，这是一个令人费解的事实。"

下面这句话，决定了博尔赫斯作品的虚幻特征：

"唯我论的核心思想是世界上只有一个个人……其余所有的人都是他梦中所见。比如，我们且说，天空、星辰、地球、整部历史，这一切都是一个梦。"

博尔赫斯是唯心主义者。

"我倾向于认为万物是虚幻的。我并不反对世界是一个梦的观点……至于现实主义，我一直认为它从根本上说错了……我认为一个作家就是一个不断做梦的人。"

这样的认识，能给写作以极大自由。

"但愿我了解他。我对他已然感到厌倦了。"

另一个博尔赫斯。

博尔赫斯常常跳出己身，对自我进行远距离的审视。

"一个诗人应当把所有的东西,甚至包括不幸,视为对他的馈赠。不幸、挫折、耻辱、失败,这都是我们的工具。我想你不会在高高兴兴的时候写出任何东西。"

一位八旬文学老者对后辈的谆谆告诫。坦然面对并接受我们的生活。

"当你们走进我的家——我在布宜诺斯艾利斯城北梅普街上的家,希望你们都能在适当的时候来访——你会发现那是一座挺不错的图书馆,但其中没有一本我自己的书,因为我不允许它们在我的图书馆里占一席之地。我的图书馆只存好书。我怎么能和维吉尔或斯蒂文森比肩而立?所以我家里没有我自己的书,你一本也找不到。"

——这样的观念超越常人作家。奇特。谦逊。

博尔赫斯风格的生活和记忆:
"我的记忆主要是关于书籍的。事实上,我几乎记不清我自己的生活。我不记日子。尽管我知道我旅行过十七八个国家,可我说不清我先到过哪儿,后到过哪儿,我也没法告诉你们我在一个地方待过多久。整个这一切就是地区、意象的大杂烩。"

书,是他唯一清楚的东西。"我总是回到书本上,回到引文上"。
"地区、意象的大杂烩",模糊感。自由遨游感。他的书写特征。

博尔赫斯认为"天堂"和"地狱"是一种精神状态,而非指某个地方。
"我已经八十岁了,每天晚上我都发现我有时活在幸福之中,也许这就是天堂;而有时我感到心情不畅,或许我们可以并不过分夸大地使用一个隐喻,称这为地狱。"

"我是过去,整个过去的信徒。"
博尔赫斯的时间哲学。即使未来,也是他的过去。回忆性质的写作。回忆时,生活便呈现梦的特质。

"我们知道哪些莎士比亚的私生活?我们一无所知,我们也不在乎,既然他把他的私生活化作了麦克白、哈姆雷特,化作了十四行诗。"

确实,一般人谁还记得当年李贺和韩愈的身份差异以及他对韩愈的感激涕零?文学史的时间会磨去具体琐碎的私生活,而只留下语言、文本。

需要有这种超越观。需要有这种自我的力量。

"也许每一个时代都在一遍又一遍地重写同样的书,只是改变或加入一些细节。或许永恒之书皆相同。我们总是在重写古人写过的东西。"

文学新创之困难或本质的不可能。太阳底下无新事。虚无和荒谬感袭来——文学写作。

不唯如此,具体到每个作家,他所有的书,也是在挖掘自己,写自己的同一本书。

"很抱歉我写了五六十本书,然而我发现那所有的书都包含在我的第一本书中。那是一本黯淡的书,写了很久了,名为《布宜诺斯艾利斯的激情》,出版于1923年。那是一本诗集,而我发现我的大部分小说都包含在其中,只不过它们是潜伏在那里……我不断重访那本书,重塑我已在那本书中写过的东西……当我回头看那本书时,我便在其中找到我自己,找到我未来的书。"

博尔赫斯25岁出版的这本诗集,他坦承,包含了他所有"未来的书"。

博尔赫斯的死亡观。

"我个人并不相信来世。我希望我有个结束……当我忧心忡忡——我总是忧心忡忡——我就对自己说:何必忧愁呢?任何时刻拯救都会以毁灭和死亡的方式到来。"

历经思想沧桑的八旬文学老者的坦然。

"在我家里,一个盲人的小小的家里,我从一个房间踱到另一个房间,我感到有什么东西要到来,也许是一行诗,也许是某种文学形式。"

在南美洲天空下的某幢房子内,博尔赫斯的具体写作状态。

"在我刚开始写作的时候,我的作品有一种相当浓厚的巴洛克风格……那时我总是想欺骗读者,总是使用古词、偏词或新词。但是现在我尽量使用很简单的词汇,我尽量避免使用英语中被认为古奥艰涩的词汇,我尽量避开它们。"

绚烂之极归于平淡,东西方写作者大致相似的历程?
世界的本质,不是绚烂而是平淡?

博尔赫斯与早生于他2300年的中国庄子,有着深刻契合。
博尔赫斯反复强调:

"而这些书，实在都是梦。"

书，凝定的梦。写书，就是记梦。发生过、未发生过的梦。

"由于我拙于思考，我便沉浸于梦想，从某种意义上说这样可以使我的生命在梦中流逝。这是我唯一能做的事。"

沉于梦，记梦，让生命在梦中流逝。旁观自己的博尔赫斯。他静静地目睹自我的"生命在梦中流逝"。

"不幸、孤独，这一切都应为作家所用。甚至噩梦也是一种工具。我有好多小说的灵感都得自噩梦……"

"我会梦见那些文字全活了，我会梦见每一个字母都变成了别的字母。"

博尔赫斯的超物质生活。不仅醒时，连梦中也是。

"我想我有三个基本的噩梦：迷宫、写作和镜子。"

博尔赫斯的爱情观：

"每个人都曾被拒绝过，也曾拒绝过别人。这两者支撑着一生。"

玛丽亚·儿玉，日裔阿根廷女子，12岁时认识年近花甲的博尔赫斯。在这位博览群书的盲人作家的生命最后时光，两人结为夫妇。

博尔赫斯晚年须臾不离的漆手杖，是来自中国南方的竹子，由儿玉在美国唐人街挑选购买。这根竹手杖，引发博尔赫斯对东方古国的强烈想象："我看着那根手杖，觉得它是那筑起了长城，开创了一片神奇天地的无限古老的帝国的一部分。"（《漆手杖》）

"我总是感到迷惑，感到茫然，所以迷宫是正确的象征。至少对我来讲，它们不是文学手法或圈套……它们是我命运的一部分，是我感受和生活的方式。并不是我选择了它们。"

一个人的文学风格或形式特征，并非凭空而来，是由其生命本身的内在质素决定的。

问：你怎样看文学的未来？
答："我想文学还是颇为安全的。文学之于人类的心灵不可或缺。"
对文学的未来，博尔赫斯并不担心。

下面两句话，是博尔赫斯对于他个人写作的核心阐述——

"依我看，生命、世界，是一个噩梦，但我无法逃避它……我发现拯救之于我就是写作这个行为，就是怀着无望的心情沉浸在写作之中。"

"除了继续做梦，然后写作……我还能做什么呢？这是我的命运。"

问：你是创造形象呢还是在描述形而上观念本身？是把语言放在首位还是把哲学思考放在首位？

答："我想我重形象胜过重观念。我不善于抽象思维……我更偏爱做梦。我更偏爱形象。或者如吉卜林所说，一个作家也许能写出一篇寓言，但对寓言的寓意却一无所知。"

寓，寄托之意。寓言，是用故事来寄托道理，给人以启示的文学体裁。

博尔赫斯感性地解释什么是寓言："一个人渴念南方，而在他回到南方时，南方却杀了他。这就是寓言。"

"我并不觉得生活，或现实，在我之上或在我之外。我即是生活，我就在生活之中。"

十分认同。时代亦是如此。

"当我做梦、睡觉、写作、阅读时，我就是在生活。我无时无刻不在生活。"

"对不起我没有美学观点。我只会写诗，写故事。我没有理论。"

"对一个诗人来说（有时我也这样自诩），万事万物呈现于他，都是为了转化为诗歌。"

博尔赫斯的晚年坦白。深入进去，可以感受到我所需要的、文学上的巨大激励。

（原载《南方文学》2018 年第 4 期）

穿行在文明冲突地带（节选）
——英国诺奖作家奈保尔

_邱华栋

  维·苏·奈保尔祖籍印度，1932年他出生在拉丁美洲加勒比海地区的岛国特立尼达和多巴哥共和国。这个名字拗口的国家的人口只有一百多万，绝大多数是黑人和印度人，宗教信仰是天主教和基督教。特立尼达和多巴哥自1814年开始沦为英国殖民地，经过了漫长的被殖民统治时期，1962年独立后成为英联邦国家成员，经济支柱主要是石油产品和一些海产品。1880年，奈保尔的祖父作为劳工，从印度移民到了加勒比海的小安德列斯群岛。据说，他祖父出身于印度最高种姓——婆罗门阶层。到了奈保尔父亲这一代，又从乡下到了西班牙港生活，一开始他在一家报社当记者，结婚、生子并勉强维持家庭，还怀有当作家的梦想，努力地拉扯孩子们长大，对儿子寄予厚望，但是他自己的作家梦始终没能实现。

  奈保尔在特立尼达和多巴哥的首都西班牙港度过的童年和少年时期，给他留下了难以磨灭的印象，尤其是他早年生活的一条大街，最终化身为"米格尔大街"，成为他一部短篇小说的素材源泉。

  1950年，18岁的奈保尔获得了一份奖学金，前往英国伦敦，在牛津大学攻读英语文学。从穷乡僻壤来到了繁华的伦敦，他感到一切都是那么的新鲜和刺激。在大学里，他勤奋学习，尤其对英语文学下了很深的功夫来研读。从大学毕业之后，他做过英国广播公司的编辑、《新政治家》杂志的评论员等工作，在英国待了下来。由于一开始在新闻机构和政治评论性杂志工作，他获得了一个犀利的批判视角，去观察审视当代世界的政治、经济和社会文化的冲突。1955年，他正式定居英国。之后，他不断地从英国出发，足迹遍布全世界。他尤其喜欢去一些不同文明的冲突与融合的地带，像非洲、中东、南美、美国、加拿大和南亚的印度、巴基斯坦、印度尼西亚、马来西亚等国家和地区，写下了关于这个世界的全部印象。

奈保尔之所以成为后来的大作家，是因为特里尼达和多巴哥这个岛国本来就是一个融合了黑人文化、印度文化和北美及西班牙文化的混合文化的国度，在那样的地方长大，奈保尔自然就有一种天生的多元文化意识。而在他后来在全世界的旅行当中，他更是能够在对比发达国家和不发达国家、第一世界和第三世界、伊斯兰社会和基督教社会、印度和英国中，找到文化差异和类同之间的关系，能够去雄心勃勃地描绘20世纪人类生活的全景图画，写出了人类文明冲突地带的复杂景象。阅读奈保尔，我总是可以感觉到他的愤怒和讽刺，以及人道主义情怀和丰富的想象力。他以角度别致的作品，拓展了英语文学的新疆界，成为所谓的"后殖民文学""离散作家""无国界作家群"的代表作家。

奈保尔的处女作是长篇小说《灵异按摩师》，出版于1957年。小说的篇幅不大，以特立尼达和多巴哥作为小说的地理背景，讲述了一个叫甘涅沙的乡村按摩师的故事。这个按摩师以能够包治百病作为幌子，给很多人治病，奇迹般地使一些人痊愈，因此使自己带有了神汉和地区明星相混合的光环。而且，这个狡猾、聪明的按摩师很会经营自己，他借助大家对他的盲目信服，逐渐地走到了那个岛国社会的中心，他开始写书，到处演讲，后来竟然成了国会议员，还获得了大英帝国的勋章。小说是以第三人称的角度来叙述的，叙述语调平实缓和，耐心地将岛国的气氛、按摩师甘涅沙本人的奇特经历呈现出来，带有19世纪英国小说的传统叙事风格，并隐含一种温和的讽刺和滑稽荒诞的感觉。

奈保尔不到30岁就在英语文坛上显示了他卓越的写作才能，完成了他的初试啼声。很快，他就进入到自己写作的第二个阶段。1961年，他出版了长篇小说《毕斯沃斯先生的房子》，这是他早期的一部重要的长篇小说。《毕斯沃斯先生的房子》的创作灵感，取材于他的父亲——他的父亲是一个想当作家的记者，但是，他在那个岛国上的命运是悲凉的，一生都在为生活奔忙，在为房子努力，被各种生活琐事所困扰，最终没有能成为一个作家。因此，小说描写的，就是类似他父亲这么一个小人物的命运和挫败感。奈保尔的父亲西帕萨德死于1953年，很可惜，只要他再等上3年多一点，就能看见儿子成为一个作家了。西帕萨德一生都想成为一个作家，也希望儿子奈保尔能够成为一个作家，并且坚信这一点。1975年，成名之后的奈保尔在英国一个出版商的帮助下，终于出版了父亲生前留下的唯一一部小说集，算是了却了父亲的遗愿。

奈保尔的游记和随笔作品占了他已经出版的全部作品的一半，说明他在非虚构作品体裁方面获得的成就。我觉得，他的游记所取得的成就是他获得诺贝尔文学奖的一个重要因素，因为，他的游记不是那种简单的所游所记，而是对所到国家和地区的文化、社会、政治和历史的精确观察和描述，是对他所游历的那些世界文明的冲突地带的历史和现实进行深入思考和犀利批判的文化著作，拓展了一般游记的概念，把游记这种文体提升到了一个新的高度。

除了塑造出20世纪全球移民的独特形象的那些小说，奈保尔对游记的新发展贡献了巨大才华，他的游记是带有纪实风格的现场采访、历史探询、哲学、宗教和社会学思考相融合的一种新文体，是对20世纪文学文体的一大贡献。

1962年他出版了长篇游记《中间通道：对五个社会的印象》，第一次展示了他在游记方面的写作水平。这是一本专门描述西印度群岛地区的五个小国家的历史、文化和现实政治与命运的游记。这个地区一些小国家在摆脱了旧殖民主义者之后，所选择的道路并没有给人民带来幸福和安宁，欧洲老牌的殖民主义者英国、法国和荷兰带给这个地区的文化、政治和经济后遗症非常明显，至今没有消退。奈保尔毫不掩饰地表达了他对此种状态的批判态度，同时，这五个国家刚好处于过去贩卖奴隶时代、从非洲经过大西洋到达美洲的航道中间的位置，因此才取名"中间通道"，暗示这些地区现在处于世界的尴尬位置。

自二十世纪60年代以后，奈保尔花了很多时间在全球各地旅行。他穿越了今天仍旧是战乱频繁的非洲，穿越了孕育人类文明发祥地之一的两河流域，穿越了他的祖籍之国——印度，写下了关于这些地区的游记，将这些地区的文化冲突、社会矛盾和复杂的前景进行了毫不遮掩的展现和批判，犀利地表达了他的文化忧虑。关于他的祖籍之国印度，在近30年的时间里，他前后写了三部游记：1964年，他出版了《幽暗国度：记忆与现实交错的印度之旅》，到1977年，他又出版了《印度：受创伤的文明》，1990年，他出版了这个系列的最后一部《印度：百万叛变的今天》。仅仅从书名上，我们就可以判断出他对印度的热爱，以及深邃的忧思和毫不留情的批判。

我常常拿奈保尔的游记来和我们的一些散文作家的游记比较，我们的一些作家往往以旅游小册子作为资料，在那些资料的基础上进行文学的加工改写，发一点肤浅和矫情的感慨，把篇幅拽长，然后就成了"大文化散文"——这样的写作实在缺乏良知、深度和批判精神。而奈保尔的游记能够展现出一个社会的现实和历史的深广度，体现出现代知识分子的大无畏的批判精神。尤其是他关于印度的这三部游记，是他多次到印度进行深度观察并以大量的历史材料作为素材所构筑的鸿篇巨制：1962年，维·苏·奈保尔第一次踏上了印度的国土，在印度主要的城市游历，并且回到了他祖父的故乡。但是，他的所见所闻令他感到失望和震惊，印度的落后、贫穷、愚昧使他感到了疏离，进一步感到了愤怒。于是，在《幽黯国度》中，他以尖酸刻薄的语调书写了自己对祖籍之国的这种恼恨。阅读他这本书，有时候觉得他像一个画家，他细致地描绘了风景中的人群和生活状态。1975年，在甘地夫人颁布了紧急状态令之后，奈保尔再次来到了印度，一番观察体验，他写出了《印度：受伤的文明》。这一次，他从印度文明的成因出发，将印度现实的独特境遇描绘了出来，笔法依旧保持了讽刺和警觉，将发展中国家印度的困境和文化上的尴尬和无所适从逼真地描绘了出来。1988年，他第三次来到印度，采访了大量的印度当代人，自己则扮演了一个聆听者的角色，把印度当代人的声音记录了下来，写成了对印度现实和历史的口述之作《印度：百万叛变的今天》。他的关于印度的这个系列游记，是我们了解印度历史与文化的最佳参考书籍。他不仅以自身的游历作为主线，还将小说的技巧也使用出来，纵横开阖地在历史和现实的天地间往来，使游记具有了巨大的力量。

1969年，他出版了一部将游记和历史研究综合起来的著作《黄金国的沦亡》，这一次，他把目光投向了特立尼达和多巴哥的遥远历史，将这个地区的历史命运与寻找新大陆、寻找黄金国度的欧洲人的历史联系起来，探讨了加勒比海岛国的历史文化成因，以及走向现代化的艰难历程，是一次对历史遮蔽的去蔽，是对殖民主义者留下的遗产做的一次清算。

1984年，奈保尔出版了一本篇幅不大的论著《寻找重心》，里面只收录了两篇长文。其中一篇是长达几万字的关于写作技艺的随笔，他结合自身写作的经验，探讨了在20世纪写作小说的目的、意义、方法和技巧。从他的夫子自道可以看出，他对英国传统现实主义情有独钟，尤其对狄更斯更是推崇备至。在狄更斯的时代里，读小说就是一种消遣，狄更斯甚至可以同时为几家报纸撰写连载小说，他的小说臃肿、拖沓。可在奈保尔看来，狄更斯的小说带有强烈的冲击力和对社会的不懈的批判精神。

2001年10月，一个历史性的时刻到来了：奈保尔当之无愧地获得了当年的诺贝尔文学奖。在瑞典文学院颁布的授奖辞中，是这样描绘他的："他独辟蹊径，不受文学时尚和各种流行模式的影响，从现存的文学类型之中创造出他自己的独特风格，以小说叙述而论，自传因素和纪实文学在奈保尔的写作中融为一体，并不总是能够发现哪种因素居于主导地位。"可以说，奈保尔创造出了现代人缺乏归属的新小说，描绘了这个分崩离析的时代的状况，也因此成为最敏感、视野最开阔的当代小说家。

维·苏·奈保尔是20世纪印度裔英语作家中的佼佼者。阅读他的作品，你会感到整个当代世界在你的面前徐徐展开，他那愤懑的情怀、尖酸的讽刺和忧伤的语调弥漫在他描写和塑造的在全世界流散的移民心中。跟随着那些离散者的脚步，我们也渐渐看清了人类居住的所有大陆的清晰轮廓。

（原载《文艺报》2018年8月）

那条叫吴小如的鱼游远了

_舒晋瑜

一晃，吴小如先生已经离开我们四年了。

常常会想起他。尽管我们认识得很晚，却天然地有一种亲近。这亲近，大概缘于吴小如先生是我所供职的《中华读书报》副刊的作者，是我们的"衣食父母"，也缘于他性格秉直、淡泊名利的处事风格，也是我所向往的。

很早就拜读吴小如先生的文章，也知道他是有名的"学术警察"，第一次近距离接触吴小如先生，却是2012年春天受邀参加《学者吴小如》出版座谈会，其实也是为纪念先生90岁诞辰，因他声明不组织生日宴会，不接受礼物，他的学生们就以这种朴素的形式祝贺他的生日。那天，吴小如先生因病未能到场，但这个寿星缺席的庆生会，开得真挚感人。那天我和严家炎先生夫妇、邵燕祥先生夫妇同席，主角不在场，宾客们倒是谈兴甚浓。邵燕祥说，吴小如博闻强记而又健谈，他常以没听过吴小如讲课为憾，因为大家常说听吴小如的课是一种享受。邵燕祥常常想起他们60多年的交往，每次聚会东扯西扯都是很快乐的事情，是非常美好的回忆。"我们之间没有客套，每每想到古训所说'友直、友谅、友多闻'，而我有幸得之。"北大教授严家炎说："我所知道的吴小如，从不说人家的短处，自己从不摆功劳，有的时候，我想了解很多事情请教他，才会说。"

吴小如先生原来有那么多故事。我被深深地感动，参加完活动第一件事就是打电话约吴小如先生，先生爽快地答应了。

2012年6月18日，初访吴小如先生。

他的房间格局不大，家具也是20世纪80年代的立柜、平柜，床上整齐地放着书籍报刊。先生清瘦得很，但精神不错。我们先从《学者吴小如》说起。他兴致很高，风趣地说：学生们说预备给我过90岁生日，出一本《学者吴小如》，我很高兴，别人都是死了后出一本纪念文集，我活着时看看这些文章，看看大家对我评价怎么样，免得我死后看不见了，等于是追悼会的悼词我提前听见了。

同时他也很清醒，说："实际上，收进去的文章都是捧我的，但每篇文章都有实际内容。作者里有些是我学生，有些是学生的学生，好些我都不认识。看了以后，我想：这评价准确吗？好话说得太多了。"

那天我们聊了很多，几乎贯穿了他的整个学术人生。吴先生送我《吴小如手录宋词》时，用有些不听使唤的右手为我亲笔签名，并说："认识了，就是有缘。"这种缘分，不掺杂任何世俗的功利，唯有真诚朴素的情感。

第二次拜访吴小如先生，是他获得"子曰"诗人奖。此次获奖的诗词刊发于《诗刊》的"子曰"增刊，获奖不久，他的作品《莎斋诗剩》由作家出版社出版，吴先生托学生送我，同时捎来话，说报纸某处有个失误。我的心中涌出无限温暖和感动，立即心生再访吴先生的念头。

2014年5月7日，采访结束时，我提出想看看他的某本旧书。保姆和我一起扶起先生，搀到书房。他的身体真轻，似乎用一只手的力量可以轻轻托起，可是他移步如此艰难，像是用尽了全身力气。

他在书橱前站定，先找椅子坐下来，让我打开橱门，挨摞书找寻。第四摞搬出来，他伸手一指，说："在这儿。"拿出来一看，果然是。他亲自翻到我需要的那一部分，指给我看——先生眼力尚好，不需要戴花镜。

我们谈了两个小时。担心先生受累，我向他告辞。他伸出手来，轻轻握别，目送我离开。

没想到这一面却成永别。

采访后不到一周，我将写成的文章快递给吴小如先生，12日上午，接到中国人民大学国剧研究中心青年教师张一帆电话，告知吴先生11日晚19时40分辞世。

"这篇文章，是吴先生去世前接受的最后一次采访，也是他最后亲自审定的文章。"张一帆说，遗憾的是，吴先生没等到这篇文章见报。

12日，我再次赶到北大中关园，通往43号楼短短的几十米路，走得沉重而缓慢；陆续遇见前来送别的亲朋好友，脸上写满悲伤。"不设灵堂，不举行遗体告别仪式。"吴煜说，这是父亲生前的交代。

在接待我的那间卧室，先生常坐的沙发上堆放着整齐叠放的衣物。几天前，他尚端坐在这里，见我进来，合上手里的书；他依旧明亮的眼神注视着我离开……我觉得，我们还有很多很多话没有说完。

1

吴小如的父亲吴玉如先生是著名书法家、诗人，一生桃李满天下，但他真正给自己的孩子一字一句讲授古书的机会并不多。吴小如上小学的时候，和早起上班的父亲每天同在盥洗间内一面洗漱，一面由父亲口授唐诗绝句一首，集腋成裘，至今有不少诗还能背得出来。1938年，吴小如考上高中，开始听朱经畬老师讲语文课，这是他沾上"学术"边儿的开始。朱老师从《诗经》《楚辞》讲起，然后是先秦诸子，《左传》《国策》《史记》《汉书》。正是在课堂上，吴小如知道了治《左传》要看《新学伪经考》和《刘向歆父子年谱》，读先秦诸子要看《先秦诸子系年考辨》和《古史辨》。1939年天津大水，吴小如侍祖母避居北京，每天就钻进北京图书馆手抄了大量有关《诗经》的材料。考入北大中文系后，先后从俞平伯师受杜诗、周邦彦词，从游国恩师受《楚辞》，从废名师受陶诗、庾子山赋，从周祖谟师受《尔雅》，从吴晓铃师受戏曲史。每听一门课，便涉猎某一类专书。这使吴小如扩大了学术视野。

1944年开始作诗时，吴小如把诗交给父亲吴玉如先生请教。父亲见吴小如写的古诗，一首中就用了三个韵脚，便说，这不是诗，连顺口溜都够不上。年轻气盛的吴小如不服气，当时就下决心：我非做好不可！

吴玉如先生晚年的时候，再看吴小如作的诗，问他："你看你的诗像谁？"吴小如说："谁也不像。"父亲说："不对，你的诗像我。"

能得到父亲的肯定，吴小如还是深感欣慰的。起初他的作诗和写字，父亲都认为"不够材料"，他努力地写字，努力地作诗，父亲什么也不说。但是后来有人找父亲写字，父亲应付不过来，就把吴小如找他批改的字送人，说："这是我儿子写的字，你们拿去看吧！"吴小如说，自己临帖从不临父亲的字，因为父亲的字功夫太深。可是父亲最后认为吴小如的字，最像他。

吴小如说，他的父亲有一条，做学问首先是做人，首先人品要好。这是中国传统的美德。书法最关键的是，功夫在书外，意思有两条，一是多念书，一是做人要好，这是最基本的。到书法本身，只有一条，就是路子正，别学邪门歪道，古人讲横平竖直，写字，字得规范，写出来的字得规矩。临帖，最好不临古里古怪的帖，也别临颜柳的帖，劲都在外头，搞得不好容易出毛病。最好还是先练"二王"的字，王羲之、王献之，学书必自二王始，譬犹筑屋奠基址。

写了近70年诗歌，吴小如最深的体会有三条：一要有真实的感情，有实际的生活，诗写出来才有分量；二是不能抄袭古人的东西。中国的旧诗太多了，难免有重复；三是现在作旧诗的人很多不懂格律，不按旧章程作，格律不讲究，认为七个字就是七言诗，五个字就是五言诗。吴小如说，第二条自己也没做到。写诗的人太多了，难免就有跟古人"撞车"的时候。

2014年3月，吴小如获得年度"子曰"诗人奖，并出版《莎斋诗剩》，评委会的评价是：他的诗词作品，历尽沧桑而愈见深邃，洞悉世事而愈见旷达，深刻地表现了饱经风雨的知识分子的人生感悟，展示了一位当代文人刚正不阿的风骨和节操。

2

吴小如曾在文章中评价自己："唯我平生情性褊急易怒，且每以直言嫉恶贾祸，不能认真做到动心忍性、以仁厚之心对待横逆之来侵。"他待人真诚、刚正不阿，虽然饱受委屈，却一生坦荡，光明磊落，两袖清风。

吴小如认同古人所说"吉人词寡"。可他一有机会还是爱说。他说，自己最大的毛病是总爱看到文化领域中别人身上或文章里出现的缺点，而缺乏认真反思的自省功夫。

即便年过九旬，吴小如还经常给报刊打电话纠错。有一次某中央媒体刊登张伯驹和丁至云《四郎探母》剧中《坐宫》一折的剧照，写成了《打渔杀家》。他打电话给该报负责人，负责人反问：怎么办？吴小如说：更正一下。此后却再无下文。

吴小如被称为"学术警察"，是有原因的。他对学界不良现象毫不留情：校点古籍书谬误百出，某些编辑师心自用地乱改文稿，知名学者缺乏常识信口胡说，学界抄袭成风……他的主张是，不管别人满意不满意，首先自己不说违背良心的话，不做让自己后悔的事情。

吴小如一生说过的唯一一次假话，是对父亲。吴玉如先生壮年时，双臂有力，可将幼时的同宝（小如）、同宾（少如）兄弟抱在手中同时抛向空中后再稳稳接住，小兄弟俩对此不以为惧，反而特别高兴，因而吴小如与父亲掰手腕一辈子没有赢过。父亲临终时，已年过花甲的吴小如为了博老人一笑，再次提出掰腕子，其时老先生手腕早已无力，吴小如装作再次输给老先生，意思是：您还是那么有劲。吴小如后来说：那是自己平生唯一一次作假。

3

1951年，时任燕京大学校长的陆志韦先生和国文系主任高名凯先生，将吴小如从天津调到燕京大学，待了一年。1952年院系调整，吴小如留在了北京大学中文系。他在北大经历了好多破例的事情，比如讲师没有带研究生的，吴小如就带过一个研究生。他做讲师就开始编教材，印了几十万本，被美国好几个大学拿来做古汉语教材。夏志清在香港文学创刊号上写了一篇文章，说凡是搞中文的，都应该读读吴小如的《读书丛札》。20世纪50年代起，吴小如专治中国古典文学，由游国恩主持，吴小如担任大部分注释和定稿的《先秦文学史参考资料》和《两汉文学史参考资料》，数十年来一直为国内大学中文系指定教材或参考书。从中学教师、大学助教到教授，吴小如的课一直十分"叫座"。因为他"嗓音洪亮、语言生动、板书漂亮"（沈玉成《我所了解的吴小如先生》）。

　　吴小如当了28年讲师，1980年中文系第一次恢复评职称时，他直接从讲师当了教授，工资加了23块钱。"文革"结束，中文系党委开会，吴小如的学生里有好几个是党员，他们透露说："内定了你是'秋后算账派'，对你不利。"从1952年到1980年，中文系吴小如的课最受欢迎，但是因为人事问题，他一直没有提升的机会。

　　吴小如先生曾屡次以"我爱国，国不爱我"形容对北大中文系的感情。他曾决定离开中文系，调到中华书局，档案都调出了。老北大王学珍登门道歉，对吴小如说："你是北大老人，你别走。"吴小如说："我给北大看门都干，死活不在中文系。"

　　这时候，北大历史系主任周一良先生和邓广铭先生三顾茅庐，他们劝吴小如说：到历史系来吧！但吴小如不是搞历史的，到了历史系后，也没发挥自己的长处，变成边缘人物。1991年，吴小如69周岁那一年，在历史系退休。

　　1994年，他曾写文章《老年人的悲哀》感慨："我是多么希望有个子女在身边替替我，使我稍苏喘息；更希望有一位有共同语言的中青年学生，来协助我整理旧作，完成我未遂的心愿啊！"然而，那时候的吴先生，因为夫人患病，他本人也曾因脑病猝发而靠药物维持，面对的现实仍是每天买菜、跑医院、办杂务和担负那位每天上门工作两小时的小保姆所不能胜任的工作琐事。原来的读书、写书以及准备在退休后认真钻研一两个学术课题的梦想一概放弃，他感觉自己"逐步在垂死挣扎，形神交瘁而力不从心"。

　　二十年的岁月又已悄然流逝。他的处境没有任何转变。

　　吴小如晚景如此凄凉，那次采访之后，我的心情沉重。告别时笑着冲他摆手，转身却涌出泪来。

4

　　吴小如酷爱京剧，先后出版《京剧老生流派综说》《吴小如戏曲文录》等。我也喜欢京剧，在初次拜访时，就曾约请他一起去看戏。他不以为然，说现在京戏还能看吗？后来一想，我的提议太过冒昧，一位从幼年时就跟随父母看京戏，看惯马连良、张君秋京戏的行家，一位师从朱家溍先生、张伯驹先生、王庚先生学戏的老先生，怎么会对后来的演出感兴趣呢？

京剧史钮骠认为，吴小如先生不仅在中国的古典文史方面有高深的造诣，对戏曲研究也很深入。目前中国的戏曲评论界，就主流评论来说，评论和实践是脱节的，但是刘增复、朱家溍、吴小如这三位老先生，对京剧有精深研究，且都有实践经验，深受戏曲界敬重。钮骠与吴小如有六十多年的师生情谊，听到先生去世的消息，钮骠大哭一场，"他年轻时就爱看戏，看的戏都能原原本本地叙述，他爱学戏、能唱戏，这是研究理论不能缺少的。他是唱片收藏家，认真研究过前辈的唱片，用今天的话说是明辨笃实，吴先生年轻时就做到了"。吴小如的离去，彻底结束了"梨园朱（朱家溍）、刘（刘曾复）、吴（吴小如）三足鼎立的时代"。

与吴小如有近70年交往的作家邵燕祥，曾以"两条小鱼"形容他和吴小如先生在非常年代里"相濡以沫"的友情。"那条叫吴小如的鱼，还曾经尽量以乐观的口吻，给创伤待复的另一条鱼以安慰和鼓励……"他曾经有感于吴小如先生的坎坷际遇，"是非只为曾遵命，得失终缘太认真"。叹惋吴先生"可怜芸草书生气，谁惜秋风老病身"。而吴先生的作答却充满豪气，"又是秋风吹病骨，夕阳何惧近黄昏"。

如今，那条叫吴小如的鱼游远了。

（原载《美文》2018年第12期）

大树不倒——范伯群师印象

_吴周文

范伯群老师是一棵不倒的大树，在我心里。

记得2013年的年初，曾华鹏老师走的时候，寒风加飞雪，我在《不带走一片云彩》中说，曾老师"永远地留在了那个冬天"。真没有想到，范先生在四年之后的2017年的冬天，他那稀疏的白发仿佛化作一朵白云，被寒风裹挟，轻轻地飘向那无垠天空，也永远地离开了我们。

范、曾二师，是两棵相互"依偎"的大树。每当想念范师或曾师，不知为什么，我就自然想起鲁迅的描述，"在我的后园，可以看见墙外有两株树，一株是枣树，还有一株也是枣树"。早在20世纪50年代中期，两人合作的《郁达夫论》发表于1957年的国刊《人民文学》，从此，他俩开始了长达数十年的现代文学方面的合作之旅。本来他俩是复旦大学的同学、最要好的兄弟。老师贾植芳先生被划为"胡风分子"，因株连也变成"准胡风分子"，又因去狱中探视贾老师而被批判，双双被开除团籍；本来经贾先生推荐，他俩与施昌东可以跟随老师施展才华，可范、曾两位老师却被分别"处理"到南通中学与扬州财校去当老师。临别之际，蒙冤的两人爬上上海国际饭店，信誓旦旦要在文学研究上通力合作做出一番成绩来。那一晚他俩在中国最大的城市的第一高楼的顶层上，仰望星空，在心里演绎着兄弟结义的歃血为盟。其后多少年，两人通信频频，或者寒暑假相聚，一起潜心讨论、分工协作，就这样《郁达夫论》《蒋光赤论》《论冰心的创作》等论文，以及《王鲁彦论》《冰心评传》《郁达夫评传》《鲁迅小说新论》等专著，一发而不可收地问世，被学术界称之为"双子星座"，从而向世人彰显了他俩结盟之时所梦想创造的"高度"。

两棵树难分伯仲，很难说孰高孰低。在2012年扬州大学文学院举办了一个关于曾华鹏老师学术思想的讨论会上，范先生当着曾老师的面，面对与会的五六十名代表，说出了是自谦又并非完全自谦的一番话：中心意思是"华鹏带着我提前十数年进入学术界"，没有曾老师，他进入文学研究界可能要滞后多少年。因为《郁达夫论》的主笔是曾老师，他俩让鲁迅研究力避政治文化影响、回到"文学"审美与学理性研究的第一篇论文《论〈药〉》，发表于新时期之初的《文学评论》，也是由曾老师主笔。这两篇关乎奠定他俩在现代文学研究方面的大家地位且先锋之态的论文，确实存在着一个谁为主与谁为次的问题。范老师在公开场合如此说，足见先生是坦荡荡的君子。然而，在曾老师，他不分主次，只讲兄弟友情的对等。在曾老师看来，假如《郁达夫论》《论〈药〉》的主笔是范老师，那就该由曾老师讲那番话了。有一个细节为人鲜知：不管谁主笔，稿费总是二一添作五予以平分，甚至细化到几角几分。所以，他俩的传奇里贮满了道德与修为的满满诗情，其道德文章是完美人格写就的山高人峰。

20世纪80年代中期之后，范老师在现代通俗文学研究方面横空出世、异峰别树，这是曾老师尚未深入的研究领域。范老师提出雅俗"两个翅膀"的理论。他从鸳鸯蝴蝶派开始，作为一个爆破点，为这个俗文学流派之所以曾经发生很大影响而寻找存在的理由，并且通过众多的作家作品的剔抉爬梳，认知这些通俗作家群体存在于史、必须翻案的必要性。从《礼拜六的蝴蝶梦》，到主编的《中国近现代通俗作家评传丛书》，从主编《中国近现代通俗文学史》，到独著《中国现代通俗文学史（插图本）》，再到主编《中国现代通俗文学与通俗文化互文研究》，先生打通雅俗界限，开创性地开辟了一个全新的学术研究领域，培养、打造了"范门弟子"的研究团队，收获了丰硕的研究成果，以致产生了一些著述被翻译为外文版、当作研究生教材等国际的影响。范老师的"钉子"精神让我感佩。他中了邪似的不是四处跑资料，就是伏案操键盘，劳心劳神、忘乎所以，去实现他认定的目标。他的口头禅是"让资料说话"。单说他的独著《中国现代通俗文学史》，为了获取包括300多幅插图在内的资料，一个70多岁的老人，不怕苦与累，就在上海等城市的图书馆泡了三年，这为的是什么？为的是他要圆奠基、构建一座"俗文学"的宫殿，把"俗文学"这个"黑户"，在文学大家庭里堂而皇之地"报上户口"。他终于修成正果。他在通俗文学的研究上由点到面、步步为营、逐渐系统、完善框架，使之做大做强；范先生积30年之功，真正成就了让我等仰望的一棵根深叶茂的大树。

我是曾华鹏先生的嫡传弟子，故我一直把范老师当作我的私淑之师。可以毫不夸张地说，我是读着两位老师的文章成长的。因我是曾老师的学生，范老师对我也一直有着一种"特殊"的关怀。最难忘的，是范老师与吴宏聪先生联合主编《中国现代文学史》（武汉大学出版社版）的时候，居然推荐让我作为该书的副主编之一。其实，这是先生与曾老师商量而定的。我在纪念钱谷融先生的《清芬久远》一文中说过："在现代文学史的编写史上首次开列了周作人、林语堂、沈从文、张爱玲、张恨水等'有争议'的'小资'作家的专节，甚至在后来修订中还将沈从文与鲁迅、郭沫若、茅盾等大家并列而列为专章。这在当时是很大胆、超前卫的做法，无疑与钱先生这位主审有着难以分离的关系。"其实，编这部教材除了受主审钱先生的思想影响以外，另一个灵魂人物就是一般同辈人所难能的、学术思想前卫的范先生。他是杰出的主帅，指导我们编写组成员配合，切切实实地把"文学是人学"的思想融入教材，最早将有争议的一些"小资"作家与"通俗"作家入选及其列节，就是他先锋思想下的策划与实施。如今我也是古稀之人，人老文章不能"老"，我之所以尽量做到"文章不老"，效法的是思维前卫的范老师。大学时代的篮球场上，范老师是冲锋陷阵的"前锋"，曾老师是牢守家门的"后卫"。我从范老师身上学到的是"原创"的大胆设想与逆向思维，而从曾老师身上学到的，是沉静下来的厚德载物与深思熟虑。然而，我从老师那里，学到的仅仅是皮毛而已。

我与范先生第一次见面，是20世纪80年代初期。那时我在《文学评论》上连续发表了两篇论文，算是初出茅庐。曾老师为了带我出道，趁扬州师院举办学术会议的机会，在市第二招待所安排我与两位前辈范先生和潘旭澜先生见面。记得，两位老师都说看了写朱自清与杨朔的文章之后，认为我的"艺术悟性"与"思辨能力"都很好，文字也利索，还讲了很多勉励我的话。只记得，范老师反复强调写文章不可人云亦云，一定要有"自己的"思想和观点，还要我谦虚谨慎、不要骄傲自满等。我当时毕恭毕敬，能见到两位心仪已久的老师，自然是幸运满满和幸福满满。所以，老师教导我的情景，尤其是范老师关于"不可人云亦云"的话，至今还在我的记忆里珍藏。我与范老师见面的次数无法细算，而绝大多数是在扬州，多数是因研究生答辩、讲学来我校"送教"，是"友情演出"。只有一次是例外，那是他来扬州住文津宾馆度"写作假"。刚到的那天晚上，他在餐桌上讲到"两个翅膀"的理论，是因为兴奋，也是因为有一段时间兄弟间没有见面，他与曾老师每人竟喝了三四两五粮液。平时只喝红酒或啤酒，或只喝一小杯白酒应酬的范老师，有时也会"不按常理出牌"，开怀畅饮。而他对于我的最深刻影响，是他多少次的"不按常理出牌"及其对它的坚守。我从中获得一种事业进取的哲学启示。逆向思维、特立独行、用资料说话、忌人云亦云这些都是范老师求知问学的哲学内涵。

不仅对我，范老师对后辈学子与他的学生，总是关爱有加、悉心培养。他执掌的苏州大学现当代文学学科，联合曾老师担任导师，故而较早地拿到博士点。比起兄弟院校同学科的博士点来，他注重招收本学科的年轻教师，这个大胆的做法，使他领导的学科早早就实现了年轻教师的"博士化"。汤哲声、刘祥安、栾梅健、季进、陈子平等先后由自己亲授，拿下博士学位，因此大大提高了学科的整体学术实力。不仅关心自己的学科，他还关心曾老师执掌的扬州大学现当代文学学科的师资培养。他与曾老师联袂执导、培养了徐德明、吴义勤（后工作调动），还有，让黄诚做他的学术助手，从中得到了"真功"的承传。世纪之初，在华东师大讨论改版修订《中国现代文学史》的会议期间，对我说："我又可以有一个指标招博士了，可让扬大的年轻教师来报，由曾老师直接在本校带。"后来就按他的预想，招了现在成为教授并担任教研室主任的王澄霞。她一定不知道，当年范伯群老师会在默默之中如此关心自己的成长。其实，他对扬大了如指掌，心里早就盘算着王澄霞是个不二的人选。可见，范老师对扬大的现当代文学学科，也是给了最直接、最切实的关照和支持。

我最后一次见到范老师，是 2015 年 5 月在南京召开的第八次省作代会上。我入住在一座宾馆的高层上，进房间不久，房间的电话响了。"你是吴周文吗，我是范伯群。过来聊聊。"原来他就住我的隔壁房间。我佩服老师的睿智，84 岁了，还是那么敏捷，他一报到，就掌握了与会代表的联络图。一见面，老师就兴冲冲地拿出几张文稿，叙说着他即将实施的研究计划，这就是《中国现代通俗文学与通俗文化互文研究》。他说，他将带他的第三代学生去完成。我与老师同进同出几天，总觉得他人在会上，思想总是在谋划着他的研究提纲与计划。没想到，这次竟成了与范老师的永别。记得春节的时候，我发贺年短信，老师在 1 月 27 日回复："周文先生，2016 年你取得了科研成果的大丰收，期待你 2017 年的成果源源刊发，祝新春愉快，阖家幸福！范"这也是老师留给我最后的信函了。

我总感到范先生没有离开我们。在我心里，他与曾老师惺惺相惜、相互依偎的学术大树永远不会倒，永远是冲向天空的两棵"枣树"。尤范老师晚年呕心沥血栽培的通俗文学研究，是寄托了他全部激情、全部意志、全部敬畏、全部理想的"大树"，必定会由他的团队及后来的学子去浇灌与呵护，使之繁荣昌盛，代代不已。

范先生，是永远写在文学史上的一棵不倒的大树。

（原载《青春》2018 年第 4 期）

仰望星空：霍金和他的先行者

_ 徐刚

1942年1月8日霍金在牛津出生，他是带着父母科学的基因来到人间的。父母都是牛津大学教授，父亲法兰克专攻热带病，母亲伊莎贝尔研究哲学、政治和经济学。童年的霍金学习成绩一般，但喜欢玩具，尤喜设计复杂的玩具。他曾用一些废弃物制作了一台简单的电脑——仅此一点，似乎有着某种暗喻。霍金在刚进入牛津大学时，并没有开始便显露出才华洋溢，但他在一步步地接近辉煌和他的21岁。

霍金的辉煌和他的21岁青春年华是如此相互纠结难于割舍，1963年霍金21岁，被确诊患有一种运动神经元病，即"渐冻症"。霍金有过悲观失望乃至绝望："在我21岁时，我的期望值变成了零。自那以后，一切都变成了额外津贴。"期望值成零也可以说是期待、希望和理想归零，可知霍金当时内心的沉郁和忧伤。但此种心境持续的时间似乎并不长，霍金理智地接受了这一现实，并且继续享受生命。开始时病情较轻，还可以正常活动。霍金和第一任妻子简相识于剑桥大学。简回忆说，他俩的第一次见面毫无浪漫可言，是路遇，"他留着一头乱糟糟的棕发，正沿着圣奥尔本斯街道低着头蹒跚而行"。牛津大学，才俊荟萃之地也，但简选择了霍金，而霍金则告之她自己是渐冻症患者。为了慎重起见，结婚前他又找了一趟自己的大夫，被告知："你当然可以结婚，但从医学的角度评估，你只有两至三年寿命。"这是又一次心灵的摧残，而且是近在咫尺的死亡宣布。简没有离他而去，而是对他说："我们不怕病魔，不管医生怎么说，我们要挑战未来。"23岁时，霍金拄着拐杖结婚了。他们开始了相濡以沫的生活，还生了3个健康的孩子。

黑洞爆炸

霍金是带着可怕的恶疾走向星云深处的，恶疾没有成为他的噩梦，相反成为他专注于外星空研究、想象的一种助力。至1970年他已经无法行走了，随着病情的恶化，全身可以活动的仅三根手指，但霍金的大脑依然活跃，他的轮椅是他"解锁充满可能性的宇宙"的出发地。他认为，"和宇宙相比，人类显得微不足道，因此残疾也没什么大不了"。70岁生日时，他坦承："我确定我的残疾和我的成名有关，我的体力极为有限，从事研究的宇宙本质却浩瀚无垠。"霍金告诉我们，他仅有的一点体力和思想无暇他顾，只能在外太空漫步于星光月色和黑洞边缘了。

霍金20岁得渐冻症前一年，于剑桥大学研究宇宙学。这也告诉我们，霍金在这之后的所有成就，都是在病中、日益严重的病中所取得的。一个乐观幽默的霍金很有可能让人们忘记他是个病人，按照医生的诊断只剩下两三年寿命的病人，这本身就是奇迹。人们关心霍金说了什么，写了什么，而霍金的病情似乎被忽略了。霍金对宇宙外太空的想象仿佛也与他的不治之症渐行渐远了。事实是：霍金病情的加重与霍金学术成就的进展是同步进行的，被称为超人的霍金，是被病魔困扰了半个多世纪的霍金，也是不可思议的霍金。1970年霍金已无法行走，轮椅上的生涯由此而始。1985年，因为一次严重的肺炎，霍金渐失说话能力，最后他只能靠右眼底肌肉移动特制眼镜的按钮，指挥电脑上的光标而"说话"。在这一段长达几十年的艰困中，霍金却致力于对黑洞理论的完善，对黑洞表层"光滑的"美妙想象。

1974年，霍金在牛津大学举行的第二次量子引力会议上，发表了论文《黑洞爆炸》，从而震惊了世界宇宙学界，震惊了所有关心时间是如何开始的人。它被称为"物理学历史上最美丽的论文之一"。1979年至2009年，霍金成为牛津大学卢卡斯数学教授，研究领域为宇宙论与黑洞。他"证明了爱因斯坦广义相对论的奇性定理和黑洞面积定理，在统一20世纪物理学的两大基础理论——爱因斯坦创立的相对论和普朗克创立的量子力学方面走出了重要一步"。霍金最具独创性、最富想象力的研究是大爆炸与黑洞，他证明：研究黑洞需要想象力，但黑洞不仅是想象物。"黑洞不仅是一个奇异的理论概念，而且在宇宙发展中扮演着奇异角色。事实上黑洞不是很黑，黑洞会释放出辐射——霍金辐射，最终黑洞甚至会消失。"

霍金还说过，宇宙中还有相当数目的太初黑洞，正是这些黑洞还残留着早期宇宙的某些特征，比如在多大程度上，宇宙的表面是光滑而均匀的。

我们头顶的星空，是黑洞密布的星空。

从太初黑洞到未来黑洞，恒星们自己书写着星星经典。

致敬！ 丈量星空者

有多少伟大的头颅，在星空下消失了，或者他们已成为星空的一部分，继续着他们丈量星空成为"星际使者"的梦想。在哥白尼、布鲁诺之后，仰望星空的伽利略以及望远镜出现了。伽利略从荷兰的一个眼镜匠处得到启发，开始磨制镜片，制作镜筒。直接面对眼睛的凹透镜片为"目镜"，对着被观察物体的凸透镜为"物镜"，一架放大32倍的望远镜由伽利略亲手制成，并且也使伽利略成为人类史上第一个把望远镜指向太空者。

伟大的17世纪啊！

1610年1月初，当伽利略把望远镜指向木星时，发现木星的圆面附近有3个小亮点，那是3颗小星星，连续几个夜晚的观察之后他有所困惑，这3个小星星有时会成为4个，有时则是2个，为什么？困惑之后伽利略突然惊喜莫名：那是木星的4颗卫星啊！它们环绕木星运转有时互相遮蔽，有时转到木星后面去了。哪有什么地球中心啊！哪里只是地球才有卫星！用眼睛直接观察太空的历史由伽利略结束了。我们穿越过牛顿、赫歇尔、梅西耶、赖特等在星云中不朽的灵魂，听康德说——1755年，康德发表了石破天惊的《自然通史和天体论》，提出了他的三个著名假设：太阳系起源的星云假设；银河是一个扁球状的星团，同时还存在着类似银河的"星团天体"假设；海洋潮汐会减缓地球旋转的速度假设。康德认为太阳系所在的庞大的恒星集团——银河系并不孤独，它是茫茫空际的"宇宙岛"之一。天体想象大师啊，哲人康德。

我们快要接近爱因斯坦了。在这之前先说一点关于宇宙和光。中国古人谓"四方上下曰宇，往古来今曰宙"。东汉天文学家张衡说："宇之表无极，宙之端无穷。"霍金的论述为："古老的关于基本上不变的、已经存在并将继续存在无限久的宇宙的观念，已为运动的、膨胀的并且看来是从一个有限的过去开始，并将在有限的将来终结的宇宙观念取代。"国人肖巍著《宇宙的观念》中有包含了中国古代哲学理念的精妙之论："更概括地说，从混沌中诞生有序的宇宙，有序的宇宙转变为万有的宇宙，而这个万有的宇宙竟创生于'无'。"老子所谓"有生于无"也。

宇宙空间之大，天文学以光年计算。光是宇宙间运行速度最快者。1秒钟

30万公里的光速眨眼之间便绕了地球7圈又半。光在1年中的潇洒行程约为9．5万亿公里，此即1光年。光的神速是在追寻还是在逃逸？光何时而起？从何而来？爱因斯坦不仅有对光的殚精竭虑的思考，还有绝对非凡的梦想："如果我赶上了一束光线去看世界，它会是怎样的呢？"爱因斯坦的狭义相对论解释了时间和运动是相对于观察者的，只要光速不变，自然规律在宇宙中是一样的。他的广义相对论则隐伏着无穷机缘。他提出："引力是由质量存在创造的时空连续体中的一个弯曲场。"自此以后，爱因斯坦广义相对论所预言的那种暗天体，使宇宙科学界浮想联翩。最早想象黑洞并做出具体描述的，是英国剑桥大学学监约翰·米歇尔，1783年，他在《伦敦皇家学会哲学学报》撰文称：一个质量足够大并足够紧致的恒星，会有强大的引力场，以至于连光线都不能逃逸——任何从恒星表面发出的光，还没有到达恒星远处即被恒星的引力吸引回来。

黑洞术语与蟹状星云

黑洞这一术语直到1969年才由约翰·惠勒创造。惠勒回忆说："1969年，我们在纽约阿姆斯特丹大道的太空物理研究所开会。我说，在做最后结论之前，还必须把另一个问题提出来，这就是引力完全坍缩的物体，而你在重复诸如引力完全坍缩物体用词十次之后，就会觉得必须有一个更好的名字，这就是我开始使用'黑洞'这个术语的缘由。"在霍金去世后，英国《独立报》称"发现黑洞使霍金成为世界上最著名的科学家"。其实发现黑洞的并不是霍金，大爆炸理论亦然，其概念是1927年勒梅特首先提出，他认为宇宙起源于一个"原始原子"。伽莫夫发挥了勒梅特的思想，认为宇宙起源于一个极端高温、极端紧致、极端高密度的原始火球，伽莫夫称之为混沌，这一火球中的物质以基本粒子形态存在。大约180亿年前，这个混沌体发生大爆炸，向外飞散，密度降低；温度降至5500万摄氏度时，中子自动形成质子与电子辐射，使这些微粒结合形成氢原子、氦原子等，人类所知的一切元素，都是在大爆炸之后半小时内产生的。

有新生的光。

也有正在消散的光。

在恒星爆炸之后出现的中子星，也许还不是星星之历程的必然的最后一步。一颗质量比太阳大十倍的恒星，其风烛残年、黑洞的形成及相关探讨因为霍金而更为完善了："当恒星耗尽其核能，那就没有东西可维持其向外的压力，恒星由于自身的引力开始坍缩。随着恒星收缩，表面上的引力场就变得越来越强大，而逃逸速度就会增加……其结果就是一个黑洞，这是时空的一个区域，在这个区域不可能逃逸到无穷远。"

更通俗地说，大爆炸时抛出的大量物质会形成弥漫的星云。

位于金牛座的"蟹状星云"就是一颗恒星爆炸后的残骸。从太空拍摄的这一星云的图片上可以看到，这是一团极大的膨胀中的云，由剧烈骚动的气体构成。这些星云残骸美丽而迷人，它因本身发光的氢和氮的细丝状结构而呈现橘红色，星云内部由磁场中的自由电子照明。1054年7月4日，人类初见"蟹状"星云时，其光芒明亮闪烁，观星者以为天上出现了一颗极大的新星，两年后星光黯淡渐至消退。1731年，天文学家用更高倍的望远镜寻找、观察，并认定这是大约九百年前一次天体灾难的残星余云。

最早证实位于金牛座的"蟹状星云"乃一颗恒星爆炸后之残骸的，是中国古代天文记录。《宋史》："宋仁宗至和元年五月乙丑，客星出天关，东南可数寸，岁余稍没。""天关"即金牛座也。《宋会要》记："至和元年，伏睹客星出见，其星上微有光彩，黄色。"《宋会要辑稿》更为详明："至和元年五月，晨出东方，守天关昼见如太白，芒角四出，色赤白，凡见二十三日。"1928年，美国天文学家哈勃指出："蟹状星云"就是中国古籍所记载的芒角四出的"客星"爆发后的遗迹，国际天文学界据此也称之为"中国新星"。

有新生的光。

有消散的光。

宇宙的奥秘就是光。

中国古人对天文的了解，明朝末年学者顾炎武先生说："三代以上，人人皆知天文。七月流火，农夫之辞也；三星在天，妇人之语也；月离于毕，戍卒之作也；龙尾伏辰，儿童之谣也。"

这在某种程度上可以解释，为什么康德、伽利略、爱因斯坦、霍金等探寻宇宙星云者，在中国得到了如此之多的尊敬和共同语言。

霍金与梵蒂冈：上帝住哪儿？

1975年，梵蒂冈罗马教廷把"庇佑十二世奖章"颁发给霍金，他与好友白纳德·卡尔一起飞往罗马。白纳德·卡尔写道："那是一个非常动人的场合，在正常情况下，得奖的人必须走到教宗面前去接受奖章。可是因为霍金不能走路，教宗便走到霍金面前。这是一个历史性的时刻，教会——尤其是天主教会和宇宙学之间一向有矛盾,这可追溯到伽利略时代,而霍金对伽利略有极大的亲切感。"(《时间简史续编》)在同一本书里,霍金记录的是1981年梵蒂冈召开宇宙学会议时,"我又重新唤起了对宇宙开端和命运问题的兴趣,之后我们受到教皇的召见"。霍金平静地记录下了这次会见:"教皇告诉我们,研究宇宙在大爆炸以后的演化是可以的,但是由于大爆炸本身是创生的时刻,因而是上帝的事务,所以我们不应该去询问那个时刻本身。"

就在梵蒂冈的这次宇宙学会议上,霍金提出了《宇宙的边界条件》的论文,认为:"空间和时间在范围上有限,但是自己包容起来,而没有边界或边缘,正如地球的表面面积是有限的,却没有边界或边缘一样。"霍金并且风趣地说:"在我所有的旅行中,我从未从世界的边缘掉下去。""只要宇宙有一个开端,我们就可以设想有一位造物主。但是,如果宇宙确实是完全自足的,那还会有造物主的存身之处吗?""或许没有天堂,也没有来世。我们只有今生来欣赏宇宙的伟大设计。为此,我非常感激。"作为剑桥大学卢卡斯数学教授,霍金对"统一理论"进行了研究,该理论是从爱因斯坦开始追寻的物理学的伟大目标。他在《时间简史》中写道:"一个圆满、前后一致的统一理论仅仅是第一步,我们的目标是对我们周边的事物和我们自身的存在,获得彻底的理解。"也就是说,霍金试图"找到一个'万物理论',将让人类'明白上帝的心'"。后来,霍金又提出:统一理论或许并不存在。

霍金的思想在漫步星云时灵光四射,他有时也否定自己、纠正自己,倘非如此,霍金还是霍金吗?

《时间简史》及"说话和倾听"

1988年,霍金失语3年后,写成《时间简史:从大爆炸到黑洞》。这本著作被翻译成40多种语言,成为一时无两的国际畅销书。世界争说轮椅上的霍金。霍金以较为通俗的语言告诉我们:大爆炸乃宇宙的开始亦即时间的开始,而黑洞则是恒星之死。事实上,黑洞甚至不是很黑,人掉进黑洞会变成意大利面条,最终黑洞甚至会消失。英国《金融时报》3月14日称,霍金对宇宙学的许多重大问题,尤其是20世纪物理学的两个伟大理论相对论和量子力学的统一做出了重要贡献。西方世界反复询问的另一个问题是:霍金为什么如此迷人?

霍金之所以迷人,首先在于他总是提出一些高度复杂的问题,触发人们的思考、争论:这个世界有没有一位神?如果宇宙是自足的,神住哪儿呢?宇宙中还有其他生命吗？如果外星人到访，我们怎么办？霍金欣赏科技带来的便利，但他又警告说："我认为全面发展人工智能，会造成人类灭亡。"霍金还认为，"说话和倾听"在未来的技术时代，是人类最为重要的一件事情："在数百万年的时间里，人类就像动物那样生活。然后发生了一些事，从而释放了我们的想象力，我们学会了说话和倾听。语言让我们能够交流思想，让人类通过合作来实现不可能。通过说话，人类取得了最大的成就，因为不说话，人类遭遇了最大的失败……有了任我们支配的技术，可能性是无限的，人类需要做的只是确保我们保持对话。"一个失语者，告诉我们说话和倾听及交流之于人类的无比重要性，纵观当今世界，强权横行、战争与制裁烽火不断，霍金以其特有的敏锐预判将来，告诉人类：技术愈是发展，且任我们支配，那就有了"无限的可能性"。这无限的可能性中就包括了战争、破坏生态环境。霍金说："我们面临因为贪婪和愚蠢而自我毁灭的危险。在一个污染日益严重且越来越拥挤的小星球上，我们不能再自己照顾自己。"未来有各种可能，外星人造访是其中之一，霍金认为："如果外星智能生命到访，结果很可能和当年哥伦布到美洲大陆一样，对土著居民来说，事情可不太妙。"霍金从不认为自己有多么了不起，从整体而言"人类只是在一颗中等大小星球上的化学败类"，他宣称："我们微不足道！"

轮椅人生

霍金的轮椅人生使霍金更加可爱迷人。

我们常常对坐轮椅者抱有同情，因为他们的残疾、他们人生的艰难。如同前述，霍金患病之初，那是21岁的青春年华，此后病情加重。起先他并不接受轮椅，在这一可怕的疾病面前，霍金并不是一开始就认为"残疾也没什么大不了"。直到20世纪60年代末期，霍金才同意坐轮椅，但依旧愤愤不平，他时常会肆无忌惮地冲过街道，妻子简不仅要照顾3个孩子，还为霍金担惊受怕。他几乎做不了任何事情，他的体力极为有限，感谢上苍，他的头脑、思维健康而活跃，他的想象力——对星云、黑洞、外太空的想象，竟如此清晰、美妙、迷人！

霍金热爱生活，而且力求好玩、有趣丰富。他是个跨界者，好莱坞拍摄了关于霍金的多部作品，如《真实的霍金》《霍金的故事》《万物理论》等，《万物理论》中饰演霍金的80后演员"小雀斑"埃迪·雷德梅尼感动了霍金。在拍摄时，他曾多次去探班，上映后又饶有兴致地观看并给制作方发了一封邮件,评价"小雀斑"的表演:"在观看影片的某些时刻,看着雷德梅尼就像在看我自己。""这部影片给了我一个自省的机会。"埃迪·雷德梅尼因为这一角色获奥斯卡大奖,霍金的祝贺是:"埃迪你太棒了,我以你为荣!"霍金不吝对别人的赞美,而且在享誉全球时表示"自省"。他在轮椅上遨游星际黑洞,穿梭在广义相对论和量子力学之间,他殚精竭虑,他自省什么?其实每一个人都有观照自己内心的可能和必要,霍金亦然。他不认为有一个神存在并且干预宇宙,"确保好人获胜或在来世受到奖赏"的信念是痴心妄想。但他同样冥思苦想于"宇宙为何存在?我不知道如何通过一种可行的方式,提出这个问题并给出答案。如果存在这样一种可行的方式,它是有意义的。但这让我困惑"。

霍金的轮椅人生是好玩的、多彩的。美剧《生活大爆炸》中,他客串了第5季第21集。在《银河飞龙》系列的《堕落》一集中,他出镜3分钟,饰演自己,在全息成像平台里与爱因斯坦、牛顿、生化人打扑克。虽然靠机器发出声音,但霍金在著名的摇滚乐团平克·弗洛伊德的一部专辑中,用电脑合成器发声参与其中。霍金若不是如此热爱生活,而是在轮椅中长吁短叹命运不公,他还能享寿76岁吗?霍金如此热爱生命,但这并不妨碍他支持安乐死,他本人还曾尝试自杀。在他接受气管切开术的时候,"我短暂地闭气试图自杀,但是缺氧的反射动作太强烈,迫使我继续呼吸"。他为此抱怨,健康人有能力自杀,残障者很可能连自杀的力气都没有。霍金尝试自杀并失败之后,再无此举并强调,对生命绝望自杀是错误的,"除非你处于巨大痛苦之中,但是这个决定因人而异"。霍金说过:"我一辈子最大的希望,是在外层空间死去。"他并不相信有来世、有灵魂,解释这一最大希望的唯一理由只能是:霍金对天宇外层空间之迷恋。这样做的一个可能是他会掉进黑洞。让我们想象这一画面:坐着轮椅、在星云的簇拥下,倏忽间已身在黑洞。美哉,星坟!

无解

霍金去世后,《纽约时报》的评论说,霍金是"在轮椅上漫游宇宙的人",是"人类意志和好奇心的象征",是"一个超越了极限的人",是"自爱因斯坦之后,没有哪位科学家能如此吸引公众的想象,并得到了全世界几十亿人喜爱的"天体物理学家。善哉,斯言!

2018年第10期《青年文摘》郝景芳撰文:霍金的摄影师去给霍金拍照时,霍金的状态并不好,眼睛一直睁不开。患病后的霍金先是靠两三个尚能活动的手指打字，后来则靠眼睛底下的一块肌肉拨挥电脑上的光标，现在这一块肌肉似乎也在渐冻中了。摄影师离开前轻声地问霍金："您能再给我一个词，表达你想对世界说的话吗?"霍金的护士说："他恐怕完成不了，他眼睛下面的肌肉正在萎缩。"就在摄影师准备离开时，突然听见屏幕上光标的声音……显然霍金是在用仅剩的力气，回答摄影师的问题，移动的光标停留在W上面。护士解释说，因为身体原因，霍金有时打出来的字是没有意义的。摄影师正犹豫间，光标又动了，第二次停留在o上面。过了一会儿，光标又动了，最后停留在w上面——Wow——惊叹！在轮椅上漫游宇宙之后，霍金依然无解的是：它为什么呈现出现在这样子？它究竟为什么存在？他对宇宙依然惊叹！

想起了康德的墓碑以及墓中人语："有两种东西我们愈经常愈反复思想时，它们就会给人灌注时时更新、有加无已的惊赞和敬畏之情：头顶的星空与内心的道德律。"

（原载《光明日报》2018年9月7日）

中国人的脸

_许谋清

我要写中国人的脸，源于看到苏联画家画的简单平板的中国人的脸和一个时期里中国画家自己画的"斗士"脸和"模范"脸，苏联画家可能是太生疏，而中国画家甚至认为是一种艺术上的升华，却明显的有一种距离感，不太像，不经看，缺乏亲切感，缺少血肉感，缺少个性。《霍乱时期的爱情》里，外国人把留一条辫子的中国人当成怪物，看到那样的电影镜头，心里很别扭。

我曾在人民美术出版社工作，那里时不时处理一些时间长了的画册，我看到一批批人物造型，正在逐一死去。

中国人的脸被真正表现出来丰富起来活了起来，那些真诚的执着的中国画家功不可没。

从最熟悉的人开始，画家画画家，吴作人画《齐白石》，画家从本真的人开始，以那件虾青色长袍让整个画面显得厚重沉稳，细节上突出表现他的眼神、嘴神、手神，一时传为美谈。画家艾中信的评说是一篇最佳导读，右手指捏笔的姿态（手神）和隐藏在银髭下作吮笔状的嘴神，实不下于凝神而思的传神阿堵。

大概过了20年30年，两幅画家的肖像画对我产生巨大的冲击，我从心里喊出来，这是中国人的脸。一幅是王子武的《齐白石》，一副是杨之光的《石鲁》。有一种说法，20世纪中国画的主要成就，山水居首位，花鸟次之，人物画排在最后。其实，20世纪国画人物创作有着最多的突破。王子武的《齐白石》是西画技法和中国墨大胆成功的结合。双目炯炯有神，脸上仍有焕发生命的红光。看着这张脸，可以感觉到血液在流动。《八十七神仙卷》人物的脸部造型是概念化的，突破是艺术的灵魂，没有永远的权威。王子武的《齐白石》，我想起"福如东海，寿比南山"。更重要的是，一个睿智的老人，不仅是颐养天年，艺术和生命同寿。背景的一点红是齐白石九十七岁画的牡丹，是他的生命注释。如果外国人问我,中国最趋完美的老人是什么样的?我首选这《齐白石》。杨之光的《石鲁》,一头乱发,髭胡参差,牙齿残缺,一只眼睛有点睁不开,是一张饱经风霜的脸。但是,不是痛苦,不是怨恨,不是愤怒。嘴角有一丝不易察觉的笑意,努力想睁大的那只眼睛直视前方。把一个历史时期浓缩在这样一张有血有肉的脸上,一个弱者,却有"以卵击石"的勇气。《齐白石》《石鲁》,看到这样的脸,你感觉到他们是活生生的,可以触摸的,这是值得你尊重的生命。外国人面对它,也得刮目相看。有三千年文明的这一张脸是极为丰富的。

《齐白石》帽子和大袍那两块衬托雪白须眉的凝重的浓墨,《石鲁》乱发的一笔狂草,可以说是20世纪中国墨的奇迹。

于是,罗中立的《父亲》适得其时地出现了。像领袖头像那么大,被摆在中国美术馆原来挂领袖画像的地方。一幅超现实主义的作品。我十几年前在《惊心阅读》中写了这样的话:"中国美术馆举办20世纪中国油画展,再一次站在罗中立《父亲》的前边。皱纹,泥污,汗水。深藏在里边的一双善良的小眼睛。老人斑,苦命痣,扇风耳,只剩一个牙。手指头,缠着的纱布,泅出的血痕,夹在纱布里的一个谷粒。一只镉过的蓝花瓷碗,半碗茶水。《父亲》依旧,我们却老了二十岁。"我们赞美长满老茧的双手,《父亲》让我们读到它的痛,读醒变成死肉的麻木。我接着写:"《父亲》不是一时的牢骚一时的愤懑,《父亲》是长期积郁后的一声呐喊。呐喊的是画家罗中立,而《父亲》无言,他只是带着一股韧劲,一种承受力与忍耐力。勤劳,使劳作和受苦,成了一种本能。《父亲》不是一种简单的控诉不是一种直白的揭露,他同时是一个民族不灭的精神的凝聚。"

中国人有自己的生命美感,中国人也懂得爱。我的同乡诗人蔡其矫在极左年代就喊出:青春万岁,爱情万岁,少女万岁。极左年代,直接赞美生命美是不行的。于是,那个曾经把"革命"两个字绣在胸口衣服上的春兰,给了画家想象的空间。读者甚至不允许作家写她变坏,《红旗谱》的作者梁斌只好尊重读者。黄胄1960年的《春兰》在那样的年代悄悄露面。那眼神,那微笑。也许因她的前史,带着速写特色的流畅笔墨线条的黑衣美女,让人爱不释手。画家心有灵犀,于是有了很多《春兰》,《春兰》从插图而成了独立的肖像人物。我们后来就有了一些让人过目不忘的中国人的脸。靳尚谊的《塔吉克新娘》、王祈东的红衣《新娘》系列。女人一生最漂亮的时候就是当新娘子的日子。

我喜欢读画,尤其喜欢在一张有内涵的中国人的肖像前边驻足品味。

(原载《光明日报》2018年2月2日)

郭预衡

_祝晓风

今年是恢复高考四十年。1977年恢复高考，可以说是改变当代中国命运的一件大事。那一年北京地区的高考作文题《我在这战斗的一年里》，影响最大、给人印象最深刻，几乎被历史定格为一个文化符号。那年，国家亟须出高考题和改卷的老师。教育部找到当时在北师大的郭预衡，要求他放下手中所有的工作出高考题，语文作文题《我在这战斗的一年里》，最后就是出自郭预衡先生之手。郭先生说："这样时代特点很鲜明的题目，可以让大家都有的写。"郭先生刚去世的那几天，报纸上发消息，许多都用这样的标题：北师大送别恢复高考首位作文出题人郭预衡。

郭先生还有一件事，在20世纪80年代的教育界和学术界影响很大，就是他两次评博导都没评上的事。这件事当年传开的时候，人们就当成段子，其实却是真事。第一次申报的时候，郭预衡被告知，要先紧着老先生，所以没评他。第一次没评上时，郭先生倒也说了，北大的季先生（季羡林）比我大，他都还没被批准呢！可第二次评的时候，又说是要照顾六十岁以下的，郭先生年龄又大了。第三次，从师大党委到教育部都签好字，把郭先生没评上博导当作一个遗留问题来处理。但拿到国务院学位组的时候，据说有些评委提出像郭预衡先生这样的情况，别的学校也有，不能破例。当时郭预衡说"博士生导师里还有各种申请啊"！——他就拒绝填那些表。后来北师大中文系帮着填了，但是找郭先生签字时，郭先生不签。郭预衡先生第二次没评上"博导"，立即就在整个学校和教育界引起了很大反响。北师大就让时任研究生院副院长的童庆炳去教育部，找国务院学位委员会办公室。对方的回答是：这件事情不是你的事情，也不是我的事情；就我们来说，肯定是希望郭老先生"博导"的资格能够解决，但这个是老先生的事情。童庆炳多年后还说："我真的觉得这件事情对郭预衡先生很不公平、很不公道。"

郭先生第三个比较有名的，我觉得是他自我评价的三句话：他说他自己"少年时期，有十几年太幼稚；青年时期，有十几年太骄傲；中年以后，直到如今，又有几十年太糊涂"。——这几句话我第一次听到，是在郭先生家里，他对我当面说的。我当时听了，既惊讶，又有点儿震撼，只是觉得这是他的自我解嘲。其实，这两句话是他在1999年前后写的一篇文章里，就已公开发表的。而他后来和人谈话讲这几句时，和他文章里写的竟然一字不差。而郭先生一生的人生经验，或者说人生智慧，他自己归结一句话就是："认识自己愚蠢，对我来说，是最难得的学问。"

当然，真正让郭先生留名于世的，还是他的学术成就，在他一生众多成就中，标志性的当然是他的《中国散文史》（上海古籍出版社，2000年）。此书三大卷，仅仅正文就两千多页，一百五十多万字。郭先生为写此书，可以说遍读古人文集。这是他积毕生功力，贯通古今，呕心沥血之作。在这里，请允许我录下几句学界对此书的公论与定评，以使更多的读者对此书和郭先生有一个概括的了解。郭先生去世后，北师大文学院院方拟写的公开评价，是这样说的：《中国散文史》"是我国第一部由个人独立完成的体大思精的古代散文通史，其体例之精深、观点之鲜明、思路之缜密、材料之翔实、文字之优美，都达到了空前的水平，填补了古代散文研究的空白"。陈宏彝说，巨著《中国散文史》将经史子集的主干部分，即历代各体"文章"加以粹精取弘，理清脉络，开发珍藏。当代人不讲"国学"则已，要讲国学，又无力去通读"四库""诸子"的话，则不能不以《中国散文史》一书为根基，为向导！邓魁英则说：郭先生是一个大学者，在中国文学方面可以说是学贯古今，对古典文学有非常高的造诣，对现代文学也有相当的研究，他的《中国散文史》，"确实是独步国内，也是独步天下"。"他的地位是完全凭自己的研究论文和著作赢得的，不靠炒作，就是凭个人能力。"

郭预衡在古代文学研究与教学方面的成就，是完全成体系的。当年，国家教育委员会将《中国文学史》立项列入了"七五"计划，而郭预衡便承担了"七五"计划中三部文学史的编写任务，即《中国古代文学史》《中国古代文学简史》《中国古代文学史长编》。这三部文学史，从编写到出版，从"七五"一直到了"九五"，郭先生为了保证质量，写作、编纂的时间很长。出版后，高校教师反应相当不错，学术界也有好评。比如对《长编》，刘跃进的评价是，对文学史的教学和研究，具有不可替代的独特价值，是很有使用价值的新型文学史论著，"读过之余，时时感到一种近于鲁迅文学史研究的大家风范"。

郭先生是河北玉田人，生于1920年11月，后来到天津、北京读中学。1937年抗战爆发后，他曾回家养病一年多。1941年考入北平辅仁大学国文系，1945年毕业，留任助教，同时被史学所破格录取为研究生，从陈垣学史源考据之学，1947年毕业。1950年任辅仁大学讲师。1952年辅仁大学并入北京师范大学，他即为北京师范大学中文系讲师。1955年加入中国共产党，同年赴匈牙利讲学。1957年回国后，仍在北京师范大学中文系教书。1979年任教授。他曾任中文系副主任，也当过中国古代散文学会会长、北京市文艺学会副会长、北京作家协会理事；长期担任《文学遗产》《红楼梦研究》编委。1990年离休。2010年8月4日逝世。

郭预衡青年时所受的学术训练，是真正的中国传统的一套旧学功底，根基扎实，文史兼通，：20世纪50年代后上大学的一代学者所受教育，完全不是一回事。郭预衡当年在辅仁大学国文系读书时，受业于几位文史大师。其中，余嘉锡讲目录学，沈兼士讲《说文解字》，赵万里讲校勘学，刘盼遂讲经学历史，顾随讲诗，孙人和讲词，孙楷第讲中国小说史，储皖峰讲中国文学史。1945年，郭先生毕业后留校，担任余嘉锡先生的助教，同时考取陈垣的史学研究生。亲炙名师，当然是郭先生日后取得大成就的一个极有利的条件。但当时受业这些名师的，并不止二三人，而后来取得大成就的毕竟寥寥。其中个人修行，还是很重要的。

郭预衡曾说，他青年时代有两个时期集中读了不少书。当年从河北老家出来，到天津读中学。"七七事变"爆发那年，他17岁，正好生病，就回家休养。他说，那时他自己已有了较强的独立阅读能力，记忆力又好，就利用在家休养的一年多时间，系统而又集中地看了不少书，主要是读史。第二个集中读书的时期，是20世纪50年代，他被派往匈牙利"讲学"两年多。这使他避开了国内连绵不断的政治运动，得以集中时间读书，学习，从事研究。他从我国驻匈大使馆借来一整套《鲁迅全集》，认真研读，获益极大。郭先生本来是把鲁迅当作"五四"时期的一位大作家来读他的著作的。他20世纪50年代在《光明日报》发表研究鲁迅的文章，也是从这个角度。这次通读鲁迅，他发现鲁迅不仅是作家，也是学人，而且是前所未见的学人。同自己见过的学人相比，鲁迅似是学人之中的异端、学林之外的学人。郭先生称自己"平生为学，服膺鲁迅"，就是从这时开始的。

郭先生比他上一辈和同辈的许多研究古典文学的学者，理论水平明显高出一筹。理论素养高，理论上有独到建树，是郭先生学术上的一个突出特点。同时，郭预衡是先有自己的学术专长、厚实的学术根底，然后研究鲁迅，把自己治学的体会与鲁迅的研究相互印证、发明，这本身就极有价值。这与时下一些一上来直接就把"鲁迅研究"作为一个"专业"方向来研究的做法,是很不一样的。从中国古典文学的角度研究鲁迅,郭预衡的研究,是最深入、最透彻的。但是,我们现在并没有把郭预衡的鲁迅研究,放到一个宏观层面来认识。

郭预衡晚年,还有两篇重要文章发表。一是《中国的文化传统与"尊孔"、"批孔"》。这是郭预衡运用鲁迅思想,来看待当下的一些现象,对"全球祭孔"提出不同看法,甚至于尖锐批评,揭示了"尊孔""批孔"背后的历史文化问题。他说:"在鲁迅先生看来,袁世凯、孙传芳和张宗昌这些权势者,也和古代的权势者一样,其崇儒尊孔,都是为我所用。从刘邦到袁世凯,虽改朝换代,而尊孔这一文化传统,却历久而不衰。"(《郭预衡自选集》,山东文艺出版社,2007年1月,641页)"鲁迅的文章虽然可以说是批孔的,但他批的主要是那尊孔的。鲁迅立论的根据,不是'经济',而是事实。从袁世凯到张宗昌,都有尊孔的故事,鲁迅讲得很有意思。这些故事不像是鲁迅捏造的,却是令人深思的。"鲁迅的论断,还有郭先生的文章,对那些头脑狂热症和心智迷乱症患者,是一副清凉剂和醒脑汤。二是《郭预衡自选集》的《自序》(山东文艺出版社,2007年)。郭先生在这篇文章中,对他自己的人生与学术做了概述与总结,是理解郭先生的必读之文。

郭预衡在他那一代人中,有一定特殊性,也有一定的典型性。在20世纪50年代,郭预衡除了教学,还有一个任务,就是"统战工作"做得非常多。那时郭预衡三十五岁左右,比刚刚毕业的邓魁英一辈大十岁左右,但郭预衡和他的老师一辈比,又小二十岁;但那时邓魁英他们还是助教,而郭先生是40年代就已经研究生毕业,50年代已是讲师,按年龄、资望一分,郭预衡又和老先生们分到一块儿。所以,郭先生入党后,做老先生们的思想工作的事,就压到他肩上,由他组织教师、当然也会包括老先生们政治学习、思想检查。而这个工作是很难做的。邓魁英说,郭先生一直在做这个工作,既要做老先生的思想工作,又要发挥他们的优长和积极性;郭先生做的是统战工作,在这个位置上,他就要承担一些东西,所以"我们就觉得郭先生是很受委屈的"。而大家说起郭先生,都一致认为,他不论是在学术上还是在生活上,都总是为他人着想,对人宽,待己严。另外,面对现实中的各种是非,不公平待遇,郭先生的沉默以对,冷眼而观,"不去讨公道,不去要说法",反而赢得了大家加倍的敬重,觉得郭先生是一个"坐硬板凳的书生,但又是一个真正的硬汉"(童庆炳语)。

关于郭先生的为人,我作为小辈的小辈,了解很少。我只想说一件大家经常提的事:在恢复高考开始那两年,郭先生既是北京地区高考语文题的出题组织者，同时也是1978年北师大"文革"后招考首届研究生的实际主持人之一，那两年，他还在中文系当副系主任，是有些实际权力的。但是，他自己的孩子那两年高考，却没有考上大学。——这在今天，似乎是不可想象吧。

第二件事，是我亲历。2000年《中国散文史》出版，北师大为郭先生开了一个出版座谈会暨八十寿辰的庆祝会。这个会我参加了。在这样一个喜庆的会上，作为主角的郭先生只讲了不到十分钟，讲的是什么呢？讲的是他自己这本《中国散文史》中的一个学术失误。

话回到文章开头。关于郭先生在20世纪80年代没有评上博导一事，我们其实可以从他自己的叙述中，找到答案。在《郭预衡自选集》的《自序》中，郭先生说，1957年他从匈牙利回到北京师大，正值"运动"期间，一天到晚是开会、讨论、批判。最初一个时期，郭先生跟不上形势，他自认为是一个"旧知识分子新党员"，是准备接受批判的。却没有料到，在很多前辈老先生倒大霉的时候，"我竟被错认为'又红又专'"。"如此一来，我在某些先生眼里，也就不免讨厌。直到最近十几年间，在人家心里，对于我这'又红又专'，也未必释然。"（《郭预衡自选集》，《自序》，8页）——这自然就为以后的"奇遇"埋下了种子。由这段叙述，我们也可以明白，郭先生对自己评不上博导到底是怎么回事，心里最清楚。据郭预衡的学生熊宪光回忆，郭先生曾对他说，（郭先生）自己"年轻时候不懂事，写了一些不好的文章，特别是批判他人的文章"。当年"受重视"，有过挺风光的一段，而那时，一些老先生却在挨批斗，人家对他郭预衡有看法，那是很正常的，很能理解的。而郭预衡对自己被"错划为""又红又专"，"一帆风顺"，其实心情是矛盾、复杂的，晚年也是有清醒反思的。他说："因为'又红又专'，也就'一帆风顺'。尽管'文化革命'初期，我和某些先生曾有共同的命运，也曾当过'牛鬼蛇神'；但到'文化革命'后期，我又谬被推举，处于是非之地。如此一来，做人固不容易，做学问也难随心所欲。""但出乎意外的是，这时虽然难于做学问，却似乎增长了学问。"（《郭预衡自选集》，《自序》，第8页）

冷峻的反省，化于平淡的自嘲。这般境界，真不是一般人可以达到的。

"老先生"没有原谅郭先生，而郭先生原谅了"老先生"；"老先生"只看到自己在那个时代里是受委屈的，是受害的，却没有看到，郭先生同样是受委屈的，是另一种受害者；郭先生反思了自己，从具体的人事恩怨中解放出来，反而获得了精神的自由，得到了超越。他的自我反思，可以帮助我们从更高的层次上思考历史。

（原载《随笔》2017年第6期）

天高地厚

大地会烧尽吗

_ 甫跃辉

春末或深秋，一个人到野外去，漫步或站立，看"野旷天低树"，看四周的苍翠山峦稳坐，看收获之后的大地袒露一颗赤裸的黑暗的心……这是我到上海后，于清醒和睡眠的罅隙，时常默想的场景……我的四周是孤静的，甚而有些压抑，沉闷如缺氧的海底。抬头看天，天上一棱一棱铺展开鱼鳞状的云，正随了太阳的坠落，无声地变幻着颜色，浅红，绯红，暗红，绛紫……恰如一张浓墨重彩着喜怒哀乐的京剧的脸谱。而它俯瞰着的大地呢？所有肆意泼洒的色泽早已收割殆尽，偶然遗落的种子如黄金，也已经被几场风雨消磨得乌暗。

而有一束火冒出来了，似发自大地的心脏。

牛血样的暗红的火苗，慢腾腾地跃动着，慢腾腾地裹挟了尚未干透的麦秸、油菜杆或稻草，哔哔啵啵的声音，轻轻地敲击着耳鼓。慢腾腾的，那火苗盛大了，舞蹈着，蔓延着。沉睡已久的大地，苏醒过来，发出呜呜咽咽的似哭似笑的非哭非笑的持续的声响。如果没有风，会看到沉重的烟柱曲扭着，抛下重负，努力上升，当抵达云边时，获得了云一般轻盈的质地，静穆地四散开，混同于云朵了。

不记得具体是哪一年，我确乎真正地置身于这样的野外……

那年，家里在滚石山脚下种了一亩多油菜。油菜刚钻出土，招展着绿而厚的小手掌，我便时常背了竹篓到田里。杂草隐蔽在油菜底下，丰茂鲜嫩，伸手去薅，断了的草茎散发出青的浓郁气息，汁液沾手上，绿绿的一层。草色日日叠加，即便用肥皂也很难洗净；若手上有冻裂的伤痕，草色注定要越发久长地烙印进皮肤……手中的草握不住了，随手放身后，好一阵子，回头看看，身后的草垒成了一小堆一小堆。估摸着能装满竹篓了，这才直起身子，依次拾起地上的草堆，抱回田头的空竹篓边。

那是冬日正午，太阳高悬头顶，影子匍匐在脚底。四面空旷的田地里，绿色紧连着绿色，绿色一直延续到东边山脚，那便是滚石山。滚石山看上去不过是个团圞的小土包，不怎么高，树木稀稀拉拉，山上最惹人注目的，是遍布了几百座坟头。其中一座坟头朝向西南边，正和我默默相对，坟里埋的是爷爷。爷爷是在我六岁那年过世的，和他相关的记忆，已然残存不多。每年去上坟，我站在坟边，望向低处被四面高山围住的绿意荡漾的田地。心想，爷爷看到得到这些么？如果看得到，哪怕是一动也不能动，那"死"还不算一桩太坏的事；如果什么也看不到，那"死"是真有些糟糕了。一次又一次，我去给爷爷上坟，思想里总跳出这问题，然而始终没有结论。

油菜一日一日长高，绿色的血液在枝干和叶片间奔突，发出寂静的呼喊。蹲下拔草时，头发不会露出来了；再过些时日，油菜终于开花。黄灿灿的，一整块一整块，如同刚刚用刀齐齐切下的蜜饼，明艳，清亮，香气四溢。

蜜蜂嗡嗡着，蝴蝶翩跹着，它们自有忙活的事务，并不理会我的存在。我钻在油菜花底下，如大鱼潜入深水，倾听着来自水面的信息。我知道，就在头顶，阳光底下，无数细弱的生命在辛劳奔波着，一幕幕生命的悲喜剧上演着。油菜花粉扑扑落在头发上脸上，也落在手上，凉冰冰的，透着清香。抬起头看，蝴蝶的翅膀，蜜蜂的翅膀，便在眼帘上投下淡漠的影子。越过它们，再往上看，山影淡淡，白云悠悠，青天汗漫。寂静，温暖，接近于无限透明。这一切是那么地让年幼的我感动。

冬天过去，春天汹汹而至。油菜籽收回家，堆积于幽暗的耳房，油菜秆仍留在田里，日复一日，被太阳收尽了水分。我随父母来到田里时，天色已近黄昏。晚霞映照大地，地上遍布奇异的影子。我们搬了些油菜秆到推车上（或许，在那之前，我们已经来过好几趟），决定把剩下的几堆油菜秆烧了，据说这样可以肥田。

是父亲先点燃了第一堆。

那让我后来在上海常常默想的场景出现了：先是浓黑的烟冒出，再后是牛血似的火苗蹿出，缓缓蚕食、吞噬、蔓延，最后，火光熊熊，黑烟腾腾。

从火堆里，我抽了一根燃烧着的油菜秆，跑到这边又跑到那边，点燃了第二堆第三堆。我们守在油菜田的四角，看火越来越炽烈，连成澎湃汹涌的一大片。哔哔啵啵的声响，衬托得黄昏愈发寂静。在不远处，也有别人家点燃了油菜秆；更远处也有。忽然，我为一个大隐患忧惧起来了：如此这般任由大火泛滥，难道大地不会烧尽了吗？

然而，还没得出结论，我又有了新的忧惧——

焰火之中，虫蚁纷乱地翻飞，它们的翅膀，很快就要烧尽了，正发出一股股古怪的气味儿。这些微介的生命，是逃不脱这一场大劫难了。它们会呼喊吗？我是听不见的。它们有名姓吗？我是记不住的。但这一幕是那么深切地撼动了一个少年的心。

火光照得四围的沟渠、土石、树木和草窠纤毫毕现。滚石山上爷爷的坟头也凸显在这大光明里。就连我自己，也异常孤立地凸显于这大光明里了。大光明里，我站立着，正和爷爷的坟头遥遥相对。

许多年后，读到萨缪尔·贝克特薄薄的《终局》，克劳夫声音含糊地说："我打开了我那单人牢房的门，我走了。我的背驼得这样厉害，我见到的只是自己的脚。要是我睁开眼睛，在我的双腿之间只有一点儿浅灰黑色的灰尘。我对自己说，这大地熄灭了，尽管我从未见到它发过光。（略停）就这样孤零零地走着。（略停）当我摔倒时，我将因幸福而流泪。"

恍若被一束闪电击中了。我想起二十年前那个少年来了，暮色沉沉，少年擎着火奔跑，身后是一堆一堆新生的火。终了，他气喘吁吁地站在大火边，大火在他脸上镀上了一层酡红，他兴奋又忧惧，如痴又如醉。那个看似稚嫩的问题再次跳出来：大地会烧尽吗？虽然从未发生过，但谁又能为未来担保呢？

反复读了好多遍，我确定，那"单人牢房"是无所不在的。生命、亲朋、语言、生活、记忆、审美、躯体、种族等，乃至最后必将到来的死亡，无一不是我们每个人的单人牢房。我们被不知不觉地拘禁住了，找不到也常常忘记了去找那扇门。

我们是逃不脱这一间间单人牢房了。

于我来说，写作或许是那唯一的希望之门？

又三四年过去了，晦暗光阴里没写出几篇东西。我将其中一些搜罗来，分别归置在"爱"和"死"这两个巨大而恒久的主题底下，作成一本新的短篇小说集。我没忘记那次阅读，我想，书名或许正可以叫作"这大地熄灭了"。

这大地熄灭了，但我是见过它燃烧的，且相信大地是不会烧尽的，"浅灰黑色的灰尘",正作了大地的营养。几场雨过后,灰烬融入泥土,土里长满水稻的新苗,水稻成熟、收获,稻草晒干,又会生出新的火苗。

(原载《文汇报》2018年8月3日)

村　庄

_葛水平

走吧，山峦河流皱出阳光的明暗，假如我不回头。

今生我的双脚要走过多少道路？

一条宽阔的谷地间，曾经有一条河流过，如今一群羊恰似河的洪峰滚出山间，向远处四散而去。

这生殖的土地，鲜花盛开，青草繁茂，正适合作羊们的口粮。

一切都是晴朗的光照，数丈宽的河道蜿蜒，无水。下游一位年长的老汉说："往山里走是它的源头，公家人叫它沁河源。走到我的脸前头我们喊它秋水河，因为从前的秋天雨水多时它的声音大便有了这个别名。"

古人誉之为"沁水秋声"。

有诗曰：

滔滔沁河不停留，一色同天节到秋。
银汉高连云漠漠，金风暗转韵悠悠。
一帆风顺千波助，万籁含虚两岸幽。
浪及中州勤灌溉，但叫邻省屡丰收。

这条让"邻省屡丰收"南北贯穿晋东南的沁河，发源于山西沁源县的霍山，郭道镇以上为上游，郭道镇以下经沁源、安泽、沁水、阳城等地进入河南境，在河南沁阳接纳丹河后转向正东，在武陟附近汇入黄河。全长456公里，流域面积1.29万平方公里。

沁河下游平原有广阔灌区，隋、唐时已开渠引灌。隋为通济渠，唐改为广济渠。元（1261）开浚的广济渠引沁水灌溉济源、沁阳、孟县、温县、武陟5

县民田3000余顷，后20余年淤废，1329年左右修复，今济源、沁阳等县的广济河就是当年广济渠故道。

1952年修建的人民胜利渠将武陟与卫河沟通，在沁河和黄河汇合处分洪。我从老百姓的嘴里知道，许多年沁河都没有涨水了，当年上游下雨下游涨河时，站在沁河岸边举着粪叉捞横财的人们一脸兴奋，洪峰一个浪头一个浪头滚来，猪啊羊啊的，河岸上等待的人心跳得"怦怦"响。

沁河古称沁水，也称少水，《左传·襄公二十三年》："齐侯遂伐晋，取朝歌。为二队，入孟门，登太行。张武军于荧庭，戍郫邵，封少水。"

文中的少水即沁河，当指沁水县端氏镇附近河段。

端氏附近河段有西城村，是沁河岸边一个小村庄。2000年时村庄里有几十户人家，2012年的夏天人口少到只有十几户，村庄在老人眼里生成败灭，一代一代人老去，一代一代人成长，谁家的子孙活成人样子了，谁家的日子活得百般得劲，日子一天天垒起来，垒成了坟墓，活着的死了，死了的不出三代自家祖坟上的香火就断了。

老人说，人只能活三代。

三代后谁也记不得自己的祖宗。

长记性的人实在是少，除非自己的祖宗入了文字。

西城村的人不知道西城村的历史，西城村的历史关乎着中国古代社会进程的记忆，它是沁水历史上第一个政治文化中心。

你说这些，西城村人不信。

他们认为，现在的人都喜欢说大话，针尖大的事情能说成天大的窟窿。

可西城村确有历史可寻。

西城村是晋国最后的国都。从三家分晋始，最早的县治是西城村的端氏聚，历春秋、战国、秦汉、魏晋、北朝。隋代端氏、沁水二县并置，沁水县移至今日之县城。

西城村，这个名字很容易叫人猜想出答案，城西边的村子。会想到它是端姓人聚居之地，走到现在我们已经很少见到端姓人了，在远古姓和氏本是两回事，姓起源于女系，氏起源于男系。

《通志·姓氏略序》中记载："三代之前，姓氏分而为二，男子称氏，夫人称姓。"秦汉以后，姓与氏始统称为姓氏。清代顾炎武《日知录·氏族》记："姓氏之称，自太史公（司马迁）始混而为一。"

司马迁的《史记》有人说有小说的迹象，好读，不讲等级，以细节和故事为重，每个人都有自己不同于常人的品行和个性，把人写得极有感情，把历史写得极有个性。

《红楼梦》中林黛玉的潇湘馆挂有一副楹联：绿窗明月在，青史古人空。告诉我们人的寿命不及文字，而人活着，贪图富贵的人到最后也都把一切看透了，唯一对名垂青史贪得无厌。

从古到今有几人能入了史？

端氏聚的地名到现在已经无法考证了，所有人只知道沁水县有端氏，没有人知道有端氏聚的地方，历来执政者都喜欢修改地名，把端氏聚改成西城村，既没有内容又没有历史，无非是城西的一个村庄而已。

不能简单怨西城村的人不知道自己的过去，实在是寻着村名找不出任何结果来。

日子是天气过来的，以往的日子里端氏聚确有几个好天气。好天气和人与事有一定的关系，比如说这一天阴雨连绵，没有日头，可偏偏这一天传来了喜报。你能说这不是一个好天气？

历史对于端氏聚有幸，幸在与名人有缘，与政治有缘。一条大河为一介书生的姓氏而浩荡而激昂而感动的时候，姓氏与土地的结缘使得这块土地在历史中有福了。

明代吴宽《家藏集》卷五七《端友传》中有："端友，盖春秋时卫人，端木叔之裔。端木叔好游，庄周称其维山川险阻无所不之者也，曾南游过五岭至端州曰：'此吾姓也。'止之，遂去木称端。"

端氏之姓由端木叔改之，端木叔为端木赐后裔，其与端友应当为战国时人。端木赐子贡为春秋卫国人。春秋时的卫国辖地按现在的版图来规划应该包括河南北部与东北部、河北西南部，与山西东南部接壤相邻。春秋时期，端木家族中可能有一支迁入山西沁河岸边，因为喜欢，所以定居。

走到此处是不能不叫人的心空阔起来，走到此处，杨柳晚照的亮隙间，眼中有水，胸中有山，无怪乎端木叔要为他的先祖感叹了。端木叔的先祖，唐人林宝《元和姓纂》记载：孔子弟子端木赐，字子贡。子贡后人以期字为氏而为贡姓，所以端木氏与贡姓实为同姓，后人改称端木氏为端氏。

卫地子贡，其子孙迁居沁水后，便称迁居之地为端氏聚。

越有文化的人越简单，如飘落至此的一团云笼罩在一堆柴上，无论落哪里都弥漫着人间烟火气。

端木赐子贡是谁？是孔子七十二高足之一，善言辞，在鲁国、卫国做过官。春秋时齐国曾攻打鲁国，子贡游说齐、吴、越、晋诸国，促使吴国伐齐，并大败齐师，保住了鲁国，子贡因此曾到过晋国。晋国先后建都于今山西翼城、曲沃，子贡由鲁国入晋，无论是去山西的翼城还是山西的曲沃，一条沁水都是其必濯足的地方。

子贡又善货殖经商，经常往来于晋鲁之间，家有千金之富，是孔门最富有的弟子。

子贡遇过的最清澈的河是沁河，依傍着婆娑的树影，静立在流动的水边，时间、空间里的村庄，他驻足停留，一个生意人和一个学问者的满足，层叠的杨花柳絮，望过去，所有像一幅中国山水画中的墨晕染开去，风水因此展开。

到过沁水县郑庄西城村的人会发现，从地势上看西城村与河头村最初是连在一起的，只有连在一起我们才能看出历史上一个侯国国都的规模。

那么是什么坏了曾经完整的一座村庄的风水？

是流入沁河的县河之水？是战争？是变幻莫测的风云历史？

县河之水由西而来，河岸的树遮住了古人极目远望的视野，砍伐，一段繁华盛世的热闹景象，也是国家衰落而致穷奢淫逸的狂妄激情。

当卫地端木氏之一支迁居西城之地，以居地而名为端氏聚时，端氏聚隶属晋国。魏韩赵三家分晋时，迁晋君于端氏聚，西城成为晋国最后的国都。战国时沁水县归属韩国，继而赵国又夺去了晋君食邑之地，沁水又归属了赵国。

长平之战秦国灭赵，沁水又归属秦国河东郡。到了汉武帝时，湿成侯刘忠封到端氏聚，建立了端氏侯国，历西汉二百年；光武帝刘秀推翻王莽新朝后，恢复了刘氏天下，又封端氏聚为族兄成孝侯刘顺之子刘遵的食邑之地。也就是说，端氏聚在汉代因汉武帝实施"推恩令"，分封同姓诸侯王子孙，端氏聚"荣升"为一个小小的端氏侯国，直到成孝侯刘顺之子刘遵，端氏聚一直作为侯国之国都，也一直是这方土地上的政治文化中心。

我们来看西城村的风水，西北背靠紫金山，东临沁河，县河由西而东流，汇入南下沁河，冲积出一块三面山峰环拱、一面临水之高平之地，端氏聚就在高平之上，依山傍水，一方形胜，属风水之地。

古人选址是很有讲究的，子孙的命脉气数都在里面包括着，古人称为堪舆术、青乌术，今日称之为环境和谐。

端氏姓入住也罢，封为侯国也罢，古人对自己的居住是不敢有丝毫轻率的。沧海桑田总要被历史车轮无情碾压而过，县河水连年暴涨，不断冲刷崖岸，不断砍伐，不断战乱，不断历史割据，空气都沐浴了狂风和骤雨。

一座小小的侯国，当被风被水冲分为二时，伤风败俗的事情都来了。

历史出了许多谜，我们却不是解谜的人。

有时候想想，败灭比生成格外有一种神秘和威严感。没有政治，没有声名，这个世界拥有这两样，没有比拥有这两样更可怕。

冲刷之故和历史变迁导致了地脉风脉散尽。曾为晋国国都、汉代侯国国都，曾为近千年沁水县政治文化中心的西城端氏聚，失去了旧日的辉煌与威势，只好随着沁河的东流消散了。

不知道明代之前可有端木氏的后人来此寻过自己的祖先？应该说是汉代之前还有端木氏一支，他们的衰落又因为了什么？是因为枪杆子里面出政权？他们因汉代王室的分封让村庄里的端木氏都赐姓了刘？还是富不过三代，朝代更迭中端木氏如强权政治裤裆里的虱子叫人家随便抓没了？

如两种结果取其一种，尘世劳作的端木氏一支左转右掉都显得悲凉了。

清代雍正年间泽州知府朱樟来到沁水，很想知道晋国的子孙生活得如何，到处查访找不到晋国子孙，晋国之前的端木氏，他想都没有想起来。他很伤感地作《端氏城怀古》诗云：

言寻鹿路转林腰，深喜居民未寂寥。
百折溪泉收嫩堰，一犁寒雨立疏苗。
山遮岭北峰尤峻，水曝村南势渐骄。
城郊已开分昔日，教人何处问椒聊。

椒聊指花椒子，喻子孙。

朱樟打问的是如今的沁水县的端氏镇，端氏聚在汉代的时候就已经消失了，村庄的名字流落到离西城村数十里的沁河岸边，流落的途中丢失了"聚"，同时也丢失了自己不凡的身世。

端氏的村庄里哪里寻得见刘姓子孙！

如今西城村生活的依旧是汉代延续下来的子孙。

我看到刘姓子孙的后人，他们满身沧桑，满脸茫然，对于他们的先祖已成为断流的县河身后一个遥远的传奇。曾经的改朝换代，在他们来说已经成为今古故事。

岁月风景，往前活，有多少人远离了埋有自己血亲的故土？抽刀断水斩断了谁的富贵？

我见一位挑箩筐的汉子走来，我迎上前说："你们刘姓先人曾经做过汉代的皇帝。"

汉子盯着我的脸说："我的先人是李世民。"

我好一阵子才反应过来。他姓李，李姓又是什么时候迁来的呢？我冲着对方的背影喊过去："你们西城村还有姓啥人家的后代？"

他甩过话来："百家姓人家。"

调换了一下肩，一条扁担压腰叠肚地软下来弹得欢快。

他是一个有文化的人，他让我看到了有文化人的贫嘴。生活掩盖了生命种种辛酸和叹息,活着,除了为明天而疲于奔命,他已经对所有缺乏了热情。

  是的,热情!没有了热情的村庄,其实就是宿命的象征。没有热情的村庄也就等于结束了万紫千红的生活;村庄结束了生活也就结束了村庄的历史。

  可是谁又知道历史是如何改造走了自己的祖先?!

(原载《人民日报海外版》2018 年 8 月 11 日)

节 气

_耿立

　　乡村人说水土养人，但知道水土脾性的，会私下嘀咕：这不是什么阿猫阿狗都可养的，一方水土只养一方人，像认了死理，比如有的村庄住户多是朱姓人家，而几家范姓与康姓，丁口往往不旺，后来竟就断了香烟，或逃亡或搬离，曹濮平原的人有说道，康姓人家范姓人家被猪拱散了，如若村里是一户曹姓的，那朱姓就兴奋，猪离不开槽，槽离不开猪，日子相看两不厌。

　　人们常是把一些伟词及赞语送给泥土，说其虽遭受践踏，但默默承受，无论风霜雪雨，土地都接受，土地的脚跟立定的道德高地；而对水好像到了不闻不问任其生灭的地步；水心底其实是有想法的，你慢待她，她也会怠工，也就会给农人一些颜色，水该来不来迟迟疑疑的时候，最早感受到的不是农人而是庄稼们，庄稼如春江水暖的鸭子，开始枯燥开始发黄，父亲看到一冬无雪，身子骨也像起了痱子。雪是水，是会在天空飘飞的水；还有冰，是长了骨头的水，很硬朗，这些不同形式的物质与水血缘最近，好像村里的家族没出五服，是打断腿连着筋的血亲，她们上游同是一种自然的大道，道好像无言，就如佛，端坐大雄宝殿，但一切婆娑世界尽在掌握。

　　一冬无雪。父亲困惑地蹲在地头，粗糙像老树斑驳的手扒拉开泥土，看看干燥泥土里羸瘦的麦根，弄不明白水遁逃到哪去了？与土地厮守一辈子的人，对庄稼就如对子侄对亲戚，麦子裸露的根如牛的排骨裸露，这是一个无雪平原角度下的麦子，如掐掉了奶水的幼儿，面蜡黄肌瘦，父亲的手抖抖地，有点不忍，然后把土慢慢覆盖上那些裸露的麦根，一脸沮丧；但是庄稼也有奶水充沛的时辰，大雨滂沱的时候，那些庄稼好像在舒畅裸奔，给人的是热烈，和风细雨的时，那些庄稼是欢喜模样，无论玉米还是高粱，如女人的腰身，一停一落，风一吹，如一个巨大的匍匐，那是庄稼的屁股和乳房在凸起，在诱惑。雨把一切都弄软了，包括夜间在床上的女人，对男人也温柔了许多，体贴了许多。诗词里有夜雨剪春韭，那是惬意的事，但在细雨夜，男人和女人在做事，也是平原里惬意的事，所谓的鱼水之欢，没有了水，那鱼是不精神的。

为平复一下干燥冬季的心情，换个雨后斜阳的角度看木镇，那会是一副什么模样呢？比如蹲在坑满濠平的雨里看平原，那炊烟是濡湿的，连虫子的叫声，还有季节，也是濡湿的，庄稼就如害了喜的媳妇，用衣裳襟也遮盖不住肚子的凸和隆起；而从有些动物的瞳孔里看平原呢，有些动物眼睛的影像是反的，那乡村在动物的注视里，都是颠倒了，人的脚在上，路在脚上，像脚顶着路在踢踏？

但这个冬天，水跑哪去了，水汽跑哪去了？这些年，一些古怪的事情在平原越发多起来，先是一些厂子在平原里蠢起，烟囱如患了哮喘，整日冒黑烟，河里的鱼游着游着就翻起了肚皮，那些草鸡不再把蛋下到草窝里，走着走着就下到了路旁，粪堆旁，而蛋壳不再坚硬。

这季节也如干柴，稍有火星就冒烟，我家老院里的那些农具，好像也失去了灵性，那些犁、耙、牛轭、石磙本来都闲置了多年，虽然父亲时不时用手抚摸她们，油汗如文物的包浆，又明又亮，但还是失却温润，而那些小的铁锨、木锨、榔头、生锈的镰刀、缠着铁丝的桑木叉，更是乌眉皂眼……虽然这些东西曾经都是父母生命进程里的一部分，他们的关系不好用人与物来分别，父母也是一种物质，那些物质也是我们家族的父辈姑辈。

那些农具老了，到了暮年，开始喘息，虽然有父母将持着他们这些朋友，但毕竟钙质流失骨头架子散了，这里脱榫了，那里断橙了，最终他们还是会被接纳到土里去，与他们的老伙计，牛啊驴了人啦，依偎在一起。没有什么东西不在这片水土上臣服，有一天父亲把嘴里活动的最后一颗大牙吐出来，然后，像孩子吐吐舌头，最后父亲把大牙包起来，小心翼翼地埋在一个不被人发现的土墙后的角落里，像埋一粒种子。

我越发觉得这个冬天的暧昧和混沌，我就到木镇的那眼老井去挑水，多年不挑水了，我坐在井台旁的扁担上，扁担架在水桶上，我有了吸烟的冲动，我知道井是背不走的，看一眼这黑洞洞井口下的水，心里有了一种说不出的苦涩。父母老了，再也挑不动水，虽然家家安上了水龙头，父亲说那龙头里的水有怪味。

由于化肥的作祟，泥土不再像原来的脾性，父亲说现在的人种庄稼开始使假耍滑，人们少了对土地的虔敬，我知道父亲面对泥土的表情，如在庙堂上拜佛的人看到佛时候的两眼泪花，又如基督徒面对土地的《圣经》忏悔。

但现在土地的经文还是神圣如初么？她是上帝赠与农人的生于斯养于斯的

文字，是最好的物质和精神的滋养，祖辈读、父辈读，儿孙也读，但读着读着，万古不变的经文开始变调，没有人再愿意读她了，父亲翻读泥土《圣经》的手，从利索的快节奏到慢节奏，现在快要翻不动了，父亲的手翻着翻着泥土手就老了，总有一天他翻不动土地，他就化成土地里的一个逗点，或者是黑黑的休止符，仰在土里休息。

木镇的土变了，水也开始不按规矩，小时候，父亲说木镇的水土好，只一条路，属于木镇的井，那井水熬出的米粥就分外的黏稠，如搅拌了冰糖，而跨过路的井水，就涩咸，只能饮牛羊；只隔一条路，咸甜分明，这水给你的东西，你就说不清，附近村庄里的人也说不清道不明，大家只好说，水土的事是老天的事，属于大道，人们管不了，大道是不可揣摩。在我写这文字的时候，正是腊八，但忘记了这日子，早晨也未能喝上腊八粥。那小时在木镇多好，把红小豆绿小豆豇豆小米红枣下到锅里，只是一把柴草，一眨眼的工夫，母亲就说那些豆子在锅里开花了，这在别处是不可思议的，别处熬粥，那些豆子像是怄气，总不给主人面子，也总是没有开花的时候。

但木镇真的在变，该冷不冷，一个冬季没有片雪，小雪的季节，没有雪，大雪的时候也没有雪，记得小时候，那时的节气，一环一环扣得那么紧密，霜降了，那些瓦片上白白的如冰糖，有鸟雀去啄食瓦松上的霜。而喜鹊头上的白也像是晚上被霜染的，那霜夜的冷，是刺骨，我记得，一天夜里，父亲从生产队的牛屋里回来，给我一把沙土炒的花生。

朦朦胧胧里，感到天地的严肃，父亲说：刚炒的，霜降了，今天的锅凉，多费了柴火，节气真伟大。

而到了大雪的季节呢，那夜里就感到了神秘的等待，鸡也不敢大声喘息，狗也噤声。往往是早晨，其实白白的不是早晨，是雪透过窗棂过来了，雪把夜捣鼓的发白了，当然窗棂是遮盖了谷草或者麦秸，雪是贼，借助风的帮助，无论多么的旮旯犄角她们都走到，父亲说，有一年他在生产队的牛屋夜间值班，晚上睡觉，到了半夜起来解溲，这时他说了声：乖乖，自己吓了一跳，床前的鞋里满满的盛了雪，回头看一下那些反刍的牛，黑牛头顶上像绽开了白桃花，那牛屋全是白的，无论麦垛、牛槽，无论路眼、无论井口。

而这个冬季，是没有雪的干燥，父亲只是坐在一只老式的木凳上抽烟，然后就踱步，无聊时就用手抚摸挂在墙上的锄头，那锄头的木柄好像干燥得也在起烟。我不知道这把锄头在父亲手下，耘过多少地，但木柄里，很多的缝隙间，有一些土块，有时手一触碰，就哗哗地坠落。

有一天，我也学着父亲的样子，去摸摸那锄的木柄，但木柄好像要粘住我，就突然叫起来。我说快看，父亲整天摸的锄的木柄上，像冒出了汗，那么水漉漉的。我去摸摸桌子，桌子的腿也是水漉漉的，看门框，那春节贴的对联的红还未褪色，但那春联上也有了水漉漉的潮气，在门后里蜷缩的狗，毛也像站立了，精神许多，有了水一样的好看，怪不得，这里的人形容谁家的媳妇，也说一掐就冒水，这是什么在作祟？

父亲说，雨水要到了。

真的么？父亲这些年对很多的节气是起了疑心的，小雪无雪大雪无雪，一切好像都拧起来，这雨水还能准时而莅临么？

果然，这一次节气没有爽约，雨水时节，天空飘起了雨，对于一冬无雪的那些生灵，雨水使他们惊异，他们知道这世间还是有公正，一些东西该来的时候还是要来。只是我们不知道那些东西藏在哪里，但他们一定是在某处躲着，当草木庄稼，或者泥土在坚持着煎熬的时候，也许父亲在心里默默祈祷，虽然这个词对父亲很陌生，但他一定会说：伙计们，再等等，再熬一会儿。在木镇熬一会就是文雅的词：坚持的别一称呼。

果然，雨水的节气里，飘了雨，仿佛一切的灰暗，一下子被点亮了，沉睡的树枝醒来了，小草也醒了，经过一冬的等待，一切潜伏的那么深，大家好像在假寐等待；是啊，要知道，在鸟儿沉睡的时候，鸟窠是假寐的，在土地沉睡的时候，河流是假寐的；在我们沉默的时候，节气也是假寐的啊。人们啊，有时要有足够的耐心和忍耐。

我跑到檐下，远远看见父亲把脸扬着看天，使人惊异的是，父亲吐出舌头，用舌头接纳雨水，如沉默很久的田野在张开嘴吸吮这些琼浆玉液，是啊，木镇沉默太久了，父亲用舌头接纳雨水，然后舌头缩回，使劲地吞咽，既像青蛙在捕捉蚊虫，又好像喝酒时的表情，酒壶里的酒本来喝完了，到最后还要把那小酒壶举起晃一晃，脸仰着，把一滴一滴的酒滴到嘴里，如一句酒的广告：难舍最后一滴。木镇的词叫：控控（方言：把容器里残存的液体倒净）。

我悄悄地退回到屋里，怕打搅父亲接纳雨水的专注，但心里对着这如期而至的雨水节气，说了句：谢谢了，眼角也有了湿濡的感觉，那是雨水把我的泪腺与假寐的节气打通？那也说不定。

(原载《湛江日报》2018年5月)

大海中长出的路

_黄文山

深沪，在东海边。从地图上看，就像渔人一只正踏浪而行的脚拇趾，微微翘起，脚趾上沾满了黏湿的沙粒。海水从大洋深处走来，一道波浪推搡着另一道波浪，一路寻觅着，发出殷殷的问候。

有了这只脚趾引路，海水便长上湾沃，而后，长上陡峭湿滑的石壁，长成了逼仄弯曲的渔街的路。一级又一级石磴，一个又一个拐弯，渔街的路，曲曲弯弯，悠悠长长，穿过崖壁，登上岩头，钻进深巷，如同一条只知向前而忘却归路的海浪。于是，那带着几分咸味的海水的脚印，便永远湿漉漉地留在了渔街的路上。路是从崖壁上凿出来的石栈道，早让渔人的光脚板磨得溜滑。咸湿的海风从曲里拐弯的巷道上通过，像在自家的走廊上悠闲散步。

海水不仅长出了路，还长出了街市，尽管那街市只有丈把宽，街两边店铺里的人甚至可以隔街聊大天，但那街市直通大海。渔船返航时，大大小小的船只驶向港湾，樯桅接天，螺号声声，那是深沪渔镇最壮观的场面。接着，一大篓一大篓渔货被从船上卸下，而后用小舢板运上码头，摆满街市。倘若渔船在夜间返航，那么，老远就会看到街市上高擎着的簇簇火把，一下温暖了渔人的心。在人们的嗅觉里，街市上流淌着的永远是海的鲜香。且不说，那在竹篓里使劲地蹦跳着的鱼虾蟹鳖，让人感受到海的丰盛馈赠；单看街边熊熊的炉火上，乳白色沸腾的汤锅里上下翻滚的鱼丸子，谁也忍不住要咽口水。深沪鱼丸，才是海的杰作。它选用优质的鳗鱼、嘉腊鱼为原料，做出来的丸子色泽雪白，或圆或方或呈鱼块状，咬一口，筋韧味厚，特别鲜美。这道著名的闽南小吃，成了多少人的口腹之欲，以致只要一提深沪庵宫口的鱼丸子，就会引发海外游子强烈的思乡情绪。

和路一块长大长长的还有渔人的房子。那高低错落、层层叠叠的石瓦房几乎是贴着山坡长出来的。说不清是先有路还是先有房，就像说不清是先有下面人家的屋顶还是先有上面人家的房基。有房子的地方一定有路，哪怕那路窄到仅容一人通过；有路的地方，两旁一定有房子，哪怕那房子小到只能摆放一张八仙桌。对渔人来说，再大再长的船也只是风浪中一根漂浮的芦苇；而再小再窄的房子也是一块坚定不移的陆地。渔人的房子是他们生活的起点，也是他们生命的归宿。海上的打拼，充满了艰辛和风险，只有这片屋顶下的岁月才是他们快乐的时光。更何况，这屋子里还有深沪女子特有的温柔和灵巧。渔人的屋子虽小，却因女子的殷勤洗刷而总是一尘不染。而她们用肉丝、小鱼干、香菇和葱珠当作料焖出的油饭，则更让出海的汉子念想不已。一壶滚烫的黄酒，一海碗香喷喷的油饭，加上一个柔情万般的女子，让渔人原本单调的生活显得那样有滋有味。

和路一块长大长长的还有渔人的日子。那日子连着海上的波涛。最初，先民们只在海滩上编列竹栅网鱼晒盐，古语"沪"就是捕鱼的竹栅；日出而作，日落而息，一天的光阴，便包含了渔人日子的全部内容。后来人们开始驾船到深海捕捞，于是，深沪有了泊船的渔港；一个个鱼汛让渔人的日子变得匆忙也变得有些漫长。再后来，深沪出现了多家船行，日子仿佛一下就被拉长了许多。海上贸易靠季风送迎，每年三四月船队趁南风运走白糖、大米和瓷器；八九月趁北风载来棉花、布匹和杂货。船只一年才往返一次，岸上的日子似乎也被海上的日子拉长了。而今，渔人的儿女们已经走得更远，让家中老人牵挂的日子也就越来越长。

渔人的日子还在拉长着，因为，海水中长出的路，还在延伸……

（原载《福建文学》2018年第5期）

孤悬：岛屿生存叙事

_孔见

1

对于很多人而言，陆地是一种现成的东西，最平常不过的事物了，因而是可以忽略不计的。然而，对于出生在岛屿上的人来说，陆地的存在相当要紧。人的生命是十分沉重的物品，唯有陆地才可以安放，投入漂泊的水流，必罹没顶之灾；抛向无法抓挠的天空则会变成自由落体。只有在陆地上站稳了脚跟的人，方可以去畅泳大海，或者云里雾里说些天上的事情。

所谓陆地，其实是无数岩石、矿物与沙尘堆积起来的。它们一声不吭地挤到一起，集合成密实的板块，绵延成莽莽苍苍的原野，高耸巍峨的峰峦，堡垒一样显得无比巩固、坚不可摧，不会轻易漂动，改变原来的性状，给人踏实可靠的安全感。出生在大陆上的人们，置身于天圆地方的框架里，会有一种发自心底的安稳，不大会有天塌地陷、末日降临的恐慌。但对于寄生在海岛上的人而言，情况可就大不一样了。

我小时候的邻居，是位有三个婆娘的老人。他拄着一根油亮的藤杖，据说是从马来带回的。夏日的中午，结满酸梅豆的大树下凉风回荡，这个已被穷人打倒的地主告诉我：俺人家生活的这个地方，其实是一个小小的岛屿，四周全都是深不见底的大水。当年他去南洋闯荡，船漂到大海里去后，回头看俺人家的海南岛，就像浮在水波上的一个土堆子，上面篱笆一样，歪歪扭扭地插着几棵椰子树。船不停地颠簸，他十分担心，将来有一日，自己出生入死淘到金子之后，回头来却找不着这个土堆子。老人的语气很轻，却雷一样震颤我的胸腔：原来自己的家园，早已经被深不可测的海水包围，像一条船漂泊在汪洋之中，无依无傍，也没有可以撤离的后方。虽然，岛屿也属于陆地，但它总是给人一种漂浮不定、随时可能沦陷的感觉，特别是飓风到来的日子。在古代，关于海南岛的叙述，总是说它悬浮在"涨海"之上，或是隐没于"南溟"之中，这准确表达了岛屿给人心里的印象。在下南洋的历史上，衣锦还乡却找不着海南岛的事情并不罕见，所不同的是，沉下去的不是海南岛，而是他们乘坐的船。

对于鱼类而言，大海是辽阔的田园，是无数条道路的穿梭与汇通；但对于无鳃的哺乳动物，大海是窒息的深渊。出生在岛上的男孩，基本上都有水性，像我这样家在海边的更是如此。三五岁的时候，大人兴致一来，就把你拎起来往海里扔，恶作剧般地看你在浪花里扑腾，待你呛上几口咸水、快要没入水下时，才把你捞上来。反复七八个来回，把黄疸都呕出来后，你便学会了游泳，而在相互打赌较量之中，就有好的水手脱颖而出。然而，在这样的地方，尽管几乎人人都通水性，每年还是有人溺死在海里，而且死的多是游泳好手；还有人出海之后不再回来，也不知所终。岸上守寡的妇女也相当常见，她们头上缠着的布巾，是银环蛇的纹理。

我出生的村子，后背靠着的是长满仙人掌和野菠萝的沙岗，沙岗的后面，则是日夜喧嚣的海水。从童年时候起，我不知多少回爬上沙岗，独自眺望远方。从看不到边际的溟濛处，一排排波涛愤怒地涌来，一浪高出一浪，如同贪婪的大喉喷吐着白沫，浪与浪之间转着一个个漩涡，看起来像是狞厉的微笑。海面看起来是倾斜的，仿佛涨出地面许多，随时都要将我脚下的土地淹没。尤其是台风到来的时候，整个大海疯狂地咆哮，鲸群一般的巨浪，轮番向海岸发起猛烈的进攻，无休无止，前浪崩陷后浪紧跟，大有不将陆岛吞噬，不足以平复满腔仇恨之势。而岸上的野菠萝与仙人掌，根本抵挡不了暴风如此凌厉的进攻，到处都是摇摇欲坠、随时可能被颠覆的态势。在我童年的印象中，大海总是喜怒无常的，即便是平静的时候，也似乎在诡秘地酝酿着一场风暴。它不知从何而来的愤慨，让你觉得这世上的一切，都不是理所当然的。

2

关于岛屿的说法，总是跟大陆关联。在得知自己是一个岛民的同时，也听说遥远的彼岸，有一片辽阔的大陆，上面纵横着崇山峻岭，海南岛只是它挤压磨蹭之间，掉裂下来的一块碎片。当然，没人亲眼看到裂开的那一刻。据考古推测，大约在我出生之前的一千万年，南亚发生了惊天动地的造山运动，青藏高原高拱而起，成为世界屋脊。与此同时，雷琼地区随连续火山喷发，导致地脉的断陷，大片土地沉入海底，只有部分山脉露出水面，成为一座岛屿。也就是说，海南岛是与喜马拉雅山一同光荣诞生的，尽管它现在还不能望其项背。进入第四纪冰期后，海南岛与大陆之间曾出现过断了又连、连而又断的反复。到了近几十万年，才最终形成一道二十多公里宽的海峡。在有的学者的叙述中，直到数千年前，海水退潮的时候，人们还可以从雷州半岛顺着陆桥、踩着浪花到岛上来，像水鸟一样在滩涂上踱步，捡些虾蟹和蛤蚬。而海南岛最早的居民，就是由于陆桥陷落断了后路，滞留下来的人。他们于是只能生活在陆地的碎屑上，聚集在三亚落笔洞、昌江皇帝洞等石窟里，成为孤悬海外的族群，皱着额头，用孤寞的眼神眺望浪海云天。他们是回不了家的孩子。

在岛西南角的村子里，每一个夜晚，我都是枕着汹涌的涛声入睡的。潮声听起来是一层层叠加上去，当这种叠加到了无以复加，危如累卵，感觉快要崩盘的时候，我就会不由自主地想到：倘若睡梦中海南岛沉入海底，岛上的人是来不及逃走的，即便知道了，也不知该逃向何方。大陆那边知道这件事情，想必也是很久以后的事情，而所谓知道，也就是找不到了的意思。这种顾虑，并非没有缘由的庸人自扰。明朝万历年间，琼北海府地区就有一百多平方公里土地，一夜之间突然消失，七十二个村庄遭罹灭顶之灾，轰然没入海底，桑田顿时变成了沧海。史料记载，震中地区"山化海，人变鱼"，居民"十之存二"，数以万计。离震中不远的"公署、民房坍塌殆尽，郡城中压死者数几千"（万历《琼州府志》卷五）。尽管几天前，有被誉为明代四大圣僧的憨山德清云游路过，向地方官员预告了灾难的来临，但人们都当成怪力乱神的玄诞之言。而这么大的一场灾难，在当时中央政府文件中，竟然没有任何记录，就像没有发生过的那样。有人查看了万历年间数百道奏折，校核数十种国家档案文献，均没有发现与这场地震有关的记载。现在，这些地方潜水下去，还能看到当年人们居住的院落，坛坛罐罐都成了虾蟹栖息的巢穴。

仓皇的童年，我曾经三次和家人一起逃亡，到山里去躲避警报中随时可能登陆的海啸，当地的说法叫作逃水。有一次还是在半夜被拎起来的。在政府组织下，临海数十万民众拖家带口，挑着锅碗瓢盆与帐篷被褥往山地转移，拥挤在风尘滚滚的路上，如日本鬼打了进来。七十岁的奶奶死活不肯离家，说她老了，活着没有用，就让潮水把这身朽骨收走好了。虽然最终只是虚惊一场，但幼小的心，从此对这个岛屿总是放心不下，老有一种随时被淹没的恐慌，把人从梦中惊醒。

3

在一本书里，看到有逃往苍天的说法。其实，比起水的漂泊不定，更让人恐慌的是海岛上的天空。或许是因为空气纯度的缘故，它显得十分玄蓝，格外深邃，借用鲁迅的话说是"奇怪而高的天空"。酷热的中午，躺在沙滩上仰望，天空便开始旋转起来，让人神志晕眩。由于缺少陆地的支撑，天无依无傍、没着没落，让人感觉头顶之上悬崖万丈、深渊无底。

跳入水里，人会失去体重的一大半；抛向空中，人则几乎完全失去重量，而生命失重的感觉，即所谓不能承受之轻。从很小时候起，我就做着这样一个梦，自己突然失足踩空，从极高云端掉了下来，像一只被枪弹击中的鸟，身体翻转着坠落下去，汹涌的云彩挡不住我跌落的速度。然而，就在我放弃生存希望，行将落到地面并等待粉身碎骨的一刻，人惊醒了过来，一身浸浸的冷汗。这个梦一直做到三十多岁，才消失在某个夜里。因此，我一直都有轻微恐高的症状，觉得自己是被抛弃到这个岛屿上来的。海水对于我而言，是一种汪洋的迷津。汪洋之下，折戟沉沙，掩埋着不知多少沉船的遗骸和失传的故事。我羡慕那些驾云翩飞的鸟，它们舒展开来的翅膀，能够在空中铺出道路，从而改变天空的意义。对于众多事物，天空意味着坠落与万劫不复；但对于鸟而言，天空是一种跨越与飞渡，是无遮无拦的自由。就像鱼类改变了水的性质，将淹溺转换为泅渡，将沉沦转换为得救。

岛屿给人的感觉，是尚未没入水底的浮土，漂移在三千弱水之上。它孤独无依又忐忑不安，无法斩钉截铁地做出安全的承诺，在日落黄昏时提供祥和的归宿感。那种后方随时可能沦陷的感觉，更是不可持续的状态。因此，它天然有一种对大陆的向往与归靠，并保持着对彼岸事物的呼唤，不能全然地接受自己的身世。它先天存在着完整性破缺，需要去修补与克服。它的重心不在自己脚下，而倾向遥远的北方。仔细端详海南岛地形图，你会发现，作为一个岛屿，海南岛一直保持着回归大陆的姿态。它的形态酷似一种海龟，但此龟不是朝着大洋深处划游去，而是朝着大陆的方向奋力划泳，在蓝色的水域里激起雪白的浪花。然而，就在离岸还有一段距离的时候，不知何故停了下来。这段距离有十八海里，几乎是可望而不可及，除了喧嚣跌宕的潮水，还纵横着诡异的暗流。一个游泳好手要用六七个小时，才可以渡过，但在既往，出没于海峡间嗜血的鲨鱼群，不太可能会错过送到嘴边的美食。

4

横亘在海岛与大陆之间的海峡，是比鸿沟更难于逾越的天堑，当然也比李白的蜀道更加难于攀援。漂浮不定的海面，脚踩上去便立即塌陷，连一根抓拿的稻草都没有。即便没有一夫当关，也依然万夫莫开。尽管丘浚等海南出生的才俊宣称，沧海并不能够截断海岛与大陆地脉的贯通，但深达一百多米的水域，在舟楫不便的年代，总给人命悬一线的感觉，是道令人断魂的鬼门关。

唐高宗李渊十九子，鲁王李灵夔，因涉嫌起兵反抗武则天的武周政权，被流配到崖州。享尽荣华富贵的他，想到将要终身寄生在悬浮海外的孤岛上，便觉得生不如死，用一根绳子将自己挂到横梁上。稍后被贬儋州司马薛季昶，也恐惧于海上的穷途末路，连夜赶制一口楠木棺材，穿上体面的盛装，躺在其中仰药自尽。同样，被贬为振州司马的京兆尹温璋，为了避免沦为天涯海角的孤魂野鬼，也在启程之前自缢身亡。还有的人，如唐代的将领蔡京、田令孜、敬瑄等，接到被贬崖州的诏书之后，迟迟不愿成行，宁愿罪加一等，被皇帝赐死，甚至直接诛杀。有的贬臣，如唐宪宗朝的符凤，虽然服从流配，却在中途就被海盗劫持，残忍杀害。他年轻貌美的妻子乌玉英，为了保全妇道的气节与贞操，纵身跳入大海，成了唐代为数不多留下名字的女性。

　　旷达洒脱如苏轼者，被贬惠州时，还是"报道先生春睡美，道人轻打五更钟""日啖荔枝三百颗、不辞长作岭南人"。得知自己要被逐至"瘴疠交攻""魑魅逢迎"的南荒，顿时黯然神伤："子孙恸哭于江边，已为死别；魑魅逢迎于海外，宁许生还。"（苏轼：《到昌化军谢表》）在雷州半岛登船前，他特地到已被敬为海神的伏波将军庙里，虔诚地供上三炷香，祈请神灵予以保护。尽管有诸神护佑，登船之后，还是一路惊魂："自徐闻渡海，适朱崖，南望连山，若有若无，杳杳一发耳。舣舟将济，眩栗丧魄。"（苏轼：《伏波将军庙碑》）我光荣的祖先，是步东坡后尘到岛上来的，所不同的是，他们并非被流放，而是自我放逐。在很长的时间里，我都不能理解先祖当初的想法，为什么把子孙抛到如此荒远的孤岛，让他们世世代代都生活在眺望之中？

　　不唯从大陆渡海过来的人有如此心情，岛上的人面对这道海峡，又何曾不是心生畏怵？"鹏咮高骞吸晓虹，却怜孤绝自为宗。舆图垂尽地千里，峰势半开波万重。"（钟芳：《鳌山》）明代崖州诗人钟芳的诗句，写出了天涯海角之地的荒远。由于海峡的阻断，海南岛一直被认为是徼外之地、化外之地，江湖之远到此算是尽头了，庙堂因而也变得高不可及。岛上有不少家族，是逃避战乱从大陆迁移过来的。海岛天高帝远，云淡风轻，并非进入历史现场建功立业的场所，也不是历史正剧上演的舞台，它充其量不过是排观众席，而且是最后一排。作为岛民，谁都意识到，对岸那边遥遥的中原腹地，才是建功立业的天地。就连他们深山老林里采集到的花梨、沉香，海底捞上来的珍珠、砗磲，还有夜里唧唧复唧唧织出的锦被，也不能孤芳自赏，要供奉到庙堂之上，才显出不同凡响的意义。在他们观念里，海南岛这条船，锚定是扎在对岸的；海南的重心不在岛上，而在海平线的那一边的庙堂里。过海，过海，跨越海峡，对他们而言有着极其重要的含义，也是生命成长面临的一道深坎。

　　王权时代，身处边地的子民，要想进入权力体制，参与治国平天下的事业,只有考取功名一条羊肠小路。然而,由于历代督学和考官们畏惧海峡的惊涛骇浪,琼州的考场一直设在对岸的雷州,使得科举之途变得陡峭而凶险。岛上的莘莘学子,哪怕要考取一个小小的秀才的功名,都要带着干粮、盘缠涉过千山万水,渡过波谲云诡、海盗出没的海峡,才可以进入庄严肃穆的考场。有的一去便没了音信,非但功名没有拿到,身家性命都不知丢到何方。因此,士子缺考的情况历代都普遍存在。明嘉靖年间,先后发生了两次严重的海难,满载考生的多条船只中途忽然遭遇风浪,呼天不应,全部丧生鱼腹。每次罹难多达数百人之众。带队的临高知县杨址因此殉职,官印也随之沉入海底。时供职于翰林院的海南人王弘诲,得知此事寝食难安,极其沉痛地上书万历皇帝。在付出巨大的生命代价之后,朝廷终于同意将考场设到岛上。于是才有了明清之际数十人金榜题名,考取进士的局面,一度有"小江南"的美誉。

5

比起南美洲的百年孤独,海南岛数千年的孤独或许更显得漫长。因为迟迟没有人占领,这种孤独变得荒凉。记得从童年到而立的岁月,我都是在孤寂中度过的。在岛西一个学校教书的时候,经常穿过木麻黄的树林,独自一人到旷野上行走。野菠萝的密叶里,荒凉的草丛中,有鹧鸪和小蜥蜴生活的踪迹,它们在老鹰翅膀的阴影下,窃取属于一个生灵短暂的快乐。鹧鸪是一种寂寞的生命,向晚的旷野里,听一只鹧鸪在呼唤另一种鹧鸪,你才明白什么叫孤独。这种孤独让人急着要从自己这里逃离,去拥抱某种东西,搂住一棵树,或是投入某个人的怀里。有时我觉得,这世上许多事情的发生,并非它们真的有多大的必要,而是因为肇事者已忍不住孤独的寂寞。头顶如火如荼的烈日,和身心内部的情欲交相呼应,使孤独变成了一口热锅,寂寞也成为一种煎熬。

如何将岛屿与大陆连接起来,克服被孤悬的状态,一度是岛民内心解不开的死结。在崖州地面,一个民间流行的故事,特别能体现当地人的梦想。在天涯海角外景区的海上,至今仍可以看到两座小屿,被称为东锣与西鼓。传说在很久很久的过去,大慈大悲的观音大士,深感海南岛民孤悬与隔离之苦,以其神力从远方挑来土石,要将海壑填平,把海岛与大陆重新连成一片。然而,智慧圆满的如来佛并不支持这一举动,三界之外的他,在定中轻提一念,观音大士肩上的扁担,立即砰然折断,箩筐里的沙石也就掉入水中,堆成了两个小洲。这就是观音担土填沧海,如来提起折扁担的典故。或许,如来觉得,大陆尘埃滚滚的生存,固然有助于人间烟火的兴旺,但岛屿清寂的状态,让人接近高渺的太虚,更裨益于精神的独善和灵魂的遨游。前者是外王驰骋的疆域,后者是内圣净化的道场。大陆地面的生活,适合于人们抱团取暖,相濡以沫,但密集的人群之中，也会衍生纷繁复杂的利益关系和恩恩怨怨的情感纠结，使人活得身不由己，浑身湿漉，一地鸡毛。以集体关怀来取代个人对命运的承担，也会遮蔽生命的本来澄清的天容月色。

孤悬和失重，对于多数人而言，在心理上都是难于自持的状态。人生而孤独，需要依怙，渴望后背有所依傍，前头有所把抓，有一个巩固的后方和一个可以掌控的前台。居家风水上，讲究山环水抱；在社会场上出入，也讲个身份背景，即便没有雄伟的山脉可靠，倚一棵婆娑大树也好乘凉。若是出身蒿草丛中，没有些传闻背景，后门完全洞开，穿堂风鱼贯而入，就得在外面攀龙附凤，认个干爹干娘，或是拜码头加入斧头帮什么的，乌压压地站成一片，蝗虫般地席卷而来，谁也不敢拿你怎么样。倘若地面上光秃秃找不到任何依傍，还得在云天苍茫之处，皈依某个法力无边的神灵，才能够安身立命。总之，腰杆后面得有个硬的东西撑着，头顶上得有个亮的东西罩着。有恃才能无恐，仗势则可欺人，乃是地面上弱者的生存法则。有了可仗之势，心里就有气焰腾起，可以笑傲江湖，大声说话，甚至可以扇别人的耳刮子，把唾沫星儿吐到人家脸上。古往今来，街面上形形色色的衙内，都是这般行状。要是从身后抽去假借之物，他们就会显出一摊烂泥的原形。岛西临高地方的人偶戏，出戏之处是人偶同台，揭开了偶背面滑稽的真相。

与此道相反，真正的强者不依附与假仗任何事势，他们立身于恬淡虚无的自性之中，放怀于六合之外，方寸间不挂碍任何异物，哪怕是一丝云彩。岛屿的孤独，从弱者的角度理解是一种遗弃，从强者的角度理解，则是为对依附之物的挣脱，如同禅者妙高峰上的悬崖撒手、虚空粉碎。借靠来的东西终将要退还，攀附的事物也势必土崩瓦解，人还得活回自己本身，以本性的禀赋自立于世，更何况人有所依傍，也就多了一份身不由己。如来叫停填海行动，意味着海南人必须接受一种岛屿的生存，在随时沦陷的浮土上安身立命，占领自身荒芜已久的孤独，在无势可仗、无路可退的境地里，将自己的身世认领下来，于海天之间穷尽生命的内涵。

就人类的境遇而言，孤独是每一个人最终都要面对的。孤独并不意味着沉沦和自弃，而应该被理解为责无旁贷的承担。它既可以作为一种矿藏来挖掘，也可以作为一种自由来运用，还可以作为一种恩赐来接受。然而，只是由于缺少欣然的接受与深入的走进，孤独才变得杂草丛生，荆棘遍布。占领这种蛮荒的孤独，需要有足够的勇气来承担命运的全部可能；还需要潜入寂寞的底部，去叩开通往大同的玄关之门，让本源之水涌流出来，完成对自身尘垢的洗涤，实现人性与天道的贯通，与生生不息的大流打成一片。

若干年前的某个夜晚，我独自在阳台上品茶。无意间，手中的杯子失落于地。就在电光石火的一刻,头顶上的万丈悬崖崩裂开来,世间林立的墙垣随之坍塌,我忽然有了开门进家的感觉,所有的星星都向这里照耀,所有的风都朝这里吹拂,所有的道路都往这里汇合,海南岛成了宇宙的中心,整个世界都成了它的外延。人世间的一切滋味,全都在一壶新沏的红茶里,被一饮而尽。此地无银三百两,一分不多一厘不少。一种无依无靠的自由,和消融一切的自在感涌流出来,溢出身体的肌肤,泯灭了劫持我多年的孤独。天地被一种凌空而起的豪情所充满。我深情地拥抱了自己,内心的荒芜展现为无限的生机,眼前的枝枝叶叶、花花草草,都闪熠着造物的光辉。于是,我记下了这样的句子:

  杜鹃夜夜呼唤的一切
  皆已在此　而杜鹃自己
  却杳然不知所去

  就这样,在客居了四十多年之后,海南岛终于成了我的故乡。从此,我不再眺望彼岸的土壤,也不再像背包族,用凌乱的脚印去搜寻各种古迹名胜;也不和那些香客一起,千山万水地去朝拜某一座高耸入云的神山。人间的烟火缭绕成我的香火,日常生活里,曾经让人心烦意乱的细节,也成了无比隆重的宗教仪轨。从这一刻起,海南岛孤悬的概念已经被解构,而我也终于理解了自己光荣的祖先,一千年前将子孙抛向大海的良苦用意。

(原载《天涯》2018年第4期)

阿克喀巴克的清晨

_毛眉

定 居

全国唯一的乌孜别克族民族乡,被天山那条青黛色的臂膀远远环绕着。它下辖三个村,阿克喀巴克村是其中之一。这里的乌孜别克族人,在与哈萨克族人的杂居、通婚中,形成许多相似甚至相同的特点。服饰、语言、饮食甚至外貌……文化的交融就像水乳相融。

其实他们有一个更大的共同点:游牧与定居。"阿克喀巴克",哈萨克语的意思是"盐碱滩"。阿克喀巴克村,是茫茫盐碱滩上崛起的一座村庄。那是1987年,为改善生活条件,三百多户牧民从天山牧场下山。每户配有一百平方米的牲畜暖圈。从暖季草原放牧,到冬季舍饲畜牧,改变的,是千年以来的大格局。过去,转场是游牧业的头等大事。他们驱牛赶羊,辗转在漫长牧道,忍冬寒熬夏暑。因为游牧能使牲畜吃到鲜草、饱草、少病、上膘。游牧之艰,艰在山路山涧,考验畜群安全转移;游牧之苦,苦在运载力不足,要靠畜力转运器物;游牧之险,险在力避暴风,在风口险地,设下草料补给,未雨绸缪;游牧之难,难在迎风接雨,路上舍宿条件简陋。所以有哈萨克族谚语说,勤搬畜肥妇女瘦,懒搬畜瘦妇女胖。

而定居,公路修到家门口,自来水接到灶台上,孩子有地方上学,老人有地方看病。大量牧民开始以定居点为核心,种植草料、苜蓿、饲养土鸡,在庭院做手工生产,在畜牧收入之外增收。商业传统较薄,甚至鄙视商业活动的牧民,开始接入互联网。我们惊讶地发现,村里小商店的柜台上,张贴着二维码，可以微信支付。访客兴奋地把柜台上的二维码与漂亮的哈萨克族女店主一并收入镜头，叽叽喳喳地讨论着。

每年3月"纳吾鲁孜"节，意"春雨日"，是这里乌孜别克族的重要节日，也恰是春分前后。望见了新年，家家户户庭前打扫，修棚整圈。新年里吃什么？用往年剩余的大米、小米、大麦、小麦和贮藏了一冬的肉、奶酪、盐等七种原料煮粥，以示年年有余。

新年里还要跳一种古老的民俗舞蹈"黑走马"。"走马"相对于"奔马"而言。奔马是赛跑，四蹄飞扬，风驰电掣，讲的是速度；走马是竞走，虽走如跑，四蹄不同时离开地面，讲究的是稳健、蹄声铿锵如鼓点。传说一个英俊的小伙挥动套马索，套住一匹剽悍的黑色野马，将它驯化。回到家乡，小伙子用各种动作诙谐地对乡亲们表演了他马上马下、捕捉驯化的过程，这一套动作，被编排成"黑走马"舞蹈。

牧民们把节日的气氛延展到下一个环节：升国旗。村委会门口，他们的目光随着国旗，渐渐地，升到天空。

微 企

村"访惠聚"工作队会议室，桌上摆着几碟奶酪，长的，方的，不规则的，队长张经朋一个劲地让吃，问口感。

"嗯，比市面上的柔软些……"

"知道为啥吗？里面残留下了一部分奶油，所以软。"

"你咋知道？"旁边的队员一指："嗨，是他儿子做的。"

张队长腼腆一笑："我们村上有三个小微企业，他们都说是我的三个儿子……主要是，大家倾注了太多。刚来村里工作，最难受的地方是，买支笔都没钱，村委会靠一百多只母羊维持开支。一个不会挣钱的村委会，能带动大家赚钱吗？我们走家串户，想尽办法，最后决定用租赁费入股的方式，增加村集体收入，把农民变股民。你看，这个奶制品小企业做的奶疙瘩、奶酪，直接把鲜奶变成固体，真正的原生态。厂子一天消费一吨牛奶，每天一百公斤成品，直接打成纸箱子就走市场，销到周边，物流固定，没有库存。问题来了：厂子需要扩大生产。我们就把自治区的五十万元村级惠民生项目资金，以村委会的名义，注资入股，热热闹闹地办了仪式，让这个厂具备了日处理两吨鲜奶的能力，这个量，足以带动周边牧户，新增三十人就业。你毕竟拿了五十万呀，一年下来给村委会交二点五万，每年递增，今年交了三万，这就是产业带动。没有这个小企业的时候,散家散户的牛奶没法集中,求人家,等人家来收奶,现在,牧户签了购奶合同,不管咋地,都能保证三块五毛钱收你的牛奶,八十多户牧民往家里一坐,就像领工资一样,现钱就到手了。我们这里没水,种地不赚钱,就希望能做成铁木真干粮那样的奶酪,铺货到超市。"

"怎么就带动了脱贫呢?"

"签用工合同呀。厂子全赖我们用项目资金撬动,想进人?必须进贫困户。目前十四名员工中有八户贫困户,一户贫困户在家门口就能每月挣两千元,再加上牧民家里都有草场补贴。"

乍一看,张队长有着与村民一样的肤色,甚至有着与村民一样的表情,表明他已深度融入,我也被他的叙述深度带入,随他去看看牧民的村舍。

"现在,我们正鼓励牧民小畜换大畜,少养羊、多养牛。"

"为什么?"

"牲畜的结构,取决于草原的结构,草原的质量、面积,决定了牲畜的发展。阿克喀巴克村属于北方戈壁、荒漠草原,牲畜结构以绵羊、山羊、马、牛、驼为主。羊是小家畜之首,冬天能用蹄子扒雪觅草。牧民们说起来都是绵羊、山羊、马、牛、驼,这个顺序从不会混乱。问题是,游牧要先满足了自身需要,才能挤出一些变成商品。他们越是受到现代消费欲望的刺激,越是要求提高牲畜数量。但问题是,草原的载畜量已达极限。一头牛的载畜量,可以放十只羊。大畜老了、残了,就转化成肉畜,一头大畜的肉多于五只羊,就能满足一冬的需要……"

"第二个小微企业,是个食品厂,做一些土土的饼干,手工月饼,用那种很有年代感的红双喜的纸包装,一包十块钱,老百姓喜欢,走个亲戚串个门啥的,都买这种,薄利广销。这个企业厂房六十万,机器四十二万,厂主一分没掏,是我们注资撬动起来的,现在有三十七个职工在家门口挣钱……"

"第三个小微企业是刺绣厂。游牧女人的基因里,无不饱含着刺绣的天分。哈萨克、乌孜别克族妇女,既善于打扮自己,也常在丈夫的手帕、烟袋、衬衣、花帽上绣花。男人放牧,女人刺绣的格局,在草原已经上千年了。姑娘出嫁前,要绣块壁挂,挂在新婚的毡房,是心灵手巧的展示,所以姑娘们莫不各显神通。曾经生儿育女,挤牛奶、烧奶茶的她们,现在成立了刺绣合作社,虽属副业,却以家庭作坊的形式,每年增收五六千元。"

阿克喀巴克村人均收入虽已过万元,但还有几十户贫困户,工作队"一户一策"分析致贫原因。张经朋带队来到贫困户吐尔逊家里,老人的儿子在外打零工,儿媳在哺乳期。初步设想是为他的儿子提供免费的技能培训,但……副队长赵友祥发现桌上的茶壶垫,把玩一阵,图案、线条、绣工,都不错呢。老人说是儿媳在哄巴郎睡着后，自己绣的，大家便灵光一闪。几天后，三名工作队队员根据图纸，花费三小时帮吐尔逊家将刺绣机组装成功。从此，每当巴郎入梦，家中便响起哒哒的声音。

村里，"只有劳动才能致富，只要劳动就能致富"的标语，十分鲜明，像亮出的一种观点。

阿克喀巴克村的贫困户，分成几类：家中有残疾人的；突然得大病的；长年患慢性病的；孤寡老人；缺少劳动力的。除此之外，还在贫困线以下的，多是大家公认的"懒汉"。

提起懒汉，张队长挠头。"不愿吃苦的懒汉，家庭收入肯定低于贫困线。有个壮汉，托胡达生，曾经天天在家喝奶茶，吃肉，不动弹，胖到出门都要侧身。别人的院子里瓜果飘香，他只在院子中间整了巴掌大的一块地方种点菜，别的地方都荒着，总指望工作队给他免费盖棚子。我说，现在是精准扶贫，免费盖棚子的事情绝对没有，一个人不劳动，别说棚子，勺子也没有，扶贫不扶懒，先说说你为啥不劳动，天天睡大觉？托胡达生说弟弟是肺结核，妈妈瘫在床上，都要他照顾。我想办法，让他去食品厂搬面粉袋子，实在不行，兜底了，打扫卫生总行吧？我们来到村里，贫困户就是你的工作对象呀。我给厂里交代，把他盯好，盯不好我也不支持厂子的工作，哈哈，说好先干三天，结果，一周了没走，一个月了还没走，我纳闷，去看的时候，只见那个家伙戴着白口罩，白帽子，丁丁地干着，干得好好的。干啥呢？他负责把一个三十二层的、放好了糕点坯子的铁架子，推进烤箱，再守上十分钟，那一烤箱价值七百多，他居然一次没烤煳，这需要责任心啊。我一看，赶紧给他封个小组长，一共就两人，哈哈，现在成了烘烤师了，每月两千二，以后涨到两千八没问题。去年的那次村民大会我批评他了，那时候刺头得很，跟我嚷嚷，'我不干活，跟你有啥关系？'今年的村民大会，我问，谁可以脱贫？他举手了，'我不当贫困户了，丢人球的。'哈哈，我表扬他了，他其实很要面子。关键是他挣钱了，才敢这样说话。你看，他从一个牧民变成一个技术工人，从一个贫困户成为放心户，考核的时候都给我们打钩钩呢。"

我在烤炉边，见到工作中的托胡达生，红红的脸颊，些许白发，做一个擦汗的动作，说："不流汗，钱从哪里来？"

庭　院

大清早，满载果树苗的卡车停在村委会路口，驻村工作队员、村干部还没洗漱就开始卸车。

领到西红柿、辣子、胡萝卜菜苗、果树苗的接骨匠斯哈克种下一畦畦蔬菜，一排排果树。秋后他的院里举行最美庭院现场观摩会。工作队制定"美丽阿克喀巴克村·庭院经济"奖励办法——只要你夏天种了，秋天收了，就奖。

"扬鞭快马对牧民来说是件快事，但'庭院经济'对牧民来说，实在新鲜。不管咋样，先让他种上，让一年到头围着牛羊转的牧民，围着庭院转，种漂亮了，才是乌孜别克族的美丽乡村嘛。当然，庭院经济不光是为好看。从前游牧在无遮无拦的大自然环境下，暖季吃奶多、冷季吃肉多。定居后，稳定了，安逸了，再大块吃肉大碗喝奶，健康问题就凸显。阿克喀巴克村一半以上村民，都患'两高'——高血压、高血脂。一个病人拖垮一个家庭。硬东西吃得太多，奶疙瘩、馕、冻肉、肉干。茶喝得太热，伤食道，伤胃。再加上运动少。饮食习惯急需调整，是我们搞庭院经济的初衷。每周一升国旗宣讲、农牧民夜校宣讲、入户走访宣讲，都在讲健康的饮食习惯。你的院子里种了蔬菜瓜果，就得吃吧？生活习惯变了，健康成本减了，脱贫压力就轻了……再者，秋天挂果了，给东家送几个枣，西家送两个梨，再把东家西家的西红柿辣子带回来几个，哈，民族团结说到底，就是人与人的关系嘛，一谢、一感动，关系自然就好了，笑容里面得有内容，是不是？相反，隔阂放大了，就成了民族矛盾。哈萨克谚语说'辛勤劳动添朋友，搬弄是非添敌仇'。我们的庭院经济，'一只羊'办了几件事。"

最美庭院麻利的主妇带我去看一间储物室，一等奖的小天鹅洗衣机还没拆封呢。走到一棵已经压实了的葡萄藤边，发现虚土上留下主人一圈密匝匝的球鞋脚印。我停住，把这行脚印拍了下来。

"二等奖？是两个轮子的手推车，当时奖了五十家，一等奖的得主也找我要换成二等奖的推车，我当时就脑子一动，牧民嘛，推个死羊，推个粪，送个垃圾，这种小车都特实惠。以前我们这一开春，树田子里就会发现死羊，咋回事？冬天难免有个别冻死的羊，他们不吃死羊，就扔路边了，天一热，雪一化，会出现疫情的。福建援疆干部听说了，一下子买了三百二十辆，全村家家一辆，把我高兴坏了……"

援疆干部看问题准，倡议与每户对接需求。精准扶贫是总目标，但办法还得靠自己摸索，小钱也要花在刀刃上。他们按照一千元以下的标准，收集了一百多贫困户的心愿。"我们把它叫作'家庭圆梦计划'。"

"但不能养成惰性，我们成立了阿克喀巴克村爱心中转站，衣服、胶鞋、棉被、手套、文具，啥都有，但不是凭空领取，而是用做了好事的点数来领取。哈萨克残疾小伙赛力克·波力在爱心中转站为妻子选了件红外套，没几天，捐赠者就收到了他寄来的明信片，一排整齐的哈萨克族文字，'谢谢您！'爱心明信片也是我们制作的，让每份爱心都有回应，也让爱心人士知道爱心物品中转到了哪里。你再去我们的幼儿园看看，一百六十七个孩子全部免费入园。学校正在起一座教学楼，援疆干部刚联系了一批书包，四千件运动装、一批电脑……"

木垒曾是全国的贫困县，乌孜别克乡曾是全县的贫困乡，阿克喀巴克村曾是全乡的贫困村。"访惠聚"工作队、"访惠聚"工作队员派出单位、福建援疆干部，大量的干部、资金，倾斜向基层，吭哧吭哧，与一头巨大的怪物战斗，那怪物的名字叫作——贫困。

张队长去开视频会了，我们在队员李子斐的带领下，来到正在新建中的打馕铺。这个也新鲜。本来打馕都是一家一户，把几家合并成一个小规模的打馕合作社，没见过。这里毕竟少人少市场，销路咋办？

两个月后再去看时，打馕铺已在一个雪天开业了。"销路不愁！一是往木垒县城销。再一个就是援疆同志们打算销往福建。那里正在建一个新疆特产大厅。打算把这种原汁原味的馕真空包装，走物流过去。这个渠道要是打通，可不得了。那可是全国市场呀。"

暮色中，马群成雕塑，骆驼成剪影，咩咩的羊只，以牧业的旋律，声声断断。我记住的却是刚进阿克喀巴克村时，那种清晨感。

对于一个刚刚用碎碎蹄声走完千年牧道的民族来说，无论乌孜别克族，还是哈萨克族，这个早晨，都如此新鲜。

（原载《人民日报》2018年1月17日）

心的方向，无穷无尽

_彭程

一

此刻，在明亮蔚蓝的天空下，热带十月的炽烈阳光瀑布一样倾泻。目光所及的广阔视域里，不同科属的众多植物茁壮茂盛，一派浓郁恣肆的碧绿，喷吐着生命的活力。叶片阔大肥厚，藤蔓纷披葳蕤，我仿佛听到枝干中汁液汩汩流淌的声音。千姿百态的花朵，奇异艳丽，呼喊一样地绽放。眯了眼睛，逆着强烈的光线望去，在被阳光镶嵌上一圈暗边的巨大云朵下面，几十米高的椰子树的羽状枝叶，向四面八方伸展开来，仿佛一幅充满质感的剪影。

这里是兴隆热带植物园，位于海南万宁。

眼前这些树木花卉，让我的思绪飞向整整三十年前，我到过的中国科学院西双版纳热带植物园。它位于一个被江水环绕的小岛上，因此记忆中水光潋滟。我清楚地记得那条江叫作罗梭江，我曾经一步步试探着走进它的温暖而湍急的水流。那是澜沧江的一条支流，澜沧江流出国境后进入东南亚的几个国家，在那片土地上被称作湄公河。因为童年时读过越南军民抗击美军的战斗故事，这条河流曾经强烈地激发了一个孩子对异域的向往和想象。

两个植物园中的植物大多无异，但相互之间的直线距离就有两千多公里。在它们分别所属的华南和西南的广大区域中，海陆阻隔，江河纵横，山脉连绵。

然而想象能够消弭阻隔，就像我此刻的体验。在意识的调遣下，距离不复存在，方向随意掌控。佛经中有一句话，"一刹那间为一念"，意念起动时，即使远在天涯，却可以迅疾地化为近在咫尺。

对于身边的日常生活来说，远方往往意味着魅力和诱惑，所以才会有"生活在别处"之说，而一句短语"远方和诗"更是广为流传——远方天然地蕴涵了丰沛的诗意。

这种诱惑对一个少年尤其强烈。在一望无际的华北平原长大的我，十几岁时因为看到了一本画册而入迷着魔，从此把小桥流水的江南，当成心目中最初的远方。我曾经骑车去十几公里之外大运河边上的一个小镇，只是为了看一眼从那里经过的火车。那是当时的津浦线，沿着铁路一直向南，就能到达我的梦想之地。看着一列绿皮火车从视野中消失，我想象它到达的地方，那里的天空和土地，城市和乡村，河流和植物，那里的人们和他们的生活，心中有一种模糊的激动。差不多十年后，当我初次踏上那里的土地时，却分明有一种旧地重游的感觉——脑海中无数次的描画勾勒，已经让想象无限接近于真实。

更晚一些时候，陕北高原成为我新的向往。质朴苍茫的黄土地，曲折蜿蜒的沟壑梁峁，高亢悠扬的信天游的曲调，在我的眼前耳畔，一遍遍地闪现和回荡。当我终于来到陕北，在黄河边上的一次乡间宴席上，酒酣忘情之时，即兴哼唱起了《兰花花》和《赶牲灵》，《走西口》和《三十里铺》。淳朴的主人惊诧于我对民歌的熟悉，猜测我莫非是在这里长大后走出去的陕北娃，让我不禁有一种小小的得意。

随着年龄和经历的增加，曾经的虚幻变作真实，陌生成为熟悉，然而向往也会同步扩展，没有停歇。远方永远存在，远方在远方之外，在东西南北的各个方向。目光尽头的地平线，不过是一个新的起点。一个声音呼唤你出发，行行复行行，把灵魂朝着天空敞开，把脚步印在永远向前方伸延的大地上。

有许多年了，我最喜欢做的一件事情，是在某个清静的时辰，展开一本中国地图册，选取其中的一页，再确定其上的一个或几个地点，放飞思绪。

这其实通常是一种场景回放。意念抵达之处，多是我曾经留下足迹的地方。不需要闭上眼睛，神凝气定之时，眼前的物件陈设不复存在，我分明看到，一幕幕画面穿越时光和距离，翩然闪现。

那是长白山下延吉州二道白河小镇外的原始森林，脚步踩在厚重松软的腐殖土上，松脂的清香、铃兰花的馥郁伴着鸟儿的鸣叫扑面而来；是被称为"贵州屋脊"的毕节赫章县的韭菜坪，山顶上一望无际的大朵紫色野韭菜花，在呼啸的天风里飘荡摇曳，远眺连绵的群峰仿佛巨兽青黛色的背脊；是浙东南永嘉群峰环抱中的楠溪江，用千百条清澈澄碧的溪水，用奇岩、飞瀑、深潭、古村和老街，打造出了三百里山水画廊；是新疆伊犁霍城的万亩薰衣草，深紫色花朵波浪般层叠起伏，一直延伸向远处的白杨林带，映照着天地接壤处山峰上的皑皑积雪。

有时候，借助资料和图片，我也会把目光投向某个向往已久而尚未遂愿的地方。我想象青海三江源头的浩瀚壮丽，西藏纳木错圣湖边飘扬的经幡；想象大凉山满山遍野的金黄色苦荞麦，大兴安岭深处以驯鹿和猎狗为伴的鄂伦春人家。甚至仅仅是想象，就能够带来一种惬意的慰藉。

这些已经去过和或将去到的地方，被造化赋予了各自的美质。壮丽，秀美，辽阔，幽深，雄奇，朴拙……美的形态千变万化，繁复多姿。但对于我来说，它们其实是一样的，或者说最主要的地方是一致的：初次遭逢时，都是一种感动，一种震颤，一道划过灵魂的闪电；而过后，则是一遍遍地回想，在回想中沉醉，在沉醉中升起新的梦想。

二

让我记述一次这样的闪电和震颤。它的强度让我此生难忘。

是二十多年前，一次在新疆大地上的行旅。是在天山北麓，汽车穿越连绵交错的农田和林带，即将驶入浩瀚无垠的千里戈壁。就在它的边缘，神话一样，眼前突然闪现出一望无际的向日葵，至少有几十万株吧，茎杆高大粗壮，花盘饱满圆润，花瓣金黄耀眼。它们齐齐地绽放，一片汪洋灿烂，仿佛色彩的爆炸和燃烧。在片刻的惊骇后，我觉察到眼眶中盈满了泪水。

这样的一幕几天后再次上演，在伊犁河谷地的某一处草原上。因为暴雨冲垮道路，车行受阻，等候的时候不觉睡着了。醒来时已经入夜，在懵懂昏沉中走下车，抬眼一望，就像被一瓢冰水迎面泼浇过来一样，刹那间头脑变得清醒无比。四野漆黑一片，只有满天的星斗熠熠闪烁，仿佛被冰山雪水擦拭过一样，清亮晶莹。轻盈飘荡的星光交织弥漫，仿佛发光的白雾，清澈透明，笼天罩地，如梦如幻。从来不曾遇见过这样的情景，一瞬间眼泪夺眶而出，欢快流淌。

不用感到难为情吧。眼泪是一种验证，是灵魂和情感尚且丰盈饱满的体现。而此时此地，它是在强烈地证明着风景的大美。

不像天池、魔鬼城和赛里木湖等北疆名胜，这些让我镂心刻骨的地方，其实在当地都是最普通的风景，普通到无人关注，更不会被写入旅游指南。不过这又有什么关系呢？因为平凡而普遍，它们更能够反映此地的自然之美的本质，也更能够和孕育于风土之中的普遍精神建立起一种关联。

这样的风景，也在云南普洱千年的古茶树林中，在宁夏河套平原黄河水缓慢的流淌中，在呼伦贝尔草原夏日浓烈的青草气息中，在漠河北极村冬日被白雪包裹的深深寂静中，在闽南荔枝和芭蕉树叶油亮的闪光中，在西双版纳月光下的凤尾竹轻柔的摇曳中……

　　只要倾心相与，你就能够听到每一处大自然的心跳声，捕捉到它丰富而微妙的表情变化。每一个地方，它们的天气和地貌，植被和物候，天地之间诸种元素的组合，构成了各自独特的声息色彩。而所有这些地方连接和伸展开去，便是一片大地的整体。这是一个巨大的整体，站立在亚洲大陆的东方。

　　久久凝视那一幅雄鸡形状的版图上，那些你亲近过的地方，一种情感会在心中诞生和积聚。那是一种与这片土地血肉关联、休戚与共的情感，当它们生发激荡时，有着砭骨入髓一般的尖锐和确凿。

　　在你的凝视下，大地敞开了丰富而深沉的美。你正是从这里，从一草一木，从一峰一壑，建立起对于一片国土的感情。家国之爱是最为具象的情感，自然风物是最为直接和具体的体现，这样就会明白，我们的前人何以会用桑梓来指代故乡，而"故国乔木"也成为一种广泛的表达。

　　"胡马依北风，越鸟巢南枝"，因为那个方向，分别是它们的家园所在。动物禽鸟尚且如此，何况是万物灵长的人类。每个人的家园之感，都诞生于某一片具体的土地，而家国同构，无数家园的连接，便垒砌起了整个国度的根基。这种对于土地的感情，真实而有力，远胜过一些抽象浮泛的口号和理论。所以这样的歌词才能够被传唱几十年："长江长城，黄山黄河，在我心中重千斤。"

　　甚至一种最为深切的哀痛和悲愤，也可以经由风光和自然来获得寄托。在敌寇铁蹄践踏、国土沦丧百姓流离的黯淡日子里，诗人戴望舒这样写道：

　　我／用残损的手掌摸索／这广大的土地：这一角／已变成灰烬，那一角／只是血和泥；这一片湖／该是我的家乡，（春天，堤上／繁花如锦幛，嫩柳枝折断／有奇异的芬芳）我触到／荇藻和水的微凉；这长白山的雪峰／冷到彻骨，这黄河的水夹泥沙／在指间滑出……

　　在山川大地之间，祖国的理念清晰而坚实。

三

　　我是一名大自然的滥情者，无法将自己的心安放于某一个具体的风景对象。那么多的美在向我招手呼唤，让我迷醉和焦灼，跃跃欲试。

　　此刻正值溽暑，炙烤般的闷热让我渴望将躯体投入一片清凉。大自然中的水体而不是室内游泳馆，才能够提供一份真正的夏日惬意。我的思绪以故乡冀东南平原上那一条无名的小河为原点，向外延伸。少年时代的好几个漫长夏季，它都是我和小伙伴们不可替代的乐园。我想到故乡县城十公里外的京杭大运河，想到八十公里外的华北最大湿地衡水湖，想到两百公里外的白洋淀，想到四百公里外的北戴河海滨……水的意念将它们贯通和串联起来。

那么，我是不是还应该想到桂林甲秀天下的山水，碧玉簪般的峰峦在青罗带般的碧波中，投下淡墨般的倒影；想到自神农架原始森林里流淌下来的香溪，青黛色的水面曾经映照过王昭君的美丽；想到七月的青海湖畔，金黄的油菜花和碧绿的牧草伸向天边，映照着一望无际的万顷碧波；想到云南高原上抚仙湖的幽深，它的蓄水量相当于十几个滇池，古人用"万顷琉璃"来比喻它的晶莹清澈——这些都是我步履所至之处，目光曾经被它们的清澈洗濯过，手足曾经浸入它们的温暖或者清凉。

这样的名字可以无限地排列下去。它们在地图上只是游丝般的细线和芥子般的微点，甚至大多数都不够资格得到标示，但只要一想到它们，我眼前即刻就会一片波光潋滟。

这还只是水系。而山地呢？草原呢？森林呢？大漠呢？任何一个，都可以无穷无尽地展开。而在这所有一切之中奔跑的兽类，鸣啭的鸟儿呢？绽放的花儿，静默的树木呢？这样的推问让我眩晕。美是汪洋无际，是浩瀚无边。它让我欢悦，也让我痛苦。我将遭遇那么丰富的美，我将难以穷尽那么丰富的美。

三十年前听到一个故事，从此铭记在心。当时来中国的日本游客很多，一个旅行团来到内蒙古大草原，篝火晚会就在蒙古包旁边的草地上举行。皓月当空，奶茶飘香，歌声悦耳，舞姿动人，一位老年游客突然放声大哭，老泪纵横。面对惶恐不安以为出了什么纰漏的导游和接待方，老人哽咽着说：多么羡慕你们，有这么辽阔的国土！

是的，这是一种幸福。九百六十万平方公里的广阔疆域，提供了太多的美好和富足。还有什么幸福能和它相比？想到这一点，激动便如同潮水一样涌上心头。

在这一片寥廓的土地上，一个人去过的地方也许很多，但没有去过的地方总是更多。在他的步履和视野之外，无限的美存在于无限的空间中，默默无语或者喧哗恣肆。

一些看似不同的事物维度之间，却有着神秘的连接管道。譬如时空是不同的范畴，但时间也最能够描绘空间。夏天晚上十点半钟，我在南疆喀什的街头小馆一边与当地友人品茶，一边欣赏着落日在西天渲染出一抹红晕，而此刻北京的家人已经准备就寝。同一片天空下，白昼和黑夜分割开各自的统治区域。我也曾在在一月份，从冰城哈尔滨直飞海南三亚，登机时身着羽绒服尚觉寒风凛冽，落地时换成短袖，快走几步仍然汗湿。六个小时的航程，我跨越了几个季节。

　　面对这样广大至极的美好风景，我不止一次地想过，如果不让自己成为一名漫游者，哪怕只是在生命的某个时期，那么实在是一种浪费，甚至是一种罪过，总有一天悔恨会来啃噬。

　　漫游，让脚步跟随着目光，让诗意陪伴着向往。如果我爱慕的目光在抵达某个具体目标时仍然游移不定，那是因为我有一种对整体的忠诚，需要到更广阔的时空中践行。行走中，远方化为眼前，异乡变成家乡，"无端更渡桑干水，却认并州是故乡"。脚步每当踏上一个新的地方，都是把家园的界限向外扩展。而所有的家乡，它们的名字的组合，就形象地描画出了一个国家的名字，成为对它的标注和阐释。在被这个名字覆盖和庇护的一大片土地上，我们诞生和成长，爱恋和死亡。

　　曾经看过一部美国电影《心的方向》。退休后的老人无所事事，空虚迷茫，在妻子去世后，他通过反省领悟到过去生活的荒谬，并驾车穿越整个美国去女儿家，为了阻止一桩在他看来会毁了女儿的幸福的婚姻。在这个行动中，他重新获得了生命的充实之感。一个虽然平淡却颇有蕴藉的故事。

　　但我这里想说的，是电影名字给了我启发。它有一种新鲜而生动的表现力。我的心的方向，也就是目光的方向，脚步的方向。它们指向的，是祖国大地上的江河湖海，高山平原，一种无边无际的美丽。

　　我的心的方向，朝着四面八方，无穷无尽。

（原载《光明日报》2018年8月24日）

沟里沟外

_赵德发

将网上的卫星地图放大到一厘米等于五公里时，长白山恰似一只巨人的眼球，在中国东北的半边绿脸上突兀而出。当年岩浆流淌的痕迹，是眼球的血丝；蓝色的天池，则是瞳仁。

搓动鼠标滑轮，继续将地图放大，会看到长白山周围，一道道山脉像绿蜈蚣，一条条山沟像白蜈蚣。我在安图县城西南方向找到一条白蜈蚣，确定我和妻子的目的地就在它的一条爪子上，便坐上 K1450 这列绿皮火车出发了。在日照时日在中天，到那里已是次日晚上。

早先与亲戚通话，听他们频繁说到"沟里"，以这个词语指代住地，到那里一看，果然。两边是山，中间是沟，沟畔是一个屯子。头顶，则是干净无比的星空。银河高悬，从西北到东南，与这条山沟的走向一样。

亲戚们早就聚在表妹郑爱芬家里等候我俩。握手寒暄，满耳朵都是莒南口音；正冒热气的豆腐豆脑，让我想起了母亲的手艺。被领到里屋脱鞋上炕，我才意识到这里与家乡的重大区别。

火炕真够大，占了屋子的三分之二面积，烤得人周身发暖。不只东屋有，西屋也有一盘，也是同样大小。众人到炕上坐齐，妻子说："俺来晚了，早该来看看你们的。"二妗子将头一低，汪然出涕。

沉默片刻，又说起当年他们来东北的事。妻子问，来这里用了几天，二妗子说，用了五天，可费事了。先是步行十八里去坐汽车，再到临沂转车去兖州。在那里上火车，我背的几个干瓢都挤碎了！上了车连个座都没有，咣当到长春，再咣当到安图，我呕了不知道多少回，那个难受呀，死的心都有了。下了火车，老郑家的人赶着牛车来接俺，一出县城就往山沟里钻。雨下得唰唰的，牛车咕噜咕噜，咕噜了大半天还没到恁大舅那里。俺跟恁二舅说，这是什么埝儿，怎么除了山就是沟呀？咱是哪辈子伤了天理，撇家舍业往这里跑？

我在一边听得伤感，抬眼打量这一家人。这是妻子的二姈子，两个表弟一个表妹，还有表妹夫和表弟媳妇。三表弟在吉林北安大学任教，去南方出差，没能回沟里与我们见面。第二天，我们又见到大舅的儿子儿媳、女儿女婿，见到了村东山坡上的三座坟，那里埋着姥娘、大舅夫妇和二舅。至此，我才将这个大家庭的主要成员数算清楚。

上坟时已近黄昏，夕阳落在大沟西头，冷风飕飕，草木啾啾。品字形的三座坟墓，在我看来，全由苦难筑成。

这些坟，本该筑在山东省莒南县相沟乡圈子村。或许，两个舅舅至今还没入土，依然健壮地生活在那个盛产花岗石的村庄。是1960年的那场大饥荒，给这一家的苦难历程拉开了序幕。没有粮食，吃糠咽菜，许多人担心活不下去，便扶老携幼逃往东北，大舅一家也在其中。这些人被叫作"盲流"，意思是盲目流动人员。但他们的流动并不盲目，而是有着明确的目的：找个地方活命。来到长白山下，进入一条条大沟，随便刨出一片黑土地，就能种出粮食；到山里走一走，还能捡到各种木耳、蘑菇等山货，偶尔还能挖到人参。大舅觉得东北好，衣食无虞，一再给守寡多年的母亲写信，让她也去。母亲贪恋故土，下不了决心。等到"文化大革命"闹起来，她因为是富农出身，要经常戴着高帽子挨批斗，还要天天早起与"四类分子"一起扫大街，为逃避屈辱，才让大儿子回来带她走了。与大儿子在一起，却又想念小儿子和两个闺女，就在1975年回来，想住一段时间再走。然而只住了一年，噩耗传来：大儿子给生产队打石头，因为塌方死亡。老太太一路痛哭赶回去，二儿子也带着全家随后去了，因为他要担负起赡养母亲、照顾哥哥一家的重任。去后第五年，老太太还是思念闺女，又回了老家。在家住了半年，又一封电报拍来，二儿子因为车祸丧生。两个儿子，死时都不到四十。老太太回到东北，守着两个寡妇儿媳和孙子、孙女，整天以泪洗面。回老家一趟，就死一个儿子，她认为罪在自己，从此再不敢回去，最终死在这里，没能与年轻时死在圈子村的丈夫合葬。

在这个叫作福利村的屯子里逛游，遇到的人都是说临沂话。他们都是盲流后代，有20世纪50年代来的，有60年代来的，有70年代来的。大舅家表妹夫叫袁久胜，也是圈子村，他父亲当年是国家教师，1957年被打成"右派"，便带全家到了老北。那位前国家教师先在黑龙江伊春林场伐木，后到吉林安图投奔老乡，与我妻舅同住一条山沟，两个屯子相距三里。袁久胜高中毕业，连续参加四年高考，终于没能考上，却得了个绰号叫"秀才"。经人介绍，他与住福利村的郑爱梅成亲，才知道两家原先在圈子村住对门。二舅家表妹夫叫王世华，家是临沂河东区重沟村，他爷爷逃荒到了东北，如今已经有了第四代传人。

那个年代,往东北跑的人像蚂蚁一样络绎不绝。吃不上饭的穷汉,娶不上媳妇的光棍,政治上受压制的人员,都把东北当作了世外桃源。先安下家的,每家都要经常接待来自老家的人,无论是否沾亲带故,因为都是天涯沦落人,便惺惺相惜,尽力帮忙,大炕上经常住得满满当当。帮他们建起房子,让他们单独居住,又有人风尘仆仆赶来,填充大炕上刚刚腾出的空间。表妹说,她那些年整天织毛衣,不知织了多少。那些光棍子,想让身上暖和,想打扮自己,一个个买来毛线去求她,她不好意思推辞。光棍汉在沟里干上几年,攒了点钱,就回老家找媳妇。手脖子上戴一块表,胸兜上卡几支钢笔,穿皮鞋披大氅,几乎是百分之百的成功率。因为家乡人活得艰难,姑娘们都把嫁给他们当作改变命运的契机。那时家乡流传一句话,"黑不黑,东北客(临沂话,读音为 kei)",意思是不管人长得是黑是白,只要是东北客就可以嫁。还有人唱出这样的歌谣:"大嫚大嫚你甭愁,找不着青年找老头。不管老头黑不黑,只要领你闯东北。"每有一个山东大嫚跟着"东北客"下火车,沟里就又多了一个家庭。

长白山下,安图一带,曾被清王朝奉为满族远祖降生圣地和天朝帝国龙脉根基,划为皇朝封禁地,禁止民间开拓二百余年,以求"安龙脉、图兴昌"。后来因为朝鲜半岛的战乱与饥荒,大批朝鲜人到这里垦荒定居。福利村,原来就有好多朝鲜族人。山东老乡来后,与他们同烧一山柴,共饮一沟水,农业集体化期间,还在一起干活。临沂老乡都会说几句朝鲜话,朝族人也学会了常用汉语,却都带着临沂腔。临沂人闯东北,背去了鏊子,妇女们烙出一张张像纸一样薄的煎饼,会送给朝族人品尝。她们还向朝族人学会了打黏糕,学会了制泡菜。然而,从半个世纪以前开始,汉族人在沟里越聚越多,朝族人不习惯了。他们陆续搬家,去了一些本民族的聚居地,让这条沟里只剩下说山东话的人。

后来,这里就不只听到山东话了,还有普通话,还有其他地方的方言。表弟表妹来后,因为受过正规教育,都会讲普通话,但在亲人和老乡面前依旧说家乡话,即使在沟里出生的也是如此。说其他方言的,有从云南贵州一带来的女人。三十年来,世事变迁,光棍们回老家领媳妇越来越难,因为山东大嫚已经有了更高的择偶标准。无奈之下,沟里的光棍汉只好去别的地方找。大舅家的大表弟,就通过中介找了个云南媳妇,而且是傣族。这女子上过高中,吃苦耐劳,来后将小日子过得一五一十。因为身材胖壮,她的大姑姐夫开玩笑,说她是哈密瓜族。这个哈密瓜很有善心,又回云南领来几个哈密瓜,给沟里青年解除光棍之苦。其中一个给了小叔子,可是小叔子不会处事,他娶的哈密瓜就不像嫂子那么安分，生下两个儿子之后又和别人好上了，导致家庭破裂。

我和妻子在安图下火车时，二舅家二表弟郑安记接站。我们到了出站口，见他一家三口笑脸相迎。离开车站不远，母女俩却在一个小区下了车。原来，他们也早在县城买房安家，孩子在这里上学，表弟媳妇长期陪伴。郑安记开着轿车，沿着去长白山的203省道走过一段，再拐进另一条山沟，将当年父母坐牛车走过的六十里路碾压一遍，只用了半个多小时。他一边开车一边说，与三十年前相比，沟里的优势荡然无存。种地不赚钱，虽然家家苞米楼子装满了玉米，可是一斤才卖五六毛。要是把地转让给别人种，一亩只能收一百多元租金。因为人多眼杂，山货也越来越少。他养了几年鹿，又养了几年木耳，都没有多少收入，只好到外面打工。安记表弟说，从沟里往沟外走，就是今天的大趋势，谁也挡不住。沟里青年想找媳妇，如果不在城里买下房子，那是痴心妄想。

早在沟里安家的，则希望孩子走出去。绰号"秀才"的袁久胜，一边当村医，当村长，一边望子成龙，费尽心血。儿子在县城上中学，他隔三岔五就要跑去，向老师打听情况，勉励儿子一番。儿子也争气，考上一所军医大学，毕业后到郑州一家部队医院当外科大夫。"秀才"亲眼看到，儿子早上查房，身后跟了一帮人，对他唯唯诺诺。"秀才"感到无比自豪：我一个在东北山沟里种地的，把儿子培养成这样，真够意思了！后来听说儿子升了军衔，相当于副团级，他有一天在村里看见，一位镇干部下来对老百姓摆架子，就瞪眼道：你得瑟什么？俺儿是团长，官职比你大十倍！

二舅家表妹，孩子也都在外面，延吉两个，昆明一个。在延吉的小女儿听说我们来了，一家三口专程回家看望我们，还带来了延吉特产明太鱼片和甜梨。让我们惊讶的是，小两口颜值之高，极其罕见，而且都有一份体面的工作。帅哥的祖籍，是武松的家乡山东阳谷县。外甥女用手机和我们一群人玩自拍，竟然装上我从没见过的广角镜头。

年轻人走出山沟，走到关内，近年来在整个东北成为普遍现象。今年8月底，我到中国检察官作协在黑龙江伊春市办的作家班上讲课，听当地人介绍，伊春市区在册人口为11万，实际上只有9万，有两万去了关内。我到吉林走亲戚，途经老家莒南县，一个精干的小伙子上车，与我们同在一个车厢。经交谈得知，他在北京工作，回莒南看罢老奶奶，要去敦化看望父母。他爷爷当年闯关东，在敦化的山沟里落户。他父亲目前还在那里种地、捡山货，去年与几个人花38万包下一片山，打松子卖钱，承包期七年，头一年就把本钱挣了回来。但打松子很危险，要穿着特制的"铁鞋"爬到高高的树上，一边将松塔敲落，一边折断松枝梢，让其来年发权，结出更多的松塔。干这活经常有摔死摔伤的，一天发一千元也很难雇到人。这小伙也学父亲打松子，爬上去吓得发抖，父亲就坚决不让他干了，让他到外面打工。他就跑到北京，在一家名牌地板企业搞推销。我说，看媒体报道，延边一带有人打松子，用氢气球把自己吊到半空，没把气球拴牢，飞到了天上，飘了上百公里才落下。小伙子听了说：我可不让父亲买气球，要是飞走了，到哪里找去？

我和妻子在表妹家住了两宿，原计划第三天要去"秀才"家里看看，但是早上起来，天地皆白，延吉的小两口正发动车子，准备回城。我见雪花还在纷纷飘落，怕被堵在沟里误了回程，便决定提前离开。二表弟郑安记送我们去安图，大表弟郑安伦和大舅家的大表弟也坐车同行。他们三兄弟要去离县城不远的龙林村吊孝。那里一个姓郑的去世，次日出殡。同是圈子村的人，虽然住在不同的山沟里，彼此联系依然密切。当年大舅和另外几家的房子失火烧掉，在各条山沟里的郑家人都去帮忙，为他建了新房。今天，龙林村这位姓郑的死去，大家也从四面八方赶去，帮忙治丧，送他上路。郑安伦已经在福利村当了多年的党支部书记，可是遇到红白喜事，依然遵守着老一辈从山东带来的风俗习惯，如礼如仪。去年我岳母去世，收入并不高的他，竟然和三弟一起坐飞机回去，就为了赶上大姑出殡的时间。龙林村到了，郑安伦和堂弟在岔路口下车，我看着他们的背影，看着他们在雪地里踩出的脚印，心中涌出深深的感动。

郑安记说，他早已和一位伐木场老板定好，第二天要去那里干活。我说，这样的雪天，还能去吗？他说，开着四轮子（拖拉机），没事。我不去挣钱，拿什么供孩子念书？第二天得知，他果然去了延吉北面的一条山沟，路上走了六个小时。他要在那里干上一个冬天，每日冒着零下十几度甚至几十度的严寒，在林海雪原里开拖拉机拉木头。

在这个雪天里，两位表妹则在打点行装，也准备出门。她俩都是给儿女看孩子，一个去郑州，一个去昆明，撇下两个老男人看家护院。"秀才"不只是看家，还要继续履行村医职责。不过，他们家中都装了网络，功能强大，与远方的亲人通视频，一点儿也不卡。

福利村前有一条河，河里的水千折百回，最后流入松花江，汇入黑龙江。我去的第一天早晨出去闲逛，发现河南岸有一棵孤零零的老树，树干斑驳，有好几搂粗；枝杈虬劲，直刺蓝天。我被它的沧桑模样震撼，回来说起它，亲戚们讲，这是棵老榆树，有好几百岁，是福利村的一个标志。这些年，经常有原来住这里的朝族人成群结队回来，到老榆树下唱歌跳舞，哭哭笑笑。我说："这树寄托着他们的乡愁呀。"表妹说："也寄托着我们下一代的乡愁呢。孩子们住在城里，经常说，想念沟里这棵老树。"

我们离开这里时，老榆树承接着漫天飘落的雪花，每一根树枝都是半黑半白。

坐火车回日照，途经莒南，车窗上恍然出现一双泪眼。那是二妗子的。年事已高无法回乡的她，为我们送行时老泪纵横，那副悲伤的面容让我回想了一路。

（原载《文艺报》2018 年 4 月 13 日）

立夏（节选）

_ 赵荔红

光华楼敞亮的教室，土豆在上卢梭的《忏悔录》。我熟悉的爱人，站在讲台上，似乎是别一个人；他沉思地望着前方某个点，微微向前倾着身子，将思维层层推进，间或问学生："你们说是不是？"这个问句，仅仅是一个逗号，一个休止符，一下喘息，并不影响他的思维的逻辑推进。黑板右侧有他板书的几个字，"改造思想"，这是他附带讲的《论戏剧》开头一章所涉内容，卢梭批评，启蒙思想家与他们所批判的教会，有着共同特征，都试图改造人的思想。小宝说他开这门课，只想引导学生如何去读一部经典，像卢梭一般，学会自我学习与独立思想，他说，大学首先是培养一个人，其次才是传授知识。学生们竖着脑袋静听，我分明看见，那个我，瘦弱的、迷惘而幻想的18岁女孩，也正坐在其中……当时的我们，正值生命的春天，如今已迈入秋季；当年的学生，成长为老师，而当年的老师，都在哪里呀？

"叮——"，陌生的几乎难以觉察的下课铃声，克制、清冷、简洁，这种铃声，不是我的小玛德莲饼干，我的记忆里没有光华楼，他那灰色结实的身影尚未可怕地耸立在草坪上……划痕桌椅，泛潮黑板，粗野嘶哑的铃声，昏暗的宿舍走道，乱糟糟的广告招贴，经典电影，实验话剧，"黑夜给我黑色的眼睛，我却用他寻找光明"……20世纪八九十年代大学校园，留存下的那些肌理毛糙、思绪纷杂、激情四射的未定型的东西，纷纷进入"改造""规制"中，自由之精神，独立之思想，被强有力的手反复擦拭、重新书写，只留下模糊的痕迹，以为是幻觉，——21世纪的今天，矗立在我们眼前的只有这一幢整洁明净、一丝不苟、内脏精密、无所不有的光华大楼，在这个现代城堡面前，一切终归于寂静，万事皆中规中矩。这当儿，小宝还在讲18世纪卢梭的自我学习、独立思想，真好似一只秋蝉，尽力地拖长沙哑的、声嘶力竭的最后鸣叫。

秋蝉声嘶力竭地鸣叫，是慕恋夏日那盛大、浩荡、汹涌的激情吧？

我先到光华楼前草坪等小宝。修治平整的小叶女贞，开着细密如雪的白花，等到洁白的花变成浅咖啡色时，栀子花又将开了……小宝从光华楼阴翳门洞下冒出，沉思地微躬着身子，向我走来，深蓝色衣服裤子，阳光将他的面容照耀得很光洁。他坐下来，意犹未尽，继续对我讲《忏悔录》的结构，讲章节间的奇妙承接，说是像交响曲的一个个乐章；讲他对某个细节的理解，研究者的一些错误认识。他讲这些的时候，眼神深邃、发亮，凝结着多么深切的热爱啊！

去年，正是立夏后一周，我和小宝从法国里昂到尚贝里去，因为卢梭说，在尚贝里，他度过了一生中短暂而幸福的时光。我们从尚贝里城区出发，步行前往沙尔麦特，当年卢梭与华伦夫人隐居的郊外农庄，如今是卢梭博物馆。卢梭是这样描写他在沙尔麦特的生活："黎明即起，我感到幸福；散散步，我感到幸福；看见妈妈，我感到幸福；离开她一会儿，我也感到幸福；我在树木和小丘间游荡，我在山谷中徘徊，我读书，我闲暇无事，我在园子里干活儿，我采摘水果，我帮助料理家务——无论到什么地方，幸福步步跟随我；这种幸福并不是存在于任何可以明确指出的事物中，而完全是在我的身上，片刻不能离开我。"

五月的法国原野，真是色彩炫丽的油画，我因此很理解印象派画作并非主观之印象，恰好是现实主义，画家捕捉到了瞬间之现实印象，正如中国水墨画也是现实主义，只要你到桂林山水或雾中的庐山去看看。早晨十点，光线明丽如水，走过几幢光影鲜亮的房子，拐上卢梭路，越过一条平缓宽阔河流，在小径分叉之处停下来：路标指明，右边上山的泥石小路就是去往沙尔麦特的。这条泥石小路，是否与当年一模一样？这是卢梭反复走过的神奇之路啊！每天清晨，他就是从这条路一边走一边大声地祈祷？我们在大路上走得一身热汗，过分通透的日照，将头脸烤得火辣辣的，拐进泥石小路，如饮冰泉，通体清凉，越往山上走，树木越是葱郁，两边又是葡萄园，一条蜿蜒小溪隐蔽在浓密树木中，有时露出一段清流，有时只听见潺潺水声。周身流溢着树木草叶芳香，脚下是我不认识的花草。第一次去沙尔麦特过夜那日，华伦夫人半途下轿，和卢梭慢慢走着山路，突然指着篱笆边一朵蓝色小花说："瞧！长春花还开着呢！"长春花学名 catharanthus roseus，她说的应是蓝珍珠，花瓣蓝色，中间白眼，四五月间开，华伦夫人叹息它"还开着"，那么，和卢梭第一次前往沙尔麦特，应是初夏吧？三十多年后，历经艰辛的老卢梭，再次看见那种花，高兴地叫起来，他想起的是"妈妈"说这种花的声音、姿态，以及在沙尔麦特生活与思想的全部吧？我一路搜寻这种蓝色长春花，对每棵树、每枝花都报以敬意，他们或曾获得过卢梭的注目（不死的植物哦，你的种子四处飞撒，生命也循环再生）。小宝在前面走得远了，小小的沉思背影，忽而隐在树影里，忽而显现在光亮中，我快步跟上，如同卢梭说的，"那一天正是雨后不久，没有一丝尘土，溪水愉快地奔流，清风拂动着树叶，空气清新，晴空万里，四周一片宁静气氛一如我们的内心"。我们一路走，一路听水声鸟鸣双重奏，真渴望，这条神奇、充满香气的路一直延伸下去。

　　几乎错过！一块路牌、字迹很小。对面一条岔道，拾阶而上，小径几被花草遮蔽，藓苔覆盖着石阶（花径不曾缘客扫？）。走了十来米，几棵高大树木掩映下，露出一幢二层楼房，这就是卢梭博物馆了。登上木台阶、进门（蓬门今始为君开？），楼下靠左一间，坐个老妇，卖些卢梭肖像明信片；另外两间，是卢梭的卧室、工作间，挂些卢梭及华伦夫人不同时期画像，没有生平年谱，没有著作版本等，与这位伟人的贡献地位比，实在太过简陋。木楼梯上到二楼，有一间摆设精致些，是华伦夫人的卧室。咯吱响的木地板，斑驳圆镜，陈旧的美妇画像。家具是否旧物？靠窗一张双人床，垂着碎花蚊帐，那个名垂后世、单纯热心的妇人就是在此辗转地多汗丰腴的身子？卢梭每天早晨散步回来，看见楼上百叶窗打开了，就知道"妈妈"起床了，立即飞奔上来。

　　房子左侧有个敞开凉亭（他们曾在此喝咖啡？），门前空地散摆些桌椅供人休憩，右侧有条小径。小径上方是弧形的花藤枝叶拱廊，穿过藤花廊，可绕到后花园，与葡萄园、果树林连成一片，想来当年都是华伦夫人买进的田产。花园呈长方形，有个围着的小苗圃；中间一条直道通向房子后门，分割出两块齐整草坪，散放着几把鲜艳的帆布躺椅。一对中年夫妇偎坐在右边，戴着遮阳镜，笑着，小声说着话；我们就坐在另一边。空气澄明，阳光直射，明亮得几乎睁不开眼睛，风从山丘上的葡萄园吹来，向山谷的果树林一层层扩散，极目驰骋，开阔至极，阿尔卑斯山好似近在眼前，两个山峰，像是中国的山水笔架，又如两个驼峰，常年白雪的山头被阳光映得闪闪发亮。万籁俱静。卢梭也是这样与华伦夫人在此闲话，吹着山上的风，与蜜蜂、蝴蝶、花树、虫鸟一起的？真想与小宝隐居于此。回望那幢素朴静立的房子，阳光勾勒出发亮屋脊，面朝阿尔卑斯山的墙体隐藏在青幽阴影中。于是我体会到卢梭在《忏悔录》第六章引的贺拉斯诗句：

　　　　我的愿望是：不大的一块田地，
　　　　宅旁有一座花园，一个水声潺潺的泉眼，
　　　　再加上一片小树林。

而诸神所创造的，
当然不止此。

　　河岸植着许多杨树，每棵都有十几米高，密集排列，但那萧萧疏疏的姿态，使得这片林子并不憋闷，倒极有风致。树下草地，年轻的青绿，铺一层白色野花。是什么花开得如此繁盛？

　　原来满地铺的，是一层薄薄"白絮"，如雪却不冰冷，是盐又不坚硬，比蚕丝要白一些，并不结成椭圆蚕蛹，较蒲公英花密实些，手感极柔绵，却不及棉花厚实……她们从何而来啊？一阵风过，点点"白絮"又飘飘扬扬下来。我拣拾起一小团白絮，搓捏，柔棉中有一点坚硬，是杨树的种子。白絮来自小而硬的黄绿果子，果子开裂，白絮就爆出来。种子躲在白絮中，大胆地从十几米高的树上往下跳，顺风飘荡，落在泥土中，掉在石子路上、荆棘丛里的，顺着水漂流，或被人的头发、衣裳纠缠，带到街市，化作浮尘……可惜！并没有几棵种子会长成参天大树。便是如此，种子还是每年生长，每年掉落。

　　择了一棵最大杨树，躺在树荫里。那些白茸茸花种，贴着我的鼻尖、嘴唇。头上一片天空（异乎寻常无限透明的蓝！），只描画几条枝桠、几簇叶片。再无别的物事了，世界是那么简单！一棵杨树，竟能分权出那么多枝桠，每一条枝丫，又伸长出多少簇叶片？这些心形叶片是着绿裙的少女，有细细脖颈，她们十几片、十几片聚在一起，站在柔软枝丫上，甩着绿袖子，上下左右摇晃着，跳跃着，舞蹈着，唰啦唰啦闹热地议论着、喧笑着。树干则一动不动，如稳重肃穆的老者，静听少女们没心没肺的笑闹。亚里士多德在《动物志》中说："植物无法移动，没有感觉，许多动物则不能思考。"但我分明看见了杨树的精魂。有哲人说，一棵树的心，是在树干与根的交界。那么这些心形叶片呢？是树的头发？手脚？抑或那万千叶片，就是树的心灵的无数反应，是他的精魂的万千幻化？俄耳甫斯另有一种说法：灵魂源于外界，通过呼吸深入到生命体内，对此，风起了循环作用。如今风舞动着万千叶片，正是将灵魂从外输入杨树体内吧？那些叶片呼呼叫喊着，喋喋大笑着，激烈诉说着，都是树之灵发出的悲喜吧？奇怪的是，当我这边的杨树在舞动欢叫时，离我不远的几棵杨树，却一动不动缄默着；我这边才沉静下来，涟漪一般，激动的战栗，开始在那边传开，一开始轻微的战栗，扩展为层层叠叠的起伏。风在树林间穿行，将灵魂从这到那循环传送，我的心也涟漪般战栗起来。我记起丘特切夫的诗句：

　　在这棵高挺的人类之树上，
　　你是一片最好的叶子，

> 最纯洁的汁液将你滋养,
> 最纯净的阳光让你成熟。
>
> 你在它的身上轻轻地摇曳,
> 与它的灵魂发生最和谐的共鸣,
> 与暴风雨进行先知式的交谈,
> 或者与微风一起快乐玩耍!

伴随着风,是光的运行。光从这棵树运行到那棵,背光的叶片,墨黑,黯淡,是暮晚归林的鸟儿;面光的,则有雪的光芒,白亮耀眼,不能逼视;唯有光暗重叠的叶片,最为生动,在风的带动下,光影晃动、交叠更替,没有一丝稳定。一切皆变,一切如幻。我微微合上眼睑,也能感知枝叶上的光晃动不停。若是风将一条枝桠扯得过了,光就直接落在脸上,刺眼的白亮带来一小块热度,转瞬,又被密集的阴凉取代了。

风停顿的间隙,杨树喘息着,种子们撑着降落伞密密麻麻从天而降,将我的身子、身边的草地当作陆点。躺上一天,我就会如蚕蛹般裹在白丝里了。河流在眼前,浅浅地流,平整的河面、细密波纹上抖动着白色天光。多么缓慢,还是在流动。赫拉克利特说,一切源于水,一切皆流。这水畔,该会徘徊着怎样的水泽女仙、花树女仙、树木青草和种子的精灵?……刚巧是五月,我们刚巧走到这片恰当的草地!换个辰光,又会遇到怎样的风景?在这起风的下午,思绪随风、随水,穿行、流转,神秘的感觉如那些白絮种子,此处彼处掉落……瞬间而过,一切皆流。小宝在身边看书,读斯特劳斯,几小团白絮种子掉落在他头上,就笑说,那是灵感的种子。——他终于想通了一个问题,便在白纸上写下风传送来的神谕——我继续读《在少女身旁》。普鲁斯特第一卷写了少女希尔贝特,第二卷写了少女阿尔贝蒂娜。从没有一个人,如他,似乎不注重情节推进,任由一切缓慢流动,头绪纷杂。普鲁斯特的词汇集中在:小径,脸颊,花朵,衣裳,房间,教堂,音乐,绘画,幻象,睡梦,夜晚,回忆,时间,譬喻,色彩,差异性,个体性。没有固定概念,没有固定不变的人,色彩,表情,随时间流动,在"我"的幻象中,一会儿流动到过去,一会儿延展到未来;停滞的时刻,一个少女,或者说一个名字上的少女,会演变成许多个不同少女,这个与那个,又呈现鲜明的差异性,具独特个性。悬崖,大海,树木,在不同天气,不同视角,不一样时间里,因不同心情,发生着奇特的变化。但这仅仅是开始。——直到我读到最后一卷,才看清楚他那哥特式教堂般恢宏的、交响乐般精心设置的完美结构。

河流在眼前，浅浅的，缓缓的，草树尽力俯向河面，显得河又窄又多曲折。这条河我是熟悉的，有多少时间，我们在此徘徊。20世纪末，那帮和小宝一样年轻的博士，才刚留校任教，每周有一二天在我家聚会，一起读书，清谈，下棋，听音乐……读经典，谈无用之事。有一回，读的是莎士比亚，天气是那样晴朗舒爽，大家就说到野外去。我们八个人雇了两条船，带了葡萄酒、咸鸡、卤牛肉、各样零食。坐在船上，举着纸杯笑着叫着乱碰，小船任性地飘在河上。微醺。两岸草坡，开满酢浆花和美女樱，一团团粉红云朵，从草地升上天空。将船绑在一棵苦楝树下，各自掏出《威尼斯商人》，分派角色……"巴萨尼奥"仰躺在大石上，拿书合着脸，是听鸟鸣还是遐想？戴墨镜的光头"夏洛克"，一手拿书，一手拽着缰绳；"安东尼奥"手指头夹着烟，忙着说话，烟灰长长地不落；头发微卷的"朗斯洛特"，像只猴子蹲坐在树杈上……朗诵老是中断，大笑，插话，纠正……当时，苦楝树开满紫蓝色小花，那种紫蓝色，有一种淡淡的忧郁，很合乎年轻的多愁善感的心，后来我也一直很喜欢这种树，因为他叫"苦楝"，这两个字是特别好看、且令人伤感的……十几年流逝，当年的读书人都长大了，如每一片花瓣、每一条枝桠，伸向各自不同的方向；风，吹断了共同价值之链，我们，也再难坐在同一条船上、读同一本书了！

　　那天，应是立夏前后，我们的年纪，也正处于生命流年中的立夏，真如乔叟老头唱的，我们这些年轻的——

> 他宁可床头堆上二十本书，
> 也不要提琴、竖琴和华服；
> 书外装着红黑两色的封皮，
> 书内是亚里士多德的哲理。
> 可是，尽管他是一位哲人，
> 但他的钱箱内却殊少金银。
> ——节自《坎特伯雷故事集·总引》

（原载《中国书写：二十四节气》，上海文艺出版社2018年出版）